DE IJS AFGROND

HARVEY BENNETT THRILLERS

BOOK 3

NICK THACKER

HIJ WAS AL EERDER ALLEEN GEWEEST, maar hij was nog nooit in zijn leven blootgesteld aan de extreme isolatie van het immense, bevroren *niets* dat zich in alle richtingen van hem uitstrekte. De ijzige kou sneed door hem heen als kleine kogeltjes, miniatuur dolken die in een miljoen speldenprikken van bevroren lucht op zijn huid ontploften.

Roald Montgomery worstelde met de rits van zijn Canada Goose expeditie parka, en probeerde die de resterende twee centimeter tot onder zijn kin te forceren. Zelfs met de skihandschoenen met vijf vingers, waarmee hij beter kon manoeuvreren, was het bijna onmogelijk om de kleine rits vast te houden.

Hij stopte, terwijl zijn laarzen de zachte laag sneeuw onder zijn voeten tot een samengeperst blok samenpersten. Roald inhaleerde, voorzichtig om de ijskoude lucht langzaam in te ademen door de lagen bescherming die de bivakmuts en de nekkraag die hij over zijn gezicht droeg boden.

Hij controleerde de thermometer op zijn horloge.

-38. Fahrenheit.

Zijn lichaam hoefde er niet aan herinnerd te worden hoe koud het buiten was, maar het zien van het getal leek hem een extra energiestoot te geven, en Roald trok de rits uiteindelijk tot in de hoogste stand. Tevreden begon hij weer vooruit te lopen.

Trudging was een beter woord. Hij had nog maar 200 meter gelopen, en hij voelde de spanning van de inspanning al. Een deel van het probleem was de wind. *De moordende wind,* zoals de anderen op het station zeiden. Hij had nooit gedacht dat lopen in een rechte lijn zo ingewikkeld kon zijn, maar hij was dan ook nooit op Antarctica geweest.

Tot nu.

Roald had zich pas een maand geleden bij zijn oudere broer Scott gevoegd op het onderzoeksstation, voor een opdracht van zes maanden waar hij met hand en tand voor had gevochten. Het was moeilijk om een baan te krijgen op de bodem van de planeet, en het was nog onwaarschijnlijker dat er twee broers en zussen tegelijk gestationeerd zouden zijn. Het betekende niets, behalve dat Roald zich daardoor nog meer onder de loep genomen voelde - hij mocht het niet verknoeien. Ze zouden verwachten dat hij zijn werk uitzonderlijk goed zou doen.

En dat was hij ook van plan. Hij had de Mars-1 Humvee aan laten staan, volgens protocol, maar liet hem in het midden van zijn 100-yard-radius cirkelvormige route. Zijn missie was simpel: rond-lopen en notities maken van alles wat hij zag.

Toegegeven, het was een van de meer alledaagse taken die de wetenschappers dagelijks moesten afvinken, maar vandaag trok hij aan het kortste eind. Kies een locatie, rij er met de Humvee heen, parkeer hem en loop rond het voertuig in een vooraf bepaalde straal. Dan observeert hij de omgeving - het weer, sneeuwverstui-vingen, alles wat in het oog springt - en neemt de verbale gegevens op door ze in een opnameapparaat in zijn jaszak te praten.

Hij had al metingen gedaan van de barometerdruk, tempera-tuur, windsnelheid en sneeuwval sinds de vorige dag, en niets van dat alles zou veranderen tegen de tijd dat hij zijn rondje afmaakte en terugging naar het monsterlijke voertuig. Hij verheugde zich al op de warmte van de cabine van de Humvee en zijn slaapbed daarin. Zijn terugreis zou morgenochtend vroeg zijn, want over twaalf uur zou hij dezelfde omweg rond het voertuig nog een keer moeten maken.

Roald versnelde zijn pas. Het had geen zin om dit uit te stellen, en hoe eerder hij terug was bij de Mars-1, hoe eerder hij zich kon uitkleden tot zijn ondergoed en in het computerspelletje kon springen waar hij de laatste tijd zo druk mee was.

Hij concentreerde zich op het krakende geluid van de sneeuw. Het was een prachtige dag - de zon scheen, geen wolken te zien, en de wind was relatief stabiel. Niet licht, maar stabiel. Hij liep op het tempo van de soundtrack van het spel, terwijl hij luisterde naar het kraken, *kraken* van elke laars als die landde.

Thud.

Het geluid was anders deze keer. Zijn linkerlaars was neergekomen met een krakend geluid, maar er was een dieper geluid dat erbij hoorde. Een *hol* geluid. Roald fronste zijn wenkbrauwen.

Hij keek omlaag naar zijn voeten, de een voor de ander, en tilde zijn linkerlaars nog eens op. Hij stapte naar beneden, sneller deze keer, en de *plof* was er, nog duidelijker merkbaar.

"Wat de..."

Het logboek zou de spraak moeten verwijderen die niet specifiek was voor de Antarctische atmosferische omstandigheden, maar dat kon hem niet schelen. Hoe moest hij anders op dat soort geluid reageren?

Hij stampte nog twee keer, voor de zekerheid, bukte zich toen en begon de bovenste laag sneeuw weg te borstelen. Binnen een paar seconden bereikte hij de hard aangestampte sneeuw eronder, en knielde neer om te beginnen die weg te breken.

Hij werkte in stilte, zijn adem en de schrapende geluiden waren de enige geluiden in gehoorsafstand. Hij had een gat gegraven van bijna een meter diep toen hij het zag.

Iets duisters.

In het ijs, net onder de sneeuw.

Roald stond weer op en zocht in zijn zakken naar het mes dat hij bij zich had. Het was een klein mes, maar het zou moeten volstaan. Hij stak de punt in het ijs en ging verder met het afbreken van de lagen. Hij viel op zijn knieën, volledig betrokken bij het werk.

Het logboek zal wachten.

Hij zou genoeg tijd hebben om te debriefen en een analyse te maken van wat hij hier deed, maar nu moest hij zich concentreren op het bevrijden van het object dat onder het ijs lag.

Vijftien minuten gingen voorbij, toen dertig, en uiteindelijk staarde Roald naar een grote, vierkante metalen plaat. Hij had nog steeds de rand niet bereikt, dus werkte hij nog een uur door tot de zon verder onder begon te gaan aan de horizon.

Hij had nog maar een uur, en het leek alsof hij geen stap verder kwam. Hij groef, wrikte en brak stukken ijs en tilde hopen sneeuw op en van de plaat af, en nog steeds voelde het alsof het metaalschroot een oneindig stuk van de grond zelf was.

Hij ploeterde in het dovende licht, keek om de paar minuten of zijn Humvee niet op onverklaarbare wijze uit zichzelf was afgedwaald. Het was een nerveuze reactie op de isolatie en de kou, dat wist hij, maar hij kon het niet helpen. Antarctica bracht vaak de verborgen gewoonten en eigenaardigheden van haar bewoners naar boven, ten goede of ten kwade.

Eindelijk bereikte hij de rand van het vierkant van metaal. Zijn mes tilde een groot stuk ijs weg en onthulde een rechte, door mensenhanden gemaakte rand, en hij stopte even om te genieten van zijn werk. Zijn vingers zweetten in de skihandschoenen, maar hij dacht dat ze de extreme kou nog net achter de stof konden voelen toen hij het metalen oppervlak schoon borstelde. Hij veranderde van richting en koos ervoor om de rand van het metalen vierkant omhoog en van hem weg te volgen.

Er gingen nog een paar minuten voorbij en hij bereikte een hoek. Nog een paar daarna, nog een hoek.

Hij stond en keek neer op zijn werk.

Het is een...

Hij wilde er niet aan denken, want het sloeg nergens op, maar hij kon het niet helpen.

Het is een deur.

DAAR, VOOR Roald Montgomery, aan de rand van het Antarctische continent op de bodem van de planeet, was een *metalen deur.*

Hij zag een massief scharniermechanisme dat aan de zijkant van de deur was vastgebonden en tevoorschijn kwam onder een laag sneeuw en ijs die hij nog niet had ontdekt, maar het was een koud kunstje om het scharnier - en twee andere scharnieren - uit de bevroren grond te bevrijden.

De deur was nu volledig zichtbaar, een volledige metalen plaat van drie bij zes voet. Een kleine deur, vergeleken met een 'gewone' deurpost, maar toch een deur. Behalve de scharnieren aan één kant van de deur, was er niets te zien op het oppervlak van het metaal. Geen markeringen, beschrijvingen, of iets anders dat zou kunnen identificeren waarom er hier een deur was.

Hij stond nog twee minuten aan de voet van de deur voordat een vreemde gedachte bij hem opkwam:

Deuren leiden ergens heen. Dit is een deur.

Hij vroeg zich even af waarom hij daar niet eerder aan gedacht had, maar dit was zonder twijfel een deur, en dat betekende dat er iets aan de *andere kant* van de deur was.

Hij knielde weer en begon aan de zijkanten van de deur te wrikken, wetende dat die in het beste geval dichtgevroren zou zijn.

Ik heb er al die tijd aan besteed, dan kan ik net zo goed kijken of hij opengaat.

Hij controleerde de Mars-1 Humvee nog eens met een snelle blik achter zich. Het voertuig liep mooi stationair, het witte spoor van stoom zweefde omhoog in het schemerlicht. Hij draaide zich terug naar de deur en ging verder met zijn vingers langs de zijkanten van de zware plaat.

Hij hoorde een *klik*. Het was luider dan de geluiden die hij had gemaakt, en - het meest verontrustende van alles - hij wist dat hij dat geluid niet had gemaakt. Roald stopte een paar seconden met werken en wachtte.

De klik werd vervangen door een zacht, *sissend* geluid, en hij voelde de deur bewegen.

Hij *wist dat* het bewoog, maar hij begon aan zichzelf te twijfelen zodra de gedachte in hem opkwam. *De deur bewoog niet. Je moet bewogen hebben. Misschien ben je...*

De inwendige monoloog werd onderbroken door een duidelijk trillend gevoel onder zijn handen en knieën. Het sissen nam in volume toe, en stopte toen met een luide *plof*. Hij hield zijn adem in.

Toen, tegen alle reden en elke logische verklaring die hij kon bedenken in, ging de deur open.

De deur zwaaide naar buiten en hij moest zijn handen bewegen en achterover leunen om de metalen plaat langs hem te laten gaan. De deur was geautomatiseerd, een reusachtig tandwiel dat hij nu net onder het oppervlak van de deur kon zien, zorgde voor de hefboomwerking die nodig was om het enorme voorwerp in beweging te brengen. Het bereikte een hoek van negentig graden met de grond en stopte.

Roald knipperde met zijn ogen, niet zeker welke reactie hij moest hebben.

Hij keek naar beneden in een donkere, rechthoekige schacht. Alleen, dat feit zou hem hebben doen terugtrekken naar de Humvee en plichtsgetrouw zijn bevindingen noteren voor de analyse van het station.

Maar de schacht was op dit moment niet Roald's voornaamste aandachtspunt.

In plaats daarvan waren zijn ogen gericht op de loop van een geweer, direct op hem gericht, vastgehouden door een man in een geheel witte parka en broek, zijn gezicht volledig gemaskeerd door een sneeuwwitte bivakmuts en een skibril.

"Niet praten," zei de man. De stem was recht voor zijn raap, gesproken op een manier die aandacht eiste. "Als je praat, schiet ik."

Roald slikte, en knikte toen.

"Nu, kom met me mee."

HOOFDSTUK 1

"*MONSIEUR VALÉRE,*" zei de stem door zijn computer gesimuleerde stem processor. "*Testen van de array heeft 95% nauwkeurigheid bereikt.*"

Francis Valére keek op van zijn laptop en staarde recht voor zich uit naar de lege tv-monitor die aan de muur tegenover zijn bureau was gemonteerd. Er was niets om naar te kijken, want SARA's stem klonk uit honderden kleine luidsprekers met gaatjes in de muren om hem heen. De Simulated Artificial Response Array was de beste in zijn soort - de *enige* in zijn soort - en het had de hardware-ontwikkelingen om zijn futuristische software en firmware te evenaren.

"Heel goed, SARA." Hij knikte een keer, grimaste, en reikte naar een flesje pillen met het logo van Frontier Pharmaceuticals op de hoek van zijn bureau. Het kwam goed uit dat hij in een kantoor werkte dat gedomineerd werd door de aanwezigheid van een enorm farmaceutisch bedrijf, maar het kwam nog beter uit dat het bedrijf waarvoor hij werkte *eigenaar was van* dat farmaceutisch bedrijf. Frontier Pharmaceuticals vulde twaalf van de verdiepingen in het kantoorgebouw, maar Francis had de bovenste verdieping voor zichzelf gereserveerd. Toen hij het bedrijf had gekocht en er jaren geleden introk, had de aannemer die zijn bedrijf had ingehuurd hem gevraagd of hij de aanduiding '13' van deze verdieping wilde behouden, of die wilde overslaan en in plaats daarvan '14' wilde gebruiken.

De man beweerde dat veel hotelketens en kantorencomplexen ervoor kozen het ongeluksgetal over te slaan, een praktijk die nu als standaard werd beschouwd in de bouwsector. Het bijgeloof in het getal leefde blijkbaar sterk onder de Amerikaanse bevolking, en hoewel het gebouw op Canadees grondgebied zou komen, was het een vraag die de algemene aannemer gewoon was te stellen.

Francis herinnerde zich dat hij de vraag negeerde, te druk voor bijgeloof. Elke dag na dat moment was hij bij hetzelfde bureau binnengekomen, op dezelfde 'ongelukkige' verdieping, in hetzelfde gebouw. En elke dag was hij vertrokken, volkomen veilig en ongedeerd.

Tot zover het bijgeloof.

Franciscus geloofde in wetenschap, niet in religie of dwaas bijgeloof. Hij verafschuwde iedereen die niet over de intellectuele capaciteiten beschikte om toe te geven dat wetenschap de enige ware godsdienst was die de mens nodig had. Het was de 21e eeuw, en de mensen baden nog steeds tot een geest die in de wolken leefde.

Hij dwong zijn gedachten terug naar het heden, in de hoop dat SARA zijn knikje nu wel juist zou hebben geïnterpreteerd.

Dat had ze.

Toen hij knikte, had hij het computerprogramma dat de hele verdieping controleerde, met inbegrip van zijn eigen kantoor, gewaarschuwd dat hij niet alleen de door haar geleverde resultaten erkende, maar ook van plan was om de laatste fase van de tests te laten beginnen.

Op de TV voor hem materialiseerde zich een gezicht.

"Monsieur," zei de man. "Ik hoop dat het goed met u gaat. Ik neem aan dat uw telefoontje aangeeft dat u verder wilt gaan met de laatste fase?"

Francis was een man van weinig woorden, en dat aspect van zijn karakter strekte zich uit tot zijn zakelijke omgang. Hij verstuurde zelden e-mails of voerde zelden telefoongesprekken, behalve wanneer dat absoluut noodzakelijk was.

Vandaag was het natuurlijk absoluut noodzakelijk. Dit project had het bedrijf al veel te lang van geld, tijd en andere middelen beroofd. De tegenslagen in Yellowstone National Park en in het Amazone regenwoud vier maanden eerder waren overwonnen, maar werden nog steeds diep gevoeld binnen de organisatie. Francis' eigen financiering was al meer dan eens in gevaar geweest, een feit dat zijn chronische nervositeit de hoogte in joeg als hij eraan dacht, ook al had hij de laatste tijd bijna absolute controle over het bedrijf.

"Ja," zei Francis Valére. "SARA heeft me net verteld dat we op 95% nauwkeurigheid zitten. De laatste fase zal onmiddellijk beginnen, maar zoals het protocol voorschrijft, moet u zo snel mogelijk beginnen met menselijke proeven."

De man op het scherm pauzeerde. Emilio Vasquez, een self-made miljardair die momenteel in Puerto Rico woont, staarde terug naar Valére. Francis wist dat de man hem niet verkeerd begrepen had. Zijn accent was Frans-Canadees, hoewel hij zijn Engels zo geperfectioneerd had dat veel mensen niet konden zien dat het een tweede taal voor hem was.

Nee, Vasquez aarzelde.

"Mr. Vasquez, u begrijpt de verwachtingen van het bedrijf voor de laatste fase?

"Dat doe ik, natuurlijk. Het spijt me, ik wilde...

"We staan op een belangrijk kruispunt met dit project. We naderen het *einde* van dit project, en het *begin* van het volgende tijdperk voor het menselijk leven op aarde."

"Natuurlijk, Francis. Vergeef me alsjeblieft mijn..."

"Ik hoef u er niet aan te herinneren dat ik de directeur ben, en dat het mijn taak is dit project tot een goed einde te brengen. Daarom moet ik ervoor zorgen dat u zich bij elke stap ook aan dat doel wijdt."

Emilio Vasquez knikte op het scherm. Achter hem zag Francis palmbomen zachtjes wiegen tegen de flanken van zijn landgoed, een uitgestrekt herenhuis op glooiende heuvels die uit de kust oprijzen. Francis Valére was er nooit geweest, maar SARA had een indrukwekkend dossier samengesteld over iedereen die had geïnvesteerd in of zaken had gedaan met het bedrijf, inclusief Emilio Vazquez. Vasquez was een eerlijk zakenman die in zijn jonge jaren een paar gelukkige investeringen had gedaan en zich uiteindelijk had toegelegd op de 'grijze' bedrijven die hem al lang intrigeerden.

Na de vereiste investering van 5 miljoen dollar te hebben overgemaakt aan Francis Valére en het bedrijf, had Valére de heer Vasquez gevraagd als persoonlijk adviseur en consultant voor dit project. Hij had zijn waarde bewezen als een man met kennis van het reilen en zeilen van de technologie-industrie, een sleutelrol die in Valére's projecthiërarchie had ontbroken.

Beide mannen staarden elkaar nog 30 seconden aan. Valére wist dat SARA bezig was de man in Puerto Rico terabytes aan gecodeerde videobestanden te sturen, die zij uit het hoofdkwartier van het project had gehaald, en dat deze videoclips op het scherm van de man werden afgespeeld, elk bestand bijgesneden tot het meest relevante deel om een snel overzicht van de testresultaten te geven. Valére keek naar Emilio's ogen terwijl ze van links naar rechts dansten op zijn televisiescherm, de inhoud in zich opnemend.

"Wel," zei Vasquez, terwijl hij eindelijk Valére weer aankeek. "Als dit voorproefje een relevante momentopname is van de huidige proeven, moet ik toegeven dat de resultaten beter zijn dan verwacht."

Valére opende eindelijk het flesje met pillen en pakte er twee met een wijsvinger. Hij stopte ze in zijn mond, ongeduldig wachtend tot het trillen van zijn ledematen zou verdwijnen. "Deze resultaten zijn precies zoals ik verwacht had."

"Juist. Nou, ik heb werk te doen. Is er nog iets wat je van me nodig hebt?"

Francis Valére keek verder naar het televisiescherm. "Ja, Mr. Vazquez. Er is nog één ding."

Vasquez trok een wenkbrauw op.

"Ik wil dat je een tweede veiligheidsteam inhuurt en ze naar Antarctica stuurt."

Vazquez fronste zijn wenkbrauwen, en zijn ogen dwaalden even naar links. "Er is al een aanzienlijke veiligheidsmacht gestationeerd bij -"

"Ik ben me terdege bewust van de kwaliteit van de veiligheidsmacht die we daar momenteel inzetten. Maar deze laatste fase is de meest cruciale van allemaal. Zonder deze resultaten, hebben we niets. En met de gebeurtenissen van de afgelopen maanden is het in ons eigen belang dat die resultaten er komen."

Vazquez knikte opnieuw, alsof hij het begreep.

Er is veel dat je niet begrijpt, Vazquez. Er is veel dat je niet kunt begrijpen.

SARA, altijd aanwezig in de kamer, verbrak het gesprek en nam contact op met haar baas. *"Ik ben nu een transcript aan het voorbereiden,"* zei ze. *"Wilt u dat ik Antarctica inlicht over het extra veiligheidsteam?"*

Francis leunde achterover in zijn stoel, zijn ogen gesloten terwijl hij wachtte tot de pil aansloeg. Hij schudde zijn hoofd. "Nee, we moeten de communicatie tot een minimum beperken, en er is geen reden om hen te waarschuwen. Het nieuwe veiligheidsteam reist met hun eigen uitrusting en voorraden, en er is genoeg ruimte in de faciliteit voor extra gasten."

SARA, die de lichaamstaal en non-verbale communicatie signalen van haar baas las, bevestigde de opdracht niet hoorbaar. Ze verbrak eenvoudig haar softwarelink met de kamer, dreef terug in de stille draaikolk van het binnenste van de verafgelegen server-ruimte waarin ze was ondergebracht, en begon te werken.

HOOFDSTUK 2

"BEN, DIT WORDT RIDICULOUS," zei Juliette Richardson. Ze draaide zich om en staarde naar de grote man die naast haar stond.

"Jules, hou op met je ogen van het doel af te halen." Harvey Bennett hield haar blik vast, maar hij knipoogde net voordat ze zich weer afwendde om naar het doel te staren. Hij keek toe hoe ze haar wijsvinger zachtjes op de trekker legde en keek toen achter zich.

De man die achter hen beiden stond knikte eens, zonder zijn met zonnebril bedekte ogen af te wenden van de baan op de open-lucht schietbaan. "Denk eraan, anticipeer niet op het overhalen van de trekker. Als je klaar bent om te schieten, verras jezelf."

Julie stond kaarsrecht, het enige teken dat ze geen standbeeld was, was de lichte op en neer gaande beweging van haar schouders bij het in- en uitademen. Ben wachtte, en probeerde zelf niet te anticiperen op het schot. Hij sprong op toen ze de Sig Sauer afvuurde.

Alle drie tuurden ze met hun ogen dicht, om te zien waar haar schot was geland. Het was een relatief kleine afstand, het doel waar Julie op mikte was maar halverwege tussen haar en de achterste heuvel van de schietbaan. Toch was het een moeilijke afstand voor een handwapen, en Julie had het doel bijna in het midden geraakt.

"Nou," zei Ben. "Ik moet het je nageven, Reggie, je bent een goede leraar."

"Dat betekent dat je vanaf nu naar me luistert zonder vragen te stellen?"

Ben glimlachte alleen maar naar de grote zwarte man. "Dus je bent in staat om een gevoel voor onze houding te krijgen door zo achter ons te staan?"

Reggie liet zijn zonnebril op het puntje van zijn neus zakken en keek naar Ben en Julie, terwijl hij tegelijkertijd zijn gezicht opkropte. "Natuurlijk, ja, daarom sta ik hier ook."

Ben keek van Julie naar Reggie, en toen weer terug. Hij draaide zich om en keek Reggie aan. "Ik vind je leuk, maar laat me je niet op je kont slaan."

Reggie gooide zijn hoofd achterover van het lachen, zijn karakteristieke grote grijns veranderde in een even grote grinnik. Julie was aan het eind van haar magazijn gekomen en begon het wapen uit elkaar te halen en schoon te maken, precies zoals Reggie hen had geleerd.

Ben liep naar Reggie toe en deed alsof hij een vuistslag wilde geven. Op het laatste moment stopte hij zijn arm, opende zijn hand, en tikte Reggie zachtjes met zijn handpalm op de zijkant van zijn gezicht.

"Als je zo gaat slaan, lijkt het me dat we ook wat hand-tot-hand gevechtstraining moeten hebben," zei Reggie. "Kom hier, man. Laten we praten." Hij verhief zijn stem zodat Julie het ook kon horen. "Kom naar de tafel als je klaar bent, Jules."

Julie knikte, nog steeds met haar rug naar de mannen toe. Ben volgde Reggie naar de picknicktafel een paar passen verderop en ging zitten.

"Luister, Ben."

Ben voelde de verandering in de stem van de man onmiddellijk. Reggie's ogen verschoven en werden op de een of andere manier intenser. Hij had zijn zonnebril op de tafel voor hem gelegd, en zijn handen waren nu aan het friemelen met een ongebruikt rondje dat hij uit een clip op de rand van de tafel had gehaald.

Julie kwam bij hen aan tafel zitten net toen Reggie begon te praten.

"Ik ben hier niet alleen op bezoek gekomen,' zei Reggie. "Je chili is geweldig, en ik ben blij dat we konden samenkomen, natuurlijk, maar er is iets anders."

Ben wierp een blik op Julie, die haar wenkbrauwen optrok.

"Jullie hadden al door dat er iets aan de hand was, hè?" vroeg Reggie.

Ben en Julie knikten. "Het is niet zo dat een reis van Brazilië naar Alaska zomaar een weekendje weg is," zei Julie. "We zijn blij dat je gekomen bent, maar we hadden al zo'n voorgevoel dat je ons iets zou vertellen."

Ben sprong ertussen. "Heb je ze gevonden?"

Reggie schudde zijn hoofd. "Nee, helaas. Ze zijn zo goed als stil geworden na het Amazone-incident, wat ieder van ons had kunnen voorspellen. De meeste sporen die Joshua volgde zijn opgedroogd of doodgelopen, en hij kan zijn vader nog steeds niet te pakken krijgen."

Ben voelde een steek van spijt, de herinnering aan zijn eigen vader kwam naar de voorgrond van zijn gedachten toen hij dacht aan zijn nieuwe vriend, Joshua Jefferson, en zijn strijd om in contact te komen met zijn vader. Beide mannen werkten voor een bedrijf waar Ben al zes maanden naar op zoek was, en zijn zoektocht had hem en Julie naar het Amazone regenwoud gevoerd - waar het bijna op een ramp was uitgelopen.

Ze waren ternauwernood aan hun leven ontsnapt, na een afschuwelijke reis naar een afgelegen deel van een van 's werelds dodelijkste geografische gebieden. De geheimen die ze hadden ontdekt en de kennis die ze tijdens de reis hadden vergaard waren aanzienlijk, maar de hele reden waarom Ben was meegegaan was op een mislukking uitgelopen. De hele bedoeling van de riskante reis was de organisatie achter de dodelijke aanvallen in Yellowstone National Park, minder dan een jaar eerder, aan het licht te brengen, en het was een mislukking geworden.

Hij voelde zich niet dichter bij het ontdekken van wie er achter dit alles zat, en hij wist dat het spoor met de dag kouder werd.

"Dus wat ben je helemaal hierheen gekomen om ons te vertellen?" vroeg Ben.

Reggie zuchtte en keek toen rond. De schietbaan was grotendeels leeg, op een paar werknemers en een paar aan het eind na. Hij keek om naar Ben en Julie, die nog steeds met de zonnebril aan het knoeien waren. "Herinnert u zich Dr. Archibald Quinones nog?" vroeg hij.

Ben fronste zijn wenkbrauwen, verbaasd. "Natuurlijk doen we dat. Hoe zouden we dat kunnen vergeten?" Archie Quinones had met hen door de jungle getrokken, zijn kennis van de geschiedenis en de antropologie van het gebied, evenals zijn doorzettersmentaliteit, waren een enorme morele opkikker.

"Juist, ja," zei Reggie. "Nou, weet je zijn reactie nog toen het allemaal voorbij was?"

Julie viel in. "Hij leek... gereserveerd, denk ik. Alsof hij alles nog aan het verwerken was."

"En ik weet zeker dat hij dat was. Dat waren we allemaal."

Ben dacht even na, en voegde toen toe. "Het leek alsof hij dacht aan... Wacht - de *erfenis*!"

Reggie glimlachte. "*Precies*. Hij had het over 'een erfenis' die hij had. Ik weet niet veel meer dan dat, maar hij is niet geneigd te overdrijven, dus ik zou denken dat het aanzienlijk is. En hij zei dat hij Amanda Meron hielp haar onderzoek te financieren."

Dr. Meron's bedrijf had voor en na het incident van een paar maanden geleden grote vooruitgang geboekt in neurologisch onderzoek, en toen Draconis Industries in beeld kwam had dat het onderzoek bijna volledig doen ontsporen. In plaats daarvan kon Dr. Meron haar onderzoek en bevindingen elders voortzetten en - dankzij het geld van Archibald Quinones - opnieuw beginnen.

"Het verbaast me dat ze weer terug in het spel is na..." Julie liet de zin op het puntje van haar tong sterven, duidelijk niet de behoefte om het af te maken.

"Het kostte wat moeite om haar weer mee te laten doen,' zei Reggie. "En trouwens, de helft van het geld dat hij haar gaf werd besteed aan beveiliging en encryptie voor hun cloud-gebaseerde data-sharing systemen. Wat dat ook moge betekenen."

Ben grinnikte en wachtte tot Reggie hem weer in de ogen zou kijken. "Serieus, Reggie, wat is er aan de hand? Als het iets te maken heeft met Archie's geld en Amanda's onderzoek..."

Reggie knikte, en maakte de zin voor hem af. "...Dan *moet* het iets te maken hebben met Draconis Industries."

Ben wachtte, en merkte dat Julie wat rechter op de bank ging zitten.

"Het doet. Het is de laatste aanwijzing die we hebben, maar het is een goede. Ik zei dat we ze nog niet hebben gevonden, en dat *de meeste* van Joshua's aanwijzingen zijn opgedroogd, maar niet *allemaal*. Vorige week is er iets gebeurd waarvan ik denk dat je het moet weten."

HOOFDSTUK 3

EVEN ZONDER EXACT TE WETEN WAAR REGGIE HET OVER HAD, probeerde Ben zijn gedachten op een rijtje te zetten. Hij zat al een half jaar achter dit bedrijf aan, maar alles wat hij had gedaan was op een mislukking uitgelopen. Elke keer als hij opdook om de organisatie te zoeken, eindigden er mensen dood. Hij had het bijna helemaal opgegeven, maar - verrassend genoeg - had Julie hem op het doel gericht gehouden.

Na Brazilië had ze hem aangespoord om een officieel rapport in te dienen bij de Central Intelligence Agency. Zij had enige tijd in de overheidssector gewerkt en de Centers for Disease Control geholpen bij het opzetten van hun Biological Threat Resistance team, en daarna de nasleep van de Yellowstone situatie te verwerken, die slecht afliep voor de BTR groep. Ze had een baan aangenomen in Ben's park in Alaska, waar ze IT-ondersteuning deed, maar ze bleef de CDC en andere Amerikaanse organisaties helpen op contractbasis.

Zoals zij graag zei, wanneer zij niet werd gevraagd het publieke gezicht te zijn van de Amerikaanse crisisbestrijding, deed zij *echt* werk om de Amerikaanse regering te helpen de volgende mogelijke bedreiging voor de Amerikaanse burgers te ontdekken.

Dus had ze een luisterend oor gevonden bij de CIA, die tot nu toe niets bruikbaars had kunnen vinden over de organisatie die zichzelf 'Draconis Industries' noemde. De groep was georganiseerd in dochterondernemingen, waaronder farmaceutische bedrijven, medische en technologische onderzoeksbureaus, en een overvloed aan andere bedrijven met winstoogmerk in verschillende bedrijfstakken. Hun gemeenschappelijke band was alleen in naam: de meeste kleinere organisaties gebruikten een vorm van het woord 'draak', in verschillende talen, in hun naam. Drache Global, Drage Medisinsk, en Dragonstone waren allemaal bedrijven die ze hadden onderzocht. Elk van hen had niets opgeleverd, het spoor naar de top van de moederorganisatie was bezaaid met papiersporen, valse bankrekeningen en juridische mazen die het onmogelijk maakten de werkelijke leiders te achterhalen.

Ben had met tegenzin ingestemd, en de ontmoeting was geregeld. Hij droeg een goedkoop pak, uitgezocht door Julie, maar hij weigerde een das te dragen. De man die hij ontmoette was casual, droeg een spijkerbroek en een ingestopt overhemd met lange mouwen, en stelde een paar vragen over hun reis naar Brazilië. Ben had alles eerlijk - zij het beknopt - beantwoord en was minder dan een uur later vertrokken.

Thuis ondervroeg Julie hem opnieuw, en hij haalde zijn schouders op toen ze vroeg of hij dacht dat de CIA zou kunnen helpen met het onderzoek.

Naar zijn mening was de regering net zo nutteloos als een niersteen. Hij hield van de ironie van het werken voor een nationaal park, alsof hij in zijn eigen verwrongen grap leefde.

Reggie staarde Ben aan de andere kant van de tafel aan. Het geluid van helikopterrotors in de verte bereikte plotseling Bens oren, en hielp hem zich weer te concentreren op de man die bij hem en Julie zat.

"Jongens, er is iemand die ik wil dat jullie ontmoeten."

Het geluid van de helikopters werd luider en zowel Ben als Julie keken op om een laagvliegende Bell helikopter te zien die op hen af kwam.

Ben verhief zijn stem om het lawaai tegen te gaan. "Reggie, je bent erg vaag. Als je verwacht dat ik in een vliegtuig stap en God-weet-waarheen reis om iemand te ontmoeten-"

Reggie stak een hand op, en zijn glimlach werd nog groter. "Goed nieuws, Ben! Het is geen *vliegtuig*, althans niet voor deze etappe. Zie je?"

Ben volgde Reggie's vinger terwijl de helikopter langzaam rond de schietbaan cirkelde en daalde.

Julie's mond viel open.

Bens mond sloot zich, klemde zich stevig samen. Hij forceerde woorden door de kleine spleet tussen zijn lippen. "Reggie, ik *haat* vliegen. Het maakt niet uit wat *voor soort* vliegtuig het is."

Reggie deed alsof hij gekwetst was. "Ben, ik heb deze reis geregeld volgens jouw exacte specificaties."

Ben rolde met zijn ogen toen de helikopter een fatsoenlijke landingsplaats vond op een paar honderd meter van het hoofdgebouw van de schietbaan. Ze keken allemaal toe hoe de helikopter op het gras landde, verstoord vuil dat omhoog vloog en rond het toestel wervelde.

"Luister, jullie beiden," ging Reggie verder. "Het spijt me voor de korte termijn, maar ik wilde onze tijd samen niet verpesten. Ik weet dat we dinerplannen hadden in de stad, maar jullie zullen *erg* blij zijn met de accommodatie en het eten waar we heen gaan."

Julie kneep haar ogen dicht, en Ben keek naar haar uitdrukking, met hetzelfde gevoel. *Ik kan niet zeggen of hij sarcastisch is.*

"Je moet deze man ontmoeten. Hij stond erop dat jullie naar beneden kwamen."

Reggie stond op van de tafel, en Ben volgde hem, tegen beter weten in. Julie pakte Ben's hand en stond ook op, en alle drie begonnen ze naar de helikopter te lopen.

"Reggie, waar gaan we heen?" vroeg Julie. "Weer naar jouw huis in Brazilië?" Reggie had hun leven gered in Brazilië door ze op zijn land te verbergen, met een schietbaan, een overlevings-kamp en zijn huis. Of beter gezegd, een betonnen bunker die hij zijn huis noemde. Ze hadden ternauwernood een aanval ontweken door de jungle achter zijn eigendom in te sluipen, maar de explosies en granaten hadden zijn gebouwen en land flink toegetakeld.

"Nee, ik probeer dat nog steeds te verkopen. Ben een beetje een nomade geweest de laatste paar maanden. De schietbaan was leuk, maar bracht niet veel op. Ik kan bijna overal lesgeven in overleving en zelfverdediging, dus na de aanval dacht ik dat het makkelijker zou zijn om het zo te verkopen dan de verzekeringsmaatschappij ervan te moeten overtuigen dat ik daar geen oorlog had. Ik kreeg een mooie regeling, dus ik nam het aan en drong niet meer aan. Eigenlijk, denk ik erover om terug naar de States te verhuizen. Ergens waar het koud is zou een leuke verandering van tempo zijn." Hij knipoogde naar Ben.

"Ja, je zou een mooie hut naast de onze moeten bouwen," zei Ben. "Maar dan wel tien mijl verder, anders is het zinloos."

Ze lachten allemaal, en toen bracht Julie het gesprek terug naar het onderwerp. "Serieus, waar gaan we heen?"

Reggie grijnsde en haalde zijn schouders op. "Uiteindelijk? Ik heb absoluut geen idee. Maar deze eerste fase - om Mr. E te ontmoeten, gaan we naar Colorado."

"Mr. E? "' vroeg Ben. "Wie is dit, een of andere stripboek superheld wannabe?"

Reggie snoof een snelle lach. "Dat zou eigenlijk makkelijker te slikken zijn. Maar nee, ik geloof dat het gewoon de eerste letter van zijn naam is. Hij heeft niet veel gevoel voor humor, en hij is meer een paranoïde freak dan ik ben."

En dat wil wat zeggen, dacht Ben.

"Zo," vroeg Julie. "Waar wil die 'Mr. E' ons ontmoeten in Colorado?"

Reggie stopte even, Ben verraste hem. Hij draaide zich om naar hen, nog steeds een honderd voet van de wachtende helikopter.

"Blij dat je het vraagt," zei hij. "Ben je ooit in The Broadmoor geweest?"

HOOFDSTUK 4

JULIE VOELDE ZICH NET EEN SCHOOLMEISJE OP HAAR PROM NIGHT, hangend aan de arm van de man van wie ze hield. Ze had een enorme grijns op haar gezicht geplakt, en - ook al wist ze dat ze er belachelijk uitzag - ze weigerde het af te zwakken.

Zij en Ben waren aangekleed, Ben in kaki en een zijdezacht Oxford overhemd, en zij in een prachtige kastanjebruine herfstjurk die ze had gekocht in de cadeauwinkel van Broadmoor nadat ze waren geland op Colorado Springs International Airport. Ben had de hele tijd geklaagd dat hij zich aan het klaarmaken was, maar hij was midden in een zin gestopt toen zij uit de enorme hotelbadkamer kwam met de jurk zonder rug, zonder schoenen, en de oorbellen waarvan ze hem de link had gestuurd en die hij voor haar verjaardag had gekocht.

Julie had er geen rekening mee gehouden dat ze zich misschien *twee keer* moesten aankleden, maar toen ze eindelijk bij de brug waren die de twee kanten van het meer op het hotelterrein met elkaar verbond, was ze helemaal door het dolle heen.

"Ben, deze plek is *geweldig*."

Ben haalde gewoon zijn schouders op, maar zij stopte en keek naar hem op tot hij in lachen uitbarstte.

"Ja, het is al goed, denk ik," zei hij.

Ze liepen over de brug en stopten bij een van de bankjes langs de reling. Ze haalde haar telefoon uit de tas die ze bij zich had - die toevallig *perfect* bij haar jurk paste - en nam een paar selfies.

De Broadmoor baadde in de zachte gloed van duizenden gloeilampen, opgehangen in de bomen, en de antieke straatlantaarns die de paden over het terrein versierden. Stelletjes en gezinnen liepen rustig rond, op weg naar of van het diner of een van de vele bars en uitgaansgelegenheden die het resort bood.

Na de beste Italiaanse keuken die Julie ooit had gehad - dagelijks ingevlogen prosciutto uit Parma, Italië, naast vele andere specialiteiten van de chef - in het restaurant aan de westkant van het meer, zouden ze Reggie ontmoeten in een van de balzalen in de klassieke oostvleugel. Julie wist dat Ben Reggie wilde laten wachten zodat ze terug konden gaan naar de kamer om zich nog eens 'om te kleden', maar Julie was vastbesloten om de afspraak na te komen.

De banketzaal sloot aan bij de oude inrichting van de rest van de campus, en het was moeilijk voor Julie om zich te concentreren op de aanwezigen in de zaal toen ze binnenkwamen. Hoge bogen verdeelden de zaal in kleinere delen, en elke boog werd verlicht door met de hand versierde kandelaars die een zacht, egaal geel wierpen op de sierlijke sierlijsten en kroonlijsten. De pittoreske bogen trokken haar ogen omhoog naar het plafond, nog zo'n zorgvuldig vervaardigd ontwerpkenmerk van de kamer. Kleine inbouwkijkertjes gaven de rest van de kamer wat het maanlicht van één muur niet kon. Achter een massieve wand van glas vormde een overdekte waterfontein net buiten de kamer in de hoofdlobby de achtergrond voor een prachtig tafereel.

"Jules," zei Ben, terwijl hij haar aandacht vroeg. Ze schrok terug naar het moment en besefte dat iedereen in de kamer naar haar aan het staren was.

Reggie zat daar, glimlachend natuurlijk, naast Joshua Jefferson, de man die hen door het Amazonegebied had achtervolgd tot hij was verraden door zijn eigen mannen, zijn compagnie, en - misschien - zijn eigen vader. Joshua zat rechtop in de stoel, zijn armen steunend op de tafel, stoïcijns kijkend. Zijn stoffige bruine haar en jongensachtige gezicht verborgen een hardheid die Julie aan den lijve had ondervonden, evenals een sluwheid die meer dan eens hun leven had gered.

Tegenover Joshua, op de plek waar Reggie zat, stond de grootste vrouw die Julie ooit had gezien. Julie dacht dat ze meer op haar plaats zou zijn geweest in het Amazone regenwoud. Haar haar was in een strakke paardenstaart gebonden, en Julie kreeg er bijna hoofdpijn van. Haar ogen hadden dezelfde kleur als haar donkerbruine haar, en ze vertoonden de geringste tekenen van ouderdomsrimpels die er langs naar beneden krulden. Ze droeg een luchtige uitdrukking die bijna perfect tegenover die van Joshua stond, maar haar armen - dik en gespierd - waren voor haar borst gekruist.

Reggie sprong op toen ze bij de tafel kwamen. "Ben, Julie, ik wil jullie voorstellen aan mevrouw E." Hij wierp zijn blik van de ene kant naar de andere, wachtend tot ze alle drie een hand hadden gegeven. "Ze is hier namens haar man, Mr. E."

Julie keek naar Bens gezicht en probeerde niet te lachen. Ze hadden elkaar al verteld hoe de enigmatische en paranoïde 'Mr. E' eruit zou zien, maar elke voorstelling was uitgelopen op een hilarische schertsvertoning waarin ze hun favoriete filmschurken imiteerden.

Mevrouw E in levende lijve te zien, maakte het er niet makkelijker op om een strak gezicht te houden. De vrouw die vlakbij stond leek wel een echte Wonder Woman. Julie dacht zelfs aderen op haar pezige armen te zien.

Julie's ogen vielen op de grond in een laatste poging om haar geestelijke gezondheid te bewaren.

"Gaat u alstublieft zitten," zei Reggie, terwijl hij naar twee lege stoelen aan tafel wees. Ben wachtte op Julie, trok haar stoel voor zich uit en ging naast haar zitten. Mevrouw E bleef staan. Ze liep naar een TV op een verrijdbaar karretje dat aan de rand van de kamer stond en trok het dichter naar de tafel toe.

Tot nu toe had ze nog geen woord gesproken, dus Julie was verbaasd over de lage stem en het licht exotische accent van de vrouw die voor haar stond. "Vergeef mijn man dat hij niet wil reizen. Hij geeft de voorkeur aan een meer *exclusieve* regeling."

Overal werd geknikt en mevrouw E ging verder. "Mijn naam is mevrouw E. Mijn echtgenoot, de heer E, en ik zijn de enige eigenaars van een grote multinationale communicatieonderneming. Wij hebben belangen in vele sectoren, maar onze meest lucratieve onderneming ligt momenteel in de technologische sector."

Julie wierp een blik op Ben, maar kon zijn gezicht niet lezen. *Heeft dit zin voor jou?* vroeg ze zich af.

"Mr. E heeft op uw komst gewacht. Staat u mijn man toe het verder uit te leggen."

Mevrouw E stapte weg van de voorkant van de tafel en pauzeerde, alsof ze op applaus wachtte. Tenslotte ging ze naast Reggie zitten. De TV kwam tot leven.

"Hallo," zei een man. Zijn stem klonk even levenloos als de doos waaruit hij kwam, en hij klonk alsof hij een script aan het voorlezen was. *"Zoals mijn vrouw al zei, mijn naam is meneer E. Het is een genoegen u te ontmoeten."* Weer een pauze, deze keer veel te lang.

Was dat een grapje? vroeg Julie zich af. Ze fronste haar wenkbrauwen.

"Dank u voor uw reis hierheen voor een ontmoeting. Ik hoop dat u de accommodatie naar uw smaak vindt. The Broadmoor is al vele jaren een favoriet van ons. Als u iets nodig heeft, aarzel dan niet om het aan het personeel te vragen."

De man die tot hen sprak leek twee keer zo oud als mevrouw E, maar hij zag er niet per se *oud uit*. Hij had meer rimpels, kortgeknipt grijs haar en een kledingstijl die meer leek te passen in de Middeleeuwen dan in de moderne maatschappij. Hij knipperde te veel met zijn ogen, waardoor hij er onzeker en trillerig uitzag.

"Ik heb om uw aanwezigheid hier vandaag gevraagd omdat ik uw hulp nodig heb. Zoals mijn vrouw heeft uitgelegd, zijn wij eigenaar van een groot telecommunicatiebedrijf en vele kleinere dochterondernemingen, waaronder startende en middelgrote communicatie-organisaties.

"We hebben uw recente excursies in Brazilië gevolgd, en ik heb ook over het Yellowstone incident gelezen. Ik weet dat u een bedrijf volgt dat zich 'Draconis Industries' noemt, en ik denk dat ik kan helpen hen te lokaliseren."

Reggie keek naar Julie, toen naar Ben. Ze kon zijn gezicht niet lezen, maar het leek een mengeling van *'ik zei het je toch'* en *'daar gaan we weer'.*

Mr. E vervolgde zijn monoloog. *"Ik heb persoonlijk geïnvesteerd in het vinden van de financiers en leiders van het bedrijf, en heb een aantal van mijn beste mensen ingezet om ze op te sporen."*

Hij opende zijn mond om opnieuw te beginnen, maar Ben schudde zijn hoofd opzij. "Ja? Wat zit er voor jou in?" zei hij onder zijn adem, in de richting van Julie, Joshua, en Reggie.

De man op het scherm stopte, en schraapte zijn keel. Mevrouw E legde het uit. "Dit is een digitale recorder en een eenrichtings gsm-apparaat," zei ze, terwijl ze naar een klein rechthoekig voorwerp op de tafel voor hen stak. "U kunt de stem van mijn man horen, en hij de uwe."

Bens wenkbrauwen gingen omhoog toen Mr E zijn vraag beantwoordde. *"Mijn bedrijf heeft twee dagen geleden communicatie onderschept die volgens ons afkomstig was van Draconis Industries. De reden waarom ik me zorgen maak - om je vraag te beantwoorden - is dat zij mijn communicatietechnologie hebben gekaapt en hun berichten hebben versleuteld. Het zal u niet verbazen dat ze de diensten van mijn bedrijf gebruiken zonder ervoor te betalen."*

"Wat bedoel je, ze *gebruiken jouw technologie?*" vroeg Joshua.

De man schudde snel zijn hoofd, duidelijk niet onderbroken te willen worden. "Wat ik bedoel is dat ze mijn satelliet gebruiken."

"Uw bedrijf bezit een satelliet?" vroeg Julie.

"Nee," zei mevrouw E. "*We* hebben een satelliet."

"Wij zijn gecontracteerd om communicatie, inclusief telefoon en internet, te verzorgen voor alle in de VS gevestigde onderzoeksstations op Antarctica.

Julie's ogen werden groot. *Hoeveel geld hebben die kerels wel niet?*

"Wij hebben de satelliet jaren geleden van Lockheed Martin gekocht, maar hebben dezelfde relatie met de Amerikaanse onderzoekstations voortgezet, met name de Amundsen-Scott en McMurdo stations".

Reggie blies een hap lucht uit zijn mond. "Denk je dat Draconis Industries op *Antarctica* ligt?"

HOOFDSTUK 5

NIEMAND SPRAK GEDURENDE EEN PAAR SECONDEN. Uiteindelijk draaide Mr. E zich om, nog steeds in de camera kijkend. *"Ik weet dat ze op Antarctica zijn. We hebben het beginpunt van het primaire signaal, en het komt van McMurdo Station."*

"Dus jij denkt dat Draconis Industries zijn hoofdkwartier heeft in een *Amerikaanse* onderzoeksbasis?" vroeg Ben.

"Niet precies," zei mevrouw E. "We geloven dat ze het reeds bestaande netwerk van het station gebruiken om gecodeerde signalen van onze satelliet te verzenden en te ontvangen, maar het station zelf weet daar niets van. We zijn nog steeds op zoek naar een bron, want we vermoeden dat hoewel McMurdo het begin- en eindpunt lijkt te zijn, er een andere route is waarlangs het signaal wordt doorgegeven zodra het het continent bereikt."

"Ja," ging Mr. E verder. *"We begonnen ook naar de transportgegevens te kijken, die moeilijker te vervalsen zouden zijn. Immers, als iemand daar beneden is en onze satelliet gebruikt om te communiceren, hebben ze basisbenodigdheden nodig - brandstof, voedsel, enz."*

"En heb je iets gevonden?" vroeg Julie.

"Dat deden we. De McMurdo-Zuidpool Snelweg van McMurdo naar Amundsen-Scott vervoert karavanen met materi-

aal, voorraden, olie en alles wat nodig is van de ene Amerikaanse basis naar de andere, maar sommige van deze karavanen zijn in de tijd dat we ze in de gaten hielden "verdwenen". Ze komen niet voor in het logboek, en ze staan alleen in McMurdo's gecodeerde logboeken.

"Wacht even," zei Reggie. "Is er een *snelweg* in Antarctica?"

"Die is er. Het is in 2006 voltooid, en het is in wezen een platgetrapte strook sneeuw die transportvoertuigen 1.000 mijl naar de Zuidpool en terug vervoert. Hoe dan ook, deze caravans zijn niet gemakkelijk te verliezen - de voertuigen zijn meestal zelfrijdend, volgen een vooraf bepaalde route en GPS-coördinaten. Er zou alleen iemand op McMurdo moeten zijn die de gegevens wijzigt om er een paar om te leiden."

"Wie zou de gegevens veranderen? We hebben het hier over wetenschappers, toch?"

"Eigenlijk, nee. Het meeste personeel op deze stations is ondersteunend personeel, geen wetenschappers of veldwerkers. Ze worden lang niet op dat niveau betaald, waardoor ze gemakkelijk kunnen worden omgekocht. Er is niet veel geld voor nodig om iemand opdracht te geven een aantal zelfrijdende voertuigen om te leiden naar een andere bestemming, vooral als die karavaan leeg en precies op schema terugkeert naar McMurdo. Er zijn niet veel mensen nodig in die hele regeling, en het zou een bijna onbeperkte aanvoer van spullen mogelijk maken.

"Bovendien heeft het Amerikaanse beleid om de bases op Antarctica in te krimpen een enorme speelruimte: er is een ingebouwde verwachting dat een deel van het materiaal vermist zal raken, en zelfs als dat niet zo was, kan iemand met enige ervaring in logistiek van bevoorradingsketens - of gewoon een fatsoenlijk computerprogramma - een geloofwaardige stroom van transportproblemen in elkaar zetten."

Reggie kneep de kruin van zijn neus dicht. "Oké, prima. Maar je had het over een paar mensen die hen hielpen aan de McMurdo kant, maar er zouden er *veel* meer moeten zijn, alleen al om deze 'geheime basis' te bouwen, en er zou een manier moeten zijn om ze op het continent te krijgen."

Meneer E begon al te knikken voordat Reggie klaar was met de vraag. *"Ja, en de Hercules LC-130 vliegt daar regelmatig en kan op ski's landen. Zorg dat iemand in de juiste ATC-baan 'vergeet' het opstijgen te registreren, en je hebt een gratis vliegtuig vol voorraden en personeel dat overal kan landen waar het vlak is en bedekt is met sneeuw. En er zijn genoeg vlakke plekken bedekt met sneeuw op Antarctica."*

"En hoe weet je dat het Draconis is die dit allemaal doet?" vroeg Ben.

Mevr. E draaide zich om naar Ben's vraag. "De communicatie die we daarvandaan vonden gebruikte de naam 'Dragonstone'."

"...En Dragonstone lijkt te voldoen aan de eisen voor uw raadselachtige gezelschap," voegde Mr. E eraan toe. *"Mysterieus, geïnteresseerd om zichzelf uit het zicht te houden, en heeft een naam die verwant is aan het woord 'Draak'."*

Ben moest het ermee eens zijn - het bedrijf, als het inderdaad 'Dragonstone' heette, klonk als het soort organisatie waar hij achteraan zat.

"Zij zijn het," zei Joshua. Zelfs de man op het televisiescherm leek zich om te draaien om Joshua aan te kijken. "Mijn vader sprak over werk dat ze in Antarctica aan het doordrukken waren. Ze hadden daar een dochteronderneming, gericht op het tot stand brengen van een werkrelatie met tal van Amerikaanse en Europese stations op het continent. Ik was niet op de hoogte van de details, maar het lijkt erop dat ze de 'werkrelaties met andere stations' helemaal omzeild hebben. Ik heb geen idee wat ze daar doen, maar ik twijfel er niet aan dat het om hetzelfde bedrijf gaat."

"Dus wat heb je van ons nodig?" vroeg Reggie aan Mr. E.

"We willen dat je gaat kijken wat ze aan het bouwen zijn," zei hij.

HOOFDSTUK 6

"IK WEET ALLES WAT 'GAAN ZIEN' inhoudt," zei Reggie, "en ik weet niet of ik wel geïnteresseerd ben."

Reggie had een halve glimlach op zijn gezicht. Eén kant van zijn mond krulde lichtjes omhoog, wat de indruk gaf dat hij zelfverzekerd was, maar toch bezorgd. Hij keek naar de reactie van meneer E op het scherm terwijl de man luisterde naar Reggie's antwoord. In plaats van op Reggie's aarzeling in te gaan, wachtte hij nog langer.

Ben ving Reggie's blik, en hij staarde naar zijn vriend aan de tafel.

"Oké," zei Reggie, "prima. Ik ben *geïnteresseerd*, maar dat betekent niet dat ik *ga*. En ik spreek voor ons allemaal hier." Hij keek naar het televisiescherm. "Als je me dit had verteld voordat ik naar Alaska vloog om de tortelduifjes te pakken, had ik de reis gewoon overgeslagen en je gezegd dat je iemand anders moest zoeken. Trouwens, waarom *niet iemand anders* sturen? Ik bedoel - niet slecht bedoeld, jongens - *we* kunnen niet de beste zijn die jullie hebben."

"Dat doet u niet," zei Mr. E, zonder een slag over te slaan. "Ik stuur ook een particuliere veiligheidsmacht: acht goed getrainde, zeer goed uitgeruste soldaten, daarheen. We hebben een gebied gescand op 160 km van McMurdo, nadat een elektrische piek daar

onze aandacht trok, en we vermoeden dat er andere partijen zijn die geïnteresseerd zouden kunnen zijn in wat daar ook is. We gaan ervan uit dat de dreiging vijandig is, dus het is in ons belang om een noodplan te hebben voor het geval het te heet onder de voeten wordt. Maar ik heb meer nodig dan alleen soldaten, ik heb specia-listen nodig. En ik kan niet zomaar in mijn eigen netwerk gaan rondvragen. Het is moeilijk om iemand in de echte wereld te vinden die gelooft dat deze organisatie bestaat, dus als ik mensen probeer over te halen om op een wilde ganzenjacht naar de Zuidpool te gaan, gaat mijn reputatie snel bergafwaarts.

"Dus jij bent het. Je bent niet bekend met de geografie, maar een van mijn mannen wel, en hij zal je informeren als het nodig is. Ik heb iets nodig van ieder van jullie, dat wel."

Reggie wachtte tot hij het uitlegde.

"Juliette, jij bent een IT- en communicatieprofessional. Je moet uitzoeken waarom - en hoe - ze zoveel data gebruiken, en dan ga je proberen om ze te stoppen. Ik kan me niet voorstellen dat ze er iets legaals mee doen. En zelfs als ze dat doen, ik word er niet voor betaald.

"Joshua, jij zal deze groep leiden. Je verdeelt je taken met Red, maar je hebt de leiding over de operatie zodra je aan het stuur zit. We zullen geen betrouwbare manier hebben om te communiceren, dus ik laat de beslissingen op de grond aan jou over."

Ben fronste zijn wenkbrauwen. "Wie is Roodkapje?"

Hij keek de groep rond en zijn ogen vielen op Reggie, die grijnsde van oor tot oor. "Ik had gehoopt het nieuws zelf aan hen te kunnen brengen, E."

Mr. E erkende Reggie niet eens toen hij antwoordde, alsof hij voorlas uit een script. *"Red, Gareth. Gareth Red is ex-Special Forces, Leger - "*

"Ja, ja, we hebben het," zei Reggie. "Ze kennen mijn geschiedenis." Hij wendde zich tot de groep. "Ze noemden me een paar keer 'Red, G,' en 'Reggie' bleef hangen. Sorry, het is gewoon makke-lijker om me Reggie te noemen."

Julie rolde met haar ogen, en Ben en Joshua schudden hun hoofd.

"Hoe dan ook," zei Mr. E, zich nog steeds niet bewust van de humor. *"Mijn vrouw zal zich ook bij jullie voegen, en ze is net zo bekwaam als ze eruit ziet. Expert in Krav Maga en Russisch Systema, en ze kent haar weg met een wapen - maakt niet uit wat voor soort."*

Ben wachtte, wetende dat Mr. E hem nu zou aanspreken.

"Harvey," begon Mr. E, *"hoewel de anderen rond de tafel en mijn eigen team het grootste deel van de vereiste vaardigheden leveren, is dit jouw gevecht. Als Juliette besluit de regeling te aanvaarden, verwacht ik dat je geneigd zult zijn mee te gaan, en ik kan je niet overtuigen achter te blijven. Maar je hebt veerkracht en doorzettingsvermogen, en dat is iets wat ik niet kan kopen. Doe wat de groep nodig heeft, en help Julie het voor elkaar te krijgen."*

Reggie knikte terwijl hij Bens reactie bekeek. *Beter dan 'ga terug naar huis en word een parkwachter,'* dacht hij.

Ben ging achterover in de stoel zitten, snoof diep in, sloeg zijn armen over elkaar en knikte toen.

HOOFDSTUK 7

DIT GAAT NIET WERKEN, dacht hij. *Het werkt nooit.*

Hij voerde de subroutine nogmaals uit, nam een slok koffie en wachtte twee minuten tot de gecompileerde code klaar was.

Het werkte niet.

Jonathan Colson zuchtte en duwde zijn bril weer op zijn neus. Zijn overhemd was gekreukt, omdat het bijna een dag lang strak tussen zijn steeds groter wordende buik en het bureau was gedrukt. Het bureau was een van de nieuwe 'sta-bureaus' die in de mode waren bij sommige jongere werknemers op de hogere verdiepingen, die zwoeren dat ze erdoor afvielen en fit bleven.

Colson had nog steeds wat overgewicht, op alle verkeerde plaatsen. Zonder shirt zag hij eruit als een peer, snel breed in de taille en smaller bij de schouders. Met een hemd aan zag hij eruit als een volwassen nerd, met een bril die voortdurend van zijn gezicht afgleed en een nauwelijks getailleerde Oxford die te wijd was om zijn vruchtvormige lichaam en, blijkbaar, zichzelf naar behoren te verbergen in de aanwezigheid van het andere geslacht.

Hij had een week aan het probleem gewerkt, en niets wat hij probeerde had ergens toe geleid. De subroutine was een van de vele, allemaal onderdelen van een veel, *veel* groter netwerk van subroutines en computerprogramma's, die allemaal contextueel en dynamisch werden geactiveerd wanneer daarom werd gevraagd. In sommige opzichten was het programma zelf niet anders dan een modern videospelletje: de gebruiker interfacete met het programma en koos uit een reeks variabelen die tot verschillende uitkomsten leidden. Sommige spellen gingen nog een stap verder en voegden een "kies-je-eigen-avontuur" flair toe die het spel meer organisch en levend maakte.

Voor hem volgden spellen een verhaallijn: ze hadden een begin, een midden en een einde, en het was meestal duidelijk waar in het verhaal hij zich bevond. Sommige spellen brachten de speler in onvoorziene wendingen, die leidden tot doodlopende wegen of toevallige ontdekkingen, terwijl andere zo eenvoudig waren als 'dood de slechteriken tot de grote slechterik aan het eind dood is'.

Jonathan Colson was opgegroeid met het spelen van video-spelletjes, dus de analogie was treffend, maar uiteindelijk schoot hij tekort. Op een gegeven moment waren zijn subroutines zo groot geworden dat ze de hele codebibliotheek van het meest complexe videospel in het niet deden vallen, en nog steeds waren deze 'kleinere' programma's bedoeld als een deelverzameling van het geheel. Het 'geheel' was in dit geval iets vaags, etherisch en niet begrepen door iemand met wie hij ooit had gesproken.

Er waren een paar andere programmeurs op het station, maar hij was de teamleider voor een kleine bibliotheek van subroutines die betrokken waren bij de verwerking van wat alleen kon worden omschreven als 'het grootste computerpro-gramma ter wereld'. Honderden uitbestede programmeurs en ontwikkelaars - zelfs ontwerpers, zo werd hem verteld - waren aangetrokken om creatieve oplossingen te schrijven voor de problemen waarvoor het bedrijf hen had ingehuurd. Jonathan's taak, als hij niet bezig was met het oplossen van bugs, was het doorspitten van deze database van scripts en het eruit halen van de veelbelovende.

Hij reikte naar het kopje koude koffie dat op de rand van het bureau stond zonder op te kijken van het scherm. Zijn vingers streken langs het kopje en stootten het van de rand op de vloer. De gladde, harde vloer veranderde het piepschuimen bekertje met koude vloeistof in een *leeg* bekertje met vloeistof, waardoor de koffie naar buiten viel en op twee bureaus ernaast terechtkwam.

Hij vloekte, stond op en liep weg van zijn bureau om een Support Services teamlid te zoeken. Het bedrijf had zijn werknemers opgedragen zich te concentreren op hun eigen vaardigheden. Geen enkele leidinggevende zou belast mogen worden met beslissingen op het gebied van personeelszaken, geen enkele werknemer in loondienst zou veiligheidskwesties in eigen hand mogen nemen en, in Jonathan's geval, geen programmeurs zouden hun eigen gemorste koffie mogen opruimen.

Colson zwenkte naar de dichtstbijzijnde intercom en nam de telefoon op. Het was een archaïsch communicatiestuk; een telefoon zo oud dat het hem verbaasde dat hij niet aan een knop hoefde te draaien om een nummer te bellen.

De computer operator aan de andere kant antwoordde onmiddellijk.

"Ja, dit is Jonathan Col - sorry, werknemer 739 - Ik heb een schoonmaakbeurt nodig op niveau 7, hoofdverdieping. Ja."

Hij hing de telefoon op, draaide zich naar de open deur tegenover de intercom die naar de pauzeruimte leidde, en tilde zijn voet op om een stap te zetten.

"Colson."

De stem leek zijn oren te bereiken op hetzelfde moment dat zijn onderbewustzijn de spreker interpreteerde, het elektronische signaal vertaalde, de taal ontleedde in begrijpelijke spraakpatronen, en het resultaat - een enkel woord - afleverde bij het deel van zijn hersenen dat gewijd is aan spraakherkenning.

Lieve hemel, het menselijk brein is complex, dacht hij.

Hij draaide zich om en zag zijn directe baas, Angela Stokes, op hem afkomen. Ze moet hem gevolgd zijn vanaf het moment dat hij zijn bureau had verlaten; haar kantoor was in de uiterste hoek van de enorme verdieping, vlakbij de smalle trap die op en neer leidde naar de andere verdiepingen. Ze bewoog zich snel, niet ongebruikelijk, want haar houding was typisch 'krijg het voor elkaar, koste wat het kost'. Hij wist niet precies wat haar motivatie nu was, maar hij had haar al vaak anderen in de afdeling zien afrossen.

Hij deed zelfs een stap achteruit, onwillekeurig reagerend op haar tred. Hij wist niet of ze echt tegen hem op zou botsen of niet, maar zijn lichaam leek het risico niet te willen nemen. Ze stopte net voor ze contact met hem maakte, nog steeds voorover leunend terwijl haar bovenlichaam bleef bewegen.

Zij was wat hij en zijn collega's graag een 'close talker' noemden, iemand die zich niets aantrok van de onuitgesproken regel van persoonlijke ruimte. Haar adem was vaak een mengeling van koffie, pepermuntkauwgom en wat ze onlangs gegeten had. Het was niet sterk genoeg om onder normale omstandigheden negatieve reacties op te roepen, maar als ze 'close talking' deed, was het onmogelijk de geur te negeren.

Spaghetti vandaag, denk ik, dacht hij terwijl ze haar mond dichter naar zijn gezicht bracht. Voor iemand die kleiner was dan de rest van haar werknemers, was Colson altijd verbaasd over haar vermogen om nog steeds op hen neer te praten.

"Colson," begon ze weer, "heb je me gehoord?"

"Sorry. Wat is er aan de hand?"

Ze klemde haar tanden een paar keer open en dicht terwijl ze omhoog en dan weer omlaag naar de grond keek, de fysieke manifestatie van een gedachteproces dat tot voltooiing kwam. "Nou, ten eerste ben je te laat. Ik moest die subroutine afmaken - "

"De subroutine maakt fouten," zei hij. "Ik zei het je, ik zei Engineering dat het zou, en -"

"Ik *geef niet* om parse fouten," spuwde ze terug. "Ik wil dit programma af hebben. Het hele ding. Voor het einde van de week."

"Tegen het einde van - ben je serieus? Ik kan niet eens garanderen dat de subroutine aan het eind van de week succesvol is, en dan moet het hele *programma* af zijn?"

Ze knikte.

Hij fronste zijn wenkbrauwen. Ze liet zelden een gelegenheid voorbijgaan om de dode ruimte op te vullen met praten, dus haar plotselinge stilte bracht hem van zijn stuk. "Wat?"

Ze hield haar hoofd schuin.

"Stokes, wat is er aan de hand?"

Colson was een paar jaar voor Stokes aangenomen, maar hij had zich veel langzamer opgewerkt dan zij. Een MBA ging verder in de echte wereld dan echte ervaring, leek het. *En we worden alleen gepromoveerd tot ons niveau van incompetentie.* Hij had de ratrace in het bedrijfsleven meegemaakt om te weten dat hij niet veel hogerop zou komen bij deze organisatie - hoe anders die ook mag zijn dan alle andere plaatsen waar hij was geweest.

Hij en Stokes hadden een goede werkrelatie, en dat was het beste wat iemand kon zeggen over zijn relatie met zijn baas. Angela was een middelmatige manager die de output aan de input koppelde en vervolgens de input met meer middelen voedde, alles in de hoop er nog meer output uit te persen. Colson genoot meestal van het werk dat hij deed, en Stokes leek hem te vertrouwen, dus bespraken ze vaak zaken die meestal boven zijn salarisschaal lagen.

"Iets," zei ze uiteindelijk. "Maar ik weet niet wat. Er is... gepraat. Ik weet niet zeker hoeveel alleen bekend moet worden gemaakt, maar wat ik ervan begrijp is dat de hogere rangen het tegen het einde van de maand willen uitrollen."

"Drie weken? Ze willen dit klaar hebben voor testen in *drie weken?*"

"Nee," antwoordde ze. "Ze willen binnen drie weken een volledig operationeel systeem hebben. Dat betekent een beperkt testschema, en het testen moet binnen anderhalve week beginnen."

Jonathan liet een snelle hap lucht ontsnappen. "Je neemt me in de maling, Stokes."

"Ik wou dat ik het was. Mijn hachje staat hier ook op het spel, Colson. Toch vraag ik me af waarom. Heb je veel vooruitgang geboekt?"

Hij schudde zijn hoofd. "Nee, ik denk het niet."

"*Denk* je dat niet? Christus, Colson, als je het niet weet, dan..."

"Wat ik probeer te zeggen is dat we nog te ver weg zijn van een betrouwbare set test variabelen. De resultaten zijn vertekend totdat ik de causale knooppunten kan isoleren, en..."

"Colson, ik ben je baas omdat jij meer van dit soort dingen weet dan ik. Ik heb geen idee wat je nu tegen me zegt."

Hij grijnsde, niet in staat zichzelf te helpen. "Ja, dus wat ik wil zeggen is dat we zo ver verwijderd zijn van het vastleggen van deze subroutine dat ik de *test* niet eens volledig kan testen."

Ze fronste en wierp haar ogen op en neer, alsof ze hem bekeek. Hij wist dat het haar tic was, iets wat ze onwillekeurig deed als ze diep in gedachten was.

"Oké," zei ze. "Oké. Goed. Het moet ergens zijn, misschien..."

"*Wat* moet hier zijn?"

"Oh." Ze keek weer op naar Colson met een uitdrukking die leek te impliceren dat ze de afgelopen vijf minuten niet eens had geweten dat hij in de kamer was. "Ik bedoel, waarom gaan ze vooruit als we echt nog zo ver van de voltooiing verwijderd zijn. Er moet *een* reden zijn waarom ze denken dat het verstandig is om verder te gaan met de testfase, vooral op een versneld schema. Denk je dat er iets op de andere niveaus gebeurt waardoor ze het zouden willen versnellen?"

Hij schudde opnieuw zijn hoofd. "Nee. Ik wil niet egoïstisch klinken, maar 7 is de laatste halte voor alles live gaat, en het is *cruciaal* dat we onze subroutines op hun plaats krijgen. Zonder hen, is er geen net, geen interconnectiviteit, geen dynamische link -"

"Ik heb het, Colson. Zonder ons, hebben ze niets."

Hij knikte. "Zo ongeveer."

Ze draaiden zich beiden om en keken toe hoe de traag bewegende deur van de industriële lift openging en een eenzame conciërge met een dweilemmer de verdieping van Level 7 op gleed. De oudere man vond de lekkage naast Colson's bureau en ging er naar toe.

"Oké," zei Angela terwijl ze zich weer omdraaide naar Colson.
"Ga weer aan het werk, maar laat het me weten als je klaar bent."

"Heb het."

Hij begon weg te lopen, zich in een wijde boog om zijn baas
heen buigend, maar zij strekte zich uit met een onmogelijk lange
arm en greep zijn elleboog. "Colson."

Hij draaide zich om en wachtte.

"Als je nog iets hoort, mijn deur staat open."

HOOFDSTUK 8

"DUS JE DOET MEE?" REGGIE VRAAGT. Hij keek naar Ben en zag hoe de ogen van de man gaten in hem boorden.

Ben herhaalde de reactie die hij in de balzaal had gehad, haalde diep adem, knikte en sloeg zijn armen over elkaar. Ze waren allemaal verhuisd van de Broadmoor balzaal naar de Hotel Bar aan de overkant van de hal, en Reggie had ze allemaal verzameld rond een grote tafel buiten op de patio, vlak naast een enorme buiten open haard met uitzicht op het kleine meer.

"Ik zag je dat daar doen," zei Reggie. "Maar ik kan niet zeggen wat het betekent. Doe je mee?"

"Als Julie meedoet, doe ik ook mee," zei Ben.

Julies ogen verwijdden zich lichtjes. "Natuurlijk wil ik dit voor eens en voor altijd uitzoeken," zei ze, "maar *Antarctica?* Dat is - het is krankzinnig."

Mevrouw E, Reggie en Ben rookten allemaal sigaren die ze - tegen een ongelooflijke prijs - hadden gekocht van het sigarenmenu van de Hotel Bar. Ben en Reggie dronken een lokale bourbon, Joshua had een water met citroen, en Julie en mevrouw E hadden elk een paar lege glazen van wat cocktails waren voor zich.

"Het is zeker niet wat ik zou kiezen voor een vakantie," zei Reggie. "Maar dit is *het.* Je hebt hem gehoord -" hij bewoog naar mevrouw E aan de andere kant van de tafel - "ze *hebben ze gevonden*, Julie. De groep die je zoekt sinds Yellow-"

"Ze zijn in Antarctica," zei Joshua, onderbrekend, "maar dat betekent niet dat we in staat zullen zijn ze te stoppen. Deze groep is beter gefinancierd dan de meeste regeringen, en - ook in tegenstelling tot de meeste regeringen - ze hebben geen grote schulden. Als ze iets willen, betalen ze ervoor. Met contant geld."

"Nou en?" Zei Reggie. "We hebben allemaal op ze gejaagd met alleen maar lijken en gemiste kansen, en deze jongens vallen zomaar in onze schoot?"

Joshua fronste, pakte zijn drankje en roerde het met het rietje alsof het iets anders was dan water met citroensmaak. "Ik weet nog steeds niet hoe ze je gevonden hebben, Reggie. Of Red, of hoe hij ook zei dat je naam is."

Reggie glimlachte. "Ik heb het aan Ben en Julie uitgelegd op weg hierheen. Ze waren op zoek naar iemand van buiten de VS om te helpen met het project. Ik had de unieke achtergrond dat ik militaire ervaring had, jullie allemaal kende, en een *sterke* wens de boeven te vinden."

"Toch," zei Joshua en wendde zich tot mevrouw E die naast hem zat. "Jullie hebben Reggie toevallig gevonden, hem gevraagd of hij een team voor jullie wil rekruteren, en ons dan allemaal naar een bevroren woestenij gestuurd? Dat klopt niet."

Tot nu toe had Mevr. E geen woord gesproken, maar in plaats daarvan het gesprek gevolgd en - zorgvuldig - het gezicht van elk teamlid bekeken terwijl ze spraken. Ze leek vooral geïnteresseerd in Joshua, en dat uitte ze nu in woorden. "Joshua Jefferson, je bent een gek. Een harde."

Haar accent leek dikker te worden nu ze wat gedronken had, en Reggie's glimlach veranderde in een van verwarde belangstelling. "Bedoel je 'harde noot om te kraken?" vroeg hij.

"Ja, dank u," zei ze. "Jefferson, je lijkt de last van een extra verantwoordelijkheid met je mee te dragen. Een waar je jezelf niet mee moet bezighouden."

"Waar heb je het over?" vroeg hij.

"Jij moet dit team leiden, maar dat is alles. We hebben de nodige uitrusting gevonden en zijn van plan de expeditie volledig uit te rusten. Op dit moment worden de voorbereidingen getroffen. Afgezien van dat, is er niets om je zorgen over te maken."

"Nou, dat is een deel van de reden waarom ik aarzel. Ik mocht mijn eigen team niet kiezen in dienst van Draconis. Ik werd gedwongen een groep huurlingen te leiden, uitgekozen door de hogere rangen."

"En dit was slecht?" vroeg ze.

"*Heel* slecht," zei hij. "Ik weet niet wie loyaal is, wie mijn baan wil, en wie niet te vertrouwen is om ons allemaal te doden."

"Dit team, echter -"

"Dit team is precies hetzelfde," zei hij. "Ik heb het niet gekozen, maar je wilt dat ik het leid? Je had me voor vanavond nog niet eens ontmoet. Je man heeft me *nog steeds niet* persoonlijk ontmoet. Hoe weet je dat ik de juiste man voor de job ben?"

Mevr. E's stem daalde naar een lagere toon. "We zijn van veel dingen niet zeker, Joshua, maar van één ding zijn we zeker: jij bent de juiste man voor deze klus, net als de rest van jullie. Jullie unieke vaardigheden, jullie kennis van de situatie en jullie bereidheid om deze groep te vinden, koste wat het kost, maken van jullie een perfect team."

Een ober verscheen en vulde de waterglazen bij, plaatste meer drankbestellingen, en verwijderde gebruikt glaswerk van de tafel voordat iemand weer sprak.

"Oké, prima," zei Joshua. "Waarom doe je dit dan? Ik weet dat je niet zoveel uitgeeft aan een reis naar Antarctica alleen maar om wat onbetaalde royalty's te krijgen die je nog tegoed hebt. Wat zit er *echt* voor jou in?"

Reggie hoorde Joshua de vraag stellen - een vraag die hij zich zelf ook had gesteld - maar zijn ogen waren gericht op mevrouw E. Hij wist dat haar antwoord hem veel zou vertellen over de man en de vrouw die nu hun weldoeners wilden zijn. Hij was nog niet helemaal klaar om een van hen volledig te vertrouwen, maar haar antwoord zou een heel eind komen.

Haar ogen dwaalden snel opzij en bleven toen bij die van Joshua. "Dat is een perfecte vraag, Mr. Jefferson. U hebt gelijk in de veronderstelling dat we iets hebben weggelaten. Maar vat onze uitsluiting van feiten alstublieft niet op als vijandigheid; integendeel, we wilden er zeker van zijn dat u niet onmiddellijk werd afgeschrikt door ons aanbod. Het feit dat u allen nog hier bent, rond deze tafel - "

"Technisch gezien heb je ons nog geen aanbod *gedaan*," zei Ben.

"Ja, natuurlijk, daar komen we nog op. Maar het is belangrijk om eerst het antwoord op Joshua's vraag te bespreken."

Ze schraapte haar keel, dronk het restant van haar cocktail naar binnen en leunde voorover in haar stoel. "Mijn man en ik hebben een communicatiebedrijf, dat weet u al. We hebben geïnvesteerd in startende en andere bedrijven, en veel van deze bedrijven proberen niets meer te bouwen dan nieuwere versies van dezelfde technologie. Toch proberen velen van hen - al dan niet bewust - de heilige graal van de technologie te bemachtigen. Het is een interesse die veel tech-investeerders nastreven, en zo zijn wij ertoe gekomen om de verrichtingen van dit mysterieuze bedrijf zo goed mogelijk te volgen."

"De 'heilige graal'?" vroeg Julie. "Laat me raden - eeuwigdurende energie?"

"Nee, eeuwigdurende energie wordt nog steeds onmogelijk geacht volgens de meeste takken van de fysica. Waar wij op doelen is veel eenvoudiger, en toch iets wat we nog niet gezien hebben: kunstmatige intelligentie."

Joshua fronste zijn wenkbrauwen. "Maar we hebben *wel* kunstmatige intelligentie. AI, toch?"

"We hebben een zwakke kunstmatige intelligentie. Dat wil zeggen, we hebben computerprogramma's die taken en subroutines kunnen uitvoeren die worden beschouwd als onder het algemene menselijke intelligentieniveau. Ze mogen dan snellere parallelle processors zijn dan het menselijk brein, maar ze zijn nog steeds 'zwak'. De echte heilige graal van de technologie-industrie is 'sterke' AI - een kunstmatige intelligentie die slim genoeg is om te concurreren met een mens op zowat elke intelligentietest."

Reggie kneep de top van zijn neus dicht. "En jij denkt dat ze iets van plan zijn. Draconis Industries, in Antarctica. En Kunstmatige Intelligentie."

"Wij wel. Door te kijken naar de soorten communicatie-informatie die ze hebben opgevraagd, zelfs zonder de gegevens volledig te kunnen ontcijferen, denken we dat ze een supercomputer hebben gebouwd die sterk genoeg is om een kunstmatige intelligentiemachine te ondersteunen."

"Dus ze bouwen Skynet daar beneden," zei Joshua. "Geweldig."

Mevrouw E hield een hand op. "Voordat we ons te veel laten meeslepen door de Amerikaanse science-fiction cultuur, moeten we goed begrijpen dat deze 'kunstmatige intelligentiemachine' iets simpels kan zijn als een extreem snel netwerk van parallelle processors, gebouwd op een geïsoleerd raster. Maar toch, een bedrijf zoveel rekenkracht geven zonder regelgeving of beperkingen..."

"Waarom geïsoleerd?" vroeg Julie. Alle ogen waren op haar gericht.

"Pardon?"

"Waarom zei je 'geïsoleerd' raster? Er is een reden waarom je hoopt dat het geïsoleerd is, is het niet?"

Mrs. E glimlachte. "Ja, en dit is een perfect voorbeeld van waarom we hebben besloten dat het hebben van jou bij ons een grote aanwinst is."

"Waar hebben jullie het nu weer over?" vroeg Reggie.

Julie legde uit. "Geïsoleerd' betekent dat deze AI - wat het ook is - niet naar 'buiten' kan. Het is gebouwd op een intranet zonder externe connectiviteit, dus het is opgesloten in het mainframe van de faciliteit, net als een gekooid dier in een dierentuin."

"Maar ze hebben wel connectiviteit," zei Ben. "Ze gebruiken McMurdo's satellietverbinding daarvoor."

"Ja, ze zijn verbonden met de buitenwereld," zei Mevr. E.

Haar ogen dwaalden even af, een feit dat Reggie onmiddellijk opmerkte. Hij sloeg de informatie op.

"En dat is precies waarom we zo snel mogelijk naar Antarctica moeten."

"Het spijt me," zei Joshua. "Ik begrijp je haast nog niet. Hoe ver denk je dat ze zijn met het doorgronden van dit 'kunstmatige intelligentie' ding?"

"We hebben reden om aan te nemen dat ze het al klaar hebben. Waarom ze het niet gebruiken voor wat ze van plan zijn, weten we niet. Maar van wat we hebben kunnen ontcijferen en begrijpen, is het duidelijk dat ze alleen al in de laatste paar weken verbazingwekkende vooruitgang hebben geboekt."

HOOFDSTUK 9

VOOR EEN MAN DIE VLIEGEN HAATTE, vloog Ben de laatste tijd wel erg veel. Hij en Julie waren naar Brazilië gevlogen op zoek naar Draconis Industries, en nu maakten ze zich klaar om naar een van de meest afgelegen plekken op aarde te vliegen. Hij wist niet zeker of hij opgewonden, doodsbang, nerveus of iets heel anders was. Julie leek er niet beter aan toe te zijn, en het was alles wat hij kon doen om niet tegen haar te klagen tijdens de dagenlange reis naar Nieuw-Zeeland, en, uiteindelijk, naar Antarctica.

De eindeloze oceaan staarde hem aan toen het vliegtuig verder zuidwaarts vloog, en liet een verontrustend gevoel achter in zijn maag, en herinnerde hem eraan hoe klein hij eigenlijk was. Ze hadden een route gekozen die hen over zo weinig mogelijk land zou voeren, en kozen voor een pad over open water. Vanuit Colorado vlogen ze naar Californië, daarna naar Hawaï en toen begonnen ze aan hun reis naar het zuiden met een privéjet van Mr E en zijn vrouw. In Nieuw-Zeeland stapten ze over op de enorme C-130 die hen naar Antarctica zou brengen.

Ze hadden de rest van hun bemanning aan boord van de C-130 ontmoet. Opeengepakt in twee rijen stoelen met nauwelijks een veiligheidsgordel, staarden Ben en Julie recht in de koude ogen van de geharde soldaat die tegenover hen zat. Hij stelde zich gewoon voor als 'Kyle' en bood weinig gespreksstof of beleefdheden aan. In plaats daarvan besteedde hij de tijd voor het opstijgen aan het controleren van zijn telefoon en het versturen van sms'jes.

"Oké," hoorde Ben een stem roepen van de andere kant van de twee banken. "Luister goed. Veel te doen, dus opletten. Mijn naam is Roger Hendricks, en ik ben de man die jullie naar Antarctica gaat brengen."

Ben draaide zijn pijnlijke, vergane hoofd naar rechts om de man te zien praten. Hij was lang, rekte zich uit naar de apparatuur die aan de dakspanten van het vliegtuig hing, en was mager. Gespierd maar bedekt met lagen donkere kleding, was zijn gezicht volledig verstoken van emotie toen hij sprak.

"Zoals u allen weet, zijn wij op een missie om elke mogelijke bedreiging voor het bedrijf van Mr. E te identificeren en te elimineren, inclusief het achterhalen van gevoelige gegevens en communicatietechnologie."

Ben keek naar mevrouw E, die op de bank tegenover hem zat naast de soldaat die Kyle heette. Het siert hem dat de asociale jongeman nu aandachtig naar Hendricks keek. Ben wachtte tot mevrouw E zijn kant opkeek, en hij probeerde haar uitdrukking te lezen. Ze glimlachte alleen maar, knikte een keer en keek toen weer langs de romp naar Hendricks.

"Deze gegevens zijn, volgens onze weldoener, iets van grote waarde voor zijn organisatie en potentieel schadelijk als ze in de verkeerde handen vallen. En het spreekt voor zich dat hij de huidige houder van deze informatie als de 'verkeerde handen' beschouwt. Daarom is onze missie, zodra we op het continent zijn geland, deze mensen te vinden, de situatie zo goed mogelijk in te schatten en ervoor te zorgen dat alle gevoelige gegevens of informatie die worden gevonden, worden verzameld en aan meneer E. worden teruggegeven."

Hendricks wachtte even op vragen en ging toen verder. Hij draaide zich iets naar links en richtte zich tot Ben, Julie, Reggie en Joshua.

"Je hebt misschien ook gezien dat mijn team soldaten tegenover je zit. Dit zijn uitzonderlijk getrainde soldaten van verschillende achtergronden, in dienst van Mr. E als verdere verzekering van zijn bezittingen. Ze zijn loyaal aan mij, en zullen bevelen opvolgen van mijzelf en, zodra we geland zijn, Mr Jefferson."

Joshua wipte met zijn hoofd omhoog in de richting van Hendricks, maar Hendricks stak een hand op voordat Joshua kon spreken.

"Ik weet wat u denkt, Mr Jefferson, en hoewel uw expertise nuttig is, presteren mijn mannen het best onder vertrouwde leiding. Vanwege uw geschiedenis met de organisatie die we zoeken, zal uw autoriteit gelden als het gaat om de algemene missie parameters, maar voor specifieke betrokkenheid protocol -"

"Ik ben slechts het boegbeeld, is wat je zegt," zei Joshua.

Hendricks schudde zijn hoofd. "Kijk, ik wil op de juiste voet beginnen, Mr. Jefferson. Ik begrijp dat Mr. E van plan was dat u toezicht zou houden op de hele missie, maar er moeten wat wijzigingen worden aangebracht in die regeling als het gaat om -"

Ben zag hoe Joshua zijn vuisten balde en weer balde. "Dat is onaanvaardbaar, Hendricks," zei Joshua. "Jij en ik weten allebei dat dat plan gedoemd is te mislukken. Laat mij de missie leiden, en trek je terug, of..."

"Of *wat*, Jefferson?" Hendricks verloor zijn respectvolle toon en zijn stem daalde tot een grom. Hij rekte zich uit tot een nog grotere hoogte. Hij haalde diep adem. "Luister, Jefferson," begon hij. "Je denkt dat omdat je kont nauwelijks is opgedroogd van je escapade in het moeras, dat je iets tegen me hebt. Maar *dat heb* je niet. Ik heb al langer jongens onder me werken dan jij ooit geleefd hebt. En als ik het me goed herinner, wilden je *eigen* mannen niet graag onder je dienen, of wel?"

Ben zag Joshua ziedend. Hij was zelf ook meer dan pissig, en vroeg zich af hoe Joshua zo goed zijn hoofd koel kon houden.

"Sorry dat ik zo aarzel mijn onsterfelijke vertrouwen in jou te stellen, jongen,' zei Hendricks. "Ik wilde dit niet doen waar de anderen bij waren, maar je wilde het gewoon niet laten vallen. Hij richtte zijn koude, dreigende ogen op de andere kant van de bank. "Mevrouw E, zou u er even bij willen springen?"

Mevrouw E keek van de ene man naar de andere, en Ben voelde de spanning in de lucht toenemen.

"Joshua," zei ze, haar stem nam de houding aan van een bezorgde ouder. "Ik verontschuldig me voor de verwarring. Mijn man en ik waren ons bewust van je... *bezorgdheid* over de selectie van het personeel voor deze missie, maar we wilden je niet verliezen als lid van dit team. We besloten...

"Je besloot tegen me te *liegen*? Dacht je dat ik hier gewoon zou blijven zitten en het zou pikken? Dat kun je niet menen."

"Joshua, er is niets wat we op dit moment kunnen doen. Hendricks is een goede leider, met jarenlange ervaring, en jouw bijdrage aan het team is nog steeds nodig. Zoals hij zei, je hebt een kennis van het bedrijf die een grote aanwinst voor ons zal zijn. Begrijp alstublieft dat wij uw mening respecteren, maar wij hebben al besloten Hendricks toe te staan de bewegingen van zijn eigen mannen te controleren."

Joshua schudde zijn hoofd, en Ben zag zijn gezicht roodgloeien. "Dit gaat niet werken, dan," zei hij. "Ik ben niet -"

Voordat hij zijn zin kon afmaken, voelde Ben het gerommel van het vliegtuig op de startbaan. *We stijgen op,* dacht hij. Hij keek naar Joshua's reactie. De man zat ziedend, onbeweeglijk op de bank terwijl het vliegtuig vaart maakte.

Hendricks had zich vastgegrepen aan een vinyl handvat dat aan de dakspanten hing en zwaaide heen en weer toen het vliegtuig opsteeg. Ben keek naar de man terwijl het vliegtuig hen heen en weer schudde in hun stoelen, onder de indruk van Hendricks' vermogen om zich vast te houden.

"Nu we toch aan het opstijgen zijn," riep hij, "kan ik net zo goed doorgaan." Hij wierp een neerwaartse blik op Joshua, die nu recht voor zich uit staarde terwijl Hendricks sprak. "Er hangen zakken met uitrusting boven jullie hoofden en gestapeld tegen het gaas naast me," zei hij. "Een deel van de uitrusting is voor onze overleving en ons relatieve comfort - de kleding die we nodig zullen hebben, elementaire toilettasjes, en persoonlijke overlevingskits voor onder de vrieskou. Elke rugzak heeft een pistool - ongeladen - en genoeg munitie om je door een indrukwekkend vuurgevecht heen te helpen. Gezien onze bestemming verwachten we niet veel beveiliging, maar we willen voorbereid zijn op extra zoekteams die misschien zijn gestuurd nadat de elektrische fakkel was ontdekt.

"Mijn mannen en ik dragen elk hetzelfde wapen, maar we nemen ook wat zwaarder geschut mee. We hebben C4 om overal binnen te komen waar we niet horen te komen en aanvalsgeweren om ons een weg naar buiten te schieten. Mr Jefferson heeft een briefing gekregen over overleven op Antarctica die hij met jullie zal delen, maar onze verwachting is dat het grootste deel van de missie zal plaatsvinden in welk station we daar ook vinden."

Hij pauzeerde, weer wachtend op vragen, maar die kwamen er niet. Tevreden ging hij verder. "Naast de noodzakelijke overlevingsuitrusting hebben we op verzoek van meneer E. ook een paar tassen met camera-apparatuur ingepakt. Reizen naar Antarctica is niet iets wat burgers kunnen doen, zeker niet in deze tijd van het jaar en met militaire vliegtuigen. Daarom volgen we het protocol van het Amerikaanse Antarctica Programma's Operatie Deep Freeze, die vanuit Nieuw Zeeland naar McMurdo vliegt. Jullie zijn allemaal journalisten, bezig met een publiciteitsprogramma om de belangstelling voor Antarctisch onderzoek te vergroten.

"Ik verwacht geen moeilijkheden als we in McMurdo landen, en meneer E heeft me verzekerd dat onze gids als we de basis bereiken geen vragen zal stellen, maar als we indringende vragen tegenkomen, haal je gewoon een camera tevoorschijn en begin je foto's te nemen."

"Wat vertellen we ze?" vroeg Julie.

Hendricks haalde zijn schouders op. "Ik weet het niet. Zeg journalistieke dingen, en geef commentaar op het landschap. Ze weten dat jullie geen wetenschappers zijn, dus probeer je niet zo te gedragen. We blijven maar een minuutje op het station voor we in een transport springen en in de omgeving gaan rondkijken."

Ben luisterde naar het plan en nam het allemaal in zich op. Het vliegtuig was opgestegen en steeg nu op naar kruishoogte, en aan iets anders denken hielp hem af te zien van het feit dat ze de wetten van de fysica overtraden door in de lucht te zweven terwijl ze in een met brandstof gevulde metalen buis zaten.

Hendricks legde nog een paar logistieke onderdelen uit, vroeg toen om vragen en zei tegen Joshua dat hij met zijn overlevings-briefing moest beginnen. Joshua leek afstandelijk, maar geconcentreerd genoeg om het twintig minuten durende overzicht door te nemen dat hij tijdens zijn laatste nacht in Colorado had voorbereid, en gaf toen een pakket met geniet bladzijden rond die zijn punten verder verduidelijkten. Ben bladerde er doorheen en vond diagrammen die uitlegden hoe de uitrusting werkte die hij in de rugzakken zou vinden, basisfeiten over Antarctica en een kaart van het gebied waar ze zouden gaan zoeken.

Het was veel om te onthouden, maar Ben hoopte dat hij er niet veel van nodig zou hebben. Hij wilde naar binnen, Draconis Industries vinden en ontdekken wat ze op Antarctica deden, en naar buiten. Het was niet de bedoeling dat ze tijd in de elementen zouden doorbrengen, noch dat ze problemen zouden krijgen met de beveiliging op het continent. Hij *hoopte* dat alles naar wens zou verlopen, maar hij wist dat er een groot verschil was tussen *hopen* en *de realiteit*.

Hendricks stond weer op nadat het vliegtuig zijn streefhoogte had bereikt om de laatste instructies te geven: slapen. Ze hadden nog wat vrije uren voor de boeg, en ze zouden waarschijnlijk baat hebben bij een dutje. Ben luisterde, en hoorde eindelijk instructies waar hij volledig achter kon staan. Hij drukte zijn lichaam dieper in de harde zetel, vond weinig comfort in de schuine wand van het vliegtuig, en hij voelde Julie tegen zijn schouder neuzen.

Hij dwong zichzelf te ademen en concentreerde zich op elke ademhaling die zijn lichaam binnenkwam en verliet. Voor een moment, zittend tegen de zijkant van een hard vrachtvliegtuig dat duizenden meters boven de aarde door de lucht vloog, terwijl Julie naast hem in slaap dommelde, voelde hij vrede.

HOOFDSTUK 10

BEN GELOOFDE DAT HET EERSTE WAT HIJ ZOU MERKEN ALS ZE IN ANTARCTICA AANKWAMEN DE KOU ZOU ZIJN, maar dat was niet zo. In plaats daarvan ging de laadklep van de C-130 open en konden ze vertrekken, en het was de ongelooflijke hoeveelheid *ruimte* buiten die hem de adem benam. Alaska was groot, maar Ben had altijd het gevoel gehad dat het kromp als je er een tijdje woonde. De bergen, de bomen en de geografie van het gebied drukten allemaal op elkaar en gaven de staat het gevoel dat hij veel kleiner was. Zoals hij graag tegen iedereen zei die ernaar vroeg, Alaska was enorm, maar je kon er maar een klein stukje per keer van ervaren.

Antarctica was echter zo groot dat het hem bang maakte.

Het licht viel in het vlak en verorberde elke hoek van de ruimte, inclusief Bens ogen. Het licht verblindde hem even, maar na een minuut staren besefte hij dat ze zich al hadden aangepast, en dat hij naar een eindeloze witte vlakte keek.

Sneeuw bedekte alles wat in zicht was, en het 'alles' in dit geval was kilometers vlak terrein. Hij kon niet zien waar het wit van de sneeuw ophield en het wit van de lucht begon, en zelfs toen ze zich allemaal losmaakten, opstonden en naar het platform begonnen te lopen, werd het witte canvas steeds groter.

"Het is..." Julie begon. "Ik kan niet..."

Ben wist ook niet wat hij moest zeggen, dus zei hij niets. Ze liepen allebei, hand in hand, de helling af en de grond op. Hendricks had hen wakker gemaakt en hen de parka's, laarzen en broeken laten aantrekken die in hun rugzak zaten, en zodra Ben de lucht buiten het vliegtuig voelde was hij blij dat hij dat had gedaan.

De wind waaide met de kracht van een Mack vrachtwagen in zijn gezicht, en hij viel bijna achterover toen de windvlaag door het open vliegtuig raasde.

"Hou je ergens aan vast!" riep Hendricks, duidelijk te laat om nog van nut te zijn. Ben zag Julie voor hem struikelen, achterover vallen, en hij reikte naar voren en hield haar omhoog tot de wind was gaan liggen.

Bens parka voelde meteen nutteloos aan tegen de bijtende koude van de -30 graden, en hij rilde een ogenblik oncontroleerbaar in de lagen kleding.

"We zullen in een andere versnelling schakelen als we in het transport zijn," zei mevrouw E, Ben's gedachten lezend. "Het voertuig zou warmte moeten hebben, en het zal gemakkelijker zijn om daar te veranderen."

"*Zou* warmte moeten hebben?" Zei Reggie. Ben wist niet zeker of hij een grapje maakte, maar hij voelde de humor er zeker niet van in.

Voor hem en Julie, net voorbij de verlaagde oprit, stond een gigantische vrachtwagen. Hij kon de uitlaat uit de pijp boven de cabine zien stromen en een man die naar hen zwaaide vanuit de cabine. Bens laarzen raakten de grond, en hij voelde de opluchting dat hij weer op het land was, maar ook het verontrustende besef dat het land bedekt was met een metershoge ijslaag. Hij duwde met zijn laars naar beneden en voelde hoe de opeengepakte sneeuw een paar centimeter wegzakte, en toen stopte.

De soldaten, inclusief Kyle en Hendricks, stapelden zich al achterin de vrachtwagen, waarvan Ben zag dat er het etiket 'Delta Twee' op de zijkant was gedrukt, gevolgd door een reeks nummers. Het enorme voertuig had een loodsachtige metalen structuur aan de achterkant, en elke kant van de loods was bedekt met kleine ramen.

Ben naderde de truck en hielp Julie achterin te stappen, daarna trok hij zichzelf omhoog en in de ruime coupé. Hij draaide zich om en zag het vliegtuig waarin ze hadden gereisd, met daarachter de stippen die de gebouwen en bouwwerken van het McMurdo station voorstelden, minder dan een mijl verderop. Ze waren geland op een stuk vlak land op de ski's van het vliegtuig, en zouden normaal gesproken verder gaan naar de basis.

Vandaag gingen ze echter een andere richting uit.

"Hoe weten we waar we nu heen moeten?" vroeg Reggie.

Hendricks draaide zich om van zijn stoel dichter bij de cabine van de truck. "Meneer E heeft een klein stuk land op enige afstand van McMurdo geïdentificeerd dat overeenkomt met de driehoeksmeting van een signaal dat hij onderschepte. Het is moeilijk precies te zeggen, maar we volgen de McMurdo-Zuidpool Snelweg tot we bij het gebied komen, stoppen dan en kijken rond."

Ben wist niet zeker wat 'rondkijken' betekende in Antarctica, maar hij had geen beter plan te bieden.

"Oké," zei Hendricks. "Tijd om je om te kleden in de koudweer kleding. Hopelijk zit je niet verlegen -" hij keek naar Julie - "ook om onderkleding, inclusief het lange ondergoed. En dubbele sokken. De laarzen zijn waterdicht, maar als er sneeuw in komt, zul je er spijt van krijgen."

"Je zei dat je dacht dat deze plek binnen zal zijn?" vroeg Reggie.

"We hebben geen idee wat we kunnen verwachten. Maar er zal gelopen worden, en een deel daarvan zal buiten zijn, dus we moeten zo goed mogelijk voorbereid zijn. Bovendien zijn veel bases niet meer dan groepjes eenvoudige hutjes op het ijs, verbonden door ijstunnels. Er is weinig centrale verwarming, dus we kunnen wel een tijdje in deze parka's zitten."

Hendricks leek te gaan zitten, maar stond toen weer op, met zijn hoofd tegen het plafond van de truck. "Ook - dit is belangrijk

- alle verkenningen of reizen die we doen zullen met mijn team vooraan zijn, behalve Ryan Kyle, die zal achterin blijven. Jefferson, jij rijdt in het midden met mij mee."

Ben keek naar Joshua en zag dat de man een knikje gaf. Hij wist niet zeker of Hendricks Joshua bespeelde en probeerde de man erbij te betrekken, maar Ben wist dat het niet zou werken. Joshua was een professionele, nuchtere man, maar hij was niet zonder gebreken. Joshua Jefferson was niet blij om te worden gedegradeerd tot een tweede-in-bevel positie, en zeker niet zonder het van tevoren te horen. En hoewel zijn gezicht het nooit zou verraden, wist Ben dat Joshua nog steeds woedend was.

"We hebben ongeveer een uur tot we de rand van de zoekradius bereiken. Kleed je aan, maak kennis met Joshua's overlevingsmateriaal, en neem wat rust indien mogelijk." Hendricks maakte een grommend geluid aan het eind van de zin, alsof hij hoorbaar het einde van de instructies bevestigde.

Ben hielp Julie de kleding aan te trekken - in wezen een ademende basislaag die eruitzag als een compressieshirt, en een zwaardere tussenlaag die in Alaska goed als herfstjas zou hebben gewerkt. Terwijl hij Julie hielp zich in de krappe ruimte te manoeuvreren, zag hij Reggie's ogen over haar heen dwalen. Reggie droeg dezelfde belachelijke grijns die hij altijd droeg, maar verder niet veel. Zijn overhemd was samengebald in zijn hand en zijn torso rimpelde met magere spieren toen hij zich omdraaide in de stoel om beter te kunnen kijken.

"Vind je het erg?" vroeg Ben. Hij hield zijn stem laag. *Het enige wat ik nodig heb, is dat al die geripte soldaten mijn meisje beginnen te begluren.*

Reggie's onwaarschijnlijk grote grijns werd breder. "Nee, Ben, eigenlijk vind ik het niet erg. Verdomme, ik moet zeggen -"

Julie onderbrak hem. "Je hebt nu *niets* te zeggen, viezerik."

Reggie begon te lachen terwijl Julie zich haastte om het compressieshirt af te maken. Ben voelde zijn wangen warm worden en vervolgens de woede van zijn verlegenheid, die hem alleen nog maar bozer maakte. Om te voorkomen dat hij over de stoel heen zou grijpen en Reggie een mep zou verkopen, hield hij zijn gedachten bezig met Julie te helpen met aankleden. Haar donkere haar viel rond haar schouders, en ze stak haar handen op en duwde het in een losse knot om het onder de muts te houden die ze uiteindelijk zou aantrekken. Terwijl ze dat deed, viel Ben op over Julie's slanke figuur, nog scherper afgetekend door haar nauwsluitende hemd en lichtere jas.

Reggie ving Bens ogen en knipoogde, en Ben staarde een paar seconden, niet toegevend. Tenslotte, toen Reggie's glimlach te aanstekelijk werd om te negeren, gaf Ben hem een halve glimlach terug.

Toen Julie eindelijk de parka aan had, begon hij zichzelf aan te kleden. Zijn compressieshirt zat wat losser, en hij trok het gemakkelijk aan. Zodra hij de middelste laag aan had begon hij te zweten, en hij overwoog om de buitenste parka niet aan te trekken toen hij zich herinnerde hoe koud het buiten was. *We zijn niet meer in Alaska,* dacht hij terwijl hij de zware jas aantrok.

Toen ze allemaal aangekleed waren, gaf Hendricks een korte les over de Heckler and Koch USP .45 kaliber handwapens die elk van hen in hun overlevingspack had, en deelde een zakje gedroogd rundvlees uit terwijl de enorme truck over de witte vlakte tuimelde. In de verte zag Ben de toppen van de bergtoppen door de sneeuw steken, die de rand van het Transantarctische gebergte markeerden dat zich tweeduizend mijl over het continent uitstrekte. McMurdo Station, dat nu aan de horizon achter hen verdween, lag aan de rand van deze bergen aan de overkant van een bevroren stuk water waar ze nu overheen reden.

HOOFDSTUK 11

De late nachten en de door suiker veroorzaakte sprints voor zijn computer waren niet bevorderlijk voor zijn lichaamsbouw. Jonathan Colson knipperde een paar keer hard met zijn ogen, in een poging om de code voor hem scherp te krijgen. Hij leunde voorover en voelde de druk in zijn onderrug toenemen omdat zijn uit vorm zijnde, zittende lichaam met hem vocht om het wakker te houden.

Hij had nu al vijf uur naar het scherm zitten staren, niet in staat om te stoppen met het hacken van de regels code die voorbij dreven. Hij was zich terdege bewust van het cathartische, ontspannende gevoel dat ontwikkelaars vaak bekruipt, waardoor ze een belangrijke regel of syntactische fout over het hoofd zien omdat ze 'in the zone' zijn.

Om dit tegen te gaan, had hij zich een weg gebaand door een rij Monster en Red Bull energiedrankjes die hij had meegenomen uit de cafetaria een verdieping hoger, de schittering negerend van de twee met haarnetjes geklede curmudgeons die elke dag aan de kassa van het station werkten.

De cafetaria was eigenlijk gewoon een grote ruimte met een eenvoudige rij rekken, gevuld met alle soorten voedsel die in de magnetron konden en licht van gewicht waren, evenals een paar 'extraatjes' uit de buitenwereld, zoals zijn begeerde energiedrankjes. De voorraden werden meestal een keer per week aangevuld, en hij probeerde als eerste in de rij te staan om zoveel mogelijk drankjes te pakken te krijgen als toegestaan. Op het station werd niets betaald - het werd allemaal ingehouden op zijn eindejaarsuitkering, en veel van de medewerkers en onderzoekers hadden vrienden bij de kassa's die hen lieten passeren zonder zelfs maar hun selecties te noteren.

Helaas voor Jonathan bracht hij veel te veel tijd aan zijn bureau door om veel vrienden te maken. Naast de vreemde blikken van mensen die geen idee hadden wie hij was, moest hij altijd zijn eten en drinken in het café registreren. Hij vond dat niet erg, want het geld dat hij twee jaar lang huurvrij op het station verdiende, zou genoeg zijn om de volgende *vijf* jaar in de echte wereld door te komen.

Omdat zijn dagelijkse voorraad energiedrankjes bijna op was, ging hij rechtop in zijn stoel zitten - hij had er een gevonden die hoog genoeg was om in te zitten, ook al stond zijn bureau op stahoogte - en opnieuw herinnerde de pijn in zijn rug hem eraan dat het al meer dan tien jaar geleden was dat hij had getraind. Hij stond op, rekte zich uit en begon door menu-opties te klikken, waarbij hij uit gewoonte zijn werk opsloeg, ook al werd van alles wat hij deed twee keer per minuut een back-up gemaakt op een cloud server die op het laagst toegankelijke niveau van het station draaide.

Zijn vinger zweefde over het laatste venster, en hij pauzeerde. Zijn geest maakte hem attent op iets, maar hij was zich er nog niet bewust van wat het was.

Jonathan leunde weer dichter naar hem toe en schudde abrupt zijn hoofd, in een poging om de vermoeidheid weg te duwen die uit de randen van zijn ogen bloedde. Hij staarde naar de code en probeerde er wijs uit te worden.

Waarom is het in een andere syntax? vroeg hij zich af. De regels code in het midden van het venster waren allemaal in een iets ander formaat geschreven dan de omringende regels, gebruik makend van dezelfde algemene taal, maar duidelijk bedoeld om op te vallen tussen de rest.

Wat krijgen we nou?

Hij klikte op het metadatabestand voor de grotere subroutine waar de code in stond, om er zeker van te zijn dat hij niet het werk van iemand anders van een heel andere afdeling bespioneerde.

Dat was hij niet. Hij had de code zelf geverifieerd, elke regel doorgelezen, een paar fragmenten aan elkaar geplakt om ruimte te besparen en de subroutine opgeschoond, en zelfs een paar puzzelstukjes verplaatst. Het vreemde script waar hij nu naar keek was hem niet eerder opgevallen.

Ik moet slapen, dacht hij. Hij verloor snel zijn scherpte, en hij had de plotselinge neiging om al zijn vorige werk nog eens na te lopen, om er zeker van te zijn dat hij niets gemist had in zijn haast om de nieuwe deadline te halen.

In plaats daarvan bleef hij naar de code staren. Het kwam hem vreemd genoeg bekend voor, maar tegelijkertijd totaal onherkenbaar. Hij kon niet zien wat de bedoeling was, en hij vroeg zich af wie de oorspronkelijke transcribent was geweest. Hij bladerde wat door het scherm en las de fragmenten en logische ketens direct boven en onder de vreemde code. Hij vond nicts dat hem kon helpen, sloot zijn ogen, dwong zich te ontspannen, en stelde zich de code voor in zijn geest.

Het script staarde naar hem, wenkend. Hij schudde zijn hoofd, niet wetend wat hij miste.

Het is alsof het geschreven is om een warboel te zijn, jargon. Of een wirwar van -

Zijn ogen sprongen open.

Oh, God.

Hij voelde zijn hartslag versnellen. *Het moet een vergissing zijn. Er is geen enkele manier...*

Colson opende opnieuw het metadata-bestand dat bij deze subroutine hoorde, en bladerde door de records op zoek naar de contactinformatie van de ontwikkelaar die dit bestand oorspronkelijk had getranscribeerd. Na een minuut zag hij het record waar hij naar zocht.

Nessef, Hasan. Surabaya.

Jonathan Colson verliet onmiddellijk zijn bureau en liep naar de industriële lift aan de rand van de kamer. Hij stapte naar binnen en drukte op de knop voor Niveau 3.

Dit is het, dacht hij. *Als ik het mis heb...*

Hij wist dat hij niet fout zat.

HOOFDSTUK 12

HENDRICKS HAD HUN BESTEMMING AANGEWEZEN, en die lag recht voor hen. Op het uiterste puntje van een rij bergtoppen die uitsteekt in de bevroren Ross Ice Shelf lag een eenzame berg, nauwelijks hoger dan het vlakke land eromheen. Hun truck kwam dichterbij, en ze zouden er over een half uur zijn. Julie zag hoe de berg steeds dichterbij kwam terwijl ze over het ijs dansten, al stuiterend tegen verborgen sneeuwbanken en enorme kratervormige gaten. Ze had het gevoel dat ze over het oppervlak van de maan reden, en de vreemde supervrachtwagen waarin ze zaten kwam de analogie alleen maar ten goede. Ze waren een tijdje geleden van de 'snelweg' van platgereden en aangedrukte sneeuw afgeweken, op weg naar de coördinaten die meneer E hen had gegeven.

Julie rustte met haar hoofd op Bens schouder, maar ze kon nog steeds niet slapen. Het schommelende, stuiterende voertuig hielp niet, maar ze gaf vooral haar zenuwen de schuld. Sinds ze de missieparameters van Mr. E had ontvangen en had gehoord wat haar rol daarin moest zijn, had ze nagedacht over het doel van Draconis Industries hier op Antarctica. Ze vroeg zich af wat ze van plan waren en hoe ver ze al waren. Mr. en Mrs. E leken te denken dat ze bijna klaar waren, wat haar alleen maar ongeruster maakte.

Wat het ook is, het is niet goed.

Ze kon het onheilspellende gevoel niet onderdrukken, waar ze haar gedachten ook op richtte.

"Ogen omhoog," zei Hendricks, een beetje te luid. Julie rukte haar hoofd op en zag dat alle anderen zich al op de man richtten die op de voorste rij in de passagierscabine van de truck zat. "We naderen de rand van de zoekradius, dus kijk uit naar alles wat door mensen gemaakt lijkt. Als ze onder de radar willen blijven, hebben ze gebouwen of communicatieapparatuur gecamoufleerd.

"Dus zoek naar dingen die wit geverfd zijn?" vroeg Reggie.

Hendricks keek alsof hij geen idee had dat het een grap was. "Juist, precies. Wit geverfd, grijs, wat dan ook. Het kan zijn dat ze...

Crack!

Het geluid van een steen die een van de ruiten van de truck raakte, galmde door het interieur. Het geluid leek te weerkaatsen en nooit op te houden, ook al wist Julie dat het een enkel schot was.

Een schot.

Ze realiseerde zich dat op hetzelfde moment als Hendricks. "Iedereen bukken! Er wordt op ons geschoten. Kyle, Crosby, hou de achterruit in de gaten, kijk of je kunt zien wie ons geraakt heeft.

Julie was al zo laag mogelijk in de harde stoel gaan zitten, maar ze was niet van plan haar ogen te sluiten en te wachten tot de aanval zou afnemen. Ze zag hoe de soldaten Kyle en Crosby in hun stoelen schoven en hun geweren op de brede achterruit richtten.

"Niet vuren tenzij je ogen hebt en een niet te missen schot,' zei Hendricks. "Je zult onze trommelvliezen eruit blazen van hier."

Als antwoord reikte Kyle naar voren en opende een van de poortdeuren van de vrachtwagen, waardoor onmiddellijk een ijskoude luchtstroom binnenkwam die Julie naar adem deed snakken.

"Kyle, zie je iets?"

"Misschien," mompelde Kyle, "maar ik kan niet echt..."

Krak - krak! Opnieuw klonk het geluid rond Julie's oren,

spelend met haar. Deze keer zag ze een van de kogels inslaan. Het liet een kleine cirkel van versplinterd glas achter op het raam net links van Ben, maar het ging er niet doorheen.

"Het is - een soort luchtdrukpistool, denk ik," fluisterde ze tegen Ben. "Die kogels zijn veel te klein voor iets anders."

"Kijk wat het met het raam heeft gedaan," antwoordde Ben, terwijl hij met zijn duim over de plek op het glas wreef. "Ik zou niet graag zien wat het met mijn nek zou doen."

Nog eens drie kogels schoten tegen de buitenkant van de truck, toen nog eens vier aan de andere kant. Julie hoorde een zacht gezoem, toen een snelle opeenvolging van schoten op de vrachtwagen, elk geluid een fractie van een seconde uit elkaar, maar de inslagen landden een paar centimeter uit elkaar op het dak.

"Baas," schreeuwde Crosby. "Het is een drone."

"Een *drone*?" schreeuwde Hendricks terug, vechtend tegen het lawaai van het gezoem en de wind van buiten. Julie voelde hoe de vrachtwagen vaart maakte, en vroeg zich af of hij de wendbaarheid had om uit te wijken. *Wat voor nut dat ook zou hebben,* dacht ze.

"Ja, ik denk dat het een kleine quadcopter is of zoiets."

Julie zag hoe Crosby zijn geweer op een onzichtbaar doel richtte en het door de lucht volgde. Hij vuurde niet, maar de punt van het geweer bewoog snel van links naar rechts terwijl hij probeerde het doel in het vizier te houden. Vanuit haar ooghoek zag ze een kleine gedaante voorbij het raam scheren.

"Nog een hier!" schreeuwde ze. Reggie, die op de stoel voor hen zat, draaide zich om en bracht zijn pistool op ooghoogte.

"Dat meen je niet," zei Reggie. Hij had zijn gehandschoende hand op de trekker gelegd en had het pistool recht omhoog gericht. "We moeten eruit. Het is onmogelijk dat we iets raken dat met deze snelheid beweegt, en vanuit de truck."

"Geen kans, Red," zei Hendricks. "We moeten in beweging blijven -"

Een soldaat voor Reggie schreeuwde en greep naar zijn

schouder een seconde nadat een andere miniatuur kogelinslag klonk. "Ik ben geraakt!"

De chauffeur leek aan te voelen dat ze een makkelijk doelwit waren als ze in een rechte lijn bleven rijden, dus trok hij het stuur van de truck naar links. *Hard.* De soldaat die in zijn schouder was geschoten schreeuwde het uit van de pijn toen zijn wond tegen de zijkant van het voertuig werd geslagen.

"Hé!" riep Hendricks terwijl hij de kolf van zijn geweer tegen het raam sloeg dat de cabine scheidde van het passagiersgedeelte. "Hou het stil. Dood ons niet voordat zij dat doen!"

De bestuurder knikte, maar bleef het stuur naar links en rechts zwaaien, zij het op een iets meer beheerste manier.

Julie keek toe hoe Kyle en Crosby de drones vanaf de achterbank volgden met hun aanvalsgeweren. Geen van beiden had al een schot gelost, maar ze zette zich schrap voor het explosieve geluid dat ze wist dat zou komen.

In plaats daarvan dook Kyle opzij toen twee drones plotseling in zicht kwamen en het vuur openden met de kleine machinegeweren die onder hun lichaam waren gemonteerd. Een gebogen magazijn hing aan de onderkant van elke drone achter hun geweren, zoals de angel van een wesp. De lijn van kogels ging van links naar rechts vanuit Julie's perspectief, en miste Kyle op het nippertje.

Crosby had niet zoveel geluk, en hij gilde eens toen een paar kogels hun doel troffen op de man. Net toen de eerste drone klaar was met zijn snelle uitdrijving van kogels, begon de *tweede*. Deze maakte het karwei af, en Julie zag Crosby's hoofd achterover vallen toen er nog acht of tien snel afgevuurde kogels ter grootte van een BB in zijn borst vielen.

Kyle ging weer op zijn stoel zitten en leunde zo ver mogelijk uit de truck, toen vuurde hij. Het aanvalsgeweer was *onmogelijk luid* in de krappe ruimte van het rijdende voertuig, maar hij hield het geweer ver genoeg uit de achterdeur zodat Julie niet doof werd van het lawaai. Reggie en mevrouw E zaten er dichter bij, en ze legden allebei instinctief hun handen over hun oren.

De twee drones reageerden gelijktijdig op de aanval, vielen beide recht naar beneden, splitsten zich toen en vlogen in tegengestelde richting. Hun bewegingen waren vloeiend, gecontroleerd, en - Julie kon het niet helpen, maar merkte op - *perfect synchroon.*

"Crosby!" schreeuwde Hendricks, terwijl hij over de stoelen klauterde om naar de achterkant van de truck te gaan. "Crosby, hoor je me?"

De vrachtwagen zwenkte opnieuw, en Crosby's hoofd gleed opzij. Kyle, nog steeds starend uit de open achterdeur naar het witte niets, schudde zijn hoofd.

"Verdomme!" brulde Hendricks. Hij draaide zich weer om en schreeuwde naar de bestuurder, zijn stem nog luider makend. "Stop! Stop met bewegen!"

De vrachtwagenchauffeur trapte op de rem, en Julie voelde hoe ze achterover tegen de achteroverleunende stoel werd gesmeten. Ben had haar pols in zijn hand, en ze besefte hoe hard hij had geknepen. Hij keek haar aan met vuur in zijn ogen, maar de rest van zijn gezicht stond stoïcijns. Ze wist precies wat hij dacht. *Wat doen we hier?*

Ze schudde haar hoofd toen Kyle het slappe lichaam van Crosby uit het voertuig en op het ijs duwde. Hij volgde, knielend op de samengepakte sneeuw terwijl hij de lucht afzocht naar de twee drones. Joshua en de overige zes soldaten, inclusief Hendricks en de gewonde man, vielen ook op de sneeuw en vormden een halve cirkel rond de achterkant van de truck.

Reggie en mevrouw E volgden, en Julie voelde hoe Ben haar pols losliet en opstond om te vertrekken.

"Je gaat toch niet echt naar buiten, hè?" vroeg ze.

Ben haalde zijn schouders op.

"Het was geen vraag, Ben," zei Julie, met trillende stem. "Ze gaan ons *vermoorden...*"

Het zoemende geluid keerde terug, en Julie stopte met praten midden in een zin. Ben was al over de stoel voor hem heen en liep naar de rij aan de andere kant van de truck die naar de uitgang leidde, en Julie, tegen elke rationele gedachte in, volgde haarzelf.

Ze greep verwoed naar haar rugzak die ze over één schouder had geschoven terwijl ze gehurkt naar de deuren liep, op zoek naar het pistool.

Ze vond het, en het koude, harde staal voelde aan alsof haar hand eraan zou vastvriezen. Ze greep de loop vast in de rugzak, zonder hem er helemaal uit te willen trekken, alsof dat haar besluit om de relatieve veiligheid van de truck te verlaten en te gaan schieten zou bekrachtigen.

De sneeuw voelde hier anders aan dan toen ze uit het vliegtuig stapten. Harder, knapperiger zelfs, en hol klinkend. Ze kon de kilometers ijs onder haar voeten bijna voelen, en stelde zich daaronder een wijd open holte voor. Een onvoorstelbare diepte van zwartheid, verborgen onder een eindeloze hoeveelheid wit.

Het gezoem werd nog heviger en haar hoofd draaide zich om, om te proberen de witte quadcopters te zien die op hen afkwamen.

"Daar!" schreeuwde Hendricks, terwijl hij iets naar rechts draaide om te richten.

"Ook hier, baas," zei een andere soldaat, deze keer van Julie's linkerzijde.

"Dead-center," mompelde Kyle, zijn geweer al gericht op de drie vliegende wapens.

"Het lijkt erop dat het er acht zijn deze keer," riep iemand.

"Goed," zei Hendricks. Iedereen kiest er een, en in Godsnaam - en de onze - mis niet. Vuur wanneer..."

Het gebied rond Julie explodeerde in kakofonisch lawaai toen aanvalsgeweren hun woede op de dalende helikopters afvuurden. De twee voet brede drones gilden naar beneden, schijnbaar onbewust van de dodelijke hagel van geweervuur dat op hen afkwam. Julie bedekte haar oren en zag hoe twee van de drones uit de lucht vielen.

Het was echter niet genoeg, en de drones beantwoordden de aanval met hun eigen dodelijk nauwkeurige aanval. Drie soldaten, allen aan Julie's linkerzijde, vielen. Een was duidelijk dood, de anderen leken ernstig gewond.

Ze wilde schreeuwen. Of misschien schreeuwde ze al, maar het was te hard om dat te kunnen zeggen. Ze keek toe hoe Ben tevergeefs schoten afvuurde met zijn USP, en hoe Reggie, Joshua en mevrouw E hetzelfde deden. Geen van de schoten landde.

De buitenkant van de truck knalde toen het een spervuur van kogels kreeg, en Hendricks schreeuwde over zijn schouder. "Ze richten nu op de truck, om te proberen ons ontsnappingsplan weg te nemen." Hij draaide zich om en begon de naam van de chauffeur te roepen, maar stopte toen. Julie volgde zijn blik en zag het gebroken glas glinsteren op het oppervlak van de sneeuw. De chauffeur lag op zijn buik, met rode vlekken op zijn hoofd. De deur aan de bestuurderskant van de vrachtwagen stond wijd open, de motor liep nog.

"Oké," zei Hendricks. "Verandering van de plannen. Iedereen groeperen op..." Hij stopte en staarde in de lucht. "Laat maar zitten! Bukken!"

De drones hadden hun wijde boogvormige cirkel beëindigd en daalden voor een nieuwe aanval. Kyle en een andere soldaat stonden nog steeds tegenover twee aanstormende drones, en Joshua en Reggie hadden twee aanvalsgeweren van de dode soldaten gepakt. Mevr. E leek zich naar de derde gevallen man te bewegen om hetzelfde te doen, dus Julie deed wat haar het beste leek. Ze dook op de grond, de lagen kleding dempten haar val.

Ben was er.

"Ga onder de truck liggen, Jules!" riep hij, terwijl hij haar bijna zelf achteruit duwde. Hij hurkte om er zeker van te zijn dat ze hem gehoord had, en ze gleed achteruit over het ijs tot ze half verborgen was onder de achterkant van de vrachtwagen. De vrachtwagen stond een halve meter boven de grond, dus ze voelde zich nog steeds behoorlijk blootgesteld, maar ze wist dat het beter was dan niets. Ze wachtte op Ben om haar te volgen, maar hij kwam niet.

De aanval kwam en ging. Ze hoorde de kogels van de drones die op de truck landden, Hendricks die bevelen riep, en een paar soldaten die vloeken en onverstaanbare antwoorden terugschreeuwden. Er klonken een paar salvo's uit de aanvalsgeweren, maar niet genoeg om Julie ervan te overtuigen dat de drones waren neergehaald. Ze probeerde Bens stem te horen boven het geschreeuw en gezoem uit, maar dat bleek een onmogelijke opgave.

Hendricks vloekte. "Ze mikken op de voorkant van de truck! Snel - ga naar de andere kant voordat ze terug cirkelen."

Voeten knarsten in de sneeuw en Julie zag de bijpassende laarzen aan weerszijden naar de voorkant van het voertuig lopen. Ze duwde zichzelf overeind en kroop rond, langs de onderkant van de truck naar de voorkant. Meer drone kogels raakten hun doel, maar ze hoorde het veel hardere geluid van geweervuur op hetzelfde moment.

"Hebbes!" hoorde ze Kyle's stem schreeuwen.

"Bogey neer!" riep Reggie.

Nog twee drones werden neergehaald die aanval, maar Julie kon alleen laarzen zien. Kogels kaatsten af in het motorcompartiment, het stuitergeluid was te dichtbij om comfortabel te zijn. Ze keerde zich terug in een zittende positie, weg van de motor.

De drones daalden opnieuw, en deze keer schreeuwde Julie het uit toen een paar schoten de rest van de weg in de motor boorden, waardoor een brandstofleiding barstte en benzine op de sneeuw en het ijs begon te spuwen. Ze keek naar het motorcompartiment en zag de vonken toen er nog meer kogels neerkwamen.

Dit ding gaat ontploffen, realiseerde ze zich. *En ik zit eronder.*

De angstaanjagende realiteit trof haar. *Blijf hier, ik ontplof. Ga naar buiten, en ik word aan stukken gereten.*

Ze koos ervoor om uit elkaar gerukt te worden. Iets diep in haar verlangde om naast Ben te zijn, op zijn minst, als ze stierf. Ze trok zich weer naar voren, dit keer richtte ze zich op het gebied waar ze dacht dat Ben stond.

Hij maakte nu deel uit van een kleinere halve cirkel van soldaten, mannen en vrouwen, die allen naar boven op hun doel richtten. De vier overgebleven drones vlogen nog steeds in perfecte synchronisatie, maar het was duidelijk dat een paar van hun kameraden ontbraken. De gedeelten van het luchtruim die aan die drones waren toegewezen bleven leeg, alsof de commandant van de kleine luchtmacht niet de moeite had genomen zijn eenheden te hergroeperen om de gaten op te vullen.

Nog drie drones vielen door de veel grotere aanvalsgeweren, maar nog een soldaat zakte zijwaarts in elkaar toen een BB zijn doelwit in de hals van de man vond.

Reggie's geweer bewoog en volgde stilletjes de laatste drone die in de buurt cirkelde. Man en machine stonden tegenover elkaar, en Julie keek naar het gespannen moment toen de heli naar de truck vloog. Reggie vuurde, en Julie zag de drone achteruit de lucht in slingeren, rook spoot uit een holte in zijn zijkant. Hij viel, maar niet voordat hij de omgeving besprenkelde met een laatste vuurstoot.

In haar ooghoek en in een diep verzonken deel van Julie's geest zag ze twee dingen - de lekkende brandstof en de snelle vonk van een verdwaalde kogel die op de truck landde.

"Rennen!" schreeuwde Reggie, terwijl hij al naar voren ging. "Het raakte een benzineleiding!"

Julie voelde zich naar voren gelanceerd, hard door Ben geduwd, toen werd alles zwart.

HOOFDSTUK 13

MET ALLE KRACHT DIE HIJ NOG HAD, duwde Ben Julie zo ver mogelijk weg. Het was een bijna onwillekeurige reactie, iets wat zijn lichaam deed uit een reptielachtig instinct om gevaar te voorspellen, niet iets waar hij over had nagedacht.

Haar hoofd schokte naar achteren, maar haar bovenlichaam vloog naar voren. Haar voeten verlieten de grond, en Ben verplaatste zijn gewicht om haar te volgen, maar kreeg nooit de kans.

Hij zag hoe Julies lichaam op zijn plaats werd gehouden alsof het in een dikke vloeistof zweefde, en zag hoe ze van hem wegdreef. Pas toen hij het geluid van de explosie hoorde, realiseerde hij zich dat hij en Julie eigenlijk *vlogen* - niet zweefden - en dat de grond veel te snel onder hen beiden doorschoof om hem gerust te stellen.

Ben haatte vliegen. Hij had altijd al een hekel aan het gevoel van gebrek aan controle. Hij was een logisch en rationeel persoon, maar logica toepassen op de situatie herinnerde hem er alleen maar aan dat hij vloog, wat hem alleen maar angstiger maakte.

Hij had nog nooit gevlogen *zonder* in een vliegtuig te zitten, tot dit moment. De blèrende sauna van hitte schroeide de buitenste laag van zijn kleding, en omvatte bijna evenveel als het geluid. De druk van de krachtige aanval zelf leek minder te zijn dan de andere elementen van de explosie, maar ook die was krachtig.

Krachtig genoeg om ze allemaal naar voren te gooien en bijna honderd voet van de vorige locatie.

Hij kwam hard op de grond terecht, en zijn eerste gedachte was dat ze op de een of andere manier geland waren in het enige deel van het Antarctische continent dat niet bedekt was met zachte sneeuw.

Hij kreunde, veegde zijn ogen af en probeerde op te staan. Een pijnscheut schoot door zijn onderlichaam, beginnend bij zijn enkel. Hij viel weer neer, met zijn hoofd tegen een groot, zacht kussen van sneeuw.

Waarom kon ik daar niet *in landen?* dacht hij.

"Jules -" zei hij. "Gaat het?"

Geen antwoord.

Hij knarste met zijn tanden en probeerde weer op te staan, zij het veel langzamer. Zijn enkel stribbelde tegen, maar werkte uiteindelijk toch mee. Hij rolde zich om in een zittende positie en begon zichzelf te onderzoeken op verwondingen. Behalve een zwaar verzwikte enkel, zou hij blijven leven.

"Jules, hoor je me?"

"Ik hoor je, bubba," riep Reggie's stem. "Waarom kom je al *mijn* pijn niet wegmasseren?"

Hij negeerde de man en stond op. Hij schudde de knikken van zijn reis door de lucht uit en begon rond te kijken. De omgeving was een puinhoop, met stukken rokende vrachtwagenonderdelen en bandenrubber op de verder witte toendra. De sneeuw was al gesmolten rond een groot deel van het motorblok, en Ben zei een stil gebed van dank dat het was geland waar het was gedaan.

"B - Ben, hier," zei Julie. Ze lag met haar gezicht omhoog op de grond, een stuk dak van een vrachtwagen slechts enkele centimeters van haar hoofd verwijderd. Hij liep naar haar toe en begon haar overeind te helpen.

"Gaat het? Ben je gewond?"

Ze schudde haar hoofd. "Nee tegen het eerste, nee tegen het tweede."

"Maar je kunt lopen?"

"Ik ga nu niet sterven, als je dat soms vraagt." Ze stond hem toe haar overeind te trekken vanuit haar comfortabel ogende positie in de sneeuw. "Maar geef het vijf minuten. Ik weet zeker dat er meer van die kleine ettertjes hierheen zullen vliegen."

"Ik kan het bijna garanderen," zei Reggie. Hij was naast Ben verschenen, wonderbaarlijk ongeschokt en ongedeerd. "Die dingen komen waarschijnlijk in sets van 100. Veel kleine broertjes en zusjes thuis, die wachten om uit hun kooi te komen."

"Je hebt een verdraaid gevoel voor humor," zei Julie.

"Wie zei dat ik een grapje maakte?"

Mevrouw E liep naar hen toe en voegde zich bij hen. Ze had zich verder van het epicentrum van de ontploffing bevonden en leek onaangedaan door de gebeurtenis. "Ik geloof dat we net een stukje van hun kunstmatige intelligentie in actie hebben gezien," zei ze.

"De drones?" Vroeg Reggie. "Hoe weet je dat ze niet op afstand bestuurd werden?"

"Ze vlogen in perfecte synchronisatie met elkaar, antwoordde ze. "Ze volgden duidelijk voorgeprogrammeerde patronen."

"En toen ze eenheden verloren, vulden ze de gaten niet op," zei Julie.

"Precies. Een perfect voorbeeld van een zwakke AI. Ze zijn een basis verdedigingslinie voor hun buitenste perimeter."

"Basis? Leek me behoorlijk effectief," zei Reggie. "En wat is dat over *zwak* zijn?"

"Nogmaals," legde Mrs. E uit, "zwakke AI betekent gewoon *smal*. Hij is maar goed in één of twee dingen. In dit geval, is het goed - *zeer* goed - in het uitvoeren van defensieve aanvalsmanoeuvres."

Ben luisterde naar de uitwisseling en vroeg zich af waar hij zichzelf en Julie in had gebracht. *Als dit een voorbeeld is van wat we in de toekomst kunnen verwachten, zijn we de klos.*

Hendricks liep mank, maar haalde het tot de bijeenkomst met Ryan Kyle en Joshua achter hem. "Iedereen in orde?"

Iedereen knikte.

"Geweldig. Laten we dan maar opschieten," zei hij. Hij wilde net op zijn hielen gaan staan en naar de berg marcheren, toen Joshua zijn arm vastpakte.

"Wacht even," zei Joshua. "Waar zoeken we precies naar? We kunnen niet zomaar naar de berg lopen en hopen dat de basis daar is. Of we worden gepakt door meer drones of we stuiten op *andere* verdedigingswerken."

Hendricks staarde de jongere man streng aan. "Vertel me wat er anders is als we *blijven*."

Joshua bleef zwijgen.

"Dat is wat ik dacht," zei Hendricks. "We moeten gaan, en we moeten *nu* gaan. Ze weten duidelijk dat we hier zijn, en die smeulende krater achter ons is het grootste signaalvuur op het continent. Mijn voorstel? We gaan naar die bergtop en kijken daar rond."

"Dus we gaan nu stemmen?" vroeg Reggie.

Hendricks fronste zijn wenkbrauwen. "Nee." Alsof hij een laatste leesteken na zijn verklaring nodig had, draaide hij zich om en begon dit keer weg te lopen.

"Ga je me volgen?" vroeg Reggie.

Hij keek naar Joshua, maar mevrouw E antwoordde. "We gaan hem allemaal volgen, Red," zei ze. "Het is onze missie."

"Juist," zei Reggie. "We moeten bij ons commando blijven." Hij keek naar Ben, die alleen maar zijn schouders ophaalde.

Julie schoof haar hand in die van Ben, hun dikke handschoenen bemoeilijkten de beweging, en ze keek naar hem op, zonder de moeite te nemen de vraag te stellen die hen beiden bezighield.

Ben, in plaats daarvan, stelde de vraag. "Welke keus hebben we?" zei hij. Hij wendde zich tot de top van de berg die boven de sneeuw uitstak. "Rots en een harde plaats, en zo."

HOOFDSTUK 14

REGGIE KON VIJF KILOMETER HARDLOPEN VOOR HIJ ECHT MOE WAS. De trots die hij voelde voor zijn bijna perfecte lichaamsbouw was slechts secundair aan de trots die hij voelde over de manier waarop hij het had verworven. Jaren van dagelijks trainen, 's morgens en 's avonds push-ups en pull-ups op alles wat stevig genoeg was om zijn gewicht te houden en waar hij toevallig onderdoor liep, waren zijn aanspraak op de overwinning op een ouder wordend lichaam. Om dat te bereiken had hij nooit iets sterkers ingenomen dan proteïnepoeder of een preworkout-samenstelling.

Hij had al eerder in de kou gelopen, onder andere tijdens een van zijn vele uitzendingen, in bijna sneeuwstormen. Maar Antarctisch ijs, bevroren wind en genoeg sneeuw om tot aan zijn knieën in weg te zakken was een nieuwe ervaring voor hem. Terwijl de overgebleven groep - Reggie, Ben, Julie, Joshua, Mrs. E, Hendricks en Kyle - naast hem liep, vroeg hij zich af wie van hen als eerste zou kraken.

Tot zijn verbazing bereikten ze de rand van de kloof waar de bergtop uit de Ross Ice Shelf oprees, zonder een adempauze te hoeven inlassen. Het gebied werd begrensd door een enorme klif die uit het ijs oprees, gescheiden van zijn groep door een smalle kloof. De berg was als een kasteel, hoog boven hun hoofden, en de ruimte tussen hen en het fort was een diepe, holle gracht. De klif waarop ze stonden was gemaakt van massief ijs, de rand van de gletsjer nog opvallender door de ruimte van diepe leegte direct ervoor.

Hij zoog lucht toen ze hun bestemming bereikten, en de anderen wisselden tussen hun handen op hun knieën en boven hun hoofd plaatsen. Hij wist dat Ben, Joshua en Julie in goede vorm waren, maar het leek erop dat Hendricks en Kyle hun PT gewoonte bijhielden, ook al waren ze niet in actieve dienst. Mevrouw E verraste hem het meest, want zij leek de meest veer-krachtige van het stel te zijn, ze liep al langzame rondjes in de buurt en keek verveeld.

"Mrs. E," zei hij. "Is dat echt hoe we u moeten noemen?"

"Ik zou je zeggen dat je me liefje moet noemen, maar iets zegt me dat je er al zo een hebt," antwoordde ze met haar lichte accent.

Hij schudde glimlachend zijn hoofd. "Eigenlijk niet, nee. Niet meer gebonden, maar zeker niet op de markt."

Ze droeg een bril, maar trok een wenkbrauw hoog op over de bovenkant ervan, haar verbazing overdrijvend. "Wel, dan denk ik dat ik mijn inspanningen op iemand anders zal moeten richten..."

Haar blik ging van Reggie naar Joshua, die nog diep inademde na de tocht door de bevroren toendra.

"Ik dacht dat je getrouwd was, E?" Zei Reggie.

Mevr. E draaide zich terug naar Reggie, en ze aarzelde. "Ja, natuurlijk," zei ze. "Meneer E en ik zijn nu drie jaar getrouwd."

Reggie fronste zijn wenkbrauwen. "Ik wil niet brutaal zijn, maar - en ik hoop dat u dit als een compliment opvat - u lijkt een beetje jonger dan meneer E."

Ze glimlachte, een stralende grijns die haar met zonnebril bedekte gezicht deed oplichten. "Ik zal het zeker als een compli-ment beschouwen. Hij is tien jaar ouder dan ik, in feite. We hebben elkaar vier jaar geleden ontmoet, op een feestje."

Reggie wachtte op verdere uitleg, maar kreeg niets. "Oh... oké, geweldig. Nou, wat is het volgende? Zullen we die basis gaan zoeken?"

Ben was een paar passen verder naar beneden gelopen om de klif beter te kunnen zien. "Het zal daar beneden zijn," zei hij, wijzend in de gracht.

"Hoe weet je dat?" vroeg Joshua.

Ben keek iedereen om de beurt aan. "Om te beginnen heb ik hoogtevrees, dus ik kan niet naar boven.

"Naar *beneden* gaan is beter?" vroeg Reggie.

"Marginaal."

Hendricks liep naar Ben toe om de bergtop en de klif vanuit zijn perspectief te bekijken. "Ze kunnen iets in de berg gebouwd hebben," zei hij. "Er zijn waarschijnlijk grotten die de hele bergketen doorsnijden."

"Dat had gekund," antwoordde Ben, "maar door het ijs heen hakken en steunconstructies aanbrengen is gemakkelijker, en ze konden het doen zonder zich aan te hoeven passen aan de natuurlijke indeling van een grottenstelsel. Ik heb zelfs een machine gezien die het ijs in perfecte cirkels smelt, zodat je mooie gangen kunt graven zonder een vinger uit te steken. En deze kloof tussen de berg en de ijslaag geeft ze een perfecte toegangspoort. Ik zet mijn geld op een soort basis in het ijs direct onder ons."

Reggie draaide zich plotseling om en keek in de richting waar ze vandaan kwamen. "Wat is dat geluid?" vroeg hij.

Een enorm vliegtuig vloog achter hen omlaag, brak door de dikke mistlaag. Het vliegtuig, verrassend laag bij de grond, begon kleine bolletjes uit de achterkant van zijn romp te spuwen. Het vrachtvliegtuig bleef zijn lijn door de lucht snijden, elke seconde stippen verspreidend, en vloog toen brullend uit het zicht aan de andere kant van het gebergte. Reggie staarde een ogenblik en zag hoe de stippen uit de lucht vielen rond het gebied waar nu de smeulende resten van de vrachtwagen liggen, toen hij het plotseling begreep. Bloemen van gebroken witte kleur explodeerden boven elke stip, en de stippen vertraagden terwijl ze verder naar beneden gingen.

"Paratroepers." Zei Reggie. "Een beetje onorthodox, op zijn

zachtst gezegd, vooral gezien de manier waarop ze zijn aangekomen, met hun extreem lage instap en zo.

"Het is een doodswens, als je het mij vraagt," herhaalde
Hendricks.

"Nou, ze laten het werken. Enig idee wie het zijn?" vroeg
Reggie.

"Het is een militaire operatie," zei Hendricks. "Dat transport is
een gloednieuwe Xian Y-20, van de PLA luchtmacht, met de
bijnaam 'Chubby Girl'. Ze overtreden elke regel in het boek om
hier te komen, dus het is waarschijnlijk dat de Chinezen *ook* die
kleine elektrische lichtshow hebben gezien en een paar troepen
willen sturen om het te onderzoeken. Nog waarschijnlijker is dat
ze een idee hebben wat ze hier gaan vinden, en ze zullen alles doen
- zoals internationale verdragen schenden - om het te vinden."

Mevrouw E schudde haar hoofd toen de stippen de grond
naderden. "Een *paar* troepen? Meer dan vijftig of zestig."

"Nou," zei Reggie, "we krijgen vast nog wel een kans elkaar te
ontmoeten en te begroeten. Maar voor nu, zullen we eens
uitzoeken waar we nu in godsnaam heen moeten?

Reggie en de anderen voegden zich bij Ben op ongeveer een
meter afstand aan de rand van de klif, en Reggie tuurde er zo ver
overheen als hij comfortabel vond. "Lijkt me een stevige val," zei
hij. "We hebben toevallig geen klimuitrusting, of wel?"

Hendricks knikte. "Dat doen we. In elke kit zitten een paar
ijsbijlen met een reeds verankerd touw, een harnas, karabiners,
alles. Het zal ons niet de Everest op krijgen, maar het zal ons zeker
in dat gat krijgen."

"Nou, tenzij iemand een beter idee heeft, laten we daar
beneden eens rondkijken," zei Hendricks. Hij keek naar Joshua,
met wijde ogen, duidelijk hopend de man te provoceren.

Joshua gaf enkel een stoïcijnse uitdrukking terug. "Ik ben niet
de baas, weet je nog?"

"Goed," verklaarde Hendricks, zich richtend tot de rest van de
groep. "Laten we beginnen met afdalen. Hoe sneller we uit het
zicht zijn, hoe beter." Hij ruimde een stuk sneeuw op aan de rand

van de klif, sloeg toen het uiteinde van zijn bijl in de grond en sprong erop, waardoor het stevig vast kwam te zitten in het harde ijs. Hij stak het uiteinde van het touw door een karabijnhaak die hij aan het harnas had bevestigd en gooide het uiteinde van het touw van de klif af. "Ze komen er wel achter dat ze hier niet de eersten waren, zodra ze geland zijn en deze kant op komen,' zei Hendricks, 'dus ik stel voor dat jullie dat ook doen.

Hendricks stapte al achteruit van de rand van de ijsklif toen de Chinese soldaten op hen begonnen te schieten.

HOOFDSTUK 15

"IEDEREEN BEWEGEN!" schreeuwde HENDRICKS vanaf zijn plek net onder de rand van de klif. "Je wapens kun je in je rugzak of over je schouder opbergen, maar verlies ze niet uit het oog." De anderen rondom Ben kwamen in actie, grepen naar de uitrusting in hun tassen en deden die haastig over hun lichaam. Julie had moeite om haar houweel in het ijs te krijgen, maar uiteindelijk kreeg ze hem zo diep dat ze haar gewicht kon dragen. Mevrouw E was als eerste klaar en begon Hendricks' voorbeeld te volgen.

De kogels suisden door de lucht rond hun hoofden, maar de schoten kwamen van ver genoeg om zeer onnauwkeurig te zijn. Toch voelde Ben de adrenaline door zich heen stromen en de eerste tekenen van zweet - ondanks de negatieve temperatuur - begonnen zich op zijn voorhoofd te verzamelen.

Ben was twee keer in zijn leven wezen abseilen, beide keren in Yellowstone, toen hij tot een verplichte training werd gedwongen. Om te slagen, moest hij een klif van 3 meter beklimmen en dan van een klif van 3 meter naar beneden abseilen.

De eerste keer had hij bijna ontslag genomen, en de tweede keer had hij tevergeefs geprobeerd een of andere ziekte op te lopen.

Hij stond aan de rand van het ijs, de Chinese sectie op hen

gericht met hun geweren, en duwde die angst weg om zich te concentreren op de inzet. Hij haalde diep adem, slikte...

En bevroor.

Zijn lichaam wilde niet bewegen.

Kom op, spoorde hij aan. *Vooruit.*

Zijn voeten stonden stevig op het ijs en zijn benen begonnen te trillen.

Niet nu, dacht hij. *Alsjeblieft, niet nu.*

"Ben," zei Julie van naast hem. "Gaat het?"

"Ik - ik kan het niet," zei hij. "Mijn lichaam *wil* gewoon niet."

Ze stak haar hand uit en legde haar hand op zijn pols. "Ben, je moet. Dat weet je. Kom op, laten we het samen doen." Ze kneep en spoorde hem langzaam achteruit te gaan.

Duim voor Duim reageerde zijn lichaam, kroop terug op de rand van de klif, alsof hij in slow motion achterover viel. Hij voelde de geruststellende spanning van de lijn voor hem, en dacht toen aan de ijsbijl, die op een precaire manier aan een brok ijs vastzat. Hij wist dat het elk moment kon bewegen, loskomen en hem naar beneden laten storten naar een gruwelijke dood -

"Ben." Hij keek naar links en vond Julie daar, dichter tegen hem aanleunend. "Denk daar niet meer aan. Het komt wel goed met je. Het komt allemaal goed met ons.

Een rij verdwaalde kogels landde vlak voor hen, gevaarlijk dichtbij.

"Ben, we moeten gaan, nu!" Zei Julie, haar toon onmiddellijk driftiger. "Doe... doe alsof je niet op een klif staat!"

"Wa - doen alsof? Dat meen je niet -" Ben stond op het punt Julie te kastijden voor haar opmerking toen ze recht naar beneden vloog, tien meter viel voor ze stopte, zich met haar voeten van de klif afduwde, en weer viel. Het was een snelle afdaling, maar Ben moest toegeven dat Julie het gemakkelijk deed lijken.

Hij haalde nog een keer adem, blies de koude lucht uit terwijl hij recht voor zich uit staarde en achterover leunde. Hij sloot zijn ogen en zette een stap.

Kogels strooiden over de grond, elke uitbarsting van het aanstormende Chinese leger kwam een beetje dichterbij.

Hij deed nog een stap, en zijn ogen waren nu gelijk met de grond. Hij zag de sneeuw omhoog spuiten en als glitters in de witte lucht verdwijnen bij elk schot van het geweervuur in de verte.

"Bennett!" hoorde hij Hendricks van beneden schreeuwen, zijn donderende stem dreunde door de kloof. Ben durfde zijn hoofd niet om te draaien om naar beneden te kijken, maar hij nam nog een paar langzame stappen. Hij stond nu evenwijdig aan de rotswand, precies de tegenovergestelde positie waarin hij zijn lichaam over het algemeen het liefst had.

"Bennett!" Hendricks schreeuwde weer. "Als je me kunt horen, schiet dan op. Maak een vuurtje, zoon! Ze kunnen ons nu niet neerschieten, maar als ze bij de rand komen, wat denk je dat hun volgende zet zal zijn?"

Ben kon het niet helpen, maar vroeg zich af wat het antwoord op de vraag was. *Ze zullen de ijsbijlen zien, en de strakke lijnen die uit elk van hen lopen...*

Hij huiverde. *Dood van boven, of... dood van beneden.* Hij was niet opgewonden over beide optics.

Zijn lichaam bewoog nu vloeiend, elke stap werd gedurfder, groter. Hij haalde een laatste keer adem, zette zijn voeten op de grond en verliet de relatieve veiligheid van de rotswand.

Het touw, de karabijnhaak, het harnas en de ijsbijl voerden hun taak feilloos uit, en hij voelde de roes van het zweven in het niets, een fractie van een seconde in de lucht hangend voordat hij viel en terug naar de muur racete, zijn voeten instinctief hun positie vindend om zijn gewicht te dragen en het proces te herhalen. Hij landde en keek op om zijn vooruitgang te controleren.

Hij was niet meer dan een paar centimeter gezakt.

"Bennett!" schreeuwde Hendricks. "Als je zo langzaam gaat, zijn we hier de hele dag. Of we blijven hier tot de Chinezen je lijn doorsnijden. Dan pellen we je af van -"

Zijn stem viel weg, ongetwijfeld gestopt door een van de andere teamleden die beneden wachtten.

Opnieuw duwde hij zich van de klif af en ditmaal maakte hij de lijn los die hij in zijn rechterhand had gegrepen. Hij voelde het touw langs de binnenkant van zijn linkerhandpalm glijden, het teken dat hij naar beneden ging. Een seconde later landden zijn voeten weer en keek hij omhoog. Hij was tevreden te zien dat hij het een meter of tien, vijftien had gehaald. Voordat zijn angsten weer de kop opstaken, duwde hij zich een derde keer van de muur af.

Het duurde nog vijf keer voor hij de bodem had bereikt. Of, tenminste, bij de anderen. Hij zag Julie naast hem, glimlachend.

"Goed gedaan," fluisterde ze.

Hij knikte een keer, nog steeds geschokt maar blij dat ze klaar waren.

"Waarom zijn we niet op de grond?" zei hij, toen hij zich realiseerde dat ze allemaal nog aan hun lijnen hingen, verspreid om hem heen.

Reggie antwoordde. "Geen touw meer, baas."

"We kunnen de bodem niet zien," zei Joshua, zijn stem kalm en gelijkmatig. In elke andere situatie zou de stem van de man geruststellend zijn geweest. Nu, echter, wilde Ben hem slaan.

Ben voelde zijn bloed koud worden. Hij schudde met zijn rechterhand het touw heen en weer, durfde nog steeds niet naar beneden te kijken, en zag het eind van het touw omhoog vliegen, nog maar een paar meter speling over.

"Ik scheen met een lamp naar beneden," zei Hendricks, "maar het wordt pas een paar meter lager zwart. Die verdomde zaklampen zijn waardeloos."

Nee, nee, nee, de angst kwam terug als een trein die op hem afkwam, en het was alles wat hij kon doen om zijn handen op hun plaats te houden en niet gewoon los te laten. *Zo zou het in ieder geval snel afgelopen zijn*, dacht hij.

Hij keek naar Julie, en zag de angst in haar ogen. Ze had de glimlach eerder geforceerd; ze wilde niet dat Ben de waarheid wist. Maar het was waar, wat ze ook deed.

Ze waren *letterlijk* aan het eind van hun Latijn, hangend aan de rand van een Antarctische klif.

Met een heel leger dat op hen afkomt.

HOOFDSTUK 16

HIJ HEEFT DE WEINIGE DETAILS OVER DE ONTWIKKELAAR GELEZEN. Een jonge man, 29 jaar oud, uit Indonesië. Indien het bestand eender welke andere subroutine was geweest, of indien Colson niet volledig op de hoogte was geweest van de bijzondere aard van de informatie die de man aan het transcriberen was, zou hij gedacht hebben dat Hasan Nessef gewoon een contract coder was, iemand die het bedrijf tijdelijk had ingehuurd omdat hij goedkoop en snel was.

Maar Colson wist waar hij aan werkte, althans op kleine schaal. Hij wist wat deze subroutine moest repliceren - het was zijn taak om de bestanden door te spitten en alle programmatische tekortkomingen op te lossen en de gegevens op te schonen. Omdat hij belast was met het verzamelen van de ontelbare bestanden en ze te stroomlijnen tot een georganiseerd geheel, moest hij een basiskennis hebben van het grotere project waaraan zij werkten. Ze hadden hun kaarten goed dicht bij de borst gehouden, maar Colson was niet aangenomen omdat hij een idioot was.

Vanaf de eerste dag wist hij dat er een reden was waarom het bedrijf zijn onderzoeksstation op de bodem van de wereld, in Antarctica, had verborgen. Hij wist dat er een reden was waarom ze ongelooflijk veel geld hadden uitgegeven aan beveiliging, hun werknemers, wetenschappers en onderzoekers 's nachts hadden laten overvliegen en alles hadden gedaan om buiten het bereik van de radar te blijven. En hij wist dat er een reden was waarom ze zichzelf hadden omgevormd tot een onmogelijk complexe hiërarchie van management op het station, en een bureaucratie hadden opgezet die meer leek op een Fortune-100 bedrijf dan op een 30-koppige bemanning.

Er was een reden voor dit alles. Hij wist het, maar hij stelde geen vragen. Hij had gedaan wat hem gezegd werd, en ze hadden hem om de paar maanden stukjes informatie gegeven, hem meer vertrouwend naarmate hij langer zijn loyaliteit aan het bedrijf had getoond. Het was makkelijk geweest, aangezien hij letterlijk nergens heen kon. Hij zat gevangen in deze gevangenis onder het ijs, om de hele dag naar coderegels te staren, elke dag, tot ze het project - de *reden* - achter dit alles hadden voltooid.

Dus, hoewel hij Hasan Nessef niet persoonlijk kende, wist hij dat de jonge man meer was dan een laaggeplaatste huurling. Deze specifieke subroutine was top-secret, en ze zouden niet hebben toegestaan dat aannemers het transcribeerden. In plaats daarvan zouden de handvol ontwikkelaars op Niveau 3 de enigen zijn geweest die er toegang toe hadden.

Toen de deuren van de lift op niveau 3 opengingen, werd Colson herinnerd aan zijn relatieve status in de voedselketen van de organisatie. Ook al was hij technisch gezien de baas van Nessef, de mannen en vrouwen die het eigenlijke werk deden, het omzetten van de gegevens in signalen die een computersysteem zou begrijpen, werden beschouwd als de 'genieën', en daarom veel belangrijker dan Colson en zijn baas, Angela Stokes. Niveau 3 had dan ook iets wat Niveau 7 helemaal niet had: decoratie.

Prachtige wijnranken bedekten de middenmuur op de vloer, op de een of andere manier verlicht met groeilampen en het zonloze ontwerp van het ondergrondse station tartend, en meer potplanten, waaronder een enorme palmboom, bezaaiden de omtrek van de vloer. Voor Colson leek het op een Oost-Europees atrium van een middenklasse hotel, waar meer over nagedacht was dan dat er geld in was gestoken.

Hij voelde ook een lichte jaloezie toen hij merkte dat er toiletten waren aan *beide* kanten van deze verdieping. Eén aan zijn linkerkant, naast de lift, en, te oordelen naar de borden op het plafond, een ander aan de andere kant.

Ik had ze moeten zeggen dat ik geen managementervaring had, dacht hij. Terwijl hij naar het midden van de ruimte liep, op weg naar de enorme met wijnranken begroeide muur en de deur daarbinnen, passeerde hij een klein, onopvallend hokje en bureau.

Nessef, Hasan, ontwikkelaar.

De man heeft zelfs zijn eigen gedenkplaat. Jonathan vroeg zich af of hij die kon aanvragen, of dat hij die had gekregen als een soort aanmoediging. Zonder nog langer te treuzelen liep Jonathan verder naar de deur, en duwde die open na een snelle klop.

Drie mensen wachtten aan de andere kant van de kleine vergaderzaal tafel. Angela Stokes, haar baas, een man die net van de business school kwam, en Hasan Nessef zelf. Hasan keek verward, voelde zich duidelijk niet op zijn gemak tussen de mensen van het middenkader, en hij was nog meer perplex toen Colson binnenkwam.

"Colson," zei Stokes, onmiddellijk in beweging komend om de ruimte tussen hen te sluiten en haar gewoonte van 'close talking' te beginnen. "Waar gaat dit over?"

"Het gaat over, uh -" hij wierp een blik op haar baas.

"Hij weet het," zei ze zonder aarzelen. "Hij heeft het me verteld. Hij weet dat er iets aan de hand is; er is een reden dat de tijdlijn is ingekort."

"Juist," zei Colson. "Oké, goed. Hoe dan ook, ik heb het gevonden."

Drie paar ogen staarden hem aan.

"Het zit in een dossier dat Nessef heeft getranscribeerd."

Hasan Nessef's ogen werden op de een of andere manier nog wijder. Colson was even bang dat als hij bleef praten, ze wel eens uit het hoofd van de jongen zouden kunnen vallen.

"Hoe dan ook, het is een transcriptie die cruciaal is voor de hoofdlijn subroutine waar we aan werken. Ik zei dat we parse fouten bleven krijgen; Ik denk dat dit bestand de reden is."

"Er is niets mis met mijn transcriptie!" flapte de jongen eruit.

"Nee," zei Colson, "ik zeg niet dat het zo is. Wat ik zeg is dat het bestand een vreemde set instructies bevat. Ze hebben niet dezelfde syntaxis als de rest van de subroutine."

"Ik volg je niet, Colson," zei Stokes. Stokes' baas was onleesbaar, een stoïcijnse uitdrukking die hij op de handelsschool geleerd moet hebben stond op zijn gezicht geplakt. "Syntax?"

"Uh, zoals stijl, echt. Alles wat we gecodeerd hebben is gewoon een transcriptie van de hoofdlijn, toch? Het is allemaal gewoon een *kopie* van wat er al is, behalve dat we het vertalen in een taal die een computer kan begrijpen."

Ze knikte. Haar baas staarde.

"Ik kwam dus een stuk code tegen dat was getranscribeerd - opnieuw een *vertaalde kopie* van wat al in het programma stond - maar ik merkte dat het een iets andere stijl had. Ik wist niet zeker wat het was, want het zag er warrig en een beetje verward uit."

"Mijn code is *niet -*" Nessef begon.

Colson stak een hand op, en Nessef werd rustig. Colson voelde een adrenalinestoot bij de lichte krachtsinspanning, maar ging door. "Nogmaals, Nessef, ik ben hier niet om je ergens van te beschuldigen. Ten eerste is de code correct - er lijken geen transcriptiefouten in het bestand te staan. Ten tweede, de reden dat ik je hier geroepen heb is omdat ik denk dat de transcriptie verwijst naar een segment van de mainline subroutine die opzettelijk door elkaar gehaald is. "

Colson wachtte en keek naar de gezichten van Stokes en haar baas. Hij zag de geringste beweging in de ogen van de man, maar dacht dat het misschien alleen maar een zenuwtrekje was.

"Stokes," vervolgde hij, "*dit* is de reden. Dit is waarom ze het project zo snel willen afronden." Hij draaide zich om en richtte zich tot haar jonge baas. "Luister, uh, sorry - ik heb je naam niet meegekregen - ik weet dat dit misschien nieuws voor je is, en ik weet dat er zo'n 15 mensen boven je staan in de hiërarchie. Maar je *moet* proberen om ze te laten luisteren."

"Mr. Colson," zei de man, zijn stem schamper en klonk veel ouder dan hij eruit zag. "Waar moet ik ze precies van proberen te overtuigen? Dat je een anomalie in het programma hebt gevonden? U beseft toch dat dit hele *project* een anomalie is, en dat er *veel* anomalieën zijn gevonden in het programma.

Jonathan schudde uitbundig zijn hoofd. "Nee, nee, dat is helemaal niet wat ik zeg. Anomalieën zijn één ding, maar *dit...* dit stukje code, is iets heel anders. Ik weet nog niet precies wat het is, maar het is *anders*. Ik zeg je - en ik *beloof* je - als je deze subroutine in de mainframe bouwt, is er geen weg meer terug. "

"Waarom zouden we ons zorgen maken over teruggaan? Wat betekent dat eigenlijk, Mr. Colson?" zei de man. "We werken al bijna tien jaar aan dit project, op de een of andere manier. U weet wat er op het spel staat, en u begrijpt *duidelijk* iets meer dan iemand van uw *stand* zou moeten weten." Met deze laatste zin wierp hij een blik op Angela Stokes. Ze klemde haar tanden op elkaar, maar bleef Colson aankijken.

"Bovendien," zei de man, "stel ik het niet op prijs dat u een zaak die zo gevoelig ligt in eigen handen neemt, om welke reden dan ook. Het feit dat Mr. Nessef er nu bij betrokken is, is de zoveelste fout van uw kant. Ik ben bereid om u toe te staan verder te werken aan het project met de verstande..."

"Ik ben weg," zei Colson.

"Pardon?" zeiden hij en Stokes tegelijk.

"Ik zei het je," zei hij. "Ik ben weg. Ik stop ermee."

Hierop glimlachte Stokes' baas, een lichte, rechte grijns die van de zijkant van zijn mond kwam. "Mr. Colson, als u het nog niet wist, er is een contractuele verplichting met elk van onze werknemers. Zelfs als dat niet zo was, realiseert u zich dat we onder 1.000 meter ijs zitten?"

Colson knikte.

"En je beseft toch dat je op het continent *Antarctica* bent?"

Opnieuw knikte hij. "Maakt niet uit," zei hij. "Ik ga niet

verder. Dit is moreel, ethisch, en alle andere soorten van verkeerd, en het is zeker illegaal. Als het hier niet illegaal is, dan ergens."

Stokes baas keek even naar Colson, leunde toen zijwaarts naar Stokes. Hij fluisterde iets, waarna Stokes' hoofd op de grond viel. Na nog een paar seconden haalde ze een telefoon uit haar zak en begon een nummer te draaien.

Colson voelde zijn bloed koud worden.

"Mr. Colson," zei de man. "Vergezel me terug naar uw bureau op Level 7. Er is een andere zaak die ik met u wil bespreken."

HOOFDSTUK 17

BEN KEEK NAAR DE RAND VER BOVEN HEM, zich afvragend of hij de klim naar boven zou kunnen maken zonder goed schoeisel, toen een silhouet verscheen.

Twee andere schaduwen voegden zich bij de eerste, toen nog meer, en weldra was zijn gezichtsveld van links tot rechts volledig gevuld met de silhouetten van Chinese soldaten.

"Jongens..." zei hij.

De eerste mensvormige schaduwen die aan de rand verschenen, hieven hun geweervormige schaduwen op en richtten ze rechtstreeks op de groep. Ben had geen tijd om te bewegen voordat de schoten begonnen te regenen. Hij voelde het vuur van een kogel langs zijn arm schampen, te dichtbij om te kunnen spreken van een totale misser.

Hij knarste met zijn tanden en schopte met één voet. Zijn lichaam, nog steeds hulpeloos hangend aan het uiteinde van het touw, begon te draaien en heen en weer te zwaaien. De anderen bewogen op dezelfde manier, elke klimmer probeerde een zo moeilijk mogelijk doelwit te worden.

Tot nu toe werkte de list. Niemand van de groep was geraakt, en Ben bleef slingeren, zichzelf bewijzend dat hij iets had gevonden dat hij meer vreesde dan hoogtes. Aan een touw boven een eindeloze afgrond hangen en beschoten worden door soldaten was zeker iets ergers.

"Ben!" hoorde hij Julie naar hem roepen, en hij keek om. Ze keek niet naar hem om, maar richtte haar aandacht op de soldaten aan de rand van de klif. Een paar soldaten waren nog aan het vuren, maar het grootste deel van het peloton was verdwenen.

"Waar zijn ze heen?" vroeg hij.

"Kijk," antwoordde ze. "Omhoog en naar links."

Ben volgde haar blik en zag verderop op de richel twee Chinese soldaten staan, die een van de ijsbijlen vasthielden. Het was nog steeds vastgebonden aan het touw, dat strak recht naar beneden in de kloof hing. De soldaten werkten duidelijk hard om de bijl op zijn plaats te houden, alsof de bijl en het touw een aanzienlijk gewicht moesten dragen.

Het gewicht, in dit geval, was Hendricks laatste overgebleven man, Ryan Kyle. Hij slingerde niet meer, en was begonnen met het zoeken naar houvast in de ijsrots. Ben keek even toe, merkte ook op dat de kogels eindelijk waren gestopt en alle ogen op Kyle waren gericht.

"Kyle, kijk of je een beetje deze kant op kunt zwaaien," zei Hendricks, zijn stem zacht, geruststellend. "We vangen je wel."

Kyle reageerde niet op Hendricks' bevel, nog steeds zoekend naar iets waaraan hij zou kunnen hangen -

De Chinese soldaten lieten de ijsbijl vallen, het geslepen uiteinde veerde naar voren en naar beneden in de kloof. Kyle verdween uit het zicht, en Ben slikte. Julie gilde, een korte, verraste hoge uitbarsting.

Hendricks vloekte en schreeuwde naar de Chinese soldaten. "Wat willen jullie van ons?" Schreeuwde hij. "We zullen praten. Wil je weten voor wie we werken?"

Een silhouet stapte dichter naar de rand en leunde over de klif. Ben kon zijn gelaatstrekken niet zien, maar hij leek een beetje kleiner dan veel van de mannen om hem heen.

In gebroken Engels, begon de man te spreken. "We kunnen je niet gebruiken," zei de man. "Het kan ons niet schelen voor wie u werkt. We zullen er uiteindelijk wel achter komen, maar dat maakt ons niet uit."

Ben zag hem knikken toen de leider zijn toespraak van drie zinnen beëindigde, en zes andere mannen verdwenen terug van de klif.

Binnen enkele seconden voelde hij de angstaanjagende stuwkracht van gewichtloosheid, dan vallen. Een fractie van een seconde later stopte hij, en hoorde Julie opnieuw schreeuwen. Hij keek op en zag vier soldaten recht boven hem. Twee hielden zijn ijsbijl vast, en twee die van Julie.

"Ben..." fluisterde ze. Hij kon de trilling in haar stem horen, en hij hapte weer naar lucht, bang om te spreken. Het was een instinctieve reactie, zoals die van een konijn, alsof de jager weg zou gaan als hij niet bewoog of geen geluid maakte. Hij waagde weer een blik naar boven, en zag dat de jagers nergens heen waren gegaan.

Niemand van hen sprak, maar dat was ook niet nodig. Hun leider had de volledige omvang van de missie uitgelegd: het Amerikaanse team uit de weg ruimen, en ze stonden op het punt precies dat te doen. Ben dacht na over de gebeurtenissen die tot dit moment hadden geleid; hij dacht aan de maanden in de hut met Julie, niets dan foeragerende grizzly's of plotselinge sneeuwstormen om zich zorgen over te maken. Plotseling verlangde hij terug naar de veiligheid en de warmte van de kleine hut die ze samen hadden gedeeld, het knapperende haardvuur en de geur van hout dat werd opgewarmd en in vlammen opging.

De kou hier was een ander soort kou, het verdoofde hem en zoog hem leeg. Hij had het gevoel alsof de Dood zelf zijn vingers om zijn hart had en langzaam het leven uit hem trok. De lucht was ijl, maar hing tegelijkertijd om hem heen als een damp of mist. *Is dit het?* Dacht hij. *Is dit hoe het voor ons eindigt?*

"Jij bast -" Hendricks' stem werd onderbroken toen hij in de kloof viel, zijn ijsbijl stuiterend en een paar keer op de klif stuiterend op weg naar beneden.

Ben sloot zijn ogen, wachtend op het onvermijdelijke. Op de

een of andere manier had Julie hem gevonden, haar arm nu om de zijne gekruld. Ze was naar hem toegezwaaid en had zich aan hem vastgeklampt, hun gewicht nu gecombineerd, hun lot en armen in elkaar verstrengeld.

Zijn maag kromp ineen, en hij wist dat het ging gebeuren.

Hij viel samen met Julie, geen van beiden maakte een geluid. De eerste schok van de plotselinge beweging ebde weg, en hij had het gevoel dat hij nu door de ruimte zweefde. Er was geen luchtstroom om zijn momentum tegen te werken en zijn lichaam te waarschuwen voor de onvermijdelijke effecten van de zwaartekracht; de val was als niets anders dat hij ooit had meegemaakt. Hij had een leven lang alle mogelijkheden om te 'vallen' ontweken, inclusief parachutespringen, touwenparcours en vertrouwensvallen bij parktrainingen. Ben was tevreden geweest naar zijn graf te gaan zonder ooit dit effect te ervaren, en nu voelde hij de ironie van naar zijn graf gaan *vanwege* dit effect.

De tijd stond voor hem stil, en de gedachten aan zijn leven en ouders en broer en Julie overvielen hem allemaal tegelijk. Hij voelde de geruststellende kneepjes van zijn vaders bearhugs, en later in zijn leven, vice-grip handdruk. Zijn gedachten flitsten door beelden van zijn broertje dat probeerde te leren vissen, Ben's groeiende ongeduld met het proces, en de uitbrander van zijn ouders daarvoor. Hij dacht aan Julie, en hoe zij met de subtiliteit van een handgranaat in zijn leven was binnengedrongen, en hoe hij nooit de kans had gehad om haar echt te vertellen wat hij voelde.

Hij wist dat ze van hem hield, en hij wist dat *zij* wist dat hij van haar hield. Maar voor Ben waren woorden altijd een strijd. Hij gebruikte ze alleen als het nodig was, en dan nog alleen die paar woorden die hij nodig had om zijn punt duidelijk te maken. In het geval van Julie en zijn gevoelens voor haar, waren een paar woorden niet genoeg.

Ben dacht aan dit alles terwijl hij viel, het wonderbaarlijke fenomeen van de vertragende tijd was voldoende om hem de ruimte te geven het onvermijdelijke te erkennen. *Dit is het einde.*

Hij vocht tegen zijn oogleden en duwde ze open. Zijn ogen

concentreerden zich een halve seconde, en hij zag - veel verder boven hem nu - de kleine schaduwen van de soldaten, toekijkend of hun werk voltooid was. Ze vervaagden, de duisternis verteerde alles om hem heen, de top van de klif en de andere kant van de kloof sloten zich aan en maakten de dunne lichtspleet kleiner en kleiner naarmate hij viel.

Toen de gleuf niet meer was dan een scheermesje in de wrede duisternis, stopte hij met vallen.

HOOFDSTUK 18

IK LEEF.

JULIE zei de woorden steeds opnieuw in haar hoofd, nog steeds onzeker of ze waar waren of niet. Ze durfde ze niet hardop uit te spreken, uit angst dat ze zouden veranderen als ze in het echt werden uitgesproken, met echte geluiden.

Ik leef nog.

Toen ze de woorden nog een laatste keer in stilte uitsprak, herkende ze dat ze waar waren. Ze opende haar mond en vormde de woorden op haar lippen.

"Ik leef..." fluisterde ze.

"Zeker weten dat je nog leeft," zei Hendricks van ergens achter haar. "Nog een geluk ook. We landden op een enorme sneeuwbank, waarschijnlijk drie meter diep. Tot aan je armen begraven, maar je hoofd stak er tenminste nog uit. Ik moest gaan graven naar Ben."

"H - hoe lang was ik weg?" vroeg ze.

Hendricks verscheen niet, en ze nam aan dat hij nog ergens achter haar was, mogelijk met iets bezig. Zijn stem bevestigde dat, zijn woorden staccato en abrupt. "Ongeveer tien, vijftien minuten," zei hij. "Ik landde vlak, dus ik kwam niet vast te zitten. Ik heb eerst wat tijd doorgebracht met mezelf te controleren en te zorgen dat alles in orde is.

"En?"

Hij grinnikte. "Zoveel als maar gewenst kan worden. Zoals Alexander Hamilton zei, 'niemand verwacht na z'n vijftigste nog veel van z'n lichaam te kunnen vertrouwen.'"

"Jij bent 50?"

"56, eigenlijk," zei Hendricks. Ik heb het ook nog steeds. Meestal."

Julie probeerde ongelovig haar hoofd te schudden, maar een enorme hoofdpijn sloeg tegen haar slapen en waarschuwde haar van dat idee af te zien.

"Neem even de tijd om jezelf weer te leren kennen," zei Hendricks. "Maar daarna kan ik hier wel een handje gebruiken."

Ze ademde een paar keer moeizaam, zwom toen naar boven en ging rechtop zitten. Het was pikdonker, maar ze ving de sporen op van een zaklantaarnstraal die achter haar ronddanste. Na nog eens dertig seconden pasten haar ogen zich aan, en de gloed van de lichtbundel was genoeg om een idee te krijgen van haar omgeving.

Zoals Hendricks had uitgelegd, waren ze op de top van een enorme sneeuwkoepel gestrooid, elk van hen landde in de positie waarin hun lichamen zich aan het eind van de val hadden bevonden. Ze zocht een paar seconden naar Ben, en vond hem uiteindelijk liggend op de bodem van een ondiepe kuil, de duidelijke graafsporen van Hendricks' gehandschoende handen die zich vanuit Bens positie naar boven verspreidden. Ze zag zijn borstkas op en neer gaan, maar ze stoorde hem niet, in plaats daarvan gunde ze hem de paar kostbare momenten van rust.

God weet dat we nog niet uit de problemen zijn.

"Alles goed met jullie?"

Julie draaide zich om en zag Joshua Jefferson aan komen sjokken, mevrouw E achter hem aan. Hij viel achterover toen hij Julie bereikte, zijn achterwerk plofte in de dikke sneeuw. Mevrouw E bleef staan.

"We leven nog," zei ze. "Dankzij Hendricks."

Joshua's gezicht werd rood, een gedempte, donkere tint die

Julie zelfs in het zwakke licht zag. "Ja, nou, als hij in de eerste plaats langere touwen had ingepakt..."

"Als ik langere touwen had gepakt," zei Hendricks, "garandeer ik je dat dit een nog *hogere* klif zou zijn geweest."

Mevr. E glimlachte, en Joshua's gezicht verduisterde in een frons.

"Geef hem wat ruimte, Jefferson," zei Reggie. "Als ik het was, weet ik niet zeker of ik je uit de sneeuw gegraven zou hebben." Reggie verscheen achter Hendricks, zijn glimlach was het eerste wat haar opviel. Julie zag dat beide mannen het touw en de ijsbijlen voorzichtig weer in bundels rolden. Hendricks ritste een van de bundels in zijn rugzak, en Reggie had zijn eigen rugzak ook open, klaar om een bundel bijlen en touw in ontvangst te nemen.

"Hé, waar is die andere kerel?" Vroeg Reggie. "Kyle?"

Hendricks fronste zijn wenkbrauwen, trok zijn rugzak recht en gooide die over zijn schouder. "Ik heb het niet gehaald."

"Wat?" Zei Joshua. "Wat bedoel je daar nu weer mee? Is er iets dat je niet -"

"Ik zei dat hij *het niet gehaald heeft*, jongen," snauwde Hendricks. Hij had de korte afstand tussen Reggie en de touwbundels en Joshua's positie bliksemsnel afgelegd, en was nu centimeters van Joshua's gezicht verwijderd. De oudere, verweerde man leunde voorover, zijn sprinkhaanachtige tengerheid overdreven door zijn loszittende parka en sneeuwkleding.

Julie zag Joshua's kaken zich samenklemmen en ze wachtte tot een van de mannen de ander zou aanvallen. In plaats daarvan richtte Hendricks zich op, draaide zich om en richtte zijn zaklamp op een gebied aan de rand van de reusachtige sneeuwkoepel.

"De sneeuwbank eindigt daar," zei Hendricks. "Aan de rand van een andere afgrond."

Julie's ogen verwijdden zich.

"Hij kwam niet op de sneeuwbank, zoals de rest van ons. Hij was er te ver over."

Hij trok de straal van de zaklamp naar beneden en draaide toen aan de punt van de zaklamp om de opening te vergroten en een lagere, bredere gloed over het gebied te werpen. "Nog meer vragen?"

Joshua schudde zijn hoofd, en Julie liet het hare vallen. Ze had de man nooit gesproken, en ze kende hem nauwelijks, maar toch had hij haar en de rest van de groep in zijn laatste momenten van zijn leven beschermd.

Wat een verlies, dacht ze.

"Neem een paar minuten rust, en drink wat water. Er zit een fles in jullie rugzakken, als die nog niet bevroren is. Vul hem met sneeuw als je klaar bent, pak dan je bijl en touw en maak je klaar om te vertrekken."

"Waar ben je van plan heen te gaan?" vroeg Reggie.

"We verkennen het gebied een beetje, kijken of er een richel of iets aan de andere kant van deze stapel is dat ons omhoog en hieruit brengt, of misschien een opening naar een grot."

"Lijkt een kleine kans."

"Nee," antwoordde Hendricks. "Een gok is een explosie overleven terwijl je wordt opgejaagd door miniatuur gevechtshelikopters, dan kogels ontwijken terwijl je van een klif afglijdt, dan doodvallen en aan het eind op de een of andere manier *nog* in leven zijn. Dat is een gok. Een mooie, voorgekapte uitgang vinden uit deze bevroren hel? Dat is een *onmogelijkheid.* Heb jij een beter idee?

"Nee, ik ben met u, baas. Klinkt leuk."

Ben verroerde zich, ging rechtop zitten en wreef in zijn ogen. Hij zag Julie, en ze haastte zich naar zijn zijde.

"Je bent wakker!"

Hij knikte, langzaam, en kreunde toen. "Je neemt me in de maling. Hebben we dat overleefd?"

Ze glimlachte. "En je bent net op tijd voor de volgende etappe van ons avontuur," zei ze. "Ik noem het 'ploeteren door Antarctica tot we sterven of de slechteriken vinden'."

Hij stond op en borstelde de sneeuw van zijn broekspijpen. Ze reikte hem haar fles water aan en wachtte tot hij een lange, langzame slok nam. "Ja, ik had al zo'n gevoel dat dat het volgende zou zijn. Met zo'n ijzersterk plan is het geen wonder dat we nog leven."

Julie lachte, maar haar gedachten werden onderbroken door het geluid van een schreeuwende mannenstem. Het was gedempt, en ze kon niet verstaan wat hij zei. Ze rende naar de rand van de sneeuwbank, waar Hendricks en de anderen al stonden. Reggie en Joshua hadden de lampen uit hun rugzakken gevist en alle drie richtten ze die over de rand van de sneeuwbank naar beneden.

De drie lampen samen waren net sterk genoeg om een andere richel, ook bedekt met een dik pak sneeuw, en de kleine vorm die er bovenuit stak, nauwelijks te verlichten.

Een gezicht.

Meer bepaald, het gezicht van Ryan Kyle, die zich genoeg uit de zware sneeuwval had gegraven om zijn mond open te krijgen.

"Hoort iemand me? Hendricks? Rapporteer."

Julie was onder de indruk van het vermogen van de jongeman om soldaatje te blijven spelen, zelfs toen hij onder de sneeuw zat die zo zwaar was dat hij niet meer op zijn plaats kon blijven. Hij was duidelijk goed getraind, en de effecten van isolatie, kou en angst leken hem niet te deren.

"We zijn hier, Kyle," zei Hendricks. Hij liet zijn straal snel over het gezicht van de man gaan, een zichtbaar signaal aan hem dat er hulp onderweg was.

"Ik kan de rest van de weg niet uitgraven," zei Kyle. "Te moe. Ik schat een half uur voordat de onderkoeling begint."

"Nou, stop dan met praten en rust uit," zei Hendricks. "En geef jezelf niet te veel krediet, zoon, je bent binnen vijftien minuten dood zonder hulp." Hendricks grijnsde en overhandigde toen zijn bijl en touw aan Reggie. "Denk je dat het je lukt om dit niet te verliezen in de sneeuw?"

"Denk je dat je deze keer genoeg touw hebt om helemaal beneden te komen?" Reggie schoot terug.

Hendricks staarde hem even aan, grijnsde toen weer. "Je bent in orde, Red, weet je dat?"

"Daar ben ik het niet mee eens meneer, maar ik ben wel eens

erger genoemd." Hij was klaar met het touw om zijn middel te binden. "Belay on."

Hendricks verdween over de rand, en het duurde slechts enkele seconden voor hij weer op zijn voeten stond onderaan en naar Kyle liep. Hij begon onmiddellijk de jongeman uit de sneeuw te graven, Kyle hielp zoveel hij kon toen hij een arm vrij kreeg.

Hendricks bracht hem op de hoogte van de val, hoe hij de rest van het team had uitgegraven, en dat ze geluk hadden dat ze nog leefden, toen voegde hij eraan toe dat hij trots op hem was voor zijn prestatie in de truck. Kyle aanvaardde de lof goed en knikte terwijl ze hem uit de sneeuw werkten.

"Dus dat is waar we zijn,' zei Hendricks. "Vast op de bodem, kliffen aan beide kanten, en nergens om heen te gaan."

Kyle fronste en wees toen achter Hendricks. "Waarom begin je daar niet?" vroeg hij.

HOOFDSTUK 19

JONATHAN COLSON WIST ZODRA DE LIFTDEUR DICHTGING EN DE LANGZAAM BEWEGENDE MODULE BEGON AF TE DALEN, dat ze niet op weg waren naar Niveau 7.

Wel, ze gingen *richting* Niveau 7, maar hij wist dat ze daar niet zouden stoppen.

Hij wilde schreeuwen, maar hij kon niet beslissen of hij boos of doodsbang was. Of beide. De man, de baas van zijn baas, die hij nog steeds niet kon benoemen, sprak ook niet. Colson staarde zwijgend voor zich uit, keek uit het metalen rooster dat de voorkant van de lift vormde en zag hoe de verdiepingen voorbijkwamen.

5, 6, 7. De lift vertraagde niet, wat Colson's ergste vrees bevestigde.

Er was een ondersteuningsniveau op 8, in wezen een open magazijn met stapels kratten, dozen en alle industriële gereedschappen en apparatuur die nodig waren voor reparaties en onderhoud aan het station. Ze reden er langs en Colson zag rijen kleine geautomatiseerde vorkheftrucks bezig met het ordenen van een stel zware kratten die net waren afgeleverd.

9. Colson zag het licht flitsen op het binnenpaneel van de lift, en daarna weer dimmen toen ze weer een verdieping naar beneden gingen. Hij zag de rijen knipperende computerconsoles, het serverpark dat zich over de hele verdieping uitstrekte.

Hij begon zwaarder te ademen toen ze Level 10 naderden. *De bodem van de basis,* noemden ze het. Velen wisten niet eens dat er een Niveau 10 was, en zij die het wel wisten dachten dat het gewoon een server farm of een support verdieping was. Colson, echter, wist dat er een tiende niveau was. En dankzij zijn pseudo-vriendschap met Angela Stokes, wist hij dat de verdieping twee bijnamen had: *Cryo* en *Uplink*.

Dat was, helaas, Colson's kennis over het niveau en het doel ervan. Toen de lift de bodem naderde, vroeg hij zich af hoe de twee woorden zich verhielden tot elkaar en tot de rest van het station.

De lucht daalde nog een paar graden, en er was een merkbare verandering in de druk toen ze het onderste niveau bereikten. De lift raakte het harde oppervlak van de betonnen plaat eronder, zonder gebruik te maken van een vertragingsmechanisme voor de schok. Jonathan Colson maakte een sprongetje, zowel door de plotse stop als door het gevoel van voorgevoel dat over hem kwam.

Dit is het, dacht hij. *We zijn er.* Hij keek rond naar de lege verdieping van de lift. *Wat ben ik aan het doen? Ben ik eigenlijk op zoek naar een wapen? Zou ik zelfs -*

Hij kon die gedachte niet afmaken voordat hij door de open deur van de lift naar buiten werd geduwd, op de ijskoude vloer van Level 10. De deur sloeg achter hem dicht. Er was geen briesje, maar de atmosfeer van het gekoelde niveau leek totaal anders dan die van de rest van de basis, en Colson rilde.

Twee mannen, gekleed in de uniformen van de bewakers van het station, grepen Colson's armen en duwden hem door de eerste smalle rij metalen stapels. Hij deed zijn best om zijn omgeving te observeren, in een poging om informatie te verzamelen die hem zou kunnen helpen om meer te begrijpen over wat ze met hem van plan waren. Dat hij klaar was met werken voor het bedrijf was overduidelijk. Zijn angst verschoof nu naar een andere gedachte: hij zou wel eens klaar kunnen zijn met *wat dan ook te doen.*

Ze gingen de eerste rij binnen, en hij had het gevoel dat hij in een enorme opslagruimte van archiefkasten was. Metalen laden waren op elkaar gestapeld, van vloer tot plafond, aan beide kanten van de smalle gang. Er was net genoeg licht hoog boven om te kunnen zien, maar het maakte het waarnemen van kleine details onmogelijk. Alles wat hij nu kon zien was dat de archiefkasten allemaal gesloten waren, een simpele metalen hendel stak uit de voorkant van elke kast, en het effect was een eindeloze zee van donkergrijs. Er was een enkel knipperend lichtje, rood of oranje, op sommige van de kasten.

De twee bewakers verstevigden hun greep op hem en schuifelden hem naar rechts, door een andere gang die de kamer in tweeën sneed, loodrecht op de rij waar ze eerder doorheen liepen. Deze gang was breder, maar niet veel. Hij zag nu elke rij voor en achter hem opgesteld, zich uitstrekkend naar het einde van de kamer duizend meter verderop. Elke rij werd afgesloten door een vlakke metalen wand, en enorme wikkelingen van kabels staken uit gaten die om de meter waren uitgesneden, de een boven de ander.

Ze liepen verder en Colson zag dat de kabels uitmondden in de betonnen vloer, en kon alleen maar aannemen dat de kabels voor een soort stroomvoorziening of onderlinge verbinding in de enorme ruimte zorgden.

Hij had dit station vaak als een gevangenis beschouwd, zij het met voordelen als energiedrankjes en een fatsoenlijke cafetaria, en de vrijheid om zich ongehinderd door het station te bewegen. Maar toen hij door deze bevroren gang liep en rij na rij vergrote archiefkasten bekeek, vroeg hij zich af of zijn voorgevoel nog waarachtiger was dan hij aanvankelijk had gedacht.

De bewakers stopten toen ze aan het eind van de gang kwamen, en sloegen toen linksaf. Colson deed zijn best om te zien waar ze waren. Ze hadden de lift verlaten, liepen naar de centrale hal en sloegen rechtsaf, en liepen nu naar beneden, naar de verste muur van dit niveau. Het was een relatief eenvoudige plattegrond, maar door de eindeloze rijen metalen stapels leek het er duizelingwekkender en doolhofachtiger dan op welk ander niveau dan ook.

Uiteindelijk, vlak bij de hoek van de kamer, stopten ze. Hij had geen andere mensen op dit niveau gezien, en Stokes' baas was nog niet eens uit de lift gestapt toen Colson naar buiten werd geduwd, maar de bewakers namen even de tijd om hun omgeving te observeren. Ze keken naar beide stukken van de gang, en keerden toen eindelijk terug naar hun taak.

Colson trilde nu, en kon nauwelijks zijn trillende lip verbergen. Een van de bewakers bukte zich en trok een van de dossierkasten open. Stralend wit licht scheen naar hen, en Colson knipperde met zijn ogen van de helderheid. Nadat zijn ogen zich hadden aangepast, keek hij weer naar beneden naar de open kast.

De lade was ongeveer anderhalve meter lang en van binnen bekleed met witte stof en stof. Een klein snoer liep door de stof aan de achterkant van de lade en sloot aan op een ander stuk stof, ditmaal blauw en in de vorm van een badmuts.

"Laten we het ons allemaal gemakkelijk maken," zei een van de bewakers. Zijn stem was hoog, als die van een puberjongen, en in elke andere situatie zou Colson zijn beginnen lachen. De taser, het pistool en de koude, dode ogen van de man, en ook het feit dat Colson begon te begrijpen wat er stond te gebeuren, hielden hem stil.

Colson slikte, niet meer geïnteresseerd om te proberen zijn emoties te verbergen. Hij keek van de ene man naar de andere, die elk nog een van zijn armen vasthielden.

Kan ik vrij komen? Als ik dat kon, zou ik dan ook weg kunnen komen?

Hij dacht aan zijn deegachtige lichaam van middelbare leeftijd, en vroeg zich af hoe groot de kans was dat de veiligheidsdienst hier in het station net zo uit vorm zou zijn. *Twijfelachtig.* Ze moesten op zijn minst een basisniveau van fysieke fitheid hebben om zelfs maar in aanmerking te komen voor deze opdracht, en als het bedrijf iets beters had gekozen dan een kaal winkelcentrumachtig privé beveiligingsteam, dan was Colson er zeker van dat ze fit genoeg waren om hem neer te halen.

Oké, wat nog meer?

Hij had bijna geen tijd meer. Zij zouden een kort moment van aarzeling, angst, mogelijk zelfs insubordinatie toestaan, maar uiteindelijk zouden zij hun werk blijven doen.

In dit geval was het hun taak Colson in een kist te duwen, hem dicht te slaan en op slot te doen.

Wat er *daarna* zou gebeuren had Colson geen flauw idee van.

Laatste kans. Wat is je zet?

Zijn innerlijke dialoog schreeuwde tegen hem, schreeuwde dat hij actie moest ondernemen. Hij voelde een druppel speeksel in zijn mondhoek en zijn ogen staarden omlaag naar de glanzend witte open kast. Hij bleef roerloos staan, een standbeeld van een man die ooit leefde en nu in steen was gebeeldhouwd, zwijgend toekijkend hoe zijn eigen lot zich voor hem uitspoelde.

Het was een surrealistische ervaring, niet in beweging te komen om zelfs maar voor zijn eigen leven te vechten, terwijl hij in stilte tegen zichzelf schreeuwde om actie te ondernemen, en toch wist dat het tevergeefs zou zijn.

De mannen verschoven, en hij voelde hoe zijn benen de vloer verlieten. Het korte gevoel van duizeligheid ging snel voorbij en werd vervangen door dezelfde holle, keiharde leegte die hij een moment geleden nog had gevoeld. Zijn benen waren nu op ooghoogte, en ze tilden hem, parallel aan de vloer, hoger en hoger. Weldra was hij op de hoogte van de kist, en dan nog een paar centimeter hoger.

De mannen schoven hem soepel naar voren, zijn hoofd rustte nu op het koele, zachte oppervlak van de binnenkant van de kist. Ze duwden zijn onderlichaam, en hij gleed nog verder naar voren. De ruimte werd benauwd, en de alarmsignalen in zijn hoofd doorkliefden zijn psyche.

Toch vertrok hij geen spier.

Een van de mannen reikte over zijn hoofd en begon de badmuts op zijn schedel vast te maken. Hij kreeg een flits van inzicht - hij kon in de arm van de man bijten, dan de andere man schoppen, zich dan loswurmen en ontsnappen. Als hij snel en hard genoeg aanviel, kon hij ze misschien verdoven, zodat hij een voorsprong had op de lift.

Het gevoel ging voorbij, en hij ondernam geen actie.

De badmuts leek de rest van zijn piekerige, grijzende haar omhoog te zuigen naar de top van zijn hoofd, en de bewaker had moeite om de latex muts strak over zijn slapen gedrukt te krijgen. Tenslotte trok de bewaker de rekbare badmuts uit zijn greep en op Colson's hoofd, waarna hij een stap achteruit deed om zijn werk te bewonderen.

"Alles klaar," zei hij tegen de andere man. De andere bewaker had een lus van leer om zijn bovenlichaam gelegd en was nu bezig met een ander stel riemen aan Colson's voeten. Hij keek op en knikte toen de andere bewaker sprak.

Colson voelde hoe zijn handen op de bodem van de lange plank werden vastgebonden, waarbij elke bewaker een van de leren riemen omsloot en vastbond. Zijn voeten waren de volgende, en nog geen vijf minuten later was Jonathan Colson volledig uitgeschakeld en lag hij gekleed in zijn buik in de kist.

"Oké," begon de tweede bewaker. "Initialiseren luchtmengsel nu. Hij zal binnen een paar seconden buiten zijn, en dan zal het hem besnuffelen. Genoeg tijd om het te loggen en de stasis proto-collen voor hem klaar te zetten.

De eerste bewaker lachte. "Griezelig, is het niet? Hoe ze in staat zijn om deze jongens zo lang in leven te houden?"

Colson kon het gezicht van de man nauwelijks zien, maar hij herkende de schouderophalen van de bewaker. "Ik denk het. Ik maak me geen zorgen over die onzin. Ik doe gewoon mijn werk, krijg betaald en ga naar huis."

De bewaker die de badmuts op Colson's hoofd had aange-bracht stapte naar het einde van de kast en begon te duwen. Colson voelde zijn lichaam naar achteren glijden in de diepte van de rekken, terwijl de lichten in zijn tombe langzaam vervaagden met dezelfde snelheid als waarmee hij geduwd werd.

Het laatste sprankje licht dat hij zag kwam van de schemerige plafondlamp buiten het kastje en ver boven hen. Colson zag hoe de ogen van de bewakers in de duisternis verdwenen toen hij de kast hoorde dichtklikken.

Onmiddellijk klonk er een zacht sissend geluid ergens boven zijn hoofd, en hij kon de toevoeging van een cocktail van chemicaliën ruiken die door de lucht zweefde.

Hij ademde in, in een poging zichzelf te kalmeren. Hij hield de lucht een paar seconden in zijn lichaam, en liet het er toen zachtjes uit.

Hij had nooit geweten dat hij claustrofobisch was, maar de hete adem die tegen het plafond van de kleine, benauwde ruimte weerkaatste en op zijn gezicht terechtkwam, deed het gevoel onmiddellijk opkomen.

Dit is het, dacht hij. *Dit is hoe ik sterf.*

HOOFDSTUK 20

BEN STRAANDE OM TE ZIEN WAAR KYLE NAAR WEES,
maar Julie voegde haar eigen zaklantaarnstraal toe aan de mix toen
de groep die op de bovenste sneeuwbank stond de rotswand naast
Kyle en Hendricks verlichtte.

Toen het gebied oplichtte, richtten zijn ogen zich op het
kleine vierkant dat plotseling aan hen werd onthuld.

Het was een rechthoekige schacht, groot genoeg voor twee
van hen om er naast elkaar door te passen, maar nauwelijks hoog
genoeg voor één. Hij leek verzonken in het omringende ijs, alsof
hij daar was geplaatst door het ijs eromheen te smelten en hem
door het uitgeholde gat te duwen, en vervolgens het ijs eromheen
weer te laten bevriezen.

De voorkant was bedekt met een eenvoudig metalen rooster,
dat op vier hoeken en de twee lange zijden met kleine bouten aan
de schacht erachter was bevestigd.

"Denk je dat we erin kunnen komen?" vroeg Julie hem.

Ben haalde zijn schouders op. "Zeker niet van hier."

Reggie, Mevr. E en Joshua waren al bezig de sneeuwbank af te
dalen naar het lagere platform. Touwen en ijsbijlen waren voor
deze afdaling niet nodig, want de sneeuw zorgde voor een zachte
landing.

"Bennett," schreeuwde Hendricks naar hem, "waarom blijven

jij en Julie niet daarboven tot we zeker weten dat we er langs deze weg in kunnen? Het zal een stuk gemakkelijker zijn om weer op je sneeuwbank te komen als er al iemand is om ons omhoog te trekken."

Ben gaf hem een duim omhoog en wachtte toen de drie anderen klaar waren met de afdaling naar de lagere richel, keek toe en richtte zijn zaklamp toen ze probeerden het rooster te openen. Hendricks haalde een kleine multitool uit zijn zak en begon met de ingebouwde tang aan de bouten te draaien. Na een paar minuten kwam het rooster los en viel voorover op het zachte bed van sneeuw. Hendricks keek rond naar de groep om hem heen, en richtte toen zijn licht op de nu geopende schacht.

"Ziet er duidelijk uit voor mij," zei hij.

"Hoe ver kun je zien?" vroeg mevrouw E.

"Slechts ongeveer 20 of 30 voet. Het is een rechte weg, maar ik weet niet of er ergens afslagen of bochten zijn. Hij wendde zich weer tot mevrouw E. "Vrijwilligers?"

Joshua stapte naar voren. "Ik zal het doen."

Hendricks aarzelde even en antwoordde toen. "Zeker, klinkt goed. Ga naar het einde en geef ons het teken." Hij deed zijn licht aan en uit en demonstreerde. "Twee flitsen om ons te vertellen dat alles veilig is."

Joshua knikte, hurkte en ging met zijn hoofd eerst het gat in. Ben zag de voeten van de man in de kamer verdwijnen en wachtte toen. Nog een paar minuten verstreken en Hendricks wendde zich tot de groep.

"Alles veilig," zei hij. "We kunnen nergens anders heen dan naar beneden, toch?

Hij wachtte niet op een antwoord van iemand en begon onmiddellijk de schacht in te gaan. Het duurde nog een minuut voor iedereen achter hem binnen was, iedereen droeg nog steeds zijn geweer op zijn rug of zijn pistool aan zijn riem, terwijl hij zijn rugzak achter zich aansjouwde om door de rechthoekige ruimte te passen.

Tegen de tijd dat Ben en Julie bij de onderste sneeuwbank

waren, was het hun beurt. Hij zei Julie vooruit te gaan en koos ervoor als laatste naar binnen te gaan. Julie deed dat en had weinig moeite om haar tengere gestalte in de nauwe ruimte te passen. Ben had wat moeite om zijn rugzak op een gemakkelijk te manoeuvreren plaats te krijgen, maar uiteindelijk sleepte hij hem toch achter zich aan.

De ruimte was donker. Het koude metaal van de schacht had de temperatuur van het ijs net achter de wanden, en de dikke handschoenen die Ben droeg hadden nog steeds moeite om het bij te houden. Hij voelde de temperatuur onder nul door de stof heen, die al omhoog kroop in zijn huid.

Julie stopte, draaide zich om, en ging op haar rug liggen. Ben zag dat vlak voorbij haar de rest van de groep ook stilstond. Toen zijn ogen zich aanpasten, kon hij vaag licht zien dat van ergens verderop omhoog straalde.

Joshua's stem schalde door de lucht en bereikte nauwelijks Bens oren. "Er is hier nog een rooster, een ventilatiegat denk ik. Ik kan de lucht voelen die eruit komt, en het is een beetje warmer, wat goed nieuws is. Het slechte nieuws is dat het lijkt alsof we recht boven een grote open ruimte zitten. Ik kan niet ver naar binnen kijken, maar er komt een beetje licht uit de ruimte."

Hij pauzeerde, en Hendricks sprak. "Laten we verder gaan. We zoeken een soort kast, of gewoon een kleinere kamer, als die er is. Laten we geen risico nemen met een grote ruimte als deze."

Ben hoorde geschuifel, toen de trein van mensen voor hem weer uitstapte. Julie rolde zich om en begon op handen en knieën kruipend haar achterstand in te lopen. Ben volgde haar, en verlangde ernaar om op te staan en zich uit te rekken. Hij was niet claustrofobisch, maar de ruimte leek wel op hem te drukken, en werd kleiner en kleiner met elke hand en knie die hij naar voren bracht.

Uiteindelijk stopten ze weer, en Joshua richtte zich weer tot de anderen. "Oké, ik denk dat we een plek hebben gevonden. Dit zou dezelfde kamer kunnen zijn, maar er is geen licht. Ik stak mijn hand op het rooster voordat ik zelfs wist dat het er was. Ik kan niets zien."

"Oké, laten we dan aan de slag gaan met het deksel van de ventilatie," zei Hendricks.

Nog wat geschuifel, en toen hoorde Ben het geluid van een schroef die tegen metaal tikte. Hij wachtte nog een minuut en hoorde eindelijk het geluid waarop hij had gewacht.

Het rooster schraapte weg van het ijs, en hij zag de bovenkant ervan rond Joshua's hoofd zweven toen de twee mannen het uit de weg haalden.

"We zijn binnen," zei Joshua. "Een voor een. Gebruik je bijl, hang hem over de rand, en laat je zakken."

"Maak zo weinig mogelijk lawaai," zei Hendricks. "We willen niet dat iemand anders weet dat we hier zijn."

Ben wachtte op zijn beurt en hielp Julie naar beneden door haar armen vast te houden terwijl ze met haar voeten eerst over de rand ging. De vloer lag op ruim een meter afstand, en nu Ben de schaduwen van de anderen beneden in de kamer kon zien, en hoe klein ze van deze afstand leken, voelde hij de ongerustheid weer opkomen.

Toen Julie klaar was, fluisterde Hendricks naar Ben. "Oké, jouw beurt, Bennett. Als je een paar meter lager bent, kijk dan of je het rooster voor het grootste deel terug op zijn plaats kunt krijgen. Hopelijk is het dicht genoeg zodat het niemands aandacht trekt."

Ben volgde de instructies en kreeg het deksel bijna perfect op zijn plaats, een paar centimeter ruimte latend voor de bijl en het touw. Hij gleed naar de grond en schudde het touw zo dat de bijl loskwam en over de rand door de spleet naar beneden vloog. De bijl viel recht op Ben af, en hij ving hem met één hand op voordat hij de grond raakte.

"Goed gedaan," zei Hendricks. "Ik dacht dat je het gewoon op de grond zou laten vallen, en zo elke kans die we zouden hebben om onopgemerkt te blijven zou verpesten." Hij grijnsde naar Ben, maar Ben haalde zijn schouders op en rolde het touw op en stopte het in zijn rugzak.

"Wat is dit voor een plek?" vroeg Reggie.

Ben keek om zich heen en probeerde te begrijpen wat hij zag. Er waren eindeloze rijen hoge rekken, zo ver als hij kon zien. De kamer was opmerkelijk schemerig, niet helemaal pikzwart, maar wel dichtbij. Een paar kleine lampjes boven het plafond, ver boven hun hoofd, brachten alleen de bovenste paar meter van elke plank in genoeg licht om details te kunnen onderscheiden. Ben tuurde met zijn ogen en probeerde de bovenste lagen van de planken scherp te krijgen, maar hij had nog steeds geen idee wat er op stond.

"Het lijkt op een serverruimte," zei Julie. "Een *enorme* serverruimte."

Ze begonnen te lopen, volgden Hendricks, Kyle en Joshua langs de rand van de zaal, en keken in elk van de lange rijen terwijl ze hen passeerden. Ben nam alles in zich op en probeerde te verwerken wat hij kon zien, wat niet veel was, want de verlichting in de zaal was niet veel beter dan pikzwart.

Na een minuut lopen, stopte mevrouw E voor een rij. "Dit zijn geen servers. Er zouden op zijn minst statuslampjes op elke doos moeten zitten. En trouwens, deze dozen zijn enorm." Ze stapte naar voren om de eerste rij dozen recht voor haar te onderzoeken. "Ze hebben niet de juiste vorm, en -"

Het geluid van stemmen onderbrak haar. Het geluid kwam van de kant van de kamer waar ze naar toe liepen, zij het nog ver weg. Alle ogen keken in die richting, maar er was niets te zien. Alleen muren van zwarte dozen op zwarte planken keken naar hen terug, maar Ben keek toch.

De stemmen namen af, maar Ben meende geschuifel en geschuifel te horen, alsof iemand in de buurt aan het werk was. Hij hoorde een luider klikkend geluid, toen het geluid van voetstappen.

Meer dan één stel voetstappen.

HOOFDSTUK 21

HENDRICKS PAUZEERDE NIET LANG. "LATEN WE GAAN," fluisterde hij. "Zoals ik al zei, maak niet zoveel lawaai. Beweeg zo stil als je kunt." Hij begon in de richting van de geluiden te lopen.

"Wat als ze deze kant op komen?" vroeg Julie.

"Dan moeten we ervoor zorgen dat we een rij bij hen vandaan blijven. Ze verwachten niemand anders hier beneden - de voetstappen zijn niet zwaar of snel genoeg voor hen om te rennen, of zelfs maar haast te hebben, wat betekent dat het vrij gemakkelijk moet zijn om uit het zicht te blijven."

Na een paar seconden werd duidelijk dat de voetstappen in de tegenovergestelde richting gingen als zij, door een andere lange gang in het midden van de kamer. Dankzij de donkere verlichting konden ze ongemerkt passeren en de hoek van de enorme kamer bereiken.

"Dit is waar ze waren," zei Hendricks. "Enig idee wat ze aan het doen waren?"

"Ja," zei Joshua. Hij wees naar een van de dozen op borsthoogte. "Er zit een groen licht op. Ik denk dat het iets met die doos te maken heeft."

Ben haalde adem. Hij had het gevoel dat het openen van kisten op de bodem van een ondergrondse basis in Antarctica niet tot iets goeds zou leiden, maar hij bleef rustig.

Mevr. E stapte naar voren en stak haar hand uit. "Wil iemand een gokje wagen naar wat we binnen zullen vinden?"

Ben wist niet zeker of ze een grapje maakte of niet.

"10-tegen-1 dat het een lijk is," zei Reggie. "Of een *echt* ranzige porno collectie."

"Je bent walgelijk, weet je dat?" Zei Julie van achter Reggie.

"Hé," fluisterde Hendricks. "Hou ermee op. Dit is geen vakantie. Als we gepakt worden, zijn we dood, en gaan *we* de bak in. Begrepen?

"Denk je dat het openen van de doos een goede zet is?" Zei Julie. "Er zit een groen lampje op, wat betekent dat het waarschijnlijk verbonden is met een computersysteem. Als we het openen, kan er een alarm afgaan."

"We zijn hier om te zien of ze iets verbergen," zei Joshua. "Als ik iets wilde verbergen dat niemand mocht zien, zou ik het in een doos doen en het begraven onder een pak ijs op de bodem van de aarde."

Voor haar pauzeerde mevrouw E, Julie's aarzeling overwegend. Toen keek ze naar de rest van de groep. Ben kon Hendricks niet zien gebaren, maar hij ving het laatste deel van een knikje van mevrouw E op, vlak voordat ze de doos open schoof.

Het maakte een sissend geluid toen de luchtdichte holte van druk werd ontdaan, en helder wit licht begon naar buiten te filteren, toenemend in intensiteit naarmate de kist naar voren schoof. Ben knipperde een paar keer toen zijn ogen zich aanpasten, en hij zag de omtrek van het onderlichaam van een man in de kist liggen. De schoenen waren van bruin leer, zoals de typische werkschoenen van een bureaujockey. De kaki broek maakte plaats voor een bruine riem, veel donkerder dan de schoenen, alsof de drager weinig aandacht had besteed aan het bij elkaar passen van zijn schoenen en riem en in plaats daarvan genoegen had genomen met de categorie 'bruin' als dicht genoeg.

Eindelijk zag Ben het bovenlichaam van de man. Hij droeg een dun, uitgerekt wit hemd, de knopen nog helemaal dichtgeknoopt. Zijn huid was pasteus wit, zijn neklijn meer een verzameling vet dat eerder een kussen voor zijn hoofd had gevormd. Zijn ogen waren gesloten, zijn gezicht naar boven gekeerd in een slapende uitdrukking, volkomen onverschillig voor de nieuwkomers.

"Nou, ik zal verdoemd zijn," zei Hendricks. "Het lijkt erop dat Reggie deze wint. Goede beslissing, jongen."

"Niet helemaal," zei Joshua. "Kijk. Hij is niet dood."

Ben staarde omlaag naar de borstkas van de man en zag die langzaam stijgen en dalen, bijna vijftien seconden tussen twee ademhalingen.

Joshua leunde over het gezicht van de man en bracht zijn hand omhoog naar zijn wang.

"Wat ben je aan het doen?" vroeg Julie, haar gefluister schril en nauwelijks gedempt.

Joshua stak zijn hand uit en sloeg de man - hard - op zijn wang. De man ontplofte omhoog, zijn torso gebogen en zijn met badmuts bedekte hoofd raakte bijna de bovenkant van de plank. Hij hijgde, een enorm zuigend geluid kwam uit zijn wijd open mond, gevolgd door een zachte kreun toen zijn ogen open schoten.

Ben reageerde onwillekeurig, sprong achteruit en greep naar zijn pistool. Hij voelde Reggie's hand op zijn pols, die de situatie al inschatte en de controle behield. Hij keek Ben aan en wendde zich toen tot de man in de kast.

"De... ik was... de slang," zei hij tussen het puffen door.

Na nog een paar seconden van onsamenhangend gebazel ademde hij zwaar, hapte naar adem, maar was wakker en grotendeels helder. Hij knipperde een paar keer, zijn neusvleugels wapperden, stopte toen eindelijk, toen hij zich realiseerde dat hij niet alleen was.

"Wie - wie bent u?" stamelde hij.

Niemand sprak.

"Help me alsjeblieft," zei hij. Zijn stem was nauwelijks een fluistering, en toch dacht Ben dat hij het hoorde kraken. Zijn pupillen waren groot tegen het wit van zijn ogen, en ze probeerden duidelijk om de man te helpen focussen. Hij ademde een paar keer zwaar, moeizaam, alsof hij iets probeerde uit te werken dat in zijn bloedbaan terecht was gekomen. "Mijn naam is Jonathan Colson. Ik werk hier, als ontwikkelaar en programmamanager."

"Nou, dat maakt voor ons niet veel uit," zei Hendricks, de norsheid en scherpte in zijn stem overdreven voor impact. "Maar misschien kunt u ons iets vertellen dat er *wel toe doet*?"

Colson fronste zijn wenkbrauwen. "Ik - oké. Ik kan je vertellen wat ik weet. Kun je me hier uit krijgen?"

Mrs. E en Joshua wilden de man optillen, maar Hendricks hield hen tegen. "Wacht eens even. Wat is dit voor plek, en wat deden jullie hier precies?"

"Alsjeblieft," zei Colson. "Haal me uit deze doos, en dan zal ik..."

"Ik weet niet of je in een sterke positie bent om te onderhandelen," zei Hendricks. "Dus beantwoord eerst mijn vraag. Waar staan we nu?"

"Dit is een station. Mijn bedrijf bezit het, en ik werk hier alleen maar. Ik weet niet waarom het hier is. Ik bedoel, in Antarctica. Maar ik weet niet waar dit niveau voor is. Ik heb nooit... Er is ons nooit verteld waar dit voor was, echt."

Hendricks fronste zijn wenkbrauwen, terwijl Ben en de anderen in stilte de getuigenis van de man tegen zijn situatie afwegen.

"Oké, prima," zei Hendricks. "Je weet niets over deze plek. Maar waarom zit *je* in de kist?"

"Het was een straf," zei Colson. "Ik denk. Misschien hebben ze me niet meer nodig. Ik test en compileer subroutines, voor een groter programma. Ik vond iets dat hen van streek kan hebben gemaakt, en ik zei hen dat ik niet meer zou werken. Ze hebben me hierheen gebracht."

Hendricks keek om zich heen. "Wel, Mr. Colson," zei hij, "te oordelen naar het aantal lijkkistkisten dat ze hier beneden hebben, lijkt het alsof *stoppen een veel voorkomend* verschijnsel is." Hij knikte eens, en mevrouw E en Joshua begonnen de man uit zijn bindingen en uit de kist te helpen. Ze hielpen hem voorzichtig zijn voeten te vinden, terwijl ze hem stevig vast bleven houden.

Colson stond nu alleen, en Ben kon hem goed bekijken. Middelbare leeftijd, dunner wordend haar, en niet veel om naar te kijken vanuit een fysiek perspectief. Ben vond dat hij voldeed aan de beschrijving van een stereotype bedrijfsmedewerker, vooral iemand die beweerde een programmeur te zijn.

Colson probeerde niet te vechten of zich los te maken, en Ben vroeg zich af hoe zo'n man hier op Antarctica terecht kon komen. Hij leek gebroken, volledig overgeleverd aan de groep om hem heen.

"Goed, Colson," zei Hendricks. "We brengen je ergens heen waar we kunnen praten, onder vier ogen. Geen rare zaken. Begrepen?

Colson knikte.

"Heb je enig idee hoe je hier wegkomt?"

Colson knikte weer en schraapte toen zijn keel. "De trap is die kant op, en er is een lift. Maar ik weet niet of die werkt. Ik denk dat je een code nodig hebt om naar..."

"We wagen het erop," zei Hendricks. "Leid de weg, Jonny boy." Hij duwde met een arm naar voren, zijn pistool stevig in zijn andere hand gehouden. Jonathan Colson struikelde een beetje en begon toen voorwaarts, de rest van de groep voor te gaan rond de rand van de grote kamer.

"Het is om deze hoek, helemaal aan de andere kant. Je zult het indicatielampje zien als we dichterbij komen.

Aan de andere kant van de kamer, ongeveer waar Colson zei dat de lift was, hoorde Ben geschreeuw. Mannenstemmen weerkaatsten in de lange kamer tegen de eindeloze rijen kasten. Ze waren boos, gehaast en geconcentreerd. Terwijl ze spraken, dacht Ben vier verschillende stemmen te horen. Hij kon er niet meer uit opmaken, maar één ding wist hij zeker.

Ze zijn op zoek naar ons, en ze zijn gewapend.

HOOFDSTUK 22

"HENDRICKS, LATEN WE EEN PERIMETER OPZETTEN."

Reggie had geen idee of de oudere man die hun leider was, geïnteresseerd zou zijn in de inbreng van zijn ondergeschikten, maar hij probeerde het toch. Het zou Hendricks op z'n minst dwingen te reageren.

"Nee, als we ons verspreiden en hen omsingelen, kunnen we gedwongen worden om aan te vallen. Alle verdwaalde schoten kunnen vriendelijk vuur zijn."

Reggie besefte dat hij gelijk had. "Maar we zullen hoe dan ook moeten aanvallen. Zoals Colson zei, er zijn hier twee uitgangen, en ze komen net uit de ene en zullen de andere in de gaten houden."

Colson knikte naar Hendricks en onderstreepte daarmee Reggie's uitspraak. "Dat zijn waarschijnlijk de twee die me hier brachten, plus twee extra bewakers. Dat alarm moet afgegaan zijn toen je de kast opende."

Hendricks pauzeerde. "Juist, dus de beste zet is heimelijk. We zijn onderbewapend, maar niet onderbemand. Ik denk dat ik er vier heb geteld, dus laten we om ze heen gaan en ze vanaf de zijkant in een hinderlaag lokken. Een paar van jullie blijven achter voor het geval er een of twee ontkomen; we kunnen ze opjagen als ze eenmaal zijn opgesplitst."

"Geweldig. Dibs op het zijn een van de jagers."

"We zitten nu allemaal in hetzelfde schuitje," zei Hendricks. "Mijn team is daarboven, dood op het ijs, weet je nog?" Hij pauzeerde. "Red, Bennett, en Richardson, jullie gaan naar de rechterkant daar. Verspreid je een beetje, maar hou elkaar in het zicht. Rood, jij leidt die flank en schakelt één of twee uit als je kunt."

Hendricks wendde zich tot mevrouw E en Joshua. "Jullie twee met mij mee, aan deze linkerkant van de kamer waar we zijn. We zullen ze frontaal raken, dus houd je geweer omhoog en je ogen recht. Kyle, middenpad. Je moet langs ze heen gaan zonder gezien te worden, en dan langs achter naar binnen glippen. Colson, jij staat aan mijn kant. Als je weggaat, schiet ik je neer. Begrepen?"

Colson bevestigde dat hij het kreeg.

"Charge orders?" vroeg Reggie.

"Op Kyle. Hij legt de meeste afstand af."

De mannen die vanuit de lift naderden, communiceerden niet meer verbaal, maar ze konden om de paar seconden hun zware voetstappen horen. Het volume van de stappen nam toe, maar Reggie stelde vast dat ze nog een paar honderd meter weg waren, langzaam bewogen en in het donker opereerden. Als ze een nachtkijker hadden, zouden ze Reggie's groep al gezien hebben, dus hij was ervan overtuigd dat ze nog een minuut veilig waren. Iedereen controleerde zijn magazijnen, Reggie hielp Ben en Julie met hun pistolen. Toen ze klaar waren, wees Hendricks met een vinger en Reggie vertrok.

Hij kon de ademhaling van Ben achter zich horen, die hem bijhield, maar in stilte voortbewoog met Julie op sleeptouw. Ze passeerden het middenpad, bereikten de hoek van de zaal waar ze waren binnengekomen, en sloegen linksaf, de uitgestrekte gang langs de langste rand van de zaal die zich voor hem uitstrekte. Slechts een fractie ervan was zichtbaar, de rest was in duisternis gehuld. Hij ging vooruit en probeerde te raden waar de vier bewakers zich bevonden ten opzichte van hun positie.

Hij stapte langs drie rijen hoge rekken, elk met honderden metalen deuren met daarachter kasten, en vroeg zich af wat er allemaal in zat.

Ze zitten toch niet allemaal vol met lijken?

De onmogelijkheid van dit alles woog op Reggie terwijl hij zijn team van drie vooruit marcheerde. *De logistiek alleen al zou een nachtmerrie zijn, besefte* hij. *Duizenden tonnen staal en beton zouden nodig zijn. En er is geen manier om het allemaal te verbinden met een centrale krachtbron die sterk genoeg is...*

Terwijl hij de infrastructurele uitdagingen overwoog, drong zich een knagend idee aan hem op.

We lopen er al doorheen. Zij hebben het al gedaan. Het maakt niet uit hoe onmogelijk *dit alles is,* dacht hij. *Ze hebben het op de een of andere manier uitgevogeld.*

Hij stapte voorbij de vijfde rij en wist op dat moment dat ze in meer waren gestapt dan ze aankonden. De bouwers waren erin geslaagd een station te bouwen op het meest onbewoonbare continent van de planeet, uit het zicht van zelfs het McMurdo station, dat op een steenworp afstand lag. Ze hadden de structurele componenten verscheept, het grootste deel van het station uit ijs gehakt, en op de een of andere manier het personeel binnengesmokkeld om het allemaal te runnen.

Reggie was verbaasd, maar opnieuw bekroop me het wantrouwen.

Waar is het allemaal voor? Hij vroeg het zich af. *Wat wil Mr. E er echt van?*

Als Draconis Industries hier echt de touwtjes in handen had, dan wilden Mr. E - en zijn vrouw - iets meer dan alleen compensatie voor het gebruik van zijn satelliettechnologie. Er waren al mechanismen in werking, en Mr E was een deel van dat alles. Hij had iemand op de grond nodig om te vinden en veilig te stellen wat Draconis hier had verstopt, maar Reggie dacht geen moment dat meneer E hartelijk zou blijven als hij iets op dit station wilde hebben.

Wat het ook was, Reggie wist dat ze bereid waren ervoor te doden.

Hij passeerde de zevende rij kasten en een van de bewakers opende het vuur.

"Bukken!" riep hij. Hij wachtte niet en draaide zich niet om om te zien of Ben en Julie het bevel hadden opgevolgd. Hij dook voorover langs de rij en maakte een koprol. Hij maakte een salto, veerde weer op en richtte zijn geweer in de richting waar de schoten vandaan kwamen.

Je miste, dacht Reggie. *Dat is je eerste fout.*

De bewaker was er al en richtte zijn geweer op Reggie. "Je bent in een verboden gebied. Leg het wapen neer en kom hier."

Praten in het midden van een vuurgevecht? Dat is je laatste fout.

Hij was minder dan vijf passen weg, dus hij hoefde nauwelijks te richten. Hij vuurde twee snelle schoten af, maar het bleken er twee keer zoveel te zijn als hij nodig had. De bewaker viel, zijn geweer kletterde op de grond naast hem.

Reggie aarzelde niet en rende naar voren om de wapens en munitie van de man op te rapen. Hij zag Ben en Julie hurken aan de rand van de volgende rij planken.

"Hier, Bennett," zei hij terwijl hij het geweer aan de grote man overhandigde. "Probeer dit maar eens. Schiet beter dan die 9 mm die je op de schietbaan gebruikte, en je ziet er nog stoer uit ook."

Julie stapte naar voren. "En ik dan? Moet ik gewoon met een pistool rondlopen?"

"Nee, we gaan rondkijken. Er zijn er nog drie -"

Een geweerschot klonk van de andere kant van de rechthoekige kamer.

"- Nog *twee* bewakers hier beneden."

"Ze leveren niet veel strijd," zei Julie. "Maar ze zijn wel erg opvliegend."

Reggie keek naar het pistool dat hij aan Ben had gegeven. "AK-47, duidelijk zwarte markt. Goedkoop, en makkelijk te krijgen. Je zult elke keer een paar extra kogels moeten afvuren om er zeker van te zijn dat er eentje recht vliegt, maar het is een sterk stuk gereedschap. Het zal niet veel problemen geven."

Ben knikte, bekeek het geweer en testte het gewicht in zijn handen. "Klinkt makkelijk genoeg," zei hij. "Maar geef eens antwoord: waarom dansen er in vredesnaam slecht getrainde bewakers met AK's rond op de bodem van een Antarctisch onderzoeksstation?"

Nog twee schoten bereikten hun oren.

Reggie grinnikte. "Geen idee. Ze vechten net zo hard als de meiden in de bar thuis, nadat ik ze wat drank heb gegeven."

"Charmeur," zei Julie.

"Reggie," zei Ben, "je hebt nog nooit in je leven een meisje opgepikt in een bar. Stop met acteren."

Reggie lachte. "Oké, eerlijk genoeg." Hij draaide zich weer om terwijl hij verder ging. "En *waarom* ze hier zijn, dat is de echte vraag. Waarom hebben ze überhaupt bewakers nodig? Wat verbergen ze?"

"Bedoel je naast de lijken?" Julie keek om zich heen naar de rijen zwarte kastdeurtjes.

"Ja," zei Reggie, terwijl hij haar blik volgde. "*Behalve* de lichamen."

HOOFDSTUK 23

ZIJ VERZAMELDEN ZICH IN HET MIDDEN VAN DE ZAAL, in het brede gangpad dat de rechthoekige zaal in twee helften splitste, en volgden elkaar op. Ben luisterde naar de uitleg die werd gegeven, aangevoerd door Hendricks.

"Kyle schakelde er één uit, en Joshua en ik lieten de laatste twee vallen," zei Hendricks. "Te gemakkelijk."

"Dat merkte ik ook," zei Reggie. "Ik had geluk - hij opende eerst het vuur op mij, maar miste. Toen probeerde hij met me te *praten*. Stopte eigenlijk, keek me aan, en *sprak*. Terwijl ik een pistool op zijn hoofd richtte. Waar hebben ze die kerels gevonden? Bewaken ze een Starbucks?"

Kyle en Hendricks schudden hun hoofd toen hij het verhaal vertelde. "Of ze trainen voor stormtroopers, of ze moeten het budget voor agenten hier verhogen.

"Ik klaag niet," zei Julie.

"Nee, dat ben ik ook niet. Maar het werkt alleen maar een beetje in ons voordeel," zei Hendricks. "Als de Chinezen hier snel zijn, staat ze nog wat te wachten. Dat leger daarboven zal de veiligheidsmacht te grazen nemen als de rest ook maar iets lijkt op wat we hier beneden zagen."

Hendricks overhandigde Julie een van de wapens die hij van een van de gevallen bewakers had afgepakt. Net als Ben's aangeschafte wapen, was het een AK-47, zwaar gemodificeerd. Hendricks toonde haar hoe ze het geweer moest bedienen, en hoe ze het magazijn eruit moest halen.

"We moeten kijken of er nog meer magazijnen zijn, want we houden het niet lang uit zonder. Ik zou ook willen dat ze niet zo'n belachelijk red-dot vizier op hadden.

"Het is wel netjes," zei Julie. "Het helpt me om te zien." Ze liet zien hoe ze het geweer naar haar schouder tilde en op een rij kasten in de verte richtte. Ze glimlachte naar Ben, en hij kon het niet helpen te grijnzen.

"Ja, dan zien de slechteriken *je* ook. De Tapco trekker is tenminste een legitieme upgrade. Doe gewoon je best om het einde van dat ding naar beneden gericht te houden."

Julie knikte, en Ben wachtte tot de rest van de groep zich bij hem aansloot. Hij was verbaasd over hun samenhang als team, zelfs met slechts een lange vlucht en twee uur op de grond achter de rug. Ze werkten goed samen, ook al waren er nog steeds meningsverschillen over wie de leiding moest hebben.

Ben wierp een blik op Joshua, die het dichtst bij Hendricks stond. *Wat denkt die vent wel niet?* dacht Ben. Joshua Jefferson was een man van actie - iemand die niet zomaar zou toekijken terwijl iemand die minder capabel was hen op een dwaalspoor bracht. Toch wist Ben uit eerste hand dat Joshua ook geen machtsgeile maniak was. Hij was gemotiveerd door wat juist was, en zou werken om het grotere goed te bereiken tegen elke prijs.

Ben had de transformatie gezien die Joshua had doorgemaakt. In het Amazonegebied had Joshua Jefferson een team van huurlingen geleid in een zoektocht om Ben en zijn hele team, inclusief Reggie en Julie, uit te roeien en te doden. Hun eerste ontmoeting in Brazilië had hen bijna de dood ingejaagd, en het was moeilijk geweest voor Ben om Joshua's verklaring te aanvaarden dat hij gewoon 'aan de verkeerde kant' had gestaan. De man beweerde dat hij op een dwaalspoor was gebracht door het bedrijf waar hij voor werkte - hetzelfde bedrijf waar ze nu naar op zoek waren - en door zijn eigen vader.

Joshua Jeffersons vader was de man die Joshua op de loonlijst van het bedrijf had gezet, en de enige persoon met wie hij in het bedrijf contact had gehad buiten zijn eigen mannen. Wat het bedrijf nodig had, moest Joshua ophalen. Zijn team bestond uit goed getrainde, snel bewegende mannen die de klus klaarden en geen vragen stelden. Joshua geloofde dat zij de goeden waren, werkend aan het ultieme wereldveranderende doel dat het bedrijf in gedachten had. Dus toen Joshua's vader hem de orders e-mailde om op Ben en Julie te jagen en terug te halen wat ze ook zochten in het Amazone regenwoud, dacht Joshua geen twee keer na.

Hij bracht zijn team zonder aarzelen naar het gebied, maar besefte al snel dat hij door het bedrijf was bespeeld. Zijn broer, Rhett Jefferson, een onbesuisde en onvoorspelbare jongeman die net van de rechtenstudie kwam, dook op, door het bedrijf inge-huurd om beide groepen het regenwoud in te volgen. Hun vader zou het nooit hebben goedgekeurd om zo'n ongeteste en onbe-trouwbare agent naar het gebied te sturen, dus hij wist dat de orders niet van hem afkomstig konden zijn. Hij begon toen te begrijpen hoe diep de corruptie van de organisatie zat - dat ze twee broers tegen elkaar op zouden zetten, terwijl ze deden alsof het de vader van de jongens was die de orders had gegeven.

Uiteindelijk haalde hij Ben's groep in, legde uit wat hij wist van de situatie, en overtuigde hen om hem te vergeven. Uiteinde-lijk saboteerde Rhett Ben's team, doodde ze bijna allemaal, en Joshua schoot hem dood, waardoor zijn houding tegen het bedrijf nog steviger werd.

Ben had geen andere keuze dan de man te gaan vertrouwen. Hij had Julie's leven meer dan eens gered, en had de man gedood die hen achtervolgde. Joshua had zijn waarde bewezen in het regenwoud, en aan het eind van dit alles maakte hij deel uit van hun hechte groep.

Nu, diep onder de grond in de uitlopers van het Transantarc-tisch Gebergte, verborgen in de diepten van een mysterieus station, een Chinees leger op hen neerkomend, was Ben opnieuw gerustgesteld door Joshua's aanwezigheid. Hij was ook boos geweest toen Hendricks de eerder overeengekomen hiërarchie van leiderschap had veranderd, maar Hendricks had bewezen effectief te zijn, en Ben wist dat het niet het moment was om de boel op stelten te zetten. Joshua leek op dit moment tevreden met het feit dat Hendricks de last van de verantwoordelijkheid droeg.

Ben van zijn kant zou zijn rol ook spelen. Hij zou Julie veilig houden, de anderen helpen en hun missie volbrengen. Ze zochten iets voor Mr. E, en hij zou doen wat hij kon om het te vinden. Nadenkend over hun doel, richtte Ben zich tot Colson.

"Colson," zei hij. "We proberen hier beneden iets te vinden. We weten niet precies wat we zoeken, maar alles wat jij weet zou nuttig zijn."

Colson fronste zijn wenkbrauwen toen hij voor het eerst sprak, alsof hij de man voor het eerst zag. "Uh, juist, wel, dat verklaart waarom je hier bent." Hij pauzeerde. "Eigenlijk, is dat niet zo. Hoe *ben* je hier gekomen? Hoe heb je een weg naar binnen gevonden?"

"Mission Impossible-stijl," zei Reggie. "Door de ventilatieopeningen. Ze moeten echt overwegen om ze half zo groot te maken, of ze tenminste beter te bewaken."

"Plaatsen zijn meestal ook niet bedekt met een kilometer ijs en alleen bereikbaar met een vliegreis rond de wereld," zei Julie.

"Ja, waar."

"Hoe dan ook," zei Ben, hun gesprek weer op gang brengend. "We zijn hier. Maar we zouden hier niet langer willen *zijn* dan nodig is. We proberen een bedrijf te vinden, en wat het ook is dat ze verbergen.

Colson wachtte, dus Ben hapte toe.

"We zijn op zoek naar Draconis Industries."

Colson leek onder de indruk. "Wel, je hebt het gevonden. Je bent in onze ultramoderne onderzoeksfaciliteit. Welkom."

"Aangenaam. Nu, wat in de wereld *onderzoekt* deze 'onderzoeksfaciliteit'? En wat verbergen ze hier beneden?"

"Wat *verbergen* ze? Christus, kijk om je heen," zei Colson. "Wat verbergen ze *niet*?"

De groep deed wat Colson opdroeg en keek nog eens rond naar de vreemde, plafondhoge rijen kasten.

"Serieus, Colson," zei Hendricks. "Wil je me vertellen dat er *mensen* in al deze dozen zitten?"

Colson huiverde. "Ik - ik heb geen idee," zei hij. "Dit is de eerste keer dat ik hier beneden ben. Ik was er zelfs niet van overtuigd dat dit niveau echt bestond. Kijk, ik ben maar een programmeur, oké? Ik ben niet betrokken bij wat deze jongens ook zijn -"

"Jij *werkt* hier, weet je nog?"

"Ik... deed. Ik denk dat ik dat nu niet meer doe. Ze hebben me voor straf in de kist gestopt, zoals ik al zei. Maar ik heb geen idee wat er gebeurd zou zijn als jij niet..." hij huiverde weer. "Kijk, laten we naar een ander niveau gaan. Mijn kantoor is boven, en daar kunnen we praten. Ik kan je laten zien waar ik mee bezig was, misschien kan ik je helpen vinden wat je zoekt."

"Klinkt me goed in de oren," zei Reggie. Hij was dichter naar een van de rijen gelopen en gluurde naar beneden naar een van de zwarte metalen kastdeurtjes. "Deze plek geeft me de kriebels."

"Hetzelfde hier," zei Hendricks. "Laten we gaan. Colson, jij gaat voorop. Als je probeert te vluchten, schiet ik je neer. Als je iemand probeert te roepen... Je snapt waar ik naar toe wil, toch?"

Colson slikte en knikte, en begon toen naar de lift in de hoek van de kamer te lopen.

HOOFDSTUK 24

DE LIFT WAS NAUWELIJKS GROOT GENOEG VOOR HEN ALLEMAAL, en Ben voelde de behoefte om zijn buik in te houden toen hij en Julie in de achterste hoek zaten. Hij was bijna 20 pond afgevallen sinds hij Julie had leren kennen, dankzij hun escapades in de jungle en Yellowstone, en zijn verlangen om haar te behagen.

Hij zag er nooit extreem fit uit, maar hij was altijd al aan de grotere kant geweest, en niet alleen op een mollige manier. Hij had een fors, dik lichaam dat langer was dan het gemiddelde en niet helemaal nutteloos was. Hij wist hoe hij zijn gewicht in de schaal moest leggen, of hij nu als kind op de ijsbaan hockey speelde of een kruiwagen vol gehakt hout naar zijn hut bracht. Hij was niet iemand die zich in gevechten mengde als hij er iets aan kon doen, maar Ben wist uit ervaring dat hij meer dan geschikt was om een cafégevecht te beëindigen.

De laatste tijd had hij zich meer en meer op zijn conditie geconcentreerd, en hij had zelfs overwogen om een soort trainingsregime op te zetten dat hij in de hut kon uitvoeren. De bossen rond zijn huis boden alles wat hij nodig had voor een behoorlijke fitnessruimte, en hij kon proberen aan te vullen wat ontbrak met oefeningen met lichaamsgewicht. Hij had Reggie - een man waarvan Ben altijd had geweten dat hij geobsedeerd was door zijn fysiek en fitness - om advies gevraagd, en die had toege-stemd om hem te helpen.

Terwijl de lift omhoog ging, maakte Ben een stille inventari-satie in zijn hoofd. Ze droegen nog steeds elk een van de rugzakken die Hendricks eerder had uitgedeeld, en elk van hen droeg een aanvalsgeweer. Hendricks, Mrs. E, Joshua, Reggie en Kyle droegen de geweren die ze hadden meegenomen of uit de lichamen van Hendricks' dode mannen hadden gehaald, terwijl hij en Julie hun aangepaste AK-47's droegen. De anderen hadden genoeg munitie in hun rugzakken, maar hij en Julie zouden snel wat magazijnen moeten vinden, als ze enig nut zouden willen hebben als ze op meer tegenstand stuitten.

Colson was zenuwachtig en Ben keek toe hoe de kraalogen van de man langs de gezichten van de mensen in de lift dansten. Hij stopte maar kort genoeg om hun gezichten te registreren en ging dan verder naar de volgende. Hij voerde deze dans met zijn ogen niet minder dan drie keer uit voordat hij eindelijk bij Ben stopte.

"Gaat het, Colson?" vroeg Ben.

De lift klonk toen hij het volgende niveau bereikte, en Colson sprong op.

"Ik - ik ben oké," zei hij. "Ik weet dat ik je nog niet bedankt heb voor het redden van mij. Het spijt me. Ik bedoel je bedanken. Ik, dit is allemaal - "

"Je hebt een stevige wandeling buiten nodig, Colson," zei Hendricks van voor in de lift zonder zich om te draaien. "Rustig maar. We gaan je niet neerschieten. Als je meewerkt."

"Nee, ik begrijp het. Dank u. Dit is erg overweldigend voor me. Eerder had ik een vergadering met mijn baas, haar baas, en een van onze programmeurs over de anomalie die ik vond in de code -"

Julie, deze keer, onderbrak hem. "Woah daar, vriend," zei Julie. "Doe eens wat rustiger en begin eens bij het begin." Ben wist dat de computertaal haar oren zou doen spitsen, dus was hij niet verbaasd dat ze zich in het gesprek mengde.

"Eh, juist. Sorry. Je zei dat jullie hier waren om iets te zoeken?"

Julie keek om zich heen, maar alleen Hendricks keek haar aan. Iets in zijn blik deed Julie stilstaan bij haar woorden.

"Ja, dat is juist. We zijn op zoek naar... iets."

Colson knikte, alsof de uitleg geschikt was. "Oké, het is waarschijnlijk hetzelfde als waar ik hier aan heb gewerkt. Ik beheer de programmeurs die ze inhuren, controleer vooral hun code en zorg ervoor dat alles klopt en zinvol is.

"Waarom programmeer je het niet gewoon zelf? Dan heb je niet zoveel dubbel-checking nodig?"

"Naast de enorme hoeveelheid transcriptiewerk dat er te doen is, wil het bedrijf er zeker van zijn dat niemand toegang heeft tot alle verschillende subroutines die erbij betrokken zijn."

Julie schudde haar hoofd, alsof ze het probeerde te begrijpen. "Maar je hebt toegang tot alle gegevens?"

"Zoiets, ja. Het meeste ervan, maar slechts voor één subroutine. Ik weet niet precies wat het grotere project moet zijn, maar ik denk dat ik een idee heb."

De lift tikte nog eens, een heldere '7' lichtte op boven de deur, en Colson wachtte tot die openging. Hij keek even rond in de spelonkachtige, schemerig verlichte ruimte voor hem en stapte toen uit.

"Wat is dat voor idee?" vroeg Julie.

"Kom mee," zei Colson en liep naar een rij bureaus aan een kant van de kamer. "Ik zal het je laten zien."

De groep kwam uit de lift en Ben was opgelucht dat ze alleen waren op dit niveau. Hij volgde Colson naar een van de bureaus.

"Oké," begon Colson, "ik werk - werkte - hier. Elke dag lees ik de regels tekst door die de code-apen van boven naar beneden sturen. Ik ben hier bijna alleen, hoewel er een paar komen en gaan, en mijn baas, Angela, werkt een eindje verderop."

"Waar is ze nu?" vroeg Hendricks.

"Geen idee. Ik weet eigenlijk niet waarom er niemand is. Lijkt een beetje stil, zelfs voor wat ik gewend ben."

"Nou, laten we opschieten," zei Hendricks. "Het klinkt alsof we deze plek niet eeuwig voor onszelf hebben, en het is slechts een kwestie van tijd voordat er meer van die huur-agenten rond gaan snuffelen."

Colson wendde zich tot Hendricks. "Ze zijn hier overal. Niet de slimste jongens, maar ze vermenigvuldigen zich als konijnen. Zo'n 2 op 1 bewaker op werknemer verhouding. Ik denk dat er eergisteren een stel nieuwe zijn aangekomen. Je probleem zal niet zijn om er een paar tegelijk uit te schakelen, zoals daar, maar om er tien of vijftien tegelijk aan te kunnen. Of meer."

"Geweldig," zei Reggie. "Een kloonleger. En een Chinees. Op hetzelfde moment."

"Een Chinees wat?" Vroeg Colson.

"Maak je er geen zorgen over," zei Reggie. "Weet je wat. Jij licht ons in over de technische kant, en laat het fysieke aan ons over."

Colson scheen de belediging niet eens te beseffen, dus draaide hij zich terug naar zijn computerwerkstation en haalde een bestand tevoorschijn. Rijen veelkleurige tekst vulden het scherm, en Ben voelde zijn ogen opzij gaan terwijl hij probeerde er wijs uit te worden.

Hendricks, Joshua, Kyle, en Reggie werden duidelijk ook ongeduldig, maar Mrs. E en Julie leunden dichter bij elkaar.

"Leg het uit," zei Julie.

"Het is het laatste fragment van de subroutine waar we aan werkten," zei Colson. "Ik weet niet precies wat het moet betekenen, want het is volledig gescheiden van de rest van de bestanden die er uiteindelijk in worden samengevoegd, maar er zit een duidelijke anomalie in die ik -"

"Daar," zei Julie. Ze wees naar het scherm, en Colson stopte met scrollen. "Dat is het, toch?"

Colson straalde. "Precies goed. Het is gecodeerde tekst, bedoeld als een gecodeerd stukje code dat niet begrepen kan worden zonder de sleutel.

"Dus laten we de sleutel gaan zoeken," zei Hendricks. Zijn ogen dwaalden heen en weer, zijn lichaam stond duidelijk op scherp.

"Zo werkt het niet," zei Julie. "Er zijn hier twee lagen, denk ik.

Het is een soort binaire base64 string, dus de eigenlijke inhoud die het maskeert kan relatief gemakkelijk ontcijferd worden, maar de inhoud onder die laag is ook versleuteld. En alleen aan de ontvangende kant - de computer, of persoon, of wat dan ook - kan de sleutel worden toegepast om het script te ontcijferen en uit te voeren."

Ze keek naar Colson voor bevestiging, en hij glimlachte breed. "Precies," zei hij. "Dus ik werd meteen nieuwsgierig. We transcriberen immers inhoud van een originele gegevensbron, en maken niet de code. Dus wie het script in de eerste plaats heeft geschreven, wilde dat dit gedeelte verborgen zou blijven, en dan nog alleen nuttig voor de uiteindelijke eindgebruiker."

Ben kneep zijn ogen dicht, niet in staat om het technische jargon bij te houden. "Oké, dus je hebt een geheime code, verborgen in het volle zicht, die je wel kunt lezen maar niet echt kunt begrijpen?"

"Nee, dat is niet juist," zei Colson. "Ik kan het begrijpen. Het kostte me maar even om de transcriptie om te draaien."

Hij markeerde de regels op het scherm, klikte op een paar knoppen, en het script veranderde in een andere reeks tekens en cijfers. Ben moest toegeven dat de code nog steeds onzin was, maar hij leek wel te 'kloppen' met de rest van de code eromheen.

"Dit is dezelfde code, syntactisch correct en nu geschreven in dezelfde 'stijl', zo u wilt, als de rest van het document. Valt je iets op?"

Hendricks slaakte een hoorbare zucht, maar beide vrouwen zaten gebogen over het hoge bureau en Ben wist dat Julie zich niet zou verroeren tot het antwoord zich openbaarde.

Mevr. E en Julie wezen om de beurt verschillende reeksen letters en woorden aan, en Julie sprak eerst.

"Het lijkt op een callback script," zei ze. "We hadden een paar van deze geschreven in de code van een website die ik hielp een vriend te bouwen een jaar of zo geleden. Ontwikkelaars willen hun code niet zomaar gratis weggeven, dus laten ze je ervoor betalen, en zelfs dan kun je de code die ze hebben gebruikt niet echt 'zien' - het is versluierd en gecondenseerd tot een enkele regel of twee die 'terugbelt' naar de website van de ontwikkelaar, waar de echte code is opgeslagen. Het helpt te voorkomen dat het werk van iemand anders wordt gedeeld zonder ervoor te betalen."

Colson knikte heftig. "Ja, ja. In dat geval, ja. En de website werkt nog steeds - het website-onderdeel dat je hebt gekocht functioneert correct, maar de code ervoor staat niet op jouw server, maar op die van de ontwikkelaar. Het is een elegant diefstalbeveiligingsmechanisme."

"Klinkt allesbehalve elegant," zei Reggie.

"Dus, je hebt een terugbel script gevonden," ging Julie verder. "Dat is vreemd, maar ik zou het geen anomalie noemen. Ik denk dat het afhangt van waar je de code oorspronkelijk vandaan hebt. Je zei dat je alleen iets transcribeert dat al bestond in een ander formaat?"

"Ja, maar ik weet niet zeker welk formaat. Of waar we het vandaan hebben."

"Toch zie ik het probleem niet."

Colson wreef in zijn ogen en sloot het programma af, waarna hij zich tot de groep wendde die om hem en het bureau heen zat. Voordat hij iets kon zeggen klonk er een alarm uit een hoek van de verdieping, en een computergestuurde vrouwenstem verbrak de stilte.

Attentie al het essentiële personeel. Ga alstublieft naar Niveau 1 voor verplichte evacuatie. Opstijgen is over dertig minuten. Dit is de laatste waarschuwing.

De stem herhaalde de boodschap nog eens, en Ben keek rond naar de reacties van de rest van de groep. Niemand sprak, iedereen keek nog steeds naar Colson.

"Het probleem? Je zei me dat je hier naar iets op zoek was, correct? Je hebt niet gezegd wat het is, maar ik vermoed dat er een soort AI bij betrokken is? Kunstmatige Intelligentie?"

Ben bestudeerde Colson's bloeddoorlopen ogen. De man was ogenschijnlijk kalm, maar hij leek driftig op zoek naar iets in Julies uitdrukking terwijl hij haar afwachtend aanstaarde. Julie fronste haar wenkbrauwen en keek naar de vloer.

Plotseling schoot haar hoofd omhoog en ze staarde Colson aan. Fluisterend, haar stem trillend, sprak ze. "Oh, God. Nee - er is geen... Als ze..."

Colson knikte langzaam, ernstig. "Dat is waar ik ook bang voor ben."

Ben probeerde het te begrijpen, maar hij was de weg kwijt. Hij had geen idee waar het tweetal het over had, en ze waren nog niet eens overgegaan op technisch taalgebruik. Julie greep naar zijn hand en kneep er toen in toen Hendricks naar voren liep en Colson terugduwde.

"Tijd om te gaan, Colson," zei Hendricks. "We zijn duidelijk langer gebleven dan we welkom zijn, en ik heb het gevoel dat we niet uitgenodigd zijn voor het evacuatiefeest. Dat betekent dat we ergens anders heen moeten voordat de volgelingen ons komen uitroeien."

Colson leek weer op te staan bij het horen van Hendricks' stem, en hij knikte sneller. "Juist, ja. Uh, ik weet niet waar -"

"Waar dan ook, Colson. We zullen de rest van je verhaal daar horen, maar ik wil dat je begint met bewegen."

Colson deed wat hem gezegd werd. "Oké, natuurlijk. Geen lift, ze kunnen hem op afstand uitzetten. Deze kant op."

Hij draaide zich om en liep weg met Hendricks aan zijn heup, en Ben volgde toen de groep naar een trap aan de andere kant van de hal liep.

HOOFDSTUK 25

DE TRAP GING VIA TWEE BOCHTEN NAAR HET VOLGENDE NIVEAU, elk een set bestaande uit ongeveer acht afzonderlijke trappen. Colson en Hendricks gingen voorop, gevolgd door zijn man Ryan Kyle, daarna Joshua en mevrouw E. Ben kwam achter Julie, en Reggie was de laatste die de eerste trap opging. Ze voelde de kracht van het metaal onder haar voeten en dacht toen pas aan de infrastructuur die hen omringde. Hoewel ze zeker aanwezig was geweest tijdens hun ontsnapping aan de Chinezen, hun hachelijke klifafdaling en hun entree in het vreemde Antarctische station, had ze niet de tijd genomen om na te denken over hoe dit station precies bestond.

Nu, dankzij de veel fellere verlichting die hun opmars verlichtte, kon ze de details van de architectuur van het station in zich opnemen. Ze was nog aan het bekomen van de schok van Colson's werk en wat hij in de code had gevonden, maar er zou pas later tijd zijn om de betekenis van dat alles volledig te verwerken. Voor nu besloot ze haar aandacht te richten op de basis zelf.

De muren waren het meest opvallende kenmerk. Ze waren bedekt met dikke, uitpuilende pakketten vloeistof, elk met een doffe grijze kleur. Op de een of andere manier aan elkaar genaaid en verstrengeld, was het totale effect dat ze door verpakkingsmateriaal liep, massieve vellen noppenfolie die naar binnen drukten.

Ze raakte er een aan en bevestigde wat haar ogen haar vertelden. De bubbels waren plat, maar bobbelden toch een beetje, en gaven een beetje mee. Het was geen harde muur, maar een vloeiende, zoals de binnenkant van een gewatteerde kamer van een gesticht.

Ze realiseerde zich ook dat de pakketjes vloeistof die aan de wanden vastzaten koeler waren dan de lucht om haar heen. Terwijl ze nadacht over deze openbaring, drong het tot haar door dat ze het niet koud had gehad sinds ze het station was binnengekomen.

Ik heb het eigenlijk een beetje warm, dacht ze. *Ze moeten warmte door deze plek pompen.*

"Colson," begon ze, "is er HVAC hier?"

Hij knikte toen hij stopte in het middengedeelte tussen de twee trappenhuizen. "Ja, die is er. Nou, alleen verwarming, om precies te zijn - niet veel nut voor A/C, toch?"

Colson glimlachte en wachtte op een reactie. Julie staarde hem alleen maar aan.

"Er zijn ook een paar moeraskoelers om de vochtigheid te verhogen, denk ik.

Hij begon weer vooruit te lopen en betrapte zichzelf toen. "Oh, je vraagt je waarschijnlijk af over de muren. Deze muren zijn, zoals u misschien al geraden heeft, geen gewone muren.

Colson had duidelijk een onderwerp gevonden dat hem meer opwond dan alle anderen om hem heen, maar Julie wist dat ze ongeduldig werden van de dramatiek. Ze knikte een keer beleefd, maar onderbrak hem.

Julie kreeg het gevoel dat ze een personage was in *Jurassic Park* van Michael Crichton, zittend in een klein theatertje terwijl de kleine spriet van Dr. Hammond haar de theorie van het oogsten van dinosaurus-DNA uitlegde, terwijl de *echte dreiging* net buiten het gebouw lag. In hun geval wist Julie dat de dreiging helemaal niet buiten was. "Colson - Jonathan, als ik mag?" Zei ze. "Deze muren zijn fascinerend, maar misschien even een *snel* overzicht?"

Colson begreep het. "Juist, ja. Natuurlijk. De structurele

muren zijn eigenlijk puur ijs, maar het bedrijf vond het nodig om de bekleding aan te vullen om te zorgen voor een goede isolatie van de warmte die binnen circuleert, en ook weinig tot geen ijssmelt buiten."

"Dus deze kleine bubbels zitten vol met water?" vroeg Reggie.

"Niet helemaal," zei Colson. "Ze zijn vloeibaar, maar ze zijn vergelijkbaar met de gel packs die de binnenkant van een koelbox koud houden, maar dan tegenovergesteld. Warme lucht stopt in principe aan de rand, en de vloeistof binnenin elke sectie stroomt en beweegt, waardoor alle warmte die zich heeft opgebouwd, kan verdwijnen of terugkaatsen naar het interieur."

"Zeer interessant," zei Hendricks. "Klinkt duur."

"Integendeel, het is vrij goedkoop. Zeker goedkoper dan overal massieve houtskelet- of betonnen muren op te trekken *en* die *vervolgens te vullen* met isolatie. Dit maakt gebruik van de natuurlijke ondersteuning van het ijs, maar stelt het bedrijf in staat om binnen leefbare omstandigheden te creëren."

Julie was al een ander kenmerk van de ruimte aan het onderzoeken. "Er is geen stroom, als je bubbel muren hebt."

"Kijk omhoog," zei Colson. Iedereen viel achterover om naar het plafond te staren. Er waren eenvoudige, lichte witte panelen die het plafond bedekten, vergelijkbaar met de verlaagde plafonds die Julie had gezien in zo ongeveer elk kantoor waar ze ooit had gewerkt. "Die panelen weerkaatsen de warmte en zijn rechtstreeks bevestigd aan de ijs-'plafonds' van elk niveau. Er is weinig behoefte aan extra structurele ondersteuning, zelfs niet in het midden van elke verdieping, omdat deze horizontale stukken ijs ongeveer drie meter dik zijn. Hoe dan ook, het stroomprobleem is simpel: zie die zwarte kabel daar in de hoek."

Nu Colson erop wees, zag Julie de kabel. Het was een bundel draden, 15 cm dik, die uit een gat in het plafond staken en langs de hoek van het trappenhuis naar beneden liepen. Op de vloer was een splitsing van kabels die van de hoofdlijn aftakten en terug naar het niveau leidden waar ze vandaan kwamen, terwijl de rest van de lijn verder liep in een ander gat in de vloer.

"Het is waarschijnlijk niet het beste elektrische werk, maar er gaat niets boven verlengsnoeren van duizend meter lang," zei Colson met een grijns.

"Eerlijk genoeg," zei Hendricks. "Toch is deze plek een beetje zenuwslopend. Al die geheimzinnigheid, al die kosten om het zo te houden."

"We mogen de lijkenboerderij beneden niet vergeten," zei Reggie.

"Weten we zeker dat ze allemaal vol lichamen zitten?" vroeg Joshua.

"Nou, ik was niet van plan om ze open te knallen," zei Reggie. "Dus ik ga er maar van uit."

"Hé," zei Hendricks. "We kunnen later toerist spelen. Nu moeten we ergens heen waar de bewakers ons niet kunnen vinden. Colson, waar gaan deze trappen heen?"

Julie wachtte op antwoord van Colson, maar die stond nog steeds bevroren op de overloop tussen de trappen.

"Colson?"

"Sorry," zei Colson. "Ik - nou, dit gaat een verdieping omhoog, naar de barakken, waar we allemaal slapen."

"Dus wat is het probleem?"

"Het is gewoon - het is gewoon dat ik me nu pas realiseer dat ze al het personeel evacueren. Dat betekent dat iedereen met een ID-badge - een van deze - in staat zal zijn om een lift te krijgen hier weg."

"Ja, dat is wat we allemaal veronderstelden," zei Hendricks. Julie hoorde het geduld dat de man misschien nog had, verdwijnen. "Maar we hebben geen ID-badges, of wel?"

"Ja - ik bedoel *nee* - maar dat is niet waar ik me zorgen over maak. We gaan naar boven, naar de begane grond, volgens het evacuatie protocol. Maar we worden door de hoofduitgang geleid - de *enige* uitgang, en ze zullen meteen weten wie we zijn. Toch?

Julie overwoog dit terwijl Colson verder ging.

"Ze zijn al naar je op zoek," zei hij, "en ze zullen je neerschieten als ze je zien. Maar ik kan er niet eens door - ik zou nu bevroren moeten zijn in een doos. Wat gebeurt er als we boven komen en de rest van de werknemers en bewakers tegenkomen?"

Hendricks pauzeerde even voor hij antwoordde. In plaats daarvan was het Joshua die binnenstapte.

"Je zei dat het niveau waar we heen gaan de barakken huisvest, klopt dat?"

Colson knikte.

"Oké, en ik neem aan dat het niet allemaal één grote open verdieping is? Er zijn tenminste aparte kamers voor mannen en vrouwen?"

"Natuurlijk," zei Colson. "Er zijn ongeveer tien kamers, allemaal rond een centrale lobby en ontmoetingsplaats."

"Geweldig. Breng ons dan naar boven. We zijn beter af als we in een of twee van die kamers kunnen komen, misschien zelfs een defensieve houding opzetten. Ze zullen ze één voor één moeten doorzoeken, en er is misschien genoeg tijd om..."

"Om met een beter plan te komen dan dat," zei Hendricks, onderbrekend. "Het is het beste wat we hebben, dat geef ik toe, maar we hebben nog steeds iets beters nodig."

Joshua fronste zijn wenkbrauwen. "Jij bent de baas, *baas*," mompelde hij onder zijn adem terwijl de groep verder ging naar de tweede trap die de twee verdiepingen verbond.

Julie glimlachte, wetende dat Joshua - meer dan gefrustreerd over het machtsgebeuren tussen de twee mannen - niet veel meer zou zeggen dan dat. Ze wist dat hij zijn mond zou houden, niet uit angst of respect voor Hendricks, maar omdat hij loyaal was aan het team, en hen in leven houden was zijn hoogste prioriteit. Hij zou zijn orders opvolgen en tot het bittere eind vechten, en pas daarna zijn mening geven over de afschuwelijke manier waarop de leiding van deze missie was aangepakt.

Julie zag hoe Joshua's jukbeenderen bewogen terwijl hij zijn tanden op elkaar klemde en weer losklemde om zichzelf te kalmeren, een tik die ze ook bij Ben had opgemerkt. Joshua was knap op een jongensachtige manier, met lichtbruin haar dat hij tot bijna aan zijn ogen had laten groeien. Hij was lichamelijk fit, hoewel misschien wat aan de slanke kant naar haar smaak, maar ze moest toegeven dat hij er zeker uitzag. Ze had gemerkt dat mevrouw E een vreemde affiniteit met de man had, wat Julie hilarisch vond, want Julie wist niet of het een fysieke aantrekkingskracht was of een moederlijk instinct dat mevrouw E's gevoelens had uitgelokt.

Terwijl Julie nadacht over de gevoelens van mevrouw E, dacht ze aan haar eigen gevoelens. Zij en Ben hielden van elkaar, zoveel was duidelijk. Maar ze hadden weinig over de toekomst gepraat, althans wat henzelf betrof. De man op wie ze verliefd was geworden was stil, gereserveerd en een beetje teruggetrokken, het gelukkigst als hij 160 km van de bewoonde wereld in het midden van het bos zat. Ze vond hem geestig, stoer en intelligent op alle juiste manieren, met een vleugje durf en humor als tegenwicht voor zijn ietwat sombere karakter. Nu ze meer dan eens aan zijn zijde voor haar leven had gevochten, stond het buiten kijf dat ze hun leven samen zouden slijten.

En dat, Julie wist het, was het probleem.

Beiden *verwachtten dat* ze samen zouden zijn. De ontberingen die ze moesten doorstaan, de wereld rondreizen om een criminele organisatie te achtervolgen, en meer dan eens hun leven voor hun ogen zien flitsen, hadden hun wederzijdse liefde en respect voor elkaar gestold. Maar ze *spraken er zelden* over. Ben haakte af zodra hij de woorden 'huwelijk' of 'toekomst' hoorde, en ze wist niet eens wat hij zou doen als ze woorden als 'kinderen' of 'familie' gebruikte.

Hun onuitgesproken afspraak leek te zijn dat Julie voor de rest van hun leven bij Ben in de hut zou wonen. Ze was ook niet tegen dat plan, maar ze kon het niet helpen na te denken over de volgende stap. In haar carrière bij het CDC, en haar hele volwassen leven, was ze gedreven geweest om iets te bereiken, soms tot een fout. Ze kon niet rusten, het rustiger aan doen, of een pauze nemen. Er was altijd een ander probleem op te lossen, een ander antwoord te ontdekken.

Ben, aan de andere kant, was waarschijnlijk de langzaamste man die ze ooit had ontmoet. Hij was verre van lui, maar hij leefde volgens zijn eigen klok. Hout hakken was voor Ben een dagvullende louterende en ontspannende bezigheid, niet een simpel 'karweitje' dat alleen nodig was om de kachel te blijven voeden.

Ze wist dus dat hun onwaarschijnlijke partnerschap uiteindelijk zou leiden tot een natuurlijke breuk in de perspectieven, en Julie was vastbesloten dat ze ook dit probleem zou overwinnen. Ze moest met hem gaan zitten, hem dwingen te praten en de volgende stappen voor hun relatie bepalen.

Ze kon niets bedenken wat de man minder zou willen doen.

HOOFDSTUK 26

DE TRAP KWAM UIT BIJ EEN METALEN DEUR, waarvan het frame direct in het ijs was vastgebout. De wanden van het noppenpakket drukten naar binnen en vormden een afdichting rond de rand van het frame en het ijs, terwijl de gematigde luchttemperatuur binnen gehandhaafd bleef. Het systeem werkte goed, en Julie voelde nu de tintelende warmte van zweet onder haar lagen kleding druipen, en hoopte dat ze zich redelijker konden uitkleden als ze in de barakken aankwamen.

"Iedereen zou nu gepakt en weg moeten zijn," zei Colson, "maar voor het geval er nog achterblijvers zijn, maak geen oogcontact en doe niets verdachts."

"Iets verdachts gedaan?" vroeg Reggie. "Wat bedoel je daar nou weer mee? Niet ronddansen en obsceniteiten naar mensen roepen?"

"Uh, ja, doe dat maar niet," zei Colson. Hij tilde zijn ID-kaart tegen het vergrendelingsmechanisme van de deur en wachtte tot er een groen lampje ging knipperen. Colson duwde de grote metalen deur naar binnen en Julie voelde een luchtstroom door de breder wordende opening. Colson wierp een blik links en rechts, stapte toen naar binnen, op de voet gevolgd door Hendricks, Kyle en Joshua. De getrainde mannen richtten zich rond de kamer, elk grommend bevestigde ze dat de weg vrij was.

"We zijn binnen," zei Colson toen ze klaar waren. "Ze hebben mijn kaart duidelijk nog niet gedeactiveerd, maar als iemand nog steeds de beveiligingssystemen in de gaten houdt, zal mijn naam een alarm laten zien. Dan weten ze dat je bij mij bent."

"Dus ze brengen de artillerie," zei Reggie.

"Weet u hoe goed uw veiligheidsmacht bewapend is?" vroeg Joshua.

"Nee," zei Colson. "Alleen dat er veel van zijn. Maar ik heb nog nooit iemand zien rondlopen met iets groters dan een pistool."

"Tot vandaag."

"Juist."

Hendricks zuchtte. "Dus ze hebben wapens bij zich, of ze hebben een opslagplaats ergens op de basis. En iemand heeft het gevuld, waarschijnlijk met genoeg vuurkracht om al je huur-een-agent uit te rusten."

"Ze maken zich waarschijnlijk klaar voor de Chinezen," zei Ben. "Ze moeten ze hebben zien aankomen, toch?"

"Die kleine drone strontjes zagen ze aankomen," zei Hendricks. "Ik vraag me af of ze langs hen zijn kunnen komen."

"Vijftig beroepssoldaten?" Zei mevrouw E. "Die drones kunnen nog geen deuk in een peloton slaan, laat staan een hele compagnie."

"Ze hebben een deuk in ons gemaakt," zei Hendricks, onder zijn adem mopperend.

"Oké," zei Ben. "Dus de Chinezen komen binnen, dat weten we. Ze ploegen door de huur-een-agenten, en komen dan voor ons. Is dat wat we zeggen?"

Hendricks krulde zijn onderlip lichtjes, en antwoordde toen. "Klinkt alsof je een plan hebt, Bennett. Colson, breng ons eerst naar een van deze kamers zodat we ons kunnen omkleden en uit dit zweetfestijn zijn, dan kunnen we praten. Doe je bovenkleding uit maar laat de rest liggen en verlies je rugzak niet."

Ben knikte, en de groep ging verder door een licht gebogen gang, nauwelijks verlicht, die de scheiding vormde tussen de kamers langs de omtrek van het niveau en een brede, pleinachtige centrale ruimte. Er waren ingangen naar het plein om de twintig of dertig meter, en Julie kon aan de lange opklapbare picknicktafels zien dat de ruimte door de werknemers als lunchroom werd gebruikt. Tegenover hen zag Julie twee computerstations, precies zo ingericht als de kassasystemen die in scholen, ziekenhuizen en kantines van andere kantoren worden gebruikt.

Colson stuurde hen naar de derde kamer links, en tilde opnieuw zijn sleutelkaart op. Weer flitste het groen, en hij duwde de deur open. Colson en Hendricks gingen naar binnen, gevolgd door Joshua, die een verdedigende positie innam net binnen de deur bij de hoek van de kamer. Ben en Julie kwamen daarna binnen, gevolgd door Reggie en Mrs. E, en als laatste kwam Hendricks' man Ryan Kyle binnen, die in de open deuropening wachtte om de gangen in de gaten te houden voor enige beweging.

Het interieur van de kamer was ongeveer wat Julie verwacht had. Meer bubbelwanden, voldoende stapelbedden langs elk van de twee langste wanden, en een kleine badkamer aan het uiteinde. Het was niet veel meer dan het soort faciliteiten dat ze zich herinnerde van het zomerkamp als kind, maar ze wist dat deze werknemers hier niet waren voor de luxe accommodaties.

Er was ook weinig decoratie. Sommige bedden hadden posters of foto's op de bubbelmuren geplakt, en er lagen een paar militaire rugzakken onder een paar van de bedden. Verwarde snoeren van verlengkabels kwamen uit een centrale hub van zwarte draden, maar afgezien van deze subtiele kenmerken, kon de kamer doorgaan als volledig verstoken van menselijk leven.

"Mijn bed staat achteraan, maar zoals ik al zei, iedereen is weg. De achtergebleven spullen zijn ofwel ongewenst of vergeten."

"Waar gaan ze heen? Nadat ze geëvacueerd zijn, bedoel ik?" vroeg mevrouw E.

"Naar huis, uiteindelijk. Via Uruguay, vreemd genoeg," zei Colson. "De luchthavens in dat land stellen niet zoveel vragen als sommige luchthavens in andere landen, denk ik, dus een vliegtuig vol mensen uit Antarctica wekt niet veel argwaan op." Hij pauzeerde, maar niemand leek zich iets aan te trekken van dit stukje informatie, dus ging Jonathan Colson verder met uitleggen. "Als je wordt aangenomen, krijg je een enkele reis naar Carrasco International Airport, en dan nog een gekocht van daar naar waar je vandaan kwam als je vertrekt."

"Wanneer ben je hier gekomen, Colson?" vroeg Hendricks.

"Ik werk al vijf jaar bij het bedrijf, maar ik ben pas een jaar op Antarctica. Toch is dat ongeveer net zo lang als iedereen."

Het antwoord leek Hendricks tevreden te stellen, dus ging hij verder met Ben. "Bennet, je zei iets in de gang. Heb jij een beter idee dan 'wacht het af'?"

Ben knikte en keek naar Joshua. "Ja, al moet ik deze jongen daarvoor de eer geven." Joshua keek verward, maar Ben ging verder. "In het Amazonegebied. Hij leidde een team huurlingen naar onze locatie, en greep Julie en één andere persoon met wie we samen waren, Dr. Amanda Meron. Meron was een deel van wat ze zochten, maar de andere helft van de puzzel bevond zich ergens in de jungle. Dat is waar *we naar zochten*."

Hendricks knikte mee. "Ik heb de brief gelezen, dus ik volg. Ga door."

"Wel, we wisten dat zolang we Joshua's groep een stap voor bleven, en vonden wat daar ook verborgen was, wij niet het hoofddoel waren."

"En het gaf ons tijd," zei Reggie.

"Dat is zo," voegde Ben eraan toe, "maar niet veel. De huurlingen waren goed getraind, goed uitgerust, en beter voorbereid. We hadden Reggie en een paar andere knappe koppen aan onze kant, maar als Joshua het schip niet had verlaten -"

"Aan het schip van *de goede jongens*, moet ik toevoegen," zei Joshua.

"Wel, juist, natuurlijk. Hoe dan ook, als hij niet naar onze kant was gekomen, zou niets van dit alles hebben gewerkt. Zijn broer - we wisten niet dat hij het was op dat moment - leidde hen de hele tijd naar ons, dus zonder Joshua die tussenbeide kwam, en -

"Ik snap het," zei Hendricks. "Jullie zijn allemaal gewone helden. Het punt is dat jullie denken dat hetzelfde plan hier zal werken?"

"Ik denk het wel," zei Ben. "Het is het proberen waard, hoe dan ook. De Chinezen *zijn met veel* meer dan wij, en zij waarschijnlijk ook met meer dan de beveiligingsmacht van het station. Maar hoe dan ook, ze houden elkaar een tijdje bezig, en *dan* richten ze hun aandacht op datgene waarvoor ze hier kwamen."

"Denk je dat ze hier ook naar iets op zoek zijn? vroeg Kyle.

"Zonder twijfel," zei Julie. "Denk er eens over na. Een Chinees leger valt uit de lucht op het moment dat wij hier zijn, op weg naar dezelfde locatie in Antarctica."

"Ze heeft gelijk," voegde Reggie eraan toe. "Ik zou gevleid zijn als ze helemaal hierheen kwamen voor ons, maar het lijkt wel overdreven. Ze weten dat er hier iets is, en ze doen er alles aan om het te krijgen."

Hendricks en mevrouw E luisterden terwijl de groep sprak. Julie wist niet zeker wat de man en de vrouw dachten - ze had nog veel vragen over hen beiden, en hun betrokkenheid hier - maar tot nu toe hadden ze de groep in leven gehouden. Het heeft geen *zin om dat nu op te geven,* dacht ze. *Ik kan ze nog wat langer vertrouwen.*

"Prima. Julie en Colson," zei Hendricks, zich tot haar wendend. "Als we de Chinezen een stap voor willen blijven en enige hoop hebben om hier levend weg te komen, moeten we datgene te pakken krijgen waarvoor ze hier helemaal naar toe zijn gekomen. Dat betekent dat jullie ons allemaal het geheim moeten vertellen."

Reggie grijnsde. "Nerds."

Hendricks wierp hem een blik toe en ging toen verder. "Wat heeft je verrast op Colson's computer? Wat denk je dat het is?"

"Wel," legde Julie uit, "het is een kunstmatige intelligentie, zoals we altijd vermoedden. Zonder twijfel een sterke AI."

"Dat wisten we allemaal al," zei Ben. "Maar je reactie..."

Julie slikte en knikte toen ze zich weer bewust werd van de zwaarte van dit alles. *Als dit echt is...*

"Ik had het over een terugbelscript," zei Julie. "Weet je nog? Colson werkt aan een kunstmatig intelligentie programma, groter dan alle andere ooit geprobeerd. Het is een neuraal netwerk; een web van onderling verbonden machines die samenwerken, in tandem, of parallel."

Colson viel in. "En het terugbelscript is 'terugroepen' naar iets wat we niet volledig kunnen begrijpen, tenminste nu nog niet."

"Vandaar alle verwarring rond dit project," zei Julie. "Het terugbel script zou er niet moeten *zijn*, toch?"

"Juist. Het zou eenvoudig moeten zijn - we ontvangen de transcripties, zetten ze om in gestroomlijnde code, en controleren ze dan op juistheid. Alles een beetje per keer. Een stukje, dan een ander, tot een subroutine klaar is. Dan gaan we verder met de volgende."

Hendricks hield een hand op. "Luister, mensen. Ik hoef jullie er niet aan te herinneren dat de tijd hier echt van essentieel belang is. Ik heb jullie nodig om dit uit te leggen, zo dom mogelijk, zodat we kunnen uitzoeken wat de *echte* volgende stap is. Begrepen?"

Colson en Julie knikten, en Julie zag Ben in zijn richting kijken. Hij vroeg haar in stilte of ze iets wist wat ze niet graag wilde delen.

Ik weet niet eens zeker of ik gelijk heb, dacht ze.

"Het probleem is dat het bedrijf waar Mr. Colson voor werkt, niet de originele bestanden heeft gemaakt die ze gebruiken," zei Julie, terwijl ze Jonathan Colson aankeek.

"Correct," zei Colson. "Daar was ik al bang voor, en toen ik het gecodeerde script zag, wist ik het zeker."

"Oké, ik bijt," zei Reggie. "Waar komen de dossiers vandaan?"

Julie en Colson keken allebei langzaam de groep rond. Julie hoopte dat Colson zou inspringen en antwoorden, maar na een ogenblik sprak zij.

"De bestanden die het bedrijf gebruikt komen van een biologische bron. Niet een digitale."

Bens ogen schoten omhoog en staarden Julie aan.

"Kom je nog eens?" Zei Hendricks.

"Dat klopt," ging ze verder. "De bestanden waar Colson en de programmeurs hier mee werken zijn helemaal geen 'bestanden'. Ze transcriberen delen van een menselijk brein."

HOOFDSTUK 27

REGGIE HEEFT VEEL VREEMDE DINGEN GEZIEN EN GEHOORD IN ZIJN LEVEN, maar nog nooit zoiets als dit. *Het zijn stukjes van een menselijk brein?* De absolute absurditeit van de verklaring haalde de lucht uit elk samenhangend antwoord dat hij had kunnen bedenken.

In plaats daarvan viel zijn mond open en gleed er een enkel, half-verstaanbaar woord uit.

"Hersenen."

Colson en Julie keken hem aan, en Julie sprak weer. "Wel, um, één brein, waarschijnlijk. Maar ze kunnen met meerdere gegevens-bronnen werken -"

"Meerdere gegevensbronnen?" Zei Hendricks. Hij wees met een wijsvinger naar Jonathan Colson. "Je neemt me in de maling. Dit is een grap. Wil je me vertellen dat dit bedrijf - jouw bedrijf - mensenhoofden in stukken snijdt en ze in computercode verandert?"

"Nou, ik wist niet..."

"Onzin," zei Hendricks, bijna spugend. "Colson, ik loop al een tijdje mee, maar ik heb nog nooit van zoiets vergezochts gehoord."

"Het is theoretisch mogelijk," zei mevrouw E. "Er zijn in het recente verleden veel tech-bedrijven geweest die probeerden ster-kere neurale netwerken te bouwen met behulp van soortgelijke structuren. De hersenen werken immers als een computer, met behulp van elektrische impulsen en het bouwen van overbrugde verbindingen tussen -"

"Maar je kunt er geen computer van maken," zei Hendricks. Hij was nu bijna aan het schreeuwen. "Je hebt gewerkt aan een 'computerprogramma' dat eigenlijk een brein is? En je hebt het gebouwd door een echt brein te bestuderen?"

Colson slurpte een mondvol lucht naar binnen.

"Hendricks," zei Julie, haar stem kalm. "Mevrouw E heeft gelijk. Dit is echt geen halfbakken theorie. Het is echte wetenschap, en het is zelfs met succes gebruikt op kleine schaal, zoals in muizen en rattenhersenen. Het fenomenale deel - het deel dat me verraste - is, nogmaals, het callback script."

Ben keek even verward als Reggie zich voelde en als Hendricks klonk, terwijl Joshua en Kyle werkeloos toekeken, half luisterend en tegelijk de deuren naar de verdieping in de gaten houdend.

"Hoe zit het met het terugbel script?" vroeg Hendricks. "Het is gewoon een versleutelde regel code die communiceert met degene die het oorspronkelijk ontwikkelde...

Hij pauzeerde, en Reggie dacht dat hij Hendricks' gezicht wit zag oplichten. Op het gezicht van de lange, dunne man kon Reggie niet zien of het woede of angst was.

Hendricks vloekte. "Maar, hoe? De 'oorspronkelijke ontwikkelaar' zou..."

Colson en Julie knikten, maar Reggie had nog steeds het gevoel dat hij in het duister tastte.

"Eeuwen en generaties van evolutie, en voortdurende vooruitgang in intelligentie kunnen een brein creëren dat zo nuttig en efficiënt is als het onze," zei Colson. "Maar het kan niet verklaren dat we menselijk zijn. Levend, ademend, denkend. *Voelen*."

"Het terugbelscript is het belangrijkste kenmerk dat een menselijk brein onderscheidt van hersenen van andere dieren," zei Julie. "Het is het ontbrekende stuk."

"Welk ontbrekend stuk?" vroeg Reggie.

"Het is het deel waar we in het lab geen rekening mee konden houden, of waarom alle kunstmatige intelligentie die we hebben kunnen maken, hoewel krachtig en snel, niet in staat is om echt te denken."

Hendricks wreef nu met lange, pezige vingers over een van zijn slapen. Zijn ogen waren gesloten, en Reggie ging dichter bij de man staan voor het geval hij flauw zou vallen.

"Dus dit 'callback script', vervolgde Julie, is het stuk waar wetenschappers naar zochten. Het is een link terug naar - wat het ook is - dat ons geweten regelt. Goed van kwaad, goed van slecht, dat is niet instinctief, maar wel intuïtief. Dieren voelen niets voor het doden van een ander dier, en ze moorden, stelen, bedriegen of liegen niet."

"Ze hebben het terugbelscript niet," zei Colson. "Ze hebben geen geweten."

"Ik begon het samen te stellen zodra Colson me vertelde dat het een terugbelscript was, en zodra ik me realiseerde hoe ze het programma hebben opgedeeld. Die 'subroutines' waar ze aan werken, één voor één? Dat zijn de verschillende delen van het menselijk brein - de delen die spraak, emoties, rationalisatie, motoriek, enz. controleren.

"Ze hebben een perfecte kopie van het menselijk brein gemaakt, en dit was het laatste stukje dat ze nodig hadden. Omdat de transcriptie in een andere 'stijl' is dan de rest van de code - gecodeerd, zouden we zeggen - heeft Colson het ontdekt. Het is het stuk dat ze nodig hadden, omdat het hun enorme programma veranderde van iets logs, maar krachtig, in iets menselijks."

Reggie snapte het nog steeds niet, maar hij had nu meer voeling met een ander gevoel dat hem bekroop. Als ex-militair met veel gevechtservaring, voelde hij het gevoel van rusteloosheid opkomen. Hij wist uit de eerste hand hoe gevaarlijk het was om rond te hangen en te praten tijdens een operatie, en hoewel ze op dit moment niet direct werden aangevallen, bevonden ze zich nog steeds in vijandelijk gebied met veel mensen in de buurt die hen wilden doden.

"Hendricks," zei hij. "We moeten aan de slag. Ik denk dat we nu een goed idee hebben waar we naar op zoek zijn. Geen idee hoe het eruit *ziet*, maar we kunnen er niet over blijven discussiëren."

Hendricks knikte en wuifde Joshua en Kyle naar voren. "Jullie twee, dit is het plan. We weten wat we zoeken, en het is waarschijnlijk..." hij pauzeerde en wendde zich tot Julie, Colson en mevrouw E. "Ik heb geen idee, eigenlijk. Waar *zijn* we naar op zoek?"

"Een computer, misschien een serverbox," zei Colson. "Alles wordt opgeslagen in de cloud, maar die 'cloud' is hier ergens op het station gehost."

"Waarom pak je niet gewoon je computer en ben je er klaar mee?"

Colson schudde zijn hoofd nog voor Hendricks klaar was met de vraag. "Nee, ze hebben veiligheidsmaatregelen genomen. Ze draaien een aangepaste Linux installatie, en het OS staat niet toe dat bestanden op afstand op lokale stations worden opgeslagen."

"Juist," zei Hendricks. "Wat dat ook moge betekenen. Het is dus een soort computer, maar *niet* die van Colson. Ik vertrouw natuurlijk op de hersens van deze operatie om uit te zoeken welke en waar hij staat. Is dat alles wat we nodig hebben?" Hij begon zijn hand op te heffen en zich tot Kyle en Joshua te richten, maar Julie onderbrak hem.

"Ja, maar het zal nog steeds niet makkelijk te krijgen zijn," zei Julie. "Zelfs als we de server vinden, zullen ze een verdediging hebben tegen het inpluggen van een USB stick aan de voorkant en het kopiëren van de bestanden. We kunnen misschien een disk image maken, misschien zelfs..."

"Jongens," zei Reggie. "Sorry dat ik jullie onderbreek, maar serieus. We moeten in beweging blijven."

Hendricks knikte mee. "Colson, als jij een computer was die uiterst gevoelige informatie bevatte, waar zou je dan wonen?"

Colson fronste zijn wenkbrauwen.

"Colson, waar denk je dat die computer is?"

"Oh, juist, ja," zei Colson. "Niveau 9 is de serverruimte - recht boven het niveau waarop je me vond, en twee niveaus onder mijn waar mijn werkstation -"

"Colson," zei Hendricks, "wil je me vertellen dat we met een lift voorbij het niveau zijn gekomen waar misschien *precies* in zit wat we zoeken?"

"Nou, ik, uh..."

"Hij wist niet waar we naar zochten," zei Julie, "en we liepen er allemaal langs. Niemand van ons realiseerde zich dat het een server farm was, of keek er zelfs maar even naar. Doe hem een lol."

Reggie grijnsde, hij kon het niet helpen. Hij had Julie beter leren kennen na haar ontmoeting in Brazilië, en hij wist dat ze een niet te grappen persoon was. Toch wist hij ook dat ze geen militaire ervaring had, en zo'n insubordinatie, vooral midden in een missie, zou haar een snelle afranseling hebben opgeleverd. Reggie vroeg zich af of er een ader uit Hendricks hoofd zou springen, maar Hendricks staarde onbeweeglijk naar beneden, naar de groep.

"Luister, mensen," zei hij. "Ik begrijp dat velen van jullie geen militairen zijn; niemand is perfect. Maar dit is de deal. We gaan hier sterven of niet, en de manier om *niet te sterven* is door naar mij te luisteren. En om *na te denken*. Als je informatie hebt die we nodig hebben, wees dan niet verlegen. Als we informatie achterhouden, sterven we. We verspillen tijd, we sterven. We..."

"Inkomend!" Het geluid van geweerschoten maakte een einde aan het gesprek.

HOOFDSTUK 28

REGGIE hoorde RYAN KYLE schreeuwen vanuit de deuropening een fractie van een seconde voordat hij begon te schieten. Hij richtte in de hal vanuit de richting waar ze vandaan kwamen en schoot korte stoten naar de trap.

Hendricks en Joshua sprongen in actie, en Reggie volgde hem. Hij controleerde onwillekeurig zijn wapen, rende naar de deur, en stopte achter Hendricks en Joshua.

We zijn schietschijven, dacht hij. *Als ze ons insluiten...*

"Als ze ons hier vastzetten, zijn we er geweest," schreeuwde Joshua.

"Mee eens," zei Hendricks. "We moeten op z'n minst een paar man naar de overkant zien te krijgen. Laten we...

Voordat hij het bevel kon beëindigen was Kyle in beweging, schoot een snelle salvo en dook omlaag, terwijl hij gehurkt door de open gang rende. Hij bereikte de tegenoverliggende muur en ging verder naar achteren, mikkend op een van de open secties die leidde naar het brede centrale gebied van het niveau.

Hij wuifde een teken naar Hendricks en de andere twee mannen in de deuropening, en Hendricks knikte. "Oké, nog één. Jullie zijn allebei sneller dan ik, maar ik kan jullie dekken." Hij gaf geen ruimte voor ruzie of discussie, dus keken Reggie en Joshua elkaar aan om te beslissen wie moest gaan.

Joshua was al halverwege de deur en in de gang, dus hij haalde zijn schouders op en stapte verder naar buiten. Hij hief zijn wapen op, richtte op de gebogen hal en wachtte op Hendricks' volgende vuurgevecht. Toen die kwam, hurkte hij nog wat meer neer en stapte over de open ruimte naar Kyle's locatie.

Reggie wendde zich tot de anderen in de kamer. "Jongens, we moeten naar de centrale ruimte daar. Het is geen geweldige plek, maar het zal ons tenminste in het offensief brengen. Kyle en Joshua kunnen jullie dekken met mij en Hendricks. Hou je hoofd en je wapen omhoog, maar beweeg snel.

Ben, Julie en Mevr. E knikten. Colson keek met grote ogen en zag er doodsbang uit, maar ook hij stapte naar voren, nog steeds ongewapend. Ze omsingelden Reggie en wachtten tot hij hun groep naar de gang zou leiden.

Voordat ze bij de deur waren, hoorde Reggie Kyle vanaf de andere kant roepen. "Hendricks!" schreeuwde hij. "Het zijn bewakers, geen Chinezen."

"Begrepen," zei Hendricks, terwijl hij tegelijkertijd een salvo van geweervuur beantwoordde met zijn eigen snelle salvo's. "Luister goed. Er is maar één reden waarom ze op ons schieten.

"Behalve dat ze ons willen vermoorden?" Zei Reggie.

"Nee, ik bedoel één reden waarom ze zich nu op ons richten. Als de Chinezen al in de basis waren, of zelfs maar in de buurt van de ingang, zouden ze al hun aandacht richten op het handhaven van een defensieve positie om hen tegen te houden. Dat betekent dat de Chinezen niet hier zijn."

"Dus in plaats daarvan kunnen ze wat tijd met ons doorbrengen,' zei Reggie. "Ik snap het. Kunnen we ze toch doden?"

Hendricks knikte. "Ja, dat is het plan. Alleen hoeven we ons geen zorgen te maken dat we te strategisch zijn en tijd verliezen. Deze jongens zijn niet zo goed getraind, dus zolang we -"

Crack!

Een explosie rukte Hendricks' woorden uit de lucht, en de zichtbare schokgolf ging vlak voor de deur langs. De granaat was de gang van hen af gegaan, voor een andere kamer, maar had nog steeds een krachtig effect. Hendricks werd tegen de grond geslagen, en Kyle en Joshua aan de overkant van de hal drongen een beetje naar voren om in te vallen.

Reggie rende naar voren en greep Hendricks' arm om hem overeind te helpen. De man was versuft maar bij bewustzijn. Reggie sleepte hem terug naar de kamer van Colson om hem de ruimte te geven om bij te komen.

"Ben, Mrs. E," zei hij. "Ga naar binnen en help ons. Kijk of je die klootzak kunt uitschakelen die dat ding op ons afvuurde, maar wees voorzichtig. Ze zullen herladen en opnieuw proberen in een minuut."

Hij merkte dat Julie van streek leek dat hij niet specifiek om haar hulp vroeg, maar hij hoopte dat ze het zou begrijpen. *Ben zou me vermoorden als ik je naar de frontlinie zou sturen en er zou iets met je gebeuren.*

Toen Reggie klaar was met Hendricks in veiligheid te brengen, keek Julie hem aan. De wenkbrauwen die ze hem toewierp waren hem niet ontgaan, en hij besefte dat hij een grote fout had gemaakt.

Zij is degene die me zal vermoorden, dacht hij. Hij gaf een grote glimlach om de spanning te breken.

"Bewaar het, Red," zei ze. Zonder nog een woord te zeggen liep ze naar de deuropening, hief haar geweer op en begon te schieten op de bewakers, die naast Ben en mevrouw E. stonden.

Reggie's glimlach werd breder.

"Drie neer!" hoorde Reggie Kyle schreeuwen.

"Blijf van me af, jongen," zei Hendricks en duwde Reggie's hand weg. "Ik ga hier niet dood." Hendricks rolde zich om en ging rechtop op de harde vloer van de barak zitten. "Je verspilt je energie hier, en ze hebben je hulp nodig. Geef me nog een paar seconden, dan ga ik met je mee naar buiten."

"Wat u zegt, baas," zei Reggie. De kogels van de overgebleven bewakers schoten langs de zijkanten van de gang, en Reggie vroeg zich af of ze wel getraind waren in een gevechtssituatie of niet. Ze leken veel munitie te verspillen door op de verkeerde doelen te schieten, maar hij was gewoon blij dat zijn eigen groep niet zo schietgraag was.

Reggie besloot een wandeling door de gang te maken om te zien hoe Kyle en Joshua zich hielden. Hij bracht snel zijn plan over aan Ben, Julie en Mevr. E, en begon net aan de overkant te sprinten toen Kyle en Joshua in het midden van de gang uitstapten.

"Ik denk dat we veilig zijn," zei Joshua. Kyle knikte, maar verplaatste zijn ogen niet van het einde van de gang. Rook dreef al terug in de ruimte van de gangen en vulde de ruimte met een bijtende geur.

"Hoe komen ze aan die RPG?" vroeg Reggie aan niemand in het bijzonder.

"Een station als dit zal wel ergens een wapenopslagplaats hebben," zei mevrouw E. Niemand sprak haar tegen, dus ging ze verder. "Maar ze hebben een les of twee nodig in hoe ze die moeten gebruiken. Ik stel voor dat we ze opjagen en kijken of we ze in een hoek kunnen drijven."

"Dat vind ik ook,' zei Kyle. "Misschien zelfs de dreiging elimineren voordat de grote jongens hier zijn." Hij pauzeerde en keek om zich heen. "Hendricks?"

Reggie knikte snel. "Hij is aan het rusten, maar in orde. Oude jongens zoals hij, weet je -"

"Weet je wat?" Hendricks' schorre stem riep van net binnen de deuropening van de kamer. "Een oude man als ik kan jullie allemaal behoorlijk in elkaar slaan. Iemand?"

Niemand bewoog.

"Dat is wat ik dacht. Nu, terug naar de zaken. Ik wil wel eens zien hoeveel van die huur-agenten we kunnen uitschakelen, zelfs als de Chinezen dan makkelijker binnen kunnen komen. Laten we een niveau omhoog gaan en..."

Een lage, rommelende explosie verraste iedereen, en Reggie voelde dat zijn voeten het onder hem begaven. Hij wiebelde een beetje, maar vond snel zijn evenwicht en zette zich recht.

"Wat de..."

Een alarmsirene begon ergens op hun niveau om aandacht te schreeuwen, en het werd alleen overstemd door de gecomputeriseerde vrouwenstem die zij eerder via het omroepsysteem hadden gehoord.

Attentie al het beveiligingspersoneel. We hebben een Niveau 1 inbraak. Ga onmiddellijk naar lockdown, en bereid je voor op een gevecht.

De boodschap begon te herhalen, maar Hendricks was al in beweging, volledig hersteld. "Je hebt de aardige dame gehoord," zei hij. "Het klinkt alsof de Chinezen een weg naar binnen hebben gevonden," zei hij, terwijl hij over zijn schouder bevelen riep.

Reggie en de anderen volgden Hendricks door de hal naar de trap. De stem van de vrouw, computergestuurd maar griezelig menselijk, met een licht Brits accent, galmde door zijn hoofd.

Bereid je voor op een verloving.

HOOFDSTUK 29

"COLSON," schreeuwde HENDRICKS, "heb je een kaart van deze plek?"

Jonathan Colson zette zich schrap om te antwoorden op een even gezaghebbende en gebiedende manier als Hendricks de vraag had gesteld. Hij zoog diep adem in, duwde zijn borst vooruit...

En dan leegliep van angst. Hij was doodsbang geweest sinds hij het terugbelscript in de subroutine had gevonden, maar hij was verbaasd te ontdekken hoeveel *angstaanjagender* het was om midden in een driezijdige oorlog te zitten.

Hij schudde zijn hoofd. "Nee, het spijt me. Zoiets is er niet, althans niet afgedrukt -"

"Hoe zit het met digitaal?" vroeg Julie.

"Um, misschien. Ik zou een conciërge tablet moeten vinden, of terug gaan naar mijn - "

"Er is geen tijd, Colson. We moeten uitzoeken hoe we weer in die serverruimte kunnen komen."

Zodra het alarm was afgegaan, werden de deuren naar en van elk niveau vergrendeld. En in tegenstelling tot de zachte, bubbel-achtige muren, gaven de deuren niets toe. Gemaakt van massief staal en gemonteerd op een enkel, hoog scharnier dat zich uitstrekte van vloer tot plafond, waren ze bijna onverwoestbaar. Een groot deel van de basis, wist Colson, was ontworpen om te 'stromen', een term die hij van sommige ingenieurs had gehoord en die betekende dat het zachtjes meebewoog met het kraken en verschuiven van het ijs. De verdiepingen zelf waren op elkaar gestapeld, maar naast de verbindingsgangen zat er een laag ijs tussen de vloer van de ene verdieping en het plafond van de volgende. Ook de wanden waren uit het ijs gesneden en vervolgens bedekt met een wikkel van vloeibare zakken om de temperatuur aan beide zijden te handhaven.

Het was een opmerkelijk staaltje techniek, maar bij het ontwerp was ook rekening gehouden met enkele veiligheidsaspecten.

Er was namelijk veel nagedacht over hoe mensen binnen de basis te houden, of ongewenste bezoekers *buiten te* houden. Om dit te bereiken, hadden de meeste niveaus de mogelijkheid om hun enorme deuren te sluiten, waardoor de banden met de rest van de basis verbroken werden.

Colson had dit aan het team uitgelegd toen ze bij de deur kwamen en die op slot zat. Zijn sleutelkaart zou natuurlijk ook niet werken, en zelfs als er geen afsluitingsprocedure was geweest, zou het computersysteem van de beveiliging hem nu toch al hebben gedeactiveerd.

"We zitten vast," zei hij voor de vijfde keer. Zijn lichte claustrofobie had nog niet volledig toegeslagen, en dat zou waarschijnlijk ook niet gebeuren als ze in de gang of grotere open ruimten bleven, maar hij had zich nooit helemaal op zijn gemak gevoeld in het station, wetende dat hij opeengepakt zat in een sardienenblikje omringd door ijs. "We zitten vast en er is niets anders te doen dan...

"Er zit niets anders op dan uit te zoeken hoe we hier wegkomen," zei Hendricks, zich omdraaiend om Colson aan te kijken. "Als je *echt* denkt dat je ons niets te bieden hebt, waarom schieten we je dan niet neer?"

Colson slikte. "Sorry. Ik ben een beetje claustrofobisch, dat is alles. Ik probeer het te negeren, maar met de deuren die op slot gaan en zo..."

"Je *koos ervoor* om hier te komen werken?" vroeg Hendricks.

"Het was een hoop geld."

"Ja, ik hoop het. Er is altijd een prijs, is het niet?"

Colson wist niet goed hoe hij daarop moest reageren. Hij wist dat de groep geen grote fan van hem was, en dat hij zijn leven aan hen te danken had, maar hij wist niet zeker hoe hij kon helpen. Hij was nooit het heldhaftige type geweest, en hij had er zeker nooit aan gedacht dat hij in een situatie als deze terecht zou komen. Hij had hersens, geen spierkracht, maar zelfs zijn intelligentie liet hem nu in de steek.

Wat kunnen we doen?

Er was niets aan deze situatie dat hem bekend voorkwam, afgezien van het feit dat het zich afspeelde op de plaats waar hij nu woonde. Hij wist dat de anderen daaronder verstonden dat hij er extra vertrouwd mee moest zijn, maar hij was niet iemand die onnodig veel moeite deed om zijn omgeving te observeren. Hij wist dat de muren bedekt waren met een soort met vloeistof gevulde ballonnen, en hij wist dat de deuren op slot gingen als er een lockdown was.

Niets dat de groep niet al wist.

"Colson, ben je er nog, maatje?" vroeg Reggie. Colson was in gedachten verzonken, op zoek naar iets waardevols dat hij iedereen kon bieden.

"Ja, uh, sorry," zei hij schaapachtig.

"Baas," zei Kyle van achter hen. Hij was op komen lopen van ergens verder terug in de gang, bijna ver genoeg in het gebogen steegje dat hij niet gezien kon worden. "We hebben gezelschap. Andere kant deze keer."

"Andere kant?" Zei Hendricks. Hij wierp een verwachtingsvolle blik op Colson.

"Ja, dat klopt," zei Colson. "Er zijn twee ingangen naar sommige niveaus, de lift niet meegerekend."

"Sommige van de niveaus?"

"Juist," legde hij uit. "De hoogste en laagste niveaus zijn de kleinere, terwijl sommige van de middelste niveaus - de gemeenschappelijke ruimtes, vergaderzalen, en grotere support team niveaus - groter zijn. Dus die hebben twee sets trappen."

"Colson," zei Hendricks, "dit is het soort informatie dat van pas zal komen. Herinner je je het 'hoe ga ik niet dood' gesprek?"

"Natuurlijk," zei hij. "Het is gewoon - ik weet niet wat je nodig hebt. Ik weet niet hoe ik kan helpen."

"Colson, je kunt ons helpen door niet neergeschoten te worden, en ons in te lichten over elk detail dat je kunt bedenken over deze plek. Niets voor de hand liggend - we hebben ogen. Maar als je iets weet dat in een van de drie categorieën valt, wil ik het horen zodra dat nerdbrein van je het uit het dossier heeft gehaald."

"Ik heb het." Colson dacht even na. "Wat zijn die drie categorieën?"

"Een: dingen over deze plek die alleen jongens als jij je herinneren. Hoeveel trappen tussen elke verdieping, hoeveel toiletten in totaal, ik weet het niet. Cijfers. Twee: dingen die je nu pas op een rijtje zet, gebaseerd op andere informatie en observaties die je hebt gehad, zoals: 'hé, team, misschien moeten we daar niet heen lopen, want daar bewaren we onze killer drones.' En drie: dingen die ons kunnen doden. Dat geldt voor ons allemaal - als je iets ziet of hoort dat ons kan doden, zeg *dan alsjeblieft* iets."

Hendricks' toespraak was begonnen als een richtlijn voor Colson, maar nu richtte hij zich tot iedereen. Hij wachtte op hun instemmende knikjes, terwijl zijn ogen langer op het niet-militaire personeel - Mevr. E, Julie, Ben, en Colson - gericht bleven.

Kyle stapte binnen. "Het klinkt alsof degene die probeert binnen te komen bijna door de deuren is. We moeten opschieten."

"Mee eens," zei Reggie. "Hoe stel je voor dat we dat doen?"

"Wat dacht je hiervan?" zei Joshua, terwijl hij een lange metalen buis opraapte van de vloer naast een van de dode bewakers. Het was dezelfde RPG die Hendricks tijdelijk had uitgeschakeld. Joshua gooide hem over zijn schouder en oefende met het richten van het massieve ongeladen wapen.

"Weet je wel hoe je dat moet gebruiken?" vroeg Reggie. Hij

ging opzij naar Joshua en nam het van de jongere man over, terwijl hij zelf aan de slag ging met de raket.

"Net zo goed als jij," zei Joshua. "Hoeveel wapentraining heb *je* ermee gedaan?"

"Genoeg. Hé, gooi me die kogel daar eens," zei Reggie, wijzend op de driehoekige kernkop die op de rug van de bewaker was vastgebonden.

Joshua gaf hem het rondje en hielp hem het te laden. "Maar even serieus. Hoeveel training heb je op dat ding?"

Reggie controleerde of de RPG geladen was, en draaide zich toen om naar de rest van de groep. "RPG-32, standaard HEAT round, ongewijzigd. Ik stel voor een beetje achteruit te gaan. Er zit nogal wat kracht achter deze." Zonder te wachten tot iemand bewoog, vuurde hij. De buis ontbrandde, en stuurde de RPG naar voren en naar beneden, naar de rand van de deur.

De ontploffing was luider dan Colson zich had kunnen voorstellen, en de hittegolf die hem overspoelde leek de huid van zijn botten te zullen schroeien. Net toen de hitte zo intens werd dat hij er niet meer tegen kon, ging het helemaal uit. Hij bleef staan, geschokt maar levend, bij de rest van de groep.

Blijkbaar was hij de enige die er slecht aan toe was. De anderen stonden al rond de deur, de rook weg te wuiven, om te zien wat de schade was. Reggie's truc, hoewel misschien een beetje roekeloos, had feilloos gewerkt. De deur hing aan een enkel deel van het lange scharnier, het metaal verwrongen en ingedeukt op de plaats waar het grootste deel van de explosie zich had geconcentreerd. Bubbels op de muur aan beide kanten van de gang waren gebarsten en drupten van de dikke vloeistof die ze vulden, en sijpelden langs het ijs dat nu bloot lag.

Zijn truc was ook precies op tijd. Zodra de rook was opgetrokken en Colson de smeulende deurdelen tussen hen en de trap kon zien, hoorden ze een soortgelijke explosie aan de andere kant van het niveau.

"Ze zijn binnen," zei Kyle. Hij keek in de tegenovergestelde richting, duidelijk meer geïnteresseerd in het beschermen van hun achterflank dan Reggie's vuurwerkshow. Er was een plotselinge afwezigheid van geluid na de tweede explosie, wat voor Colson nog schokkender leek. De tegenstrijdigheid van de stilte was griezelig, en hij ging onwillekeurig dichter bij de rest van de groep staan.

"Oké, tijd om te gaan," zei Hendricks. "Naar buiten. Hoofd naar beneden deze keer."

Hendricks en Reggie vertrokken eerst. Ze hadden nog maar drie stappen gedaan toen een groep bewakers de hoek om kwam.

HOOFDSTUK 30

"HANDEN OMHOOG! NU!" schreeuwde de eerste man in de rij. Colson zag Hendricks zijn wapen heffen om te vuren, maar Reggie strekte zich uit en greep zijn arm. Hendricks had onmiddellijk in de gaten wat Reggie had gealarmeerd, en hij liet het geweer weer zakken en wachtte tot de man zou spreken.

Op dat moment hoorde Colson het *andere* geluid, het geluid waar Hendricks en Reggie ongetwijfeld op hadden gereageerd. Het klonk als het bijna geluidloze, lage gezoem van een miniatuur helikopter. Een ander gebrom voegde zich bij de mix, en Colson zag plotseling de bron van de geluiden. Twee kleine helikopters met vier propellers zweefden vlak boven de hoofden van het veiligheidsteam, en bewogen nauwelijks in het trappenhuis terwijl ze wachtten op stille bevelen. Ze waren evenwijdig met de grond, dus hun neuzen waren iets hoger gericht dan de bovenkant van Colson's en de hoofden van de anderen.

Maar het waren de objecten op de helikopters die *niet* boven hun hoofden waren gericht die Colson's aandacht trokken. Kleine, op de neus gemonteerde geschutskoepels. Hij wist niet zeker wat voor kogels ze afvuurden, maar het stond buiten kijf dat ze volledig operationeel waren, in afwachting van de instructies van het veiligheidsteam.

Dit is het, dacht Colson, terwijl hij zijn ogen sloot. Hij vroeg zich af of hij in zijn broek zou plassen. Het was een vreemde gedachte op dit moment, maar zijn hele leven had hij zich afgevraagd hoe hij zou reageren als hij met de dood zou worden bedreigd. Hij probeerde de gedachten weg te duwen, alsof concentratie op de ernst van de zaak op enigerlei wijze van invloed zou zijn op zijn vermogen om het te doorstaan. Toen, voor hij het wist, lachte hij. *Ik heb een gesprek met mezelf over of ik wel of niet in mijn broek ga pissen voor ik sterf.*

Het was tegelijkertijd het meest en het minst grappige wat hij ooit had meegemaakt.

De rest van de groep keek naar hem, en hij besefte dat iemand tegen hem had gesproken.

"Jonathan Colson? Werknemer 729?" vroeg de eerste man in de rij van bewakers.

Hij knikte langzaam.

"Jij gaat met ons mee naar Niveau 2. De rest van jullie zal volgen." Nog voor hij zijn verklaring had beëindigd, zakte een van de drones een voet de lucht in en schoot naar voren, pas tot rust komend toen het een punt achter Ryan Kyle had bereikt. Het draaide in de lucht en richtte zijn geschutskoepel op de groep. Nu waren ze omringd door vliegende wapens *en* dodelijke bewakers.

Zodra die gedachte bij hem opkwam, wist Colson dat er iets vreemds was aan de mannen die voor hem stonden. Het waren niet de typische bewakers die op de basis rondstrompelden, onzeker over hun eigen voetstappen. Deze mannen leken harder, ruw rond de randen maar op een militaire manier, met gestreken hemden en perfect schone wapens.

Zij waren getraind, en niet als huur-agenten die voor een mager salaris konden worden gekocht, maar als echte, geharde soldaten.

"Is er iets dat u niet begrepen hebt?" vroeg de man. "We hebben orders om u met *geweld naar* boven te brengen, indien nodig." De man trok een wenkbrauw op, wat een vraag impliceerde.

"Nee, we gaan," zei Hendricks. "Wijs de weg, kont..."

De man bewoog snel, en niemand in Colson's groep zag het aankomen. Hij stootte naar voren en mikte de kolf van zijn geweer recht in het midden van Hendricks' maag, waardoor de oudere man zich omdraaide van de pijn. Colson huilde, maar nog voor Hendricks de grond had geraakt, was de bewaker al weer bij de les.

Deze jongens zijn niet het beveiligingsteam dat ik gewend ben, dacht hij.

De bewaker wachtte niet tot Hendricks op adem was gekomen. Hij draaide zich gewoon om en begon de trap op te marcheren, en de rest volgde. Colson werd achter hen aan getrokken, en de drones vielen vooraan en achteraan in de keten. Hendricks werd overeind geholpen door Mrs. E en Kyle, en toen volgde de rest van hen de trap op.

Toen ze de landing van het niveau boven hen naderden, hoorde Colson stemmen, Chinees sprekend, die opstegen van het niveau dat ze net verlaten hadden. Hij keek om en merkte de drones op die vanuit de lucht naar beneden vlogen om de opmars te blokkeren. De eerste van de drones nam een doelwit in het vizier - nog ongezien voor Colson - en begon te vuren. De miniatuurkoepel draaide en spuwde een spervuur van kogels uit, elk niet groter dan een klein stukje hagel. De tweede kwam erbij, en Colson keek vol afschuw toe.

De bewakers leken het nauwelijks op te merken en stopten alleen bij de deur naar het volgende niveau om te controleren of de groep verder de trap op ging. Colson en de anderen keken hoe de drones door de lucht dansten en het weinige afweervuur dat ze tegenkwamen ontweken.

"Blijf doorgaan. Ze houden de Chinezen nog een paar minuten bezig, en SARA stuurt er nog een paar naar binnen als het nodig is."

Colson fronste zijn wenkbrauwen.

"SARA? Je bedoelt de serie?"

"Een en dezelfde," zei de leider van de bewakers. "Ze heeft nog zo'n honderd van die kleine etterbakken, klaar om ingezet te worden."

"Wie is SARA?" vroeg Julie.

De man die de trap op liep, stopte niet. "We zullen alle vragen die je boven hebt beantwoorden. Voor nu, hou je hoofd naar beneden en je mond dicht. We zijn er bijna."

Colson wist dat Niveau 2 nog drie niveaus hoger lag, en dat ze er niet bijna waren, maar hij ging er niet op in. Niets wat hij kon doen of zeggen zou tot iets productiefs voor de groep leiden, en bovendien wilde hij zijn eigen leven niet in nog meer gevaar brengen dan het al was.

Hij dacht aan Hendricks' woorden en vroeg zich af of er iets was dat hun situatie zou helpen. Hij was nooit goed geweest onder druk, wat een deel van de reden was dat hij zo slecht had gereageerd toen Stokes hem had verteld over de nieuwe deadline voor de voltooiing.

Maar nu, na gezien te hebben wat het 'voltooide project' had meegebracht, bedacht hij dat hij misschien nog meer van streek zou zijn geweest als hij terug kon gaan in de tijd. De Chinezen waren nu op de basis, op zoek naar hetzelfde wat Hendricks' groep wilde, en er was duidelijk ook een drastische verandering geweest in de leiding van de bewakingstroepen.

Dit alles, voor wat? De vreemdheid van de situatie beangstigde hem, omdat het betekende dat er iets was dat hij nog niet begreep. Hij was er al van overtuigd dat ze aan een geavanceerde kunstmatige intelligentie werkten, en Julie's vermoedens bevestigden de zijne. Maar er stond hier duidelijk iets meer, iets *groters*, op het spel. Alle geheimhouding, compartimentering, en natuurlijk de *locatie* van de basis zelf betekende dat het bedrijf waar hij voor werkte iets sinister probeerde.

Een op de mens gebaseerde kunstmatige intelligentie, gebouwd door de hele structuur en verbindingen in de hersenen in kaart te brengen, inclusief het unieke mechanisme dat hij in het terugbelscript had verborgen, was één ding. Maar waarom moest het topgeheim zijn, en wat waren ze ermee van plan?

Belangrijker voor Colson op dat moment, waarom hadden ze vliegende gevechtsdrones en goed getrainde soldaten nodig?

Ze bereikten de overloop van niveau 2, waar de bewaker een sleutelkaart in stak om de metalen deur te ontgrendelen die Reggie beneden had opgeblazen. Het klikte onmiddellijk, en hij zwaaide de deur open en stapte naar binnen.

De rest van de bewakers kwam binnen, en Colson was de eerste van zijn groep die over de drempel naar 2 ging. Hij probeerde zich te herinneren ooit op Niveau 2 te zijn geweest, maar kon zich geen tijd herinneren. Niveau 1 was Aankomst en Verwerking, en ook enkele vergaderzalen, faciliteiten, en de hangar, dus daar was hij duidelijk geweest. Maar Niveau 2, nu hij er aan dacht, was voorbehouden aan hoger personeel.

Toen hij het niveau betrad, had hij het gevoel alsof hij op de set van een Star Trek-film liep. Langs elke muur flikkerden de lichten van immense mainframes, en uit hun holtes zoemde het geluid van honderden kleine ventilatoren die het binnenste van de computers koel moesten houden. De computers strekten zich uit van vloer tot plafond en waren in tandem aan elkaar geketend, met kleine Cat-6 kabels tussen elk van de machines.

De kamer was droog, dankzij de vele ventilatoren, en heet. Colson wist niet zeker of de muren tegen deze hitte bestand waren, maar hij wist dat deze kamer al een hele tijd bestond zonder in het ijs eromheen te smelten.

Hij stapte over een grote bundel afgeplakte kabels die de mainframes aan beide muren met elkaar verbond, en volgde het beveiligingsteam om de hoek. De quadcopters sloten zich achter hen aan, en Colson kon hun zoemende geluid nauwelijks horen boven het lawaai van de zoemende en zoemende machines. De mainframes eindigden bij het volgende deel van de gang, en een brede opening leidde hen naar rechts, naar het midden van het niveau. De science-fiction stijl bij de ingang van het niveau maakte plaats voor een strakke, zakelijk ogende ruimte omgeven door gebogen glas. Achter het glas stonden een grote metalen tafel en acht klapstoelen. Door de glazen wanden in combinatie met de goedkope metalen meubels leek het alsof iemand een luxe vergaderzaal had gepland, maar aan het eind van het project ontdekte dat het geld op was.

Toen ze dichter bij het glas kwamen, zag Colson een vrouw en een man in de deuropening staan, vlak voor de vergaderzaaltafel.

Angela Stokes.

"Stokes?" Colson vroeg het, meer op een nuchtere toon dan een vragende.

Ze knikte. Hij kon meteen zien dat er iets mis was.

"Ken je haar?" vroeg Reggie, van achter hem.

"Zij is mijn baas. Angela Stokes."

De man die naast Angela stond stapte naar voren en duwde de glazen deur verder open. Het was ook gebogen, perfect gevormd om de ronde kamer te omsluiten. Colson zag nu dat het glas, hoewel mooi van een afstand, van dichtbij op de een of andere manier goedkoper leek. Nu hij eraan dacht, besefte hij dat dit ook voor de rest van het station gold. Hij dacht terug aan de tijd dat hij hier was begonnen. Zijn bureau, dat aanvankelijk mooi was, vertoonde binnen een week zijn onvolkomenheden. De randen waren scherp, en het was hol, gemaakt van spaanplaat, ongetwijfeld goedkoper om naar het continent te verschepen.

"Blij dat je kon komen," zei de man. Zijn stem was hard, even scherp als het decor in de kamer, en Colson vond dat hij perfect paste in het tafereel om hem heen. De zin werd staccato uitgesproken, elke lettergreep afgekapt en druipend van sarcasme. Het was niet grappig, maar Colson herkende tenminste de poging tot humor.

"Alstublieft," ging de man verder, "kom binnen. Eerst moeten we natuurlijk onze wapens *terughalen*."

Hendricks' en Joshua's gezichten flitsten van woede, en zelfs Reggie's grijns was verdwenen. Het veiligheidsteam dat hen hierheen had gesleept, begon de wapens van de groep in beslag te nemen. De drones, altijd aanwezig, zweefden net buiten de glazen kamer op schootsafstand, en ontmoedigden elke poging tot ontsnapping.

Nadat de wapens waren verzameld en opgestapeld tegen de muur, weg van de glazen bol in het midden van de kamer, kwam de leider van de bewakers de kamer binnen, gevolgd door Colson, de rest van zijn groep, en een tweede bewaker. De andere twee mannen bleven buiten, weg van de glazen deur en in de gang.

"Gaat u gerust zitten," zei de man met zijn karakteristieke slangenstem. Niemand bewoog.

"Goed dan. Ik zal het kort houden, want we staan onder druk - zoals u ongetwijfeld hebt ontdekt - door de Chinezen."

Onder druk? *Ze worden aangevallen.* Colson wist niet zeker of de man zo ver van de actie af stond dat hij het niet doorhad, of - wat voor Colson waarschijnlijker was - dat hij gewoon zijn eigen rol speelde in welk spel Colson ook maar een pion was geworden.

"We moeten weten wat u weet, Mr. Colson."

Colson staarde de man aan. Hij wist niet zeker wat de man verwachtte.

"Mr. Colson," zei de man na een moment, "heeft u me gehoord?"

Colson hief zijn kin lichtjes op, en staarde nog steeds naar de man. Hij knikte.

"Nou, wat weet jij ervan?"

"Ik - het spijt me? Wat *weet* ik ervan?"

De man keek op zijn horloge en wierp toen een blik op de bewaker. Colson wist niet zeker wat dat betekende, maar hij wilde er niet achter komen.

"Colson," zei Stokes. "Weet je iets over de subroutine waar je aan werkte?"

Colson fronste zijn wenkbrauwen. "Ik dacht dat we dit al besproken hadden. Je bedoelt het terugbel script?"

Een fractie van een seconde leek de man verbaasd, alsof hij niet verwachtte dat Colson het zomaar zou zeggen. Maar Colson was geen onderhandelaar. Hij hield niet van confrontaties, en hij verwachtte zeker niet dat hij veel druk zou kunnen weerstaan als hij bedreigd werd.

En hier, in deze kamer, alle ogen op hem gericht, voelde hij zich *zeer* bedreigd. Hij vroeg zich af of de anderen in zijn groep van streek waren dat hij deze informatie had onthuld, maar plotseling besefte hij dat het hem niet kon schelen.

Als ik hier levend uit wil komen, moet ik alleen hun vragen beantwoorden.

"Colson, luister," ging Stokes verder. "Toen je een tijdje geleden bij me kwam en ons probeerde te vertellen over het script, wisten we er allemaal al van. Maar we wisten niet precies *wat* het was tot *nadat* je..." Stokes viel weg, en kwam toen terug. Haar ogen waren glazig, alsof ze een vloed van tranen tegenhield. Ze wees naar de man. "Ik probeerde hem in te lichten, maar ik wist niet precies..."

"En *wie* is dat die je probeerde in te vullen?" vroeg Ben.

De man naast Stokes fronste zijn wenkbrauwen naar Ben. "Ze probeerde *me* in te lichten. Haar *baas*. En jij bent?"

"Bennett," zei Ben. "Harvey Bennett."

De man kneep zijn ogen een beetje dicht, alsof de naam een belletje had doen rinkelen, maar hij stelde geen vragen meer.

"Hoe dan ook," zei Stokes, "ik wist niet zeker hoe de subroutines allemaal samenwerken. Is dat niet de vraag die je jezelf nu stelt? Hoe ze allemaal onafhankelijk van elkaar lijken te zijn, en niet in staat tot interactie zoals het hoort?"

Colson knikte. "Ja, precies. Ze zijn volledig op zichzelf staand, en als er geen globale variabelen tussen hen werden doorgegeven, zou er geen schijn van interconnectiviteit zijn -"

"Totdat je de rest van de code invoegt," voegde Stokes toe.

"Juist. Het script dat we vonden. Het is het laatste stukje van de puzzel, en het zorgt ervoor dat deze individuele componenten een verenigd, verbonden systeem worden."

"Maar *waarom* is dat belangrijk, Colson?" Vroeg de man.

Colson leek verward.

"Het is duidelijk," zei Stokes. "Maar hij wil dat je het zegt. Hij wil er zeker van zijn dat we..."

De man wierp Stokes een blik toe die Colson en de anderen

alles vertelde wat zij moesten weten over de machtsverhoudingen in de kamer. In het kort, er *was* geen machtsevenwicht. De man had alles, en zij waren volledig onder zijn controle.

Colson's stem begon te trillen. "Het is - het is de ultieme machine," stamelde hij. "Het laatste stukje van een honderd jaar oude puzzel. Hoe kun je een machine maken die echt, echt kan *denken?* Dat kun je niet. Dat is het antwoord. Je kunt het niet doen met een uitgebreid computerprogramma. Je hebt iets meer nodig. Iets *groters.*"

Colson maakte het af, en wachtte toen op de reactie van de man. De man schudde zijn hoofd. "Colson, houd alsjeblieft niets achter. Als het helpt, kunnen we de inzet een beetje verhogen." Hij greep naar een pistool dat op de heup van een van de bewakers was bevestigd. Colson merkte dat Hendricks, Kyle en Joshua gespannen waren, maar ze bleven stil zitten.

De twee bewakers hieven hun geweren en richtten hun vizier op de groep. Niemand bewoog, behalve de man die voorin de vergaderzaal zat. Hij controleerde of het pistool een kogel in de kamer had, hief toen het geweer op en hield het tegen Stokes hoofd.

Ze hijgde, en een traan vormde zich in haar oog. Colson voelde iets wat hij al lang niet meer gevoeld had - het gevoel *nodig* te zijn. Hij wilde naar voren snellen en de man te lijf gaan, hem en de andere bewakers op een of andere manier ontwapenen en Angela redden. Hij wilde hem doden en zijn gezicht tot moes slaan met zijn blote vuisten.

In plaats daarvan, en zoals gewoonlijk, bleef hij staan waar hij stond, een idiote blik van pure nutteloosheid op zijn gezicht. Hij was een dwaas, en een lafaard.

Jonathan Colson was niet meer in staat om Angela met fysiek geweld te helpen dan om de man te geven wat hij wilde.

"Ik ga het je nog één keer vragen, en *slechts* één keer." Hij richtte zijn verklaring tot de hele groep, niet alleen tot Colson. "Wat weet je over het terugbel script? Wie heeft het gemaakt?"

Colson was ontzet. *Wie heeft dit ontworpen?* "Ik begrijp echt de betekenis van die vraag niet. Niemand *heeft* het *ontworpen*, het was gewoon..."

"Speel geen spelletjes met me, Colson!" schreeuwde de man. Colson zag dat de hand van de man begon te trillen. "Iemand heeft dat script geschreven, en iemand is van plan het tegen ons te gebruiken. *Ik ben* van plan uit te zoeken wie dat is. Heb jij het gedaan? Was jij het, Colson?"

Colson zag het spuug uit de mondhoeken van de man vliegen terwijl hij schreeuwde, en hij voelde de spanning in de kamer met de seconde toenemen.

Ik kan hem niet helpen, besefte Colson. *Ik kan hem geen naam geven, omdat er geen naam is. Het script is niet door iemand van ons gemaakt.*

Hij schudde langzaam zijn hoofd en keek naar de vloer. "Ik weet het niet," zei hij. "Je moet begrijpen, *niemand* weet het. Het is niet door ons geschreven. Het is helemaal niet echt *geschreven*. Het is..."

"Colson," zei de man, Jonathan's aandacht van de vloer wegdwingend en weer naar hem opkijkend. Hij wachtte tot Colson's ogen de zijne ontmoetten en richtte toen het pistool op Stokes slaap. Hij liet de koude loop vlak voor haar oor rusten, slechts een centimeter achter haar oog.

En toen haalde hij de trekker over.

Colson voelde hoe hij achterover viel, weggeblazen door de onmogelijk luide knal die de glazen kamer vulde. Hij kwam zittend op de grond en landde hard op zijn achterwerk. Glas versplinterde aan het eind van de kamer toen de kogel er doorheen zeilde en verder ging naar de verste muur van het niveau.

Glasscherven vielen op de grond, rond Colson's voeten terwijl hij vol afschuw toekeek.

Angela stond roerloos voor wat wel een uur leek, het leven te langzaam uit haar ogen wegebbend. Ze kromp ineen en zakte naar beneden, om uiteindelijk in een gebroken hoopje bloed bovenop het glas te vallen.

Colson bewoog zijn mond, maar het mocht niet baten. Geen enkele fysieke inspanning die hij zichzelf oplegde veroorzaakte enig geluid, en hij staarde stomverbaasd naar de rest van de kamer en naar het lichaam van zijn vroegere baas toen de twee groepen boven in actie kwamen.

HOOFDSTUK 31

REGGIE merkte dat COLSON naar beneden viel bijna op hetzelfde moment dat het glas links van hem ontplofte, en hij reageerde instinctief.

Hij liep naar voren, in de hoop ten minste één van de bewakers te verrassen. Hij had minstens twee van de anderen nodig om zijn plan uit te voeren, anders zou hij snel worden overrompeld door de gewapende bewakers en de man met het rokende pistool.

In plaats daarvan reageerde *de hele* groep, behalve Colson. Ryan Kyle, Hendricks en Joshua vielen de bewaker aan die het dichtst bij hen stond, terwijl Ben, Julie en mevrouw E zich haastten naar de man die zojuist Stokes had vermoord. Hij zag hoe Ben over Colsons zittende lichaam en de grote vergadertafel sprong en de man met zijn voorhoofd in de borst trof.

Reggie voelde dat een klein deel van zichzelf medelijden begon te krijgen met de man die spoedig absoluut verpletterd zou worden onder het gewicht van een nijdige Harvey Bennett, maar hij verving het medelijden al snel door pure, ongetemde woede. Hij had zijn emoties lange tijd onder controle kunnen houden, getraind door de beste militaire psychologen die er te koop waren, een vaardigheid die hij zich eigen had moeten maken nadat bepaalde gebeurtenissen hem op een pad hadden gebracht dat hij nooit meer wilde bewandelen.

Maar dezelfde oude woede die hij lang geleden had weggedrukt keerde met wraakzucht terug, en er was niets dat hij kon doen om het te stoppen. Al het werk dat hij had gedaan om evenwichtig, kalm en beheerst te blijven verdween. De glimlach die hij gewoonlijk droeg als geheugensteuntje en waarschuwing voor zichzelf, verdween van zijn gezicht.

Reggie, of 'Gareth Red,' zoals hij vroeger genoemd werd, besloot in een oogwenk dat het tijd was om de structuur van het leiderschap in deze kamer te veranderen.

De arme ziel in zijn vizier was tweede-in-bevel van de bewaker die hen naar dit niveau had geleid. Een ogenblik geleden had hij zich nog op de groep gericht, klaar voor het signaal van zijn leider om de hel los te laten op de groep die voor hem stond.

Maar hij was jong, en Reggie had hem in een oogwenk ingeschat. Hij wist dat de man niet veel gevechten had meegemaakt, alleen al te oordelen naar zijn leeftijd, en Reggie was van plan dat in zijn voordeel te gebruiken. Toen de bewaker even verstomd was door het geluid van het geweervuur dat losbarstte in de kleine ruimte, was Reggie al in beweging.

Hij richtte zich op de nek van de man en haalde het enige wapen tevoorschijn dat hij bij zich had - zijn horloge, dat hij een paar minuten eerder had verwijderd en in zijn zak had gestopt zodra zijn *andere* wapens uit hem waren genomen.

Het was een militair horloge, een favoriet die hij al jaren had, maar hij gaf op dit moment niet om de specifieke kenmerken. In plaats daarvan greep hij het uiteinde van het horloge vast en hield hij het scherpe stompje van de kleine gesp tussen zijn duim en wijsvingers. Het was een ongelooflijk klein, stomp instrument, dat gemakkelijk zou buigen en onbruikbaar zou zijn tegen alles wat zwaarder was dan een tandenstoker, maar hij had het maar één keer nodig om te werken.

Er klonken geweerschoten achter hem, maar het deel van zijn brein dat hem waarschuwde voor pijn en gevaar bleef stil. Hij draaide niet van zijn aanval weg, en concentreerde zich alleen op het uitschakelen van de dreiging recht voor hem.

Reggie wist dat de nek van de man het zachtste deel van zijn huid was, en hij richtte zijn linkerhand op de onderkant van zijn kin, en koos voor een opstoot om er zeker van te zijn dat hij genoeg kracht achter de aanval zette. Hij zwaaide omhoog, een soort van vreemd uitziende overdreven enthousiaste vuistpomp, en stompte de punt van het half-inch geïmproviseerde mes in de huid van de man. Zijn hand ging verder omhoog, en zorgde voor een effectieve tweede verrassing tegen het hoofd van de bewaker, en net nadat de schedel van de man tegen het glas achter hem was gekraakt, trok Reggie de gesp van het horloge opzij en naar beneden.

Hij probeerde de druk tegen de nek van de man te houden, maar met zo'n snelle beweging was elke specifieke ingewikkelde beweging onmogelijk te controleren. Toch werkte de aanval, en de nek van de man spleet open toen hij voorover viel. De wond alleen zou hem niet doden, maar Reggie had het geweer al omhoog en uit zijn handen geslagen met de kolf van zijn handpalm, en hij greep nu naar de volledige controle over het wapen.

De man probeerde het wapen uit Reggie's greep te worstelen, maar hij bloedde en had genoeg pijn om het gevecht voor een fractie van een seconde te negeren en naar zijn nek te grijpen. Reggie maakte van de gelegenheid gebruik om zijn beide handen op het pistool te leggen, zijn voorhoofd naar voren te slaan in een perfect uitgevoerde kopstoot, en de neus van de jonge bewaker te vernietigen met de schedelverpletterende klap.

Het was gruwelijk, maar het werkte. De man raakte bewusteloos en viel op de grond. Reggie draaide het geweer en richtte rond de kamer.

Hij schreeuwde, een schreeuw van woede die door de kamer galmde en alle geluiden leek te overstemmen die hij misschien had gehoord. De andere bewaker - de leider - stond voor hem, vechtend met Joshua of Ryan Kyle. In plaats van het risico te lopen een van hen te raken met een verdwaalde kogel of een kogel die zeker door het lichaam van de bewaker zou gaan, koos Reggie voor een andere aanpak.

Hij draaide het pistool om en hield het vast als een knuppel, deed toen een stap naar achteren en zwaaide het zo hard als hij kon naar het oor van de bewaker. Het kwam neer met een misselijkmakende krak, en het hoofd van de man viel zijwaarts.

Het bleef zijwaarts hangen en de man vloog op de grond, zijn reeds beschadigde hoofd sloeg tegen de glazen wand van de kamer op de weg naar beneden.

Reggie's neusgaten wapperden toen zijn adrenaline in overdrive ging, en hij hief het wapen weer op om aan te vallen. Hij voelde weerstand en keek op om een dikke arm te zien die het wapen boven zijn hoofd op zijn plaats hield.

"Reggie," zei Ben's stem. "Reggie..."

Reggie bleef een ogenblik verstijfd op zijn plaats staan, nog steeds bezig met wat er zojuist gebeurd was. Hij liet het geweer langzaam zakken en keek de kamer rond. Beide bewakers aan zijn voeten waren dood, en de twee buiten de glazen wanden waren neergeschoten en lagen bloedend op de vloer. De man die Stokes had vermoord was nergens te bekennen.

Ryan Kyle staarde door hem heen, maar Reggie zag zijn hand doelbewust op zijn pistool rusten. *Hij is klaar om me uit te schakelen als ik ballistisch word.*

Joshua en Ben keken met grote ogen, maar verder onaangedaan. Julie had haar hand voor haar mond, maar mevrouw E had het begin van een grijns op haar gezicht. Colson had zich niet bewogen en zat met een strak gezicht voor zich uit te staren. Hendricks, de enige man in de kamer die groter was dan Reggie, keek met een kleine frons op zijn gezicht lichtjes naar hem neer.

"Gaat het? Kom naar beneden, zoon," zei Hendricks.

Reggie kneep zijn ogen even dicht, en duwde de rest van de emoties die in hem waren opgekomen weg. Hij had zich al lang niet meer zo gevoeld, en hij herinnerde zich veel te veel in veel te korte tijd.

Het deed hem aan *haar denken.*

Zijn ex-vrouw, de vrouw van zijn dromen, die hij al bijna twintig jaar kende.

Ze was nu niet meer in beeld, maar ze had nog steeds een vaste plek in zijn gedachten. Hij had nooit helemaal begrepen waarom dit soort woede hem aan haar deed denken, maar aan de andere kant kon zowat *alles* waar hij aan dacht hem aan haar doen denken.

Hij had haar in jaren niet gezien, maar dat deed er niet toe. Zodra Stokes was neergeschoten, voelde hij de golf van woede als een vrachtwagen over hem heen komen, en zij was daar. Ze keek naar hem, *spoorde* hem aan, en hij vocht. Hij reageerde op instinct, een getrainde moordenaar die eindelijk uit zijn kooi mocht.

Nu waren er twee soldaten dood, hun bloed plonsde rond Reggie's laarzen, en de rest van de groep zag er net zo doodsbang uit als de bewaker vlak voor hij stierf.

"Red, het is voorbij," zei Hendricks. Reggie voelde de hand van de man op zijn schouder. "Goed werk, maar laten we het vanaf nu een beetje rustig aan doen, begrepen? Je moet functioneren als een normaal mens, niet als Rambo."

Reggie knikte. "Sorry daarvoor. Het is..." hij wist niet wat hij moest zeggen. *Het is wat, precies?*

"Je hoeft het niet uit te leggen, Red," zei Hendricks. "Je psychische evaluatie was duidelijk over je woedeproblemen in het verleden. *"...In staat tot extreme agressie, hoewel zeldzaam. Patiënt heeft bewezen emotionele reactie in evenwicht te kunnen brengen met logisch redeneren."*"

Reggie draaide zich om, om Hendricks aan te kijken. "Heb je mijn *psychische evaluatie gelezen?*"

"'Natuurlijk heb ik dat, zoon," zei Hendricks. "Ik heb alles van jou gelezen. Denk je dat ik mezelf ga opsluiten in een koelbox met een stel gekken? Dit is geen piratenschip. Er zijn geen muiterijen, en er wordt niet gestemd op kapiteins. Ik haat verrassingen."

"Wat bedoel je, van *alle anderen*? Ik ben geen militair," zei Ben. "En Julie ook niet."

Hendricks knikte. "Dat betekent niet dat we er niet een hebben samengesteld naar ons beste vermogen. Na het Amazone-incident zijn jullie allemaal ondervraagd door een team van professionals. Herinnert u zich dat? Bestaande uit een paar militaire hoge pieten en een paar anderen die 'geïnteresseerd' waren in jullie kleine jungle uitstapje? Dat waren psychologen, Bennett."

Ben keek naar Joshua. Hij haalde zijn schouders op. "Ik ben niet verbaasd," zei Joshua. "Het bedrijf doet hetzelfde na missies, zelfs met niet-militair personeel. Het is de MO, en waarschijnlijk ook een beetje CYA."

"Zoals ik al zei," zei Hendricks, "ik *haat* verrassingen. Ik wil weten met wie ik werk. Jullie zijn allemaal uitgecheckt, dus voel je gevleid."

Reggie voelde zich *allesbehalve* gevleid. Hij voelde zich verraden, en bedrogen. Hij herinnerde zich de kleine ruzie tussen Hendricks en Joshua, en hoe Joshua er met tegenzin mee had ingestemd om de tweede viool te spelen onder Hendricks' leiderschap. Reggie vroeg zich nu af of er iets meer aan de hand was met deze man, iets wat hij hen niet allemaal vertelde.

Wat is het spel? Hij dacht na over de opties, maar slechts twee scenario's waren zinvol. Ze konden Hendricks nu confronteren en proberen hem te laten bekennen en zijn kaarten te laten zien, maar dan moesten ze eerst door Ryan Kyle *en Mrs.* E heen. En zelfs dan zou Hendricks de informatie die hij had niet zomaar afgeven zonder een gevecht, en mogelijk zelfs niet nadat hij verloren had.

Of ze konden het afwachten. Tot nu toe had Hendricks bewezen dat hij in hun team zat, ook al was hij een beetje nors. Ze waren het niet altijd met elkaar eens, maar Reggie had niet het gevoel dat Hendricks een slechte kerel was. Als ze de status quo behielden, konden ze deze missie tot een goed einde brengen en leveren wat de man van mevrouw E nodig had, en *dan* Hendricks confronteren.

Dat laatste leek een veel veiliger strategie, ook al haatte Reggie het om ooit iets onbesproken te laten. Hij hield van confrontaties, en soms zocht hij die gewoon voor de lol op, maar iets zei hem dat Hendricks zich niet zou laten meeslepen in een klein spelletje.

Hendricks was hier met een reden - dat waren ze allemaal - en nu, op dit moment, wist Reggie dat ze aan dezelfde kant stonden.

Dus besloot hij het op veilig te spelen. Reggie zou zijn deel doen om hen allemaal in leven te houden, maar hij zou Hendricks toch in de gaten houden. Deze man had bewezen dat hij vinding- rijk was, zijn kaarten dicht bij zijn borst hield, en het niet kon schelen of de rest van zijn team hem mocht of niet. Hij kon een aanwinst zijn, maar hij kon hen evengoed in een val leiden.

"Waar is de kerel die je baas vermoordde?" vroeg Reggie aan Colson.

Colson had een paar seconden nodig om zijn aandacht van de muur te verleggen naar Reggie, maar hij schudde een keer zijn hoofd. "Hij... is ontsnapt."

"Hij rende langs de achterkant van de kamer naar buiten. Het glazen paneel achter hem is eigenlijk een deur," zei Kyle. Reggie zag een paar spinnenwebscheurtjes op het glas, maar ook twee bijna onzichtbare scharnieren aan de rand van de ruit. "Het glas is ook sterk. Ik kon er niet doorheen schieten voordat de andere bewaker me probeerde te raken."

"We kunnen nu niets anders doen dan uitzoeken wat we nu gaan doen,' zei Hendricks. "We..."

"We *weten* wat we nu moeten doen," zei Reggie. Hij staarde door het pokdalige glas naar de gang om hen heen. "We moeten die man vinden."

HOOFDSTUK 32

"MONSIEUR VALÉRE, *DE CHINESE - naar de compound. - Moet niet - tegen elke prijs. "*

Valére nipte van een flesje water en leunde zo ver mogelijk achterover tegen de harde, metalen wand. Hij zat vastgebonden in de meest oncomfortabele stoel, niet meer dan een platte bank met een paar spanbanden. Hij voelde zich als een vergeten pakje, voor altijd op transport naar een verre bestemming.

"- Heb je me gelezen? Valére?"

Francis Valére kon er niet tegen dat de telefoon in en uit ging. Hij waardeerde technologie, en in het bijzonder *verbeteringen* in die technologie. Zijn bedrijf was verantwoordelijk voor een aantal verbazingwekkende ontwikkelingen op computergebied, maar toch was hij voortdurend teleurgesteld over het gebrek aan betrouwbare telecommunicatieapparatuur die hij gebruikte.

Hij schudde de telefoon en tikte ermee op zijn been. *Het kan me niet schelen of je duizend mijl ver weg bent onder duizend voet ijs,* dacht hij. *Zoek uit hoe we deze verbinding kunnen laten werken.*

"Ik kan u niet verstaan," zei hij. "Herhaal alstublieft die laatste zin."

"...De Chinezen mogen de zender niet vinden. We moeten het beschermen bij elke -"

"Ja, dat is de missie," zei Valére. "Dus wat is het probleem?"

"Meneer, ze zijn in *de - Angela Stokes is dood, en er is - groep."*
"Het spijt me, zei u dat er *nog een* groep is?"
"Ja, sir. Ik herkende Joshua Jefferson uit de bedrijfsbestanden."

Valére beefde, zowel van zijn medicatie als van de zin die zojuist luid en duidelijk was uitgesproken door de stem aan de andere kant van de telefoon.

Joshua Jefferson. De man die hem zoveel problemen had bezorgd, en zoveel *geld.* Valére had goed gemanoeuvreerd om het overgrote deel van de activiteiten van het bedrijf over te nemen, en de aankoop van nieuwe biologische technologie die een bedrijf in Brazilië had gecreëerd was de laatste stap in een lange keten van gebeurtenissen die hij jaren geleden in gang had gezet. Hij naderde het einde van deze reis, en Joshua Jefferson was de man die het onderzoek aan hem zou leveren.

In plaats daarvan had Jefferson hem verraden. Hij had zijn mannen volledig in de steek gelaten om in de jungle te sterven, zijn eigen broer gedood, en zijn best gedaan om ervoor te zorgen dat de compagnie nooit het onderzoek zou vinden waarnaar zij op zoek was.

Gelukkig had Valére op dat moment andere middelen ingezet en kon zijn team op Antarctica de meeste fragmentarische gegevens die hij van het bedrijf had verkregen, samenvoegen. Ze waren onvolledig, maar zijn wetenschappers hadden genoeg creativiteit om de gaten op te vullen. De array waar ze aan werkten, had veel baat bij het onderzoek en de nieuwe technologie, en het was slechts een kwestie van tijd voordat ze met een prototype aan de slag konden.

Valére was nu zelf op weg naar Antarctica, om deel te nemen aan de laatste testfase. Hij had het station volledig gedeactiveerd en geëvacueerd, alleen de veiligheidsteams bleven op hun plaats. Hij was zich ervan bewust dat er een Chinees contingent in de buurt was, en dat ze het station waren binnengetrokken, maar hij verwachtte dat het zou worden afgehandeld voordat hij zou landen. Hij was razend geweest toen hij hoorde dat de Chinezen zijn communicatie hadden onderschept en het station hadden ontdekt, maar dat was een probleem dat nu niet kon worden opgelost. Ze waren hier, en ze probeerden toegang te krijgen tot zijn creatie. Hij hoopte dat de beveiligingsteams die hij naar de basis had gestuurd capabel waren.

Zijn eigen team was beperkt - drie mannen die hij persoonlijk had doorgelicht en met wie hij eerder had samengewerkt, mannen waarvan hij wist dat ze hem veilig konden houden. Hij was van nature een pacifist, maar Valére wist heel goed wat de keerzijde is van een pacifist in een oorlogszuchtige maatschappij. Hij had bescherming nodig, al was het maar om zijn werk af te kunnen maken.

Hij nam de telefoon op en legde hem terug aan zijn oor. "Begrepen. Dank u. Zorg er alstublieft voor dat de dreiging teniet is gedaan tegen de tijd dat ik arriveer."

De man aan de andere kant van de lijn probeerde iets onbeduidends te zeggen, maar Valére was al op weg om op te hangen. Hij wierp een blik op de leider van de drie mannen die hij had meegebracht, forceerde een snelle glimlach en knikte. De man was geen idioot. Hij wist dat Valére niet gelukkig was, maar hij wist ook dat hij er niet naar moest vragen. Hij zou zijn werk doen, zelfs als dat zijn dood tot gevolg had.

Valére was er bijna zeker van dat het zo zou zijn, en hij voelde zich enigszins getroost bij de gedachte dat hij de man daar zou vergezellen.

HOOFDSTUK 33

"OKÉ, DUS WE GAAN NAAR DAT SERVERNIVEAU," zei Julie. Ben merkte de kalme, koele manier op waarop Juliette met de situatie omging, en hij probeerde haar kracht te lenen. Van binnen voelde hij zich echter *allesbehalve* kalm. Hij wilde niets liever dan uithalen zoals Reggie had gedaan, en zijn woede richten op een van de vele bewakers of Chinese soldaten in het station.

Maar zo'n reactie zou nu niet helpen. Reggie had gereageerd op een moment dat ze juist zo'n reactie nodig hadden om te overleven - en het was hem gelukt. De vier bewakers waren dood, en ze waren allemaal nog in leven. De man die Colson's baas had neergeschoten was ontsnapt, maar gezien het feit dat ze geen verliezen hadden geleden tijdens het handgemeen, was Ben tevreden. Ze moesten hem vinden, maar ze hadden op dit moment dringender zaken.

"Nee," zei Ben. Hij wachtte tot iedereen in de kamer hem aankeek voordat hij verder ging. "Nee, we kunnen niet zomaar achter hem aan rennen. Voor zover we weten, is hij een pion. Gewoon een manager van laag niveau in het bedrijf. Joshua, heb je hem herkend?"

Joshua schudde zijn hoofd. "Nee, dat heb ik niet. Maar dat betekent niet veel. Ik was in dienst als aannemer, om te helpen met hun 'plausibele ontkenning' als de zaak zich voordeed. Maar dat betekende dat ik vrij ver verwijderd was van de dagelijkse gang van zaken in het bedrijf. Mijn vader... hij zou waarschijnlijk geweten hebben wie die man was."

Joshua Jefferson pauzeerde bij het noemen van zijn vader, maar hij liet zich er niet door tegenhouden. Hij ging verder met Ben uit te leggen wat hij wist van de structuur van het bedrijf waar ze achteraan zaten. "Hij werkte op afstand, maar reisde veel en had een kantoor in Canada, met een aantal van de andere hogere func-tionarissen. Dat was het laatste wat ik van hem heb gehoord - waarschijnlijk rond de tijd dat jij en Julie in Yellowstone waren."

Hendricks onderbrak me. "Wat heeft dit te maken met waar we *nu* zijn, zoon?"

Joshua wierp hem een blik toe, maar keerde zich snel weer tot de rest van de groep. "Hij zinspeelde op het bouwen van een station hier op het continent. Hij heeft nooit echt 'Antarctica' gezegd, maar ik begreep dat hij naar een koude plek ging. En uit het zicht."

Ben nam weer het woord. "Dus je vader werkte mogelijk samen met de man die we net ontmoet hebben?"

"Mogelijk."

"Moeten we hem dan zoeken?" vroeg Mevr. E.

Ben schudde zijn hoofd. "Nee, dat is wat ik probeerde te zeggen. We moeten op koers blijven, denk ik. Uitzoeken wat Mr E wil dat we terughalen, en dan wegwezen. En als we een kans hebben om dit bedrijf voor eens en voor altijd uit te schakelen, wil ik dat graag proberen."

"Jij en ik allebei," zei Julie.

"Wel, we hebben geen tijd om aan beide doelen te morrelen," zei Reggie. "De Chinezen komen op ons af, en het is waarschijn-lijk alleen aan die 'helle drones' te danken dat we nu niet beschoten worden."

"Dus we moeten naar de serverruimte," zei Julie. "Net als vroe-ger. Dat is wat ik zei. Die vent heeft of een privéjet en kan hier weg voor het misgaat, of hij verstopt zich ergens op het station. Maakt niet uit. Onze missie is dezelfde als altijd: we moeten de serverruimte vinden, dan de computer die met het mainframe kan communiceren, en krijgen wat Mr E wil.

Hendricks en Kyle knikten mee. "Dat lijkt me logisch." Beide mannen controleerden de wapens van de dode bewakers, en combineerden de magazijnen van de wapens die van hen waren afgenomen.

Julie glimlachte.

"Hier is wat niet," zei Hendricks, terwijl hij geweren en handwapens uitdeelde aan de groep. "*Hoe* komen we daar beneden? We zitten hier nog hoger dan in de barakken, en dat niveau is *onder* ons?"

"Juist," zei Colson. Hij had eindelijk besloten weer op te staan, en leunde met een uitgestrekte arm op de vergadertafel. "Ongeveer *zeven verdiepingen* onder ons."

"En er zijn Chinese troepen en veiligheidsagenten die vechten om de controle over alle niveaus tussen ons in," zei Hendricks.

"Precies."

"Vertel ons dan hoe we daar beneden komen," zei Hendricks, en keek Colson recht aan.

"E - excuseer me?" zei Colson, huiverend.

"Jij bent de man die hier gewerkt heeft. Jij hebt de leiding, dus vertel ons de snelste weg naar beneden."

Ben zag Colson's uitdrukking veranderen van een van tevredenheid naar ontzetting. Hij vond Colson een echte verspilling van een man, iemand die zo in een bepaald vakje was gestopt dat het bijna grappig was om je voor te stellen dat hij iets anders zou doen. Ben had een paar mensen zoals Colson gekend - het was hilarisch om te zien hoe ze zich door hun slecht gekozen banen heen worstelden, niet in staat om zelfs maar de eenvoudigste taken uit te voeren.

Als parkwachter gaf Ben ze meestal niet eens de kans om zich te bewijzen. Hij was meer geïnteresseerd in het afmaken van het werk dat hij moest doen zonder de last op zich te nemen van het trainen van andere mannen die nooit capabel genoeg zouden zijn om te blijven. Het waren goede mensen, maar geen waardevolle werknemers. Ben was niet het type persoon dat genoeg gaf om hun toekomstig succes om de moeite te nemen hen op te leiden en te onderwijzen.

Toen Colson voor hen stond, de enige man die hen kon helpen hun doel te bereiken, voelde Ben zijn ontzetting. Hij wist dat Colson niet in zijn element was. Hij had geen leiderschapskwaliteiten, geen kennis van het slagveld, of zelfs maar een schijn van nuttige kennis die hij kon gebruiken om zich met MacGyver uit een netelige situatie te redden.

En dit, wist Ben, was een lastige situatie.

Er stond een heel leger Chinese soldaten klaar om alles wat zich in het station bewoog te doden, en de sterk verbeterde versterkingen van de bewakers waren nu speciaal op zoek naar zijn groep, en de enige man die inzicht en kennis over hun omgeving kon verschaffen was een man die hij nog niet eens zou vertrouwen om een lekke band te verwisselen.

"Colson, alsjeblieft," zei Julie plotseling. Ben keek naar links en zag Julie daar staan, met een bezorgde blik op haar gezicht. "Je moet ons helpen."

Colson's uitdrukking bleef veranderen, als een karikatuurtekening van het volledige spectrum van menselijke emoties. Zijn gezicht lichtte op toen zij sprak, alsof zij de eerste vrouw was die ooit tegen hem had gesproken, daarna daalde het bij het besef van zijn nutteloosheid, en tenslotte rustte het uit in een neerslachtige, gebroken tint. "Het spijt me," zei hij, bijna fluisterend. "Je weet de weg. Trap, of lift, maar beide zullen -"

"Ik wil niet meer beschoten worden dan nodig is, Colson," zei Reggie. "Er moet een weg zijn die niet de meest voor de hand liggende routes door deze basis omvat. Trappen, liften, beide zullen nu wel zwaar bewaakt zijn."

"Dat is de snelste weg naar de lagere niveaus -"

"Hoe zit het met de *langzaamste* manier?" vroeg Julie.

Colson fronste zijn wenkbrauwen.

"Serieus, man. Ben je echt zo dom?" Zei Kyle. Voor een man

die volledig verstoken leek van emoties, was Ben verrast door zijn plotse uitbarsting.

"Colson, is er *een andere* weg naar beneden?" vroeg Hendricks.

Colson pauzeerde. "Uh, nee. Niet binnen. Er zijn trappen, en er zijn..."

"En *buiten dan*?"

"Buiten?"

"Je zei, 'niet binnen'. Kunnen we weer naar buiten?" vroeg mevrouw E. "Hoe zit het met de manier waarop we binnenkwamen, door de ventilatieopeningen?"

Op dat moment merkte Ben twee dingen op. Ten eerste leek Colson de controle over zijn gezichtsuitdrukking volledig te verliezen, en niets dan doodsangst uit te stralen bij de gedachte aan een reis naar buiten, door de ventilatieopeningen, om op de lagere niveaus te komen. Ten tweede hoorde Ben het onmiskenbare geluid van geweerschoten die van de muren afketsten op de binnenste kamer waar ze nu stonden. Een rij pokdalige plekken besproeide het glas waar Ben voor stond, de boog eindigde op een plek angstaanjagend dicht bij Bens hoofd.

HOOFDSTUK 34

"GA WEG VAN DE MUREN!" riep Hendricks, die onmiddellijk reageerde op het geluid van de aanval. "We moeten een kamer vinden weg van het glas."

Zonder op de anderen te wachten, rende hij door de glazen deur aan de achterkant van de vergaderzaal naar een andere open deur vlakbij, langs de rand van het niveau. Mevr. E, Kyle en Joshua begonnen te volgen, dus Ben pakte Julie's hand en ging die kant op. Hij zag Reggie vlakbij hem, nog steeds met grote ogen na zijn uitbarsting van geweld, maar Ben stopte niet om te vragen of hij hulp nodig had.

Hendricks draaide zich de kamer in en verdween, en Ben keek toe hoe de anderen hetzelfde deden. Hij wist dat de kamer groot genoeg moest zijn om hen allemaal te verbergen, maar hij vroeg zich af of hij wel veilig was. Hij had al een paar seconden geen schoten meer gehoord, en nam aan dat dit betekende dat de Chinezen elke dreiging van een aanval hadden weggenomen en nu hun niveau betraden. Als dat zo was, betekende het dat ze maar een paar seconden hadden voordat ze werden aangehouden.

Toen Ben vlak voor Reggie de kamer binnenkwam, zag hij dat Hendricks al aan het ventilatierooster in het plafond was begonnen. Omdat hij geen tijd had om de schroeven langzaam met een mes los te draaien, had hij het uiteinde van het mes in een van de latten gestoken en net zo lang geduwd tot het rooster opensprong. Hij besteedde nog een paar seconden aan het verdraaien van het rooster en het losrukken van de bevestigingsschroeven, toen gooide hij het stuk metaal in de hoek van de kamer waar het met een kletterend geluid neerviel.

Hij pauzeerde even en keerde zich toen weer tot Colson. "Enig idee waar dit heen gaat?" vroeg hij.

Colson schudde zijn hoofd, maar Ben zag dat de man rechterop ging staan, zijn schouders een beetje naar achteren. "Niet precies. Ik weet wel dat het niet in verbinding staat met de lagere niveaus."

Hendricks fronste zijn wenkbrauwen, maar ging door met werken. Hij trok nu een stoel van de buitenmuur van de kamer en plaatste die direct onder het gat in het plafond. "Kyle, Jefferson, jullie twee gaan naar de andere kant van de gang en zorgen dat er niemand binnenkomt. E en Red, jullie doen hetzelfde vanuit deze deuropening." Hij stopte waar hij mee bezig was en keek ze aan. "Begrepen?"

Iedereen knikte, en Ben, Julie en Colson bleven staan waar ze stonden terwijl de anderen zich om hen heen haastten en de deur uitgingen. Ben hoorde onmiddellijk geweerschoten weerkaatsen tegen de muren, de kogels van de vijand vonden opnieuw de glazen kamer die fungeerde als een barrière in het midden van het niveau. Joshua beantwoordde het vuur terwijl Ryan Kyle naar een even grote kamer aan de andere kant van de gang rende. De gang was eigenlijk gewoon een kleine open ruimte die leidde naar de met glas afgesloten vergaderzaal aan de ene kant en de uitgang naar het niveau aan de andere kant. De kamer waar ze zich bevonden stond tegen de muur van het niveau, wat te zien was aan de gebruikelijke met vloeistof gevulde bellen die het binnenste membraan van het hele station vormden.

Hij hoorde het pingelende geluid van kogels die in het kogelvrije glas sprongen, en de onmiddellijke reactie van Kyle's en Joshua's geweren. Ben wist dat het slechts een kwestie van tijd was - of van vuurkracht - tot de muren barstten en instortten en ze weer kwetsbaar waren, gevangen in de open lucht. Hij hoopte dat wat voor plan Hendricks en Colson ook aan het bespreken waren, het hen ergens veiliger zou maken.

Hij zag Reggie en mevrouw E in de deuropening staan van de kamer waar ze waren. Ze keken elk in een tegenovergestelde richting, in afwachting van een ongeziene aanvaller. Geen van beiden hadden hun wapens al afgevuurd, munitie sparend terwijl Kyle en Joshua de langzame stroom vijandelijke troepen tegenhielden. Zolang de Chinezen en de bewakers één of twee man tegelijk naar binnen stuurden, dacht Ben dat ze een kans hadden om te vechten.

"Wat bedoel je met 'het sluit niet aan'?" vroeg Hendricks.

"De laagste twee niveaus, 8 en 9 - eigenlijk, nu we weten dat er een niveau 10 *is*, de laagste *drie* niveaus - worden rechtstreeks naar buiten afgevoerd, omdat ze niet dezelfde temperatuurvereisten hebben als de rest van de basis. 9 en 10 werken beter kouder, omdat het de enorme energiebehoefte voor het koelen van de supercomputers die ze daar hebben, bespaart door gewoon buitenlucht te gebruiken, en het onderhoud en de opslag op 8 heeft ook niet veel warmte nodig. Het station is eigenlijk twee aparte faciliteiten, één voor mensen en één voor computers en opslag."

"En een gekoelde kadaverboerderij," voegde Reggie er over zijn schouder aan toe. Ben keek naar Julies uitdrukking, een duidelijk 'niet behulpzaam' op haar gezicht. Reggie stond nog steeds met zijn rug naar de kamer, in de deuropening met mevrouw E om te blijven letten op bedreigingen.

"Het zijn geen kadavers," zei Colson. "Tenminste, ik was niet dood."

"Genoteerd," zei Hendricks, terwijl hij ieders aandacht probeerde af te leiden. "Dus we hebben geluk gehad dat we de ventilatieopening hebben gevonden. Er is geen opening op dit niveau die naar buiten leidt, dus zitten we vast in de basis."

Colson grijnsde. "Nou, dat is waar ik aan dacht. Toen Mevr. E het had over naar buiten gaan, dacht ik eerst dat het niet zou werken. Zoals je al zei, deze ventilator gaat niet naar buiten."

"Maar?"

"*Maar* het zal ons *dicht* bij de lagere niveaus brengen. Zoals ik al zei, het zijn twee verschillende stations, boven op elkaar. En ik zag eens een basis schematisch ontwerp, toen ik voor het eerst werd aangenomen. De leidingen hier zijn onderling verbonden, zodat de lucht goed door het station kan stromen en kan worden afgevoerd, tenminste naar mijn kantoor op de zevende verdieping. *Een ander* systeem - het deel dat u vond - circuleert en ventileert alleen op de onderste twee verdiepingen, en ook naar buiten, om beide verdiepingen koud genoeg te houden."

"Maar ze zijn niet verbonden," zei Julie. "Dus zelfs als we naar het - wat was het? Onderhoud en opslag niveau? - We kunnen de lift of trap niet gebruiken om nog een verdieping lager in de serverruimte te komen."

Colson stak een vinger op. "Maar er is een inlaatventilator op het zevende niveau. Het is met niets anders verbonden; het zuigt alleen lucht van buiten aan, verwarmt het, en stuurt het omhoog naar de basis. Het is - denk ik, in ieder geval - de enige inlaat."

"Hoe weet je dat het voor inname is?"

"Ik heb er eens naar gevraagd. Niveau 7 is waar mijn bureau is, en de ventilator gaat vlak langs mijn voeten als ik daar beneden ben. Het is extreem hete lucht, en ik kon niet achterhalen waarom."

Hendricks dacht even na. "Oké, dat zou kunnen werken."

"*Wat* zou kunnen werken?" vroeg Julie.

Ben moest Julie gelijk geven - hij was de weg kwijt. "Ja, ik moet toegeven dat ik geen fan ben van rondklimmen in kleine ruimtes," zei hij. "Ik dacht dat het een eenmalig iets was."

Hendricks grijnsde even, maar werd toen weer stoïcijns. "We moeten naar Niveau 9 - dat is de serverruimte en onze beste kans om de gegevens te bemachtigen die Mr E wil hebben. De enige weg naar beneden die bedoeld is voor mensen is geblokkeerd, dus de enige optie die overblijft is dat we via het ventilatiesysteem naar beneden klimmen, op niveau 7 uitkomen, dan naar buiten gaan via de inlaatschacht, een niveau lager weer naar binnen gaan, en we zijn binnen."

Julie's mond viel open. "Er is geen enkele manier dat zou -"

"Het *moet* werken," zei Hendricks.

Hendricks en Ben bespraken het plan nog wat meer. Ben kreeg het gevoel dat Hendricks het alleen hardop uitsprak om er zeker van te zijn dat hij geen detail was vergeten; hij was niet echt geïnteresseerd in wat Ben aan de discussie toe te voegen had.

Hij luisterde naar geweerschoten, maar hoorde niets. De twee vijandelijke troepen waren waarschijnlijk elders op het station met elkaar in gevecht, op een ander niveau, en hij was blij dat hun groep even niet in het middelpunt van de belangstelling stond. Hij was onder de indruk van de prestaties van iedereen met wie hij tot nu toe was geweest, met uitzondering van Colson, maar zelfs hij leek wakker te worden uit zijn zelfgenoegzaamheid en in de rol van rondleider en stationsexpert te stappen.

"Laten we dan maar opschieten," hoorde hij Hendricks zeggen. "Kun je ons nog iets vertellen over de inlaat? Of over de rest van het ventilatiesysteem?"

"Sorry," zei Colson. "Ik heb het maar vluchtig bekeken, en zelfs dan was het een eenvoudige schets."

"Maakt niet uit. Het is onze beste kans," zei Hendricks. "Laten we iedereen verzamelen en..."

Attentie beveiligingspersoneel,' begon de computergestuurde vrouwenstem. *Maak alstublieft dat u wegkomt op niveau 2 voor weerstand tegen bedreigingen.*

HOOFDSTUK 35

JULIE KEEK NAAR BEN, die naar de kleine intercom luidspreker in het plafond naast het open ventilatierooster staarde. De boodschap begon te herhalen, en ze pakte zijn arm.

"Degene die ons hier gevonden heeft, moet de rest van het station gewaarschuwd hebben. Wij zijn de 'bedreiging', toch?"

"Het is of wij of de Chinezen," zei hij. "Maar laten we ervoor zorgen dat we niet in de buurt zijn als ze hier zijn." Ben wierp een blik op Hendricks. "Ben je er klaar voor?"

Hij knikte en tilde zich toen op aan het ventilatiegat in het plafond. Julie was onder de indruk van de kracht van het bovenlichaam van de oudere man; hij liet de beweging er gemakkelijk uitzien.

Hendricks riep Ben naar beneden, en hij pakte Julies hand en leidde haar naar de stoel. Hij hielp haar overeind en haar gedachten dwaalden af naar een soortgelijke ontsnapping uit een ziekenhuiskamer, toen ze elkaar nog nauwelijks kenden. Hij had haar toen gekust, voor de eerste keer. Ze voelde nu dezelfde warmte als op dat moment, en nadat ze in de ventilator was geholpen keek ze weer naar Ben, in de hoop het moment zo lang mogelijk te rekken.

Hij hielp Colson al op en in de ventilatie, en riep tegelijkertijd naar Ryan Kyle en Joshua om zich bij hen te voegen toen de groep het ventilatiesysteem inging.

"Kom eens hier, Juliette," zei Hendricks en trok haar zachtjes naar zich toe. Ze kroop langs hem heen en merkte dat de koker verrassend breed was en niet zo claustrofobisch als in de eerste koker waar ze eerder die dag doorheen waren gegaan. Ze kroop verder en bereikte een splitsing in het kanaalpad. De metalen rechthoekige doorgang splitste zich recht voor haar, een pad naar links en rechts, en een die recht naar beneden liep.

Opnieuw barstte er geschut en geschreeuw los van net buiten de wanden van de luchtkoker. Julie verkrampte, half verwachtend dat kogels door de dunne metalen buitenkant en in haar lichaam zouden scheuren, maar ze wist dat de schoten niet op haar gericht waren. In plaats daarvan hoorde ze Kyle's stem schreeuwen in het luchtkanaal, weerkaatsend tegen elke muur toen het haar oren bereikte. Het was luid, dreunend zelfs. Het volume alleen al zou haar doen schrikken, maar het was de inhoud van Kyle's boodschap die een rilling door haar botten stuurde.

"Ze zijn binnen! Ga die schacht in! Schiet op!"

Ze woog verwoed haar opties af, wetende dat de juiste keuze de moeilijkste was. *Recht naar beneden,* dacht ze. Het zwakke licht van de opening achter haar dat in het kanaal was gekropen, reikte niet tot in de diepte van de verticale schacht een meter voor haar. Het was pikdonker, elk restje licht verdween volledig na een meter of drie, vier naar beneden.

En dit is de weg die we moeten gaan, dacht ze.

"Juliette! Waar wacht je op?" gromde Hendricks van ergens achter.

Zij hoorde Kyle zijn aanwezigheid bevestigen toen hij, de laatste van hun groep, het kanaal binnenkwam, maar zijn woorden waren verward en onverstaanbaar, niets dan echo's tegen de tijd dat zij ze hoorde.

"Het is goed, Jules," zei Bens stem. "Ik ben vlak achter je."

Julie wist niet wanneer Ben vlak achter haar was gaan staan, maar het gaf haar wel een beetje kracht te weten dat hij er was.

Ze haalde diep adem, alsof ze zich op een duik voorbereidde, en gleed toen naar voren, met haar voeten tegen de tegenoverliggende wand. Ze kende de juiste beweging - stevig druk houden op de wanden met haar rug en voeten en 'krabwandelen' door de schacht - maar dat maakte het niet gemakkelijker om het ook echt uit te voeren.

Langzaam en weloverwogen, een tergend langzame stap tegelijk, liet zij zich door het gewicht van haar lichaam naar beneden trekken in de verticale luchtschacht. Gedempte stemmen van buiten de schacht gaven elkaar commentaar over de verblijfplaats van de groep waar ze enkele seconden geleden nog op hadden geschoten. Ze vroeg zich af hoe lang het zou duren voor ze de open schacht en hun ontsnappingsroute zouden ontdekken.

Julie deed nog twee langzame stappen naar beneden.

Ze dacht aan wat er zou gebeuren als ze haar groep zouden vinden, ineengedoken in het horizontale deel van de leidingen, wachtend op hun beurt om naar beneden te gaan. Hoe ze volledig onmachtig zouden zijn om zichzelf te verdedigen.

De gedachte spoorde haar aan om sneller te gaan, en ze trok haar voet deze keer nog verder naar beneden, in de hoop de verloren tijd in te halen. Ze zette hem neer, duwde met haar hiel naar beneden en naar buiten, en vergrendelde hem op zijn plaats, zodat ze vervolgens haar rug en handen naar beneden kon laten glijden.

Toen gleed haar rechtervoet onder haar vandaan en bungelde een seconde onder haar. Haar ogen vlogen open, zonder licht te vinden dat haar enig gevoel van veiligheid kon geven, en haar handen drukten nog harder op de zijwanden. Haar linkervoet probeerde te compenseren, maar de toegenomen belasting was een te zware last.

Ze voelde de angstige realisatie van wat er zou komen een fractie van een seconde voordat het gebeurde.

Haar linkervoet viel, en haar handen probeerden tevergeefs haar hele lichaam te ondersteunen. Ze gilde, een onvrijwillige reactie op het dreigende gevoel van gewichtloosheid.

En toen viel ze.

HOOFDSTUK 36

REGGIE HOORDE JULIE GILLEN, daarna Ben schreeuwen, en toen het geluid van een hand die tegen een metalen muur bonkte. Dit alles gebeurde in de inktzwarte duisternis van de verticale schacht waarin ze zich bevonden, vlak achter Ben en mevrouw E.

Beiden waren in het horizontale gedeelte langs Hendricks gekropen, terwijl hij op de rest van de groep wachtte, en tegen de tijd dat hij na mevrouw E in het verticale gedeelte naar beneden klom, viel Julie.

Reggie's hart ging tekeer, maar zijn oren spitsten zich. Hij wachtte - hoopte - dat hij een andere, hardere klap zou horen, en even later hoorde hij die. Julie's lichaam raakte de metalen vloer van het kanaal met een plof, onmiddellijk gevolgd door een klein gilletje. Ze kreunde en riep toen naar de rest van hen.

"Ik - ik ben oké," zei ze, haar stem trillerig. "Denk ik. Ik landde op mijn hielen, maar het metaal was dun genoeg om wat mee te geven. Het is maar een meter of tien. Het moet het volgende niveau naar beneden zijn - het is een andere horizontale schacht."

Hendricks riep naar haar. "Deze verdiepingen zijn waarschijnlijk één voor één gebouwd, gebruik makend van de natuurlijke contouren van de klif buiten, dus de ventilatie-openingen en leidingen moeten trapsgewijs zijn aangebracht."

"Nou dan val ik liever niet meer van de 'trap' als het aan mij ligt," schoot Julie terug.

"Kun je iets zien?"

"Er komt een klein beetje licht door de kieren van sommige openingen verderop, afkomstig van de lichten op dit niveau, maar dat is alles. Het is moeilijk om de rest van het pad te zien."

Reggie vervolgde zijn weg naar beneden, zijn handen en knieën in bedwang houdend voor het geval Julie was gevallen door een gladde plek die hij op het punt stond te ontdekken. Ben en Mrs. E moesten bijna op Julie's plaats zijn, maar hij kon niets zien.

"We moeten blijven afdalen," zei Hendricks. "Is er nog een verticale sectie in de buurt?"

Julie antwoordde eerst niet, en Reggie hoorde een schuifelend geluid toen ze naar voren kroop in het horizontale gedeelte om het antwoord te weten te komen. "Ja, ik denk dat dit het is," zei ze. "Het is donker, maar het voelt als een tunnel van dezelfde grootte als waar we net doorheen zijn gekomen."

"Dat is onze rit, dan. Ga je gang - we zijn vlak achter je. "

Reggie bereikte de bodem van hun verticale schacht en zag de lichtbron waar Julie het over had gehad. Er was net genoeg licht om het silhouet van Mevr. E te zien, die zich al klaarmaakte om naar beneden te gaan in de verticale sectie op ongeveer een meter afstand. Hij zag Ben en Julie niet, wat betekende dat ze al in de volgende verticale sectie waren.

Hij vroeg zich af hoe lang dit zou duren. Als het buizenstelsel inderdaad trapsgewijs was, konden ze zelfs proberen naar beneden te springen om energie en tijd te besparen. Maar hij wist dat dat een riskante zet was - als ze van een stuk verticale leiding van meer dan twee meter naar beneden zouden vallen, zouden ze een grote verwonding oplopen.

Het zou hen waarschijnlijk uitputten om zich zo verdieping per verdieping te verplaatsen, maar het was de enige optie. Hij voelde zijn polsen spannen van de inspanning die hij had geleverd door zijn vuisten te balmen en ze hard tegen de metalen wanden te drukken om zijn positie te vergrendelen. De zwaartekracht had hem geholpen de schacht af te dalen, maar hij moest al zijn kracht gebruiken om niet op de schouders van mevrouw E. neer te storten.

Toen hij aan de volgende etappe begon, hoorde hij Julie van beneden bevestigen dat er inderdaad nog een horizontale sectie was. Ze zouden moe zijn, maar ze zouden tenminste de gelegenheid hebben om tussen de secties uit te rusten.

"Op welk niveau denk je dat we nu zitten?" vroeg Julie aan Ben toen ze allemaal bij de volgende sectie waren.

"Waarschijnlijk 4?" Zei Reggie. "We begonnen op 2, en we zijn nu al minstens twee verdiepingen verder."

"Dit gaat eeuwig duren."

"Maar op dit moment zijn we onzichtbaar. Ze weten niet dat we hier zijn, en als we dat zo kunnen houden, zijn we vrij."

Hendricks blafte naar hen. "Zachtjes praten, dat gaat door de leidingen." Hij pauzeerde, en voegde er toen met een lagere stem aan toe, "en we hebben niet de hele dag - dat Chinese leger wil ook iets van deze plek, en ik heb het gevoel dat het veel zal lijken op wat wij zoeken."

"Hoe wisten ze van deze plek?" vroeg Julie.

"Net als meneer en mevrouw E, denk ik," zei Reggie. "Ze hebben altijd voorop gelopen in de technologie, ook al spelen ze de naïeve rol van derdewereldland vrij goed. Ze hebben spionnen die hun spionnen bespioneren, dus het vinden van een elektronische signaalpiek van een communicatie-array hier beneden zou niet moeilijk zijn geweest."

"*Elk* land had het kunnen zien," fluisterde mevrouw E. "Maar dan had je moeten weten waar je moest zoeken. Daarom ben ik nerveus over hun betrokkenheid hier."

"*Dat is* waarom?" Vroeg Reggie. "Niet omdat ze met miljoenen zijn, tot de tanden bewapend en schietend op alles wat beweegt?"

"Ik bedoel, ze moeten gezocht hebben, net als wij. Proberen

om dit station te vinden. Maar we wisten niet wat ze hier deden, dus stuurden we een klein team om rond te kijken."

Reggie knikte in het donker. "Maar ze hebben geen 'klein team' gestuurd. Integendeel, ze wisten waar ze aan begonnen, en ze waren er op voorbereid. Denk je dat ze wisten wat hier is?"

"Ik ben er bijna zeker van," zei mevrouw E.

Hun gesprek werd gespreid tussen moeilijke secties van buizen die concentratie vereisten om te manoeuvreren. Reggie had het moeilijk om te praten terwijl hij door de rechthoekige metalen buis naar elke horizontale sectie schuifelde, en tegen de tijd dat ze klaar waren met het delen van hun gedachten over de aanwezigheid van het Chinese team, hadden ze nog twee verticale secties afgelegd.

Het duurde nog een half uur om de laatste af te dalen, en Reggie wist dat de inspannende activiteit zijn tol eiste. Ze hadden wat uitgebreide rust nodig, maar hij maakte zich zorgen over hun situatie. De twee vijandelijke troepen zouden elkaar overal in het station bestrijden, maar zodra Reggie en zijn groep hun aanwezigheid bekend maakten, zouden zowel de Chinezen als het veiligheidsteam hun aandacht op hen richten.

Ze waren veilig in de luchtkokers, ongezien door iedereen die kwam of ging, maar daar waren ze even nutteloos.

Toen Colson aankondigde dat ze niveau 7 bereikt hadden, verzamelden Julie en mevrouw E zich rond het ventilatierooster terwijl Ben met de tang van zijn zakmes de bouten van elke hoek moeizaam losdraaide.

"Ik kan er niet verder mee," zei hij na enige tijd werken aan de schroeven. "Ze zijn zo ver als ze kunnen vanaf deze kant - ik kan geen grip krijgen op de uiteinden omdat ze in hun geleiders zitten."

"Dus wat is het plan?" vroeg Julie.

"We zullen het op de luide manier moeten doen," zei Ben.

Reggie kon Julies gezicht niet zien, maar hij had het gevoel dat hij wist wat haar uitdrukking betekende.

"En als er soldaten op ons wachten op dit niveau?" Fluisterde ze. Het gefluister deed niet veel om haar snauwerige toon te verbergen.

Reggie glimlachte.

"We moeten het er maar op wagen,' zei Ben. "Kijk - die kant op. Er komt meer licht door, dus ik durf te wedden dat er nog een of twee roosters zijn. Als we een paar van ons bij elke opening kunnen krijgen, kunnen we onze aanval coördineren."

"Gebruik je het verrassingselement en zo?" vroeg Julie.

"Heb jij een beter idee?"

"We hadden in Alaska moeten blijven."

"Ik vind het hier fijner," zei Ben. "Het is kouder."

"Ik kan zo'n lijkenlade voor je halen om in te slapen," zei Julie. "Je jaagt ons nog allemaal de dood in -"

"Hij heeft gelijk," fluisterde Hendricks van achter Reggie. "We moeten snel zijn, en we krijgen die roosters er niet af door ze los te schroeven. Ga zo ver mogelijk naar achteren, en laten we eens kijken hoeveel van die openingen er op dit niveau zijn. Colson, ik neem aan dat je ze niet eens geteld hebt toen je aan het zonnen was?

"Sorry, nee."

"Oké dan, laten we..."

Het duidelijke geluid van Chinees, staccato als twee mannen ruziënd over iets, bereikte Reggie's oren. Hendricks onderbrak zichzelf, en koos ervoor om naar de uitwisseling te luisteren.

"Spreekt er iemand Chinees?" fluisterde hij.

"Negatief."

De stemmen van de mannen werden luider toen ze het midden van het niveau bereikten, vlakbij Colson's werkstation. Ze ruzieden nog een minuut, tot hun walkie-talkies een bevel lieten horen. Beide mannen stopten, luisterden, en begonnen toen weer te ruziën.

"Enig idee waar ze ruzie over hebben?" vroeg Hendricks.

"Diner plannen?" Zei Reggie.

Niemand grinnikte, maar niemand deed andere suggesties.

"We moeten iets doen," zei Joshua. "Ze zijn afgeleid, en als er meer openingen zijn, kunnen we naar beneden en ze vrij gemakkelijk omsingelen."

"Ga weg," zei Hendricks. "Ga naar het volgende ventilatiegat en kijk of je er verderop nog een ziet. Roep het terug, maar praat zo zachtjes mogelijk. Ik wacht bij deze, en roep de aanval. Niet tellen - ik zal gewoon eerst vallen, dus laat me daar alsjeblieft niet te lang alleen wachten."

"Begrepen," zeiden Joshua en Kyle. Reggie knikte.

Julie en mevrouw E, vooraan in de rij, schuifelden naar voren, nauwelijks een geluid makend terwijl ze door het kanaal naar de volgende ventilator gleden. Ze wachtten tot ze bij het rooster waren, toen riep Julie zachtjes terug.

"Er is er nog minstens één - ik ga naar beneden."

Weer meer geschuif terwijl Reggie en Ben naar het rooster liepen dat Julie en mevrouw E zojuist hadden verlaten, en de mannen achter Reggie naar voren gingen naar het eerste rooster.

Toen ze allemaal in positie waren en Julie had bevestigd dat er slechts drie openingen waren, bereidde Reggie zich voor om hun nietsvermoedende slachtoffers te overvallen.

"Klaar," fluisterde Hendricks. Het geluid bereikte nauwelijks zijn eigen oren, dus herhaalde hij het woord in de richting van Julie en mevrouw E. De koker was donker, en slechts een beetje bloedende lichtstralen kwamen door de kieren in de ventilatieopeningen van elke sectie, en wierpen een onheilspellend streepjespatroon op de gezichten van Ben en Colson, die nu het dichtst bij hem stonden.

Hij kon Julie of mevrouw E niet zien, noch kon hij de gezichten van Hendricks, Joshua en Ryan Kyle in de tegenovergestelde richting zien, maar hij wist dat ze allemaal hetzelfde dachten en voelden.

Gaat dit werken?

Hij probeerde de gedachte uit zijn hoofd te verdrijven, maar die werd vervangen door een nog ontmoedigender gedachte: *wat gebeurt er nadat we deze jongens hebben uitgeschakeld? We weten niet eens waar we naar zoeken, of hoe we het moeten vinden.*

Reggie voelde zich gevangen, een gevoel waar hij zich niet prettig bij voelde. Hij wilde in beweging zijn, in actie komen. Hij hield niet van wachten, anticiperen. Hij was niet claustrofobisch, zolang hij maar vooruit ging. Hij hield van controle, en hij had graag het gevoel dat hij elke situatie begreep waarin hij zich bevond. Hij lachte veel en maakte grapjes omdat hij zichzelf niet te serieus wilde nemen - een eigenschap die hij uit noodzaak had ontwikkeld - maar hij nam zijn werk wel serieus, en de bescherming van de mensen om wie hij gaf.

Op dit moment zaten die mensen in een metalen buis recht boven een vijand die hen wilde doden, in de diepten van een uiterst geheim station op het continent Antarctica. Hij dacht dat het Amazone regenwoud een onwaarschijnlijke plaats was om voor zijn leven te rennen, maar hier beneden - waar de gemiddelde bevolking per vierkante voet het grootste deel van het jaar rond nul schommelde - was nog veel onwaarschijnlijker.

Maar hier was hij, op het punt om bovenop twee Chinese soldaten te vallen en hen hopelijk te doden voordat zij iets terug zouden doen, en het enige waar hij aan kon denken was waarom hij dit deed.

Hij wist dat het voor Ben en Julie was, het stel dat hij maanden geleden had leren kennen via een wederzijdse kennis, hun levens voor altijd met elkaar verstrengeld. Het was ook voor Joshua Jefferson, een man die hij enorm was gaan respecteren, en voor Hendricks en Ryan Kyle en Mevr. E, het raadselachtige trio dat nog steeds geheimen had die hij wilde weten, en zelfs voor Jonathan Colson, een man die het verschil tussen zijn rechtervoet en zijn linkervoet niet leek te kennen.

Het was voor hen allemaal, maar ook voor *hemzelf*. Hij *had* dit *nodig*, maar hij wist niet zeker waarom. Hij had niet geaarzeld toen Mr. E hem dat aanbod deed nadat hij de jungle had verlaten. Hij was zelfs naar Alaska gereisd om Ben en Julie op te halen, hen te verkopen op een missie die hij nog niet begreep. Hij moest zich weer *waard* voelen, weten dat hij gewild was. Hij droeg bagage met zich mee, net als iedereen, maar die van hem kon niet worden weggenomen na een paar maanden in therapie. Hij had het geprobeerd, maar het leidde alleen maar tot woede en wrok.

Hij dacht nu aan die woede, herinnerde zich hoe doeltreffend die was geweest als hulpmiddel in een netelige situatie een uur geleden, en hoe nuttig het zou zijn om er iets van te verzamelen en het naar beneden te kanaliseren op deze mannen onder hem. Maar het was een nutteloze gedachte; hij was nooit echt in staat geweest het meer te beheersen dan te *voorkomen* dat het zich manifesteerde. Het was er of niet, met of zonder zijn eigen verlangen ernaar, en de enige controle die hij er echt over had was de keuze of hij het al dan niet zou gebruiken op het moment dat het bij hem opkwam.

Reggie, of Gareth Red, zoals Hendricks hem per se wilde noemen, was een man voor wie woede geen onbekende was. Hij kon het sturen als het nodig was, of het terugdringen, maar het had geen echte controle over hem. De vreemde, in plaats daarvan, was zijn angst. Angst voor zijn verleden, alsof iemand hem daarop zou aanspreken, of dat er een ultieme rechter was die hem zou veroordelen voor wat hij had gedaan.

Of niet gedaan.

Hij slikte, weer alleen in het donker, de hele situatie die zich om hem heen ontvouwde slechts een flikkering van zijn werkelijkheid. Hij vocht tegen de emotie en probeerde zijn geest terug te dwingen naar het heden. Dit, wist hij, was de echte vreemdeling, de verschijning waar hij geen controle over had. Woede kon worden gericht op een doel, maar deze angst was een wolk die boven hem hing en hem in de gaten hield.

Alsof ze naar hem keek.

Hij wist dat ze er niet was - ze was er *nooit* geweest - maar ze kon hem nog steeds zien, zelfs in het donker. *Vooral* in het donker.

Ze was niet echt, maar hij had haar echt gemaakt. Hij bracht haar tot leven, net zoals zij nog nooit had meegemaakt.

Hij wilde er plotseling heen, haar vinden, haar terugbrengen en troosten, haar vertellen...

Crash!

HOOFDSTUK 37

Het lichaam van HENDRICKS sloeg door het metalen ventilatierooster en Reggie's geest schoot onmiddellijk terug naar de realiteit en zette hem aan tot actie. Hij reageerde instinctief, zijn lichaam drong zich naar voren om er zeker van te zijn dat hij de tweede man op de grond was. Hij stak zijn voeten uit, kraakte de schroeven en de dunne metalen banden rond het rooster, en begon te vallen.

Hij hoorde Hendricks' geweer al vuren, en van zijn andere kant van de kamer hoorde hij mevrouw E of Julie ook de kamer inbreken. Hij bracht zijn geweer in de richting van de dreiging, de rug van de twee mannen die hij een fractie van een seconde na het vrijmaken van het kanaal al had aangewezen.

Hij landde op zijn voeten, schoof opzij zodat Ben naast hem kon vallen, en zakte toen naar beneden in een gehurkte positie met een knie op de vloer. Hij bracht het geweer omhoog en richtte op het uiteinde van de loop - een natuurlijke gewoonte na jaren training als sluipschutter. Hij had het vizier niet nodig voor een schot van zo dichtbij, dus vuurde hij snel, twee schoten. Hendricks' eerste schot was raak geweest, en de man rechts viel zijwaarts neer door de impact. Reggie had zijn doel goed gekozen, door te raden op welke man Hendricks het eerst zou mikken en koos de tegenovergestelde.

Het schot schoot het hoofd van de man abrupt naar voren, en hij kromp ineen.

Vanuit zijn ooghoeken zag hij hoe Julie zich van de val van twee meter oprichtte en haar geweer optilde zoals hij haar had laten zien. Hij wierp haar een kleine grijns toe, toen zijn ogen zich verwijdden.

"Julie!" schreeuwde hij. "Ga liggen!"

De kogels van een derde en vierde geweer scheurden in Level 7. Reggie draaide zich al om om in het trappenhuis te schieten, maar het was te laat.

Een uitbarsting van rood explodeerde rond het been van mevrouw E, tijdens de val, en ze landde erop en schreeuwde het uit van de pijn. Julie viel op de grond, haar hoofd ging verwoed heen en weer terwijl ze probeerde te begrijpen waar de aanval vandaan kwam.

"Nog drie, in het trappenhuis!" schreeuwde Reggie. Hendricks en Kyle openden het vuur, en de drie Chinezen die Reggie had gezien dansten veilig weg van de rand.

"Maak er vier van," gromde Hendricks. Reggie zag de vierde - eigenlijk van boven op de trap naar beneden komen, in plaats van beneden. De groep moet op de trap naar boven hebben gestaan toen ze vanuit de ventilatieopeningen naar binnen waren gekomen en hadden gekeken waar de commotie over ging.

Goede timing, dacht Reggie. Hij vuurde nog twee salvo's af om hun aftocht te dekken, toen rende hij naar Julie's locatie.

"Je moet naar de rand van de kamer gaan," zei hij, terwijl hij zijn stem kalm probeerde te houden. Ze waren in de directe vuurlijn hier, en op elk moment...

"Inkomend!" Hij hoorde Joshua schreeuwen.

Het onmiskenbare geluid van metaal dat op een hard oppervlak stuiterde, maakte iets los in Reggie's geest. Hij rende naar voren, ervan overtuigd dat de granaat recht op Julie en Mrs. E afkwam, en probeerde hem te vinden.

Het was echter over hun hoofden heen gestuiterd, en kwam tot stilstand onder een van de staande bureaus langs de muur.

Reggie probeerde de anderen te waarschuwen, maar het geluid van zijn stem werd volledig overstemd door de explosie.

De ontploffing van de granaat scheurde een gat in de lucht, zoog al het geluid en licht weg en verving het door zijn eigen vurige verwoesting. Het ongelukkige bureau dat hij had uitgekozen vloog recht omhoog, viel uit elkaar toen het het betonnen plafond raakte en viel in honderd stukken uiteen, elk van de scherpe stukken hout richtte zich op een nieuw doel terwijl ze terug kaatsten en ratelden op de grond.

De kracht van de explosie tilde andere voorwerpen van de vloer en liet ze in een vulkaan van kantoorbenodigdheden naar buiten vallen, en Reggie zag hoe een verrijdbaar karretje van de conciërge ondersteboven van het toneel rolde.

Hij keek om zich heen, probeerde door het stof en de rommel in de lucht heen te kijken, in de hoop te zien of er nog iemand gewond was.

Hij hoorde Colson's stem, gedempt en vermoeid, aan de zijkant van de kamer.

"Colson, ben jij dat maatje?" riep hij.

"J - ja. Ik ben geraakt, denk ik."

Reggie rolde zich op zijn rug en bracht zijn hoofd een beetje omhoog. De Chinese soldaten in het trappenhuis zouden na het gooien van de granaat zijn weggedoken, maar ze zouden het gebied niet helemaal hebben verlaten. Hij hief zijn geweer op en richtte op de plek waar hij de man het laatst de trap had zien afdalen. Na een seconde zag hij zijn voet een langzame, onzekere stap naar beneden zetten.

"Slecht idee, eikel," schreeuwde hij en haalde de trekker over. De Chinese soldaat huilde en viel, zijn voet aan flarden geblazen door een uitbarsting van drie kogels. Reggie maakte het karwei af toen de man volledig in beeld tuimelde en schoot nog een paar keer in het trappenhuis om de overige drie te waarschuwen.

"Dekking," zei hij luid tegen Hendricks, Joshua, en Kyle. "Ben, help me een handje."

Ben was al aan zijn zijde, controleerde Julie om zeker te zijn dat ze niet geraakt was, en ging toen naar Colson terwijl Reggie aan Mrs. E. werkte.

"Het is een kleine klap," zei mevrouw E met opeengeklemde tanden. "Maar het doet veel pijn."

"Ja, dat zal het doen," antwoordde hij. "Hier, laten we je naar de muur brengen."

"Ik ben in orde," zei ze. "Leg me op mijn rug zodat ik op ze kan schieten."

"Je hebt grit, dame," zei hij, lachend. "Maar dat is een vreselijk idee. Schuif eens op." Hij pakte haar arm en gooide die over zijn schouder, waarna hij zich omhoog hees om haar van de grond te tillen. Hij hoorde haar lichtjes janken toen haar been bewoog, maar ze klaagde niet.

Het bloed uit haar wond deed de verwonding erger lijken dan het was, maar hij wist dat zelfs een kleine schotwond het slachtoffer meer pijn kon doen door bloedverlies. "We moeten het op zijn minst verbinden," zei hij.

"Pak dan in terwijl ik schiet."

Hij knikte, nog steeds onder de indruk van haar vastberadenheid. "Je hebt het." Hij verhief zijn stem iets zodat de anderen het konden horen. "En omdat je Bennett niet bent, hoef ik je er niet aan te herinneren dat je niet op dat ding moet schieten als het naast mijn hoofd zit."

Ze fronste, begreep de grap duidelijk niet.

"Dat heb ik al *eens* gedaan," schoot Ben terug. "En je hebt me er al voor terug betaald."

"Oren piepen nog steeds."

"Hoe ziet ze eruit?"

"Ze is in orde, maar ze zal hulp nodig hebben met lopen. Colson?"

Ben antwoordde niet, en Reggie hoorde het geluid van Joshua die in het trappenhuis schoot toen een van de Chinese soldaten om de hoek waagde te gluren.

"We hebben ongeveer tien seconden voordat het hele Chinese leger hier beneden op ons zit," zei Joshua.

"Vergeet die 'roid guards niet," zei Reggie.

"Roid?" vroeg mevrouw E. Reggie had een klein rolletje gaas uit zijn rugzak gehaald en begon het strak om het onderste deel van haar dij te wikkelen.

"Steroïden. Hé, als ik er één zie, vraag ik of ze er wat voor je hebben. Je kunt nu wel een opkikker gebruiken."

Mrs. E forceerde een glimlach door opeengeklemde tanden terwijl Reggie werkte.

"Ben!" riep Reggie. "Colson? Hoe is het met hem?"

Ben keek op van zijn eigen medisch werk en ontmoette Reggie's ogen. "Hij is, uh, wel, hij is behoorlijk toegetakeld."

"Van de val, of van de granaat?"

Ben pauzeerde. "Ja."

Reggie knikte en werkte sneller. Hij trok het verband onder zijn eigen lus om het strak aan te trekken en klopte er toen zachtjes op om het te testen. "Hoe is dat?"

Kyle, Hendricks en Joshua waren dichter bij de trap gaan staan, elk verborgen achter een of ander groot voorwerp voor een relatieve dekking terwijl ze het niveau bewaakten. "Je moet opschieten, Red," zei Hendricks. "Die tien seconden zijn om."

Reggie keek op en zag dat Hendricks niet overdreef. Kyle en Joshua openden onmiddellijk het vuur op de trap terwijl meer Chinezen naar beneden kwamen, de eerste drie soldaten nog steeds verborgen achter de muur. Hij hoorde hun stemmen op elkaar inwerken en uitleg geven over de situatie op Level 7.

"Een goed gemikte granaat zou nu geweldig zijn," zei Reggie, terwijl hij zich naar Ben en Colson bewoog. "Iemand?"

"Ben er al mee bezig," antwoordde Kyle, zijn woorden articulerend met een korte, onderhandse worp in de richting van de trap.

Ze wachtten, toen hoorden ze de explosie. Het was veel te ver weg, en Reggie wist meteen wat er gebeurd was.

"Ze schopten het over de reling en de trap af," zei Kyle. "Nog meer?"

Niemand antwoordde.

"In dat geval," zei Hendricks. "Hou die geweren onder schot. Ik kan me niet voorstellen dat ze de lift zullen gebruiken, als die al werkt, dus richt je op de trap. Wij hebben het uitkijkpunt, maar ze weten dat we geen uitweg hebben. We kunnen ze de hele dag pakken als het moet, maar laten we hopen dat ze niet eigenwijs worden met die granaten."

Reggie kwam bij Ben en Colson en keek naar de knobbelige man op de grond. Hij lag languit op zijn buik, zijn handen onder zijn hoofd.

"Het doet pijn," zei hij, zijn stem weifelend.

"Een paar kleine granaatscherven, van wat ik kan zien," zei Ben. "Voor de rest, brandwonden en schrammen. Het komt wel goed met hem, maar..."

"Maar hij is een watje," snoof Reggie.

"Ik ben hier," zei Colson.

"Bent u het niet eens met onze beoordeling?"

"Het - doet nog steeds pijn."

"Praat met me als je neergeschoten bent," zei Reggie. Hier, maak het in ieder geval schoon." Hij schroefde de dop van een waterfles af en begon het langzaam over de rug van de man te gieten. Colson spande zijn lichaam, maar hield op met klagen.

"Ben je getrouwd? Ooit een vriendin gehad?" vroeg Reggie terwijl hij werkte.

Colson schudde zijn hoofd.

"Hou er dan mee op. Je kent de echte pijn niet." Hij keek op en knipoogde naar Ben. Ben glimlachte alleen maar en schudde langzaam zijn hoofd.

"Laat hem met rust," zei hij. "Hij moet ons nog steeds helpen de gegevens van Mr. E te vinden."

"Prima. Oké, maatje, wat nu? Naar de lagere niveaus gaan?" vroeg Reggie aan Colson.

Colson rekte zich een beetje uit, de wonden op zijn rug testend. Zijn hemd was op vele plaatsen gescheurd, en nu nat en bedekt met bloed, maar hij schoof op zijn zij en ging uiteindelijk rechtop zitten. Het proces duurde veel te lang voor Reggie, maar hij deed zijn best om de uit vorm geraakte man wat ruimte te geven.

Colson schudde zijn hoofd en zette zijn bril weer recht op zijn neus. "Nee, als we nu gaan, volgen ze ons toch gewoon de lucht-openingen in?"

Reggie was verbaasd dat hij daar niet aan gedacht had. "Ja, ik denk dat je gelijk hebt. Ze pakken ons gewoon als we allemaal binnen zijn."

"Dus dan moeten we blijven en vechten," antwoordde Colson.

Reggie spotte. Als het iemand anders was geweest, zou hij het gevoel geloofd hebben. Van Colson, leek het een beetje hoopvol. *Het is tenminste een poging.*

"Kun je iets doen vanaf hier? Iets van je computer voodoo van je oude bureau?"

Colson keek naar zijn werkstation en zag dat het de granaat-ontploffing had overleefd.

"Niet echt. Ik kan uiteindelijk wel inbreken, maar ik kan niets op afstand kopiëren. We moeten handmatig een verbinding in de machine maken, wat betekent dat we er nog steeds moeten komen. Of tenminste één van ons."

"Slechts één van ons?"

"Het liefst gaan we met z'n allen naar beneden, voor bescher-ming en zo,' zei Colson. "Maar technisch gezien is er maar één persoon nodig om bij de juiste mainframe te komen en een USB-stick in te pluggen."

"Wacht," zei Ben. "Je neemt me in de maling. Heeft deze supercomputer een USB-poort?"

Colson keek naar Ben alsof hij van een andere planeet kwam. "Mr. Bennett, u begrijpt toch wel dat USB 'Universal Serial Bus' betekent, wat betekent dat het een standaardprotocol is voor data-transmissie?"

"Nou, ik, ja, ik denk het. Het lijkt gewoon een vrij onzekere functie."

Colson schudde zijn hoofd. "Het is ingebouwd in de hard-ware, maar het OS dat we hebben gemaakt heeft de firmware geherprogrammeerd om alleen-lezen te zijn. Het is gebruikt om gegevens te installeren of importeren, maar het schrijft niet naar schijf. We moeten dat omzeilen of een script schrijven dat de instelling terugdraait, wat ik denk te kunnen doen. De IT beveiliging hier zou daar bovenop zitten, maar iets zegt me dat ze er vandaag niet zijn."

"Ik snap het. Dus we stoppen er een USB-stick in en wachten tot de overdracht klaar is?

"Ben, dit is geen *Mission: Impossible* film. We moeten hier nog even over nadenken."

Ben en Reggie wachtten. Reggie had het gevoel dat de man die voor hen op zijn kont zat, genoot van de kans om de overhand te krijgen.

"Ik kan waarschijnlijk een script in elkaar flansen om de originele schijffirmware te herinstalleren, aangezien ik een volledig werkende USB-poort heb op mijn eigen machine hier, maar aangezien ik niet beneden zal zijn, zullen we *ook* iets moeten schrijven dat de juiste gegevens kan grijpen - wat dat ook is - en het naar de schijf kopiëren."

"Wacht," schreeuwde Hendricks. "Je komt *toch niet* naar beneden?"

Reggie was verbaasd dat hij hun gesprek kon horen. "Ja, jij bent de enige die weet hoe je dit moet doen, man. Je moet gaan."

Colson schudde alweer zijn hoofd. "Nee, dat is het juist. Het heeft eigenlijk geen zin. We kunnen niet *allemaal* gaan, wat betekent dat er hier mensen zullen zijn om me te beschermen terwijl ik werk. Ik kan het doen, ik weet alleen niet hoe lang het zal duren. Maar als ik *dan* naar beneden moet, is dat nog een uur of zo tot we bij de centrale computer op Level 9 zijn."

"Hij heeft een punt," zei Ben.

"Ik weet dat hij een punt heeft," zei Reggie. "Dat betekent niet dat ik het leuk vind."

"Ik ben het eens met Red," zei Hendricks. "Welke andere opties hebben we?"

"We kunnen ons opsplitsen," bood Ben aan.

"Nee," zei Joshua. "Dat zal ons hier alleen maar minder bescherming geven. Als we maar één van ons naar 8 kunnen sturen, weten ze niet dat we vermist zijn. Dat is onze beste kans - sluipen in, sluipen uit, terug naar hier. "

Hendricks knikte en vuurde toen op twee Chinezen die besloten hadden om snel naar binnen te gaan. Ze werden snel neergeschoten, en Kyle en Joshua staken hun dekking uit om er zeker van te zijn dat de hinderlaag voorbij was.

"Juist, oké, dat is logisch. We sturen één van ons naar buiten, dan naar de serverruimte om de USB-stick in te pluggen. Dan - wat?"

"*Dan wachten* we tot de overdracht voltooid is," zei Colson, met een uiterst tevreden blik op zijn gezicht.

"Net als een *Mission: Impossible* film," mompelde Ben onder zijn adem.

HOOFDSTUK 38

"OKÉ, COLSON," ZEI HENDRICKS. "Begin jij maar aan dat script. Juliette en E kunnen helpen. Julie, is dat goed voor jou?"

Julie was al op de been en hielp Colson opstaan om naar zijn computer te gaan. "Natuurlijk, maar er is nog iets," zei ze. "We moeten *nog steeds wachten* tot die scripts geschreven zijn. Anders sturen we iemand daarheen met een nutteloze lege USB-stick."

Colson stopte en dacht erover na. "Ja, je hebt gelijk. Oké, wel, wat doen we dan?"

"Kunnen we een ad-hoc netwerk opzetten?"

Colson's ogen werden groot toen hij begreep wat ze bedoelde, waardoor de rest van de kamer in het duister tastte over de betekenis van hun cryptische gesprek. "Dat zou kunnen, maar het zou niet tot daar beneden reiken. Maar we kunnen de LAN-verbinding testen. Er is nog nooit een Internet verbinding op geweest, en er zullen nu zeker geen verbindingen van buitenaf op toegestaan zijn, maar we zouden geen toegang tot het Internet nodig moeten hebben, alleen intra. Het *is* de snelste manier om bestanden lokaal over te brengen..."

"En als we een laptop kunnen krijgen om mee te nemen, kunnen we de schijf in een van de USB-poorten steken, wachten tot het script klaar is en dan verbinding maken met *dat* netwerk.

Het script is dan klaar en we hoeven het alleen nog maar op de USB-schijf te schrijven en in het mainframe te stoppen."

Julie dacht dat Colson zich zou omdraaien en haar zou proberen te high-fiven, maar - gelukkig - zag hij ervan af. "Oké," zei hij, "dat werkt. Het is nog beter. Er is geen manier om de ethernet verbinding te verbreken zonder de bedrading eruit te halen, dus we zijn veilig. Het zal ook veel sneller gaan, omdat we dan niet allemaal hier hoeven te wachten tot we klaar zijn."

Hij logde in op zijn computer, vond hem precies zoals ze hem uren geleden hadden achtergelaten, en navigeerde naar een opdrachtprompt venster. "Ik doe het als een shellscript, en schrijf dat dan naar een tekstbestand. Ik denk dat ik het in een automatisch uitvoerbare wikkel kan stoppen, zodat degene die het moet afleveren het gewoon in kan pluggen."

"Hé, wie *is* dat, trouwens?"

Julie draaide zich om en zag de rest van de kamer, behalve Kyle, Mevr. E, en Joshua naar haar kijken.

"Wie gaat er naar beneden?"

"Nou, naast mij, denk ik dat de volgende beste optie is Mevr. E. Maar ze is..."

"Ja, ze is buiten westen," zei Hendricks. "Reggie, Joshua, Kyle, jullie zijn de beste schutters hier, dus we hebben jullie waarschijnlijk nodig om achter te blijven. We moeten het fort een uur kunnen verdedigen, zolang ze niets groters hebben dan granaten. Bennett is onze man."

Julie voelde haar hart bonzen. *Ik wist het.*

"Ja, dat is wat ik dacht dat je stem zou zijn," zei Ben.

"Niet een stem," zei Hendricks.

"Dat dacht ik ook al." Ben zwaaide al met zijn rugzak om de voorraden te controleren. Hij haalde er wat grotere voorwerpen uit en dumpte de rest op de grond. "Er zit hier veel water in, maar ik zou graag een jetpack of zoiets hebben. Dan hoef ik tenminste niet -"

"Je zult moeten abseilen," zei Hendricks.

"Kom op," zei Ben, "dit wordt belachelijk. Als ik in Alaska wat meer had geoefend, had ik beter kunnen schieten en hier kunnen blijven."

"En ik zou je nog steeds laten gaan," zei Hendricks. Hij liet zijn geweer zakken en staarde Ben recht aan. "Jij bent de beste man voor de job, zoon."

Julie voelde een gevoel van trots, terwijl haar hart weer zonk. *Hij doet dit,* wist ze. *Hij gaat naar buiten, in Antarctica, zonder jas, op een roekeloze missie tegen twee getrainde legers.*

Ben keek naar Julie.

Ze haalde haar schouders op. "Denk je dat ik het uit je hoofd kan praten?"

Hij probeerde te glimlachen, maar ze wist dat het voor hem net zo troostend was als voor haar.

HOOFDSTUK 39

HET VOELDE GOED VOOR BEN OM HENDRICKS' vertrouwen in hem te horen, ook al was hij er niet van overtuigd dat het geen zelfmoordmissie was. Eigenlijk vroeg hij zich af of de hele beproeving hier een zelfmoordmissie was. Terwijl hij de spullen in zijn rugzak doorzocht, bekroop hem een overweldigend gevoel van onmogelijkheid.

Dit gaat nooit werken.

Hij schoof de kleinere voorwerpen opzij - aansteker, miniatuur verbanddoos, batterijen - en greep naar de wanten. Hij had de dikke, versterkte handschoenen op de kazerne al uitgedaan, maar was blij dat hij nu een alternatief had. Wanten, wist hij, waren sowieso een betere optie. Ze zouden niet de beweeglijkheid van handschoenen met vingers bieden, maar door alle vingers bij elkaar te houden zou er meer lichaamswarmte worden overgedragen. Hij trok ze aan om de pasvorm te testen en ging toen verder met zijn werk.

Een paar verdwaalde geweerschoten vielen de kamer binnen, maar hij draaide zich niet om. De Chinese troepen buiten de deur waren nog steeds niet in aantal toegenomen of hadden hun aanval niet opgevoerd, wat betekende dat ze ofwel dachten dat de Amerikaanse groep goed genoeg onder controle was of dat hun teamgenoten elders bezig waren. Voorlopig hoopte Ben dat de beveiliging van het station in staat was de andere vijand bezig te houden, in ieder geval tot hij terugkwam van zijn eigen missie.

"Hé, jij gaat me vertellen wat ik daar beneden moet doen, toch?" riep hij.

Julie antwoordde onmiddellijk. "We zijn er al mee bezig. Je moet deze laptop meenemen, maar als je eenmaal beneden bent, maak je gewoon verbinding met het netwerk dat we aan het maken zijn door het ergens op een netwerkpoort van een muur of computer aan te sluiten."

"Oké, hoe ziet een 'netwerkpoort' eruit..."

"En dan moet je er zeker van zijn dat de computer ziet dat Colson hier is, door de inkomende verbindingen te controleren, en -"

"Jules," zei Ben. "Rustig aan."

Julie pauzeerde even en besprak toen iets met Colson. Beiden zweefden nog steeds boven de terminal, Colson verwoed typend en grommend terwijl Julie naar het scherm wees en haar eigen opmerkingen maakte. Uiteindelijk draaide ze zich weer om naar Ben. "Oké, ik heb het. We hebben een tekstdocument met de instructies voor je openstaan. Het zal op het scherm staan als je de laptop opent."

Ben staarde haar wezenloos aan.

"Het 'scherm' is het magere bovenste deel dat oplicht."

Ben rolde met zijn ogen. "Bedankt. Ik maak me wel zorgen over de rest van deze operatie. Weet je zeker dat ik de juiste man ben?"

"Helemaal niet," zei Julie. "Als ik Hendricks was, zou ik ons naar de hal laten rennen en de Chinezen ons laten verscheuren."

"Het komt goed, Bennett," kondigde Hendricks' norse stem aan. "Hoe meer je je zorgen maakt, jongen, hoe groter de kans dat je faalt. Accepteer gewoon de missie en ga er voor."

Erin leren? Wat voor leiderschapspsychobabbel probeert hij me te verkopen?

Ben stond op het punt ruzie te maken toen hij zich realiseerde dat hij zich om een of andere reden beter voelde. *Ik* ben *de juiste persoon voor dit.*

Elke keer dat Bens veerkracht en doorzettingsvermogen op de proef werden gesteld, verbaasde hij zichzelf en iedereen om hem heen met zijn vermogen om te overwinnen. Hij was over zijn grenzen gegaan, in situaties gegooid die hij *nog steeds* niet kon begrijpen, en kwam er aan de andere kant als overwinnaar uit. Beschadigd, met veel blauwe plekken, maar niettemin zegevierend.

Hij had de wanten, de muts en de handwarmers uit de rugzak gehaald, teleurgesteld dat er niet veel anders in de kleine tas zat dat hem warm en beschermd tegen de elementen zou houden, maar niet verbaasd. Ze hadden hun zware bovenkleding in de barakken gedumpt, in de veronderstelling dat ze de rest van hun tijd in Antartica *in* het station zouden doorbrengen.

"Prima. Ik doe het wel. Maar nog één ding: Colson, hoe zit het met de verwarming? Je zei dat de lucht die door het kanaal stroomde erg heet was."

Colson stopte niet eens met typen toen hij zijn antwoord teruggooide naar Ben. "Niet super heet, maar ja - behoorlijk heet."

"En ik moet door het kanaal kruipen *naar* de warmtebron? Hoe gaat dat in zijn werk?"

Colson leek een paar seconden verward toen hij zich door de afleiding van zijn werk liet afleiden. Hij dacht na over de vraag en draaide zich toen om. "Oh, ja, ik dacht dat ik kon proberen de bron voor een paar minuten uit te schakelen."

"Een paar minuutjes maar?"

"Nog langer en we zullen allemaal bevriezen. Ik kan het *misschien* tien minuten volhouden, maar het is de enige generator voor het hele station."

"Geweldig," zei Ben. "En hoe weet je wanneer ik terug ben?"

"We weten wanneer je de laptop opent, en wanneer je hem weer sluit,' zei Julie. "De verbinding wordt dan verbroken, zodat we weten dat je op het punt staat om weer naar boven te klimmen en in de ventilator te gaan."

Colson knikte mee. "Ik zal twintig minuten nadat je de laptop hebt afgesloten, de verwarming weer offline halen, opnieuw voor tien minuten. De temperatuur van het station zal flink dalen, maar het zal daarna een uurtje of wat oncomfortabel zijn."

Ben fronste terwijl hij opstond en de rugzak op zijn schouders legde. "Sorry dat je je ongemakkelijk voelt."

"Dat is oké, we..." Colson stopte zichzelf toen hij besefte dat Ben eigenlijk niet bezorgd was om zijn comfort.

"Oké, laat het me weten als je klaar bent met die laptop," zei Ben.

Julie stond op en stopte de laptop in Bens open rugzak. Hij was lichter dan hij had verwacht, en hij was blij dat hij niets van zijn uitrusting had verwijderd om er ruimte voor te maken. Hij wist niet zeker wat hij op deze reis nodig zou hebben, dus zijn instinct was om zo veel mogelijk mee te nemen. Als alles goed ging, zou hij alleen de laptop, het touw en het klimijzer nodig hebben.

Hendricks liep naar Ben toe om te laten zien hoe je de klimratels moest gebruiken, gereedschap dat Ben nog niet eerder had gezien. Het waren militaire voorwerpen, stevige industriële metalen hendels met gaten waar het touw in één richting doorheen kon. Terwijl hij op het touw klom, kon hij de ratels één voor één naar boven schuiven, waarbij zijn lichaamsgewicht het vergrendelingsmechanisme activeerde zodat ze niet naar beneden konden glijden. Het was een eenvoudig maar ingenieus apparaat, en hij hield van Hendricks' uitleg erover: *ze laten je sneller klimmen en houden je veiliger.*

Dat waren de woorden die hij wilde horen.

Tenslotte trok Hendricks zijn onderkleding uit - een weerbestendig shirt met lange mouwen - en overhandigde die aan Ben. Hendricks haalde een t-shirt uit zijn eigen rugzak terwijl Ben de extra laag aantrok.

"Twee zou je warm genoeg moeten houden," zei Hendricks. "Maar het is ongeveer 10 graden buiten, dus als er wind staat, voel je het."

Ben was gewend aan koud weer, maar temperaturen van rond de tien graden en een gevoelstemperatuur met slechts twee shirts aan was te veel van het goede. Hij hield van de kou, maar meestal omdat hij er goed van kon genieten - door veel lagen te dragen en zijn ledematen goed te bedekken.

Geschokt maar voldaan liep Ben naar het ventilatierooster aan het uiteinde van de muur en hurkte neer.

"Ik ga eerst naar binnen, geef me dan het pakje."

Hendricks knikte, maar Kyle en Joshua begonnen aan de andere kant van de kamer te schreeuwen voordat hij Ben kon helpen met het rooster.

"We hebben gezelschap! Granaat, bukken!"

De granaat was vanuit de hoek van het trappenhuis naar binnen gegooid en ketste af op een tafel die Joshua ter bescherming op zijn kant had gezet. Hij rammelde naar de hoek van de kamer en ontplofte, veilig buiten bereik van het gevaar. De groep viel op de grond, maar Ben kon zien dat niemand gewond was. Terwijl ze zich oprichtten en het gevecht hervatten, verschenen er twee hoofden in de deuropening.

"Ze komen naar binnen!" Schreeuwde Kyle. Hij begon op hen te schieten nog voor hij fatsoenlijk had kunnen richten. Reggie kwam erbij, en de man links die de kamer binnenkwam viel.

"Ben," zei Hendricks, zijn gezicht plotseling omlaag op Bens niveau. "Ga. Nu. Ga naar beneden en geef ons onze gegevens, zodat we hier als de donder weg kunnen." Hendricks pakte zijn pistool en rende terug naar de actie, Ben alleen achterlatend met zijn missie.

Ben knikte en rukte de laatste hoek van het rooster van de muur. Hij deed geen moeite om het los te schroeven - het zou geen zin hebben om zijn sporen nu te verbergen. Hij dook voorover in het kanaal, nog steeds niet helemaal over zijn eerste reis door het luchtsysteem van het station heen. Ben verplaatste zijn positie zodat zijn lichaam op één lijn lag met het kanaal en zijn hoofd nu door het open gat in de muur de kamer in stak.

Hij wachtte een seconde terwijl Reggie, Joshua, Kyle en

Hendricks werkten om de dreiging van de Chinese soldaten vooraan in de zaal weg te nemen. Het lawaai was oorverdovend, dus hij kon niet roepen. Gelukkig draaide Julie zich om.

Haar ogen werden groot, en ze liep naar Ben toe en hurkte neer.

"Sorry - ik... ben er helemaal in verdwaald."

Hij glimlachte. "Het is goed, Jules, je bent in de zone. Ik snap het. Wat moeten we eigenlijk zeggen?"

Haar gezicht betrok terwijl ze worstelde om de situatie te begrijpen. "Ben, je... ik weet het niet."

"Beter terugkomen?"

Een traan vormde zich en viel over haar wang, ze klemde haar tanden op elkaar en veegde hem weg. "Als je daar sterft, vermoord ik je zelf."

Hij lachte, reikte naar de rugzak en trok hem in het gat. "Afgesproken." Hij wilde zich net omdraaien en zijn reis voorwaarts beginnen toen Julie in het kanaal leunde en zijn gezicht vastpakte en hem kuste.

Hij kuste haar terug en trok toen zijn hoofd iets terug. "Jules, we moeten het *echt* over timing hebben. Heb je *nog nooit* een actiefilm gezien?"

"Ja," zei ze. "Dat heb ik. Je laat me er altijd naar kijken. En er is een slecht getimede kus in elk van hen."

HOOFDSTUK 40

DE REIS DOOR DE VENT GING DEZE KEER VEEL VLOTTER. Er waren geen verticale dalen, geen aftakkingen van de lange, rechte gang om door te navigeren, en niemand anders om hem te vertragen. Hij baadde nu in volledige duisternis, de geluiden van geweerschoten en explosies werden langzaam vervangen door het gezoem en de trillingen van de verwarming, die ergens verderop lag.

Hij had een kleine zaklamp gevonden in een van de zakken van zijn rugzak, maar hij voelde zich op zijn gemak als hij zijn handen en armen gebruikte om zich een weg te banen. De hitte nam toe, hetzij door de nabijheid van de verwarming van het station, hetzij door zijn inspanning, maar hij wist dat het slechts een kwestie van tijd was voordat de temperatuur voorbij het oncomfortabele zou stijgen tot in het rijk van het gevaar.

Kom op, Colson, dacht hij. *Zet dit ding uit.*

Hij hoopte echt dat Colson zijn eigen capaciteiten niet overdreef en in staat was om de verwarming een paar minuten uit te zetten. Hij zou er nooit langs kunnen kruipen als hij aan stond. Hij probeerde zich te herinneren hoe het verwarmingssysteem in een gebouw eruitzag. Hij had er geen ervaring mee, maar herinnerde zich dat zijn ouderlijk huis een kachel in de kelder had. Boven de oven liepen buizen, de aanzuig- en afvoerkanalen waren allemaal verbonden in een lange, ononderbroken schacht van rechthoekige metalen buizen. Als dit systeem gewoon een grotere versie was van het oude van zijn ouders, betekende dit dat de kachel zelf zich aan de zijkant van de ventilatie zou bevinden, zodat hij er ongehinderd langs kon kruipen.

Als, natuurlijk, Colson het kan stilleggen.

Ongeveer tien minuten later bereikte hij het punt waarop het onmogelijk was om verder te gaan. Naar zijn schatting had Ben zo'n honderd voet afgelegd, langzaam voortglijdend met de rugzak over zijn voet gelust. Als de zijkant van het station en het einde van deze schacht op één lijn lagen met de verste wand van Level 7, betekende dit dat hij dichtbij moest zijn.

Maar de verwarming stond nog aan, en pompte *hete* lucht over Ben. Hij zweette overvloedig, een feit dat hij niet kon negeren. Niet alleen verloor hij water, hij doordrenkte zichzelf en zijn kleren met vocht dat onmiddellijk zou bevriezen als en wanneer hij buiten zou komen.

Hij stopte en hief zijn bovenarm op om het zweet van zijn voorhoofd te vegen en zijn muts af te nemen. De wanten had hij tien minuten geleden al afgedaan en aan een lus van zijn skibroek vastgeklikt. Hij liet de muts op de bodem van de schacht vallen en liet zijn lichaam het naar voren duwen terwijl hij gleed.

Colson, laten we gaan!

Hij overwoog te schreeuwen, maar het gebrul van de kachel zou zijn stem gemakkelijk overstemmen, en er was weinig kans dat ze hem zelfs maar in de kamer zouden horen als iemand nog met zijn wapen vuurde.

Hij was niet claustrofobisch, maar hij realiseerde zich plotseling dat hij te groot was om zich in de krappe ventilatie te manoeuvreren. Hij kon niet eens zijn kleren uittrekken. Misschien kon hij een laars uittrekken, maar die zou hij met geen mogelijkheid weer aan kunnen krijgen.

Hij kon het niet helpen, maar vroeg zich af of de schacht langzaam was gekrompen terwijl hij over de lengte ervan navigeerde. Hij draaide zich langzaam op zijn zij en bracht zijn rechterbeen omhoog in de richting van zijn hand. Hij moest zijn knie omhoog strekken tot in de bovenhoek van de metalen rechthoekige gevangenis waarin hij zich bevond, maar uiteindelijk kreeg hij een hand op de riem van de rugzak. Hij ritste de tas voorzichtig open en reikte naar het licht.

Hij zette hem aan en richtte hem op de lengte van de schacht. Het was moeilijk om recht vooruit te kijken, want de hitte kwam in een voortdurende, eindeloze golf van lucht die zijn oogleden verschroeide en zijn ogen overvloedig deed tranen. Hij wierp een snelle blik en verloor onmiddellijk alle hoop.

Het verwarmingselement bevond zich aan de rechterkant van de schacht, waardoor het theoretisch een vrij schot naar de uitgang was. Maar het was nog steeds meer dan 100 voet ver, en met zijn beperkte licht kon hij nauwelijks de uitloper zien waar hij veronderstelde dat de verwarmingskern zich bevond. Het zou een inlaat hebben die lucht van buiten zou aanzuigen en die terug in de hoofdschacht zou sturen, waardoor de warmte door het hele station zou worden gepompt en op natuurlijke wijze naar de bovenste niveaus zou stijgen.

Hij ging liggen, verslagen, hopend dat het grootste deel van de hitte zou besluiten dat hij de moeite niet waard was en gewoon over hem heen zou gaan, verder reizend naar de verste uithoeken van het station.

Het metaal van de kanaalvloer drong nu door zijn kleding heen. Zijn gezicht raakte het oppervlak even, wat onmiddellijk een pijnreactie uitlokte, en opnieuw vroeg hij zich af of de anderen hem vergeten waren.

Toen, met een surrealistische speling van het lot, alsof God zelf naar beneden reikte en Ben's gebed verhoorde, stierf de verwarming. Het lawaai stopte onmiddellijk, en de luchtstroom viel terug tot een zacht briesje, en daarna tot helemaal niets meer. Na een minuut daalde de temperatuur in de schacht tot een niveau waar hij stilletjes over had gedroomd, en hij opende zijn ogen en scheen met het licht voor zich uit.

Nu hij zich weer kon concentreren, kon hij het einde van de

tunnel zien. Het was nog ver, en hij moest snel zijn, maar het leek mogelijk. Hij duwde zichzelf weer vooruit, en werkte de knikken en de pijn weg die al waren ontstaan.

Dank je, Colson. De man die ze gered hadden van een lange en trage dood had nu de gunst teruggegeven.

HOOFDSTUK 41

"HET GAAT NIET HOUDEN," fluisterde Jonathan Colson. Hij raakte altijd in een trance-achtige toestand na tien of vijftien minuten achter een computer en sprak in raadsels en halve zinnen, tot grote ergernis van bazen of collega's die met hem probeerden te communiceren.

"Colson," zei Julie, "je kraamt onzin uit. Stop en kijk me aan."

Hij hoorde de woorden maar keek niet weg. Hij had niet echt geluisterd, dus het was alleen dankzij een vreemde onderbewuste autoriteit in hem, die hem menselijk hield, dat hij eindelijk besefte wat ze had gezegd. Hij knipperde een paar keer met zijn ogen en keek op van de regels code waar hij naar had zitten staren.

"Huh? Wat - oh, juist. Ik zei 'het zal niet houden'."

"*Wat houdt het* niet?" vroeg mevrouw E vanuit de stoel waarin ze was neergezakt. Ze wilde dolgraag helpen, maar haar verwondingen maakten elke beweging moeilijk, dus had ze zichzelf gedegradeerd tot achterzitster, terwijl ze vragen stelde en feedback gaf terwijl Colson en Julie het meeste werk deden.

"De, uh, verwarming. Het... ik bedoel, het is offline, maar... Colson schudde heftig zijn hoofd, alsof hij zijn geest terug wilde dwingen naar de echte wereld en niet naar het matrixachtige computerland waar hij liever woonde.

"Colson," zei Julie, haar stem zacht. "Leg eens uit waar je het over hebt. Je hebt de verwarming uit, toch?"

"Juist. Ja, het is - " hij controleerde het kleine dialoogvenster op zijn computer. "Het is uit, ja."

"Geweldig," zei Julie. "Dat is wat we nodig hadden. Hoelang blijft hij weg?"

"Tien minuten, zoals we besproken hebben. Maar..." Hij klikte weer rond en opende nog een paar dialoogvensters. Nadat hij een minuutje had geworsteld met de grootte van de vensters, sloot hij ze allemaal en opende een nieuwe terminal prompt. Hij typte een commando in en wachtte op het resultaat. "Correct," zei hij, terwijl hij niemands vraag beantwoordde. "Het ligt er al tien minuten uit - eh, 9 minuten en 43 seconden."

Hij zag dat Julie een blik op mevrouw E wierp en wist wat ze dachten. "Het spijt me," zei hij snel, "ik kan niet zo snel van dit naar het *echte* leven springen."

Julie legde een hand op zijn schouder. "Wat is er dan?"

"Het systeem is uitgevallen, en de aftelling die ik heb gegeven is ingesteld. Maar het start zijn *eigen* herstartprocedure, ver voor het aftellen."

"Ik - begrijp het niet," zei Julie.

"Ik ook niet," voegde Mevr. E eraan toe. "Het heeft zijn eigen aftelling gestart?"

"Nee," zei Colson, "een *herstart* procedure. Geen aftelling. Het probeert de verwarming opnieuw op te starten."

Julie drukte haar vingers op haar voorhoofd en sloot haar ogen een ogenblik stevig. "Colson, ik kan dit niet echt bevatten. Vind je het erg om *heel* duidelijk tegen ons te zijn? *Hoe kan* het systeem een herstartprocedure voor de verwarming starten als jij gezegd hebt dat het tien minuten moet wachten?"

"Ik weet het niet zeker, maar... kijk." Hij besloot het hen te laten zien in plaats van het uit te leggen. "Dat is de tijdcode van het aftellen. 9 minuten en 12 seconden... maar *dat* is de tijdcode van de herstartprocedure. Het probeert - mislukt, maar probeert -

keer op keer om de verwarming handmatig opnieuw op te starten."

"Wacht, *handmatig?*"

Tot dit punt was Colson slechts een boodschapper geweest, een verwijderde entiteit die informatie van de ene kant naar de andere bracht. Hij was afstandelijk geweest, zelfs onverschillig, zoals zijn aard was als hij zich op een computertaak concentreerde. Maar nu, in een kamer vol bange, vermoeide strijders, was het onmogelijk om zijn gevoelens te negeren.

Hij beantwoordde de vraag opnieuw in stilte in zijn hoofd, deze keer begreep hij de woorden echt. Zijn bloed werd koud, en hij keek op naar Julie en mevrouw E.

"Ja. Een persoon is handmatig de verwarmingskern herstart module aan het openen."

"Maar dat betekent dat -"

"Ja, dat betekent dat iemand in het station het systeem hackt."

HOOFDSTUK 42

BEN HAD ZICH NIET GEREALISEERD HOE KRAP DE SCHACHT BIJ DE OPEN VERWARMINGSKERN ZOU ZIJN. Van op een halve meter afstand in het bredere deel van de schacht leek de sectie kleiner dan ze in werkelijkheid was, een optische illusie in het lage licht dat de kachel verder weg deed lijken.

Hij realiseerde zich, toen hij dichterbij kwam, dat de schacht inderdaad langzaam vernauwde, en dat de kachel niet meer zo ver weg was als het aanvankelijk leek. Of het nu een ontwerpfout was of een doelbewuste eigenschap, het kanaal werd nauwer naarmate hij dichter bij de uitgang kwam, en hij was nu niet meer in staat om zijn lichaam naar een van beide kanten te verschuiven tijdens zijn reis. Zijn tempo vertraagde, en de enige manier om vooruit te komen was door zich aan zijn onderarmen op te trekken en de tenen van zijn laarzen te gebruiken om te duwen. Er was geen andere beweging die zijn lichaam kon maken zonder de zijkant van de koker te raken.

Het was ongeveer drie minuten geleden dat de verwarming was uitgegaan.

De aftakking die naar de kachel leidde was recht voor hem, slechts twee meter verderop. Zijn hoofd was bijna bij de rand ervan en hij kon de andere kant van het rooster zien dat de pijp van de kachel scheidde.

Het apparaat dat me levend zou roosteren als het aan stond, dacht hij.

Hij duwde die gedachte weg, sloeg zijn polsen weer naar beneden en drukte zich naar voren. Hij bewoog elke keer vier tot zes centimeter en stopte na elke duw om op adem te komen. Het was vermoeiend, en hij bleef zweten, ook al had de koele buitenlucht de temperatuur weer omlaag gebracht.

De uitgang was gelukkig maar een paar meter voorbij de uitloper van de verwarming, en in het volle zicht. Het was weer een eenvoudig rooster, een waarvan hij dacht dat het gemakkelijk verwijderd kon worden met een paar snelle stoten.

Hij trok zijn hoofd in het verlengde van de uitloper. Toen hij zijn nek draaide, zag hij het ventilatierooster, de enige bescherming tussen hem en de nu gedoofde vlammen van de oven beneden. Hij scheen met zijn zaklamp tussen de latten van het rooster en keek naar binnen.

En de verwarming kwam tot leven.

HOOFDSTUK 43

"NEE, NEE, NEE -"

"WAT IS HET?" vroeg Julie.

"De verwarming," legde Colson uit, wijzend op zijn scherm. "Het is - het is *aan.* "

Julie's hand drukte stevig tegen haar mond. Mevrouw E fronste haar wenkbrauwen.

"Hoe weet je dat zo zeker?" vroeg ze.

"Het is hier," zei Colson. "Ik heb het statusvenster van de module overspeeld op de anderen. Daar hebben we naar gekeken."

"Maar het aftellen..."

"Ja," zei Julie, haar stem trilde. "Het aftellen staat nog steeds op meer dan 6 minuten."

Colson schudde zijn hoofd. "Het - het spijt me, het is... Ik weet niet wat ik moet zeggen. De verwarming gaat aan. Over dertig seconden is hij op volle kracht, maar omdat hij onlangs offline is gehaald, zal het element nog veel warmte uitstralen..."

"Hendricks!" riep Julie, Colson deed schrikken. "Wat is onze status?"

"Wat ga je -"

"We leven nog, als dat is wat je vraagt,' zei Hendricks. "We hebben geen invasie gehad, we denken dat ze zich hergroeperen net buiten..."

"We gaan naar binnen," zei ze. Colson draaide zich om en keek hoe deze uitwisseling verliep. Hendricks draaide zich om en richtte zijn geweer.

"Wat is er gebeurd?" vroeg hij.

"Ben..." Julie pauzeerde. "Verandering van plannen."

"Oh?"

"We moeten ons door de Chinese groep heen drukken en zelf naar het lagere niveau gaan."

Hendricks leek geschrokken van wat ze zei, maar Colson was meer verbaasd over haar toon. Ze vroeg Hendricks niet om toestemming. Ze was *veeleisend.*

"We hebben echt onze handen vol aan die soldaten, Julie. I -"

"Kan me niet schelen," zei ze. "Ik ga hier niet wachten tot ze ons wegjagen. We kunnen ze tegenhouden zolang ze de deur niet opjagen. Maar hoe lang denk je dat ze zullen wachten tot *dat* gebeurt?

"Ze zullen er zeker een paar verliezen, maar het is een patstelling als ze het niet doen."

Joshua wierp een blik van Hendricks op Julie en weer terug. "Hendricks, ze heeft gelijk. We moeten naar beneden, of op z'n minst zoveel mogelijk van die kerels pakken als we kunnen. We zijn schietschijven hier."

Hendricks begon langzaam te knikken. "Oké, prima. Goed, ik snap het." Hij keek naar de rest van de groep. "Gaan we er dan mee akkoord dat we Ben laten zitten door hem de dossiers niet te sturen?"

Colson nam het woord vanaf zijn post aan zijn bureau. "Ik blijf eraan werken, waarschijnlijk heb ik binnen een paar minuten iets klaar. Ik zal in staat zijn om te zien wanneer - *als* - Ben online gaat op Level 9, dus hij zal tenminste een kans hebben. Maar...

"Maar je denkt toch niet dat Ben het gaat halen." Zei Hendricks.

Julie bewoog of sprak niet en Colson dacht dat ze zou instorten en huilen, daar in het midden van de kamer. Ze hadden allemaal het scherm van zijn opdrachtprompt gezien, en ze wisten allemaal wat het betekende. Iemand had geprobeerd de lockout procedure te breken, en dat was uiteindelijk gelukt.

Hendricks rekte zich uit en strekte zijn nek uit boven de rest van de groep. "Luister," zei hij, de air van autoriteit terug in zijn stem. "Dit verandert niets aan de parameters van de missie. We vechten tot het einde, begrepen? Die mannen daar trekken zich niet terug, en ook niet - "

De kogel die op Hendricks' hoofd was gericht miste zijn doel een beetje, maar hij heeft zijn doel bereikt.

Het kwam neer met een misselijkmakende *klap* net binnen zijn schouderblad, en doorboorde zijn huid net onder zijn neklijn. Hij stotterde een paar woorden, de laatste vooral lucht, zijn mond bewoog hulpeloos terwijl hij probeerde te verwerken wat er zojuist was gebeurd.

Ryan Kyle zwaaide zijn geweer omhoog en raakte de aanvaller met een snelle haal van de trekker, waarbij hij de Chinese soldaat liet vallen die de kamer was binnengedrongen en een geluksschot had gelost.

Hendricks' ogen werden groot en zakten ineen toen hij viel. Colson keek toe hoe hij op de grond viel, en zijn gedachten gingen onmiddellijk terug naar de scène in de met glas afgesloten vergaderzaal op Niveau 2, toen zijn baas, Angela Stokes, op soortgelijke wijze werd gedood.

Hij begon zwaar te ademen, niet beseffend dat de zwartheid rond de omtrek van zijn gezichtsveld snel toenam.

Colson haalde nog twee keer snel adem voor hij flauwviel.

HOOFDSTUK 44

BEN DACHT NOOIT DAT HIJ DE LIMIET ZOU TESTEN VAN HOE SNEL HIJ DOOR EEN LUCHTKOKER KON GLIJDEN, maar het ongrijpbare rooster aan het eind van de lange, horizontale schacht werd al snel het enige in deze wereld waar hij om gaf.

Toen de kachel begon te zoemen, begon hij bijna meteen lucht te pompen. Het was niet zo heet als hij wist dat het zou worden, maar hij wist dat het binnen een minuut op volle toeren zou draaien.

Hij schuifelde naar voren, de tenen van zijn laarzen worstelden om grip te krijgen. Hij wipte met zijn voeten op en neer, wanhopig zoekend naar een strategie om zijn tempo op te voeren.

Hij ontdekte dat door door het kanaal te 'zwemmen', waarbij hij zijn handen en voeten tegelijk gebruikte, bijna als een platgedrukt wormenritueel, hij zich veel sneller voortbewoog. Hij optimaliseerde deze beweging, negeerde de brandende pijn van zijn oververmoeide spieren en hoopte dat ze het lang genoeg zouden uithouden om hem uit deze doodsval te halen.

Het rooster aan het eind van de lijn werd met elke ruk groter, maar dat gold ook voor de hoeveelheid hitte die tegen zijn benen drukte. De hitte was tenminste op zijn achterste gericht in plaats van op zijn gezicht, het enige goede nieuws dat hij had beseft sinds hij de schacht was binnengegaan.

De rugzak zat nog steeds om zijn rechtervoet, en hij hoopte dat de intense hitte de computer niet zou beschadigen.

Dat is alles wat ik nodig heb, dacht hij. *Om daar beneden te komen en te realiseren dat de computer is doorgebrand.*

Hij negeerde de deprimerende gedachte en koos ervoor om door te gaan met het enige waar hij op dat moment controle over had: uit het luchtkanaal komen voordat de hitte van de oven hem zou verslinden. Hij trok en duwde eendrachtig, zijn polsen en voeten uitpuilend door de vreemde trainingsroutine waartoe hij ze dwong.

Eindelijk, na anderhalve minuut, bereikte hij het ventilatie-rooster. Het zweet viel nu in straaltjes van zijn voorhoofd, en hij had moeite met ademhalen. De droge lucht verstikte hem lang-zaam, en hij had het gevoel dat hij probeerde te ademen in een sauna die te hoog was gezet. Zijn enige redding was het koele briesje dat van buiten de schacht binnenkwam. Omdat deze schacht een aanzuigopening was, moest de lucht via dit rooster in de oven worden gezogen, maar Ben wist precies waarom hij niet veel van de koude Antarctische lucht voelde: hij blokkeerde de aanzuiging.

Zijn grote lichaam werd in de nauwe koker gepropt, waardoor de hoeveelheid aanvoer ernstig verminderde. Er stroomde wel wat naar binnen, maar totdat hij het rooster hier brak en op de sneeuw viel, zorgde hij ervoor dat de schacht nog heter werd.

Hij sloeg zo hard als hij kon op het rooster...

En er gebeurde niets.

De huid van zijn hand was verweekt en gerimpeld door de hitte in de schacht, en scheurde op twee plaatsen toen hij op het scherpe metalen rooster sloeg. Uit een van de kleine wondjes begon bloed te vloeien, en hij vloekte. Hij greep naar de wanten die hij allang niet meer had en deed er een om zijn onbeschadigde hand. Hij sloeg opnieuw. En nog eens.

Het rooster zat vastgevroren aan het kanaal, waarschijnlijk

onaangeroerd of ongemanipuleerd sinds het was geïnstalleerd. Hij bleef er op slaan, zijn lichaam nog steeds zwakker wordend door de combinatie van hitte, uitdroging en inspanning van het aanvallen van het ventilatierooster.

Uiteindelijk, na nog drie keer slaan, hoorde hij een krakend geluid. Hij sloeg een paar keer op dezelfde plek en zag het metaal in dat deel meegeven. Hij verdubbelde zijn inspanningen en kreeg een hoekschroef los van zijn omhulsel. Nu een hoek van het rooster vrij was, veranderde hij van strategie en duwde nu zo hard als hij kon op het hele rooster, tot nog twee hoeken losbraken.

Het was genoeg voor hem. Ben stak zijn hoofd uit het bijna lege rechthoekige gat en hapte naar koude lucht.

Meteen vernauwden zijn keel en longen zich van schrik. De lucht was gevaarlijk koud - ver onder het vriespunt, en hij stikte er bijna in. Hij spuugde, dwong vloeistof terug in zijn mond, en probeerde in plaats daarvan door zijn neus te ademen. Hij zou het hilarisch hebben gevonden dat hij zich half in een oververhitte oven bevond en half buiten in min tien graden, als hij het zelf niet had meegemaakt. Zijn lichaam leek niet in staat te verwerken wat er gebeurde - zijn hoofd en voeten zonden tegengestelde signalen naar zijn hersenen over de pijn en het ongemak dat ze registreerden.

Met een laatste *knal* duwde hij het rooster weg en het viel van zijn schroeven en tuimelde naar beneden...

In dezelfde vallei die ze uren eerder waren binnengegaan, Ben alert makend op het *volgende* probleem waar hij mee te maken had.

Hij hing voorover uit een luchtkoker aan de zijkant van een klif. Zijn rugzak met touw en klimgereedschap was onbereikbaar, nog steeds om zijn voet in de schacht gewikkeld.

HOOFDSTUK 45

"JONATHAN, WORD WAKKER," ZEI JULIE. Ze had de afgelopen minuut geprobeerd Colson bij te brengen, terwijl alle anderen in de kamer de aanval van de Chinezen afsloegen. De soldaten buiten in het trappenhuis waren ongerust geworden, maar er was niet genoeg ruimte in de smalle deuropening om meer dan twee man tegelijk naar binnen te sturen, en Julie's groep was erin geslaagd iedereen uit te schakelen die dom genoeg was om het te proberen.

Er was een groeiende stapel lichamen net binnen de deur, maar Julie wist dat er waarschijnlijk genoeg mannen buiten waren om de aanval voort te zetten tot haar groep geen munitie meer had.

Wat, besefte ze, een fantastisch plan was. Er was geen andere optie, echt niet. De granaten die ze hadden gegooid waren ineffectief gebleken in zo'n grote ruimte, en elk van de Chinese troepen die het waagde er een te gooien werd gemakkelijk uitgeschakeld door Reggie's of Kyle's geweer. Joshua was naar Hendricks toegegaan om hem te controleren, maar Julie had hem kort daarna horen roepen. Hun leider hier was dood, en Joshua zou eindelijk zijn kans krijgen.

Ze wist dat de man terughoudend was maar bekwaam, en hen goed zou dienen. Het verlies van Hendricks had haar geschokt, maar ze richtte haar aandacht onmiddellijk op het wakker maken van Colson.

"Colson, kun je -"

Colson hoestte en knipperde met zijn ogen. Hij leek eerst verward, onzeker over waar hij was. Binnen enkele seconden was het glas uit zijn ogen verdwenen en ging hij rechtop zitten.

"Wat is er gebeurd?"

Julie antwoordde niet, en Colson's ogen verwijdden zich toen alles weer boven kwam. Hij wreef in zijn ogen en kreunde.

"Hendricks?" vroeg hij.

Julie schudde haar hoofd.

Colson's gezicht betrok. "Wat jammer. Ik mocht hem wel." Hij wachtte even en keek toe hoe zijn team de dreiging in de gang met gemak aannam, toen keerde hij zich weer tot Julie. "Hebben we al iets van Ben gehoord?"

Deze keer was het Julie's beurt om een vreselijke herinnering te herbeleven. Ze schudde opnieuw haar hoofd. "Nee, maar we moeten nog steeds daar beneden zien te komen. Als hij tenminste via de ventilatieschacht op niveau 10 kan komen, en dan via één trap op naar niveau 9, kunnen we hem alle hulp geven die hij nodig heeft. Hopelijk richten ze hun aanval hier op ons, zodat de trappenhuizen op de lagere niveaus niet vol soldaten zitten."

"En we houden het hier niet vol," mompelde Colson.

"Juist. De Chinezen zullen ons opwachten en om de paar minuten een paar mannen sturen om te kijken of we onze munitie opgebruiken. Dan is het slechts een kwestie van tijd.

Een piepend geluid klonk door de kamer, en Julie onderbrak zichzelf. Ze keek naar de anderen, in een poging om erachter te komen wat het geluid had veroorzaakt.

"Het is de lift!" riep Reggie, terwijl hij zijn geweer richtte op het gekooide gedeelte bij de trap.

Julie zag dat de liftschacht, die tot nu toe leeg en afgesloten was gebleven, zoemde. De buitenste kooideur rammelde terwijl de langzaam dalende metalen kist van een hoger niveau naar beneden gleed. Ze kon de kooi nog niet zien, maar ze had alle reden om aan te nemen dat hij vol mannen zou zitten. Reggie begon onmiddellijk op de kooi te vuren, maar er waren alleen vonken van de omgeleide kogels toen ze de buitenste kooi raakten.

"We zullen geen effectief schot door de kooi kunnen krijgen," zei hij na een moment.

"Nee," zei Joshua, "we moeten wachten tot ze hier zijn. De kooi gaat van onder tot boven open denk ik, dus we kunnen misschien beter op hun voeten en benen schieten voordat ze zich echt kunnen verdedigen."

"Maar hoe zit het met die *andere* groep?" vroeg Ryan Kyle. Hij riep de vraag over zijn linkerschouder terwijl hij nog steeds richtte en naar de trap staarde.

Niemand sprak nog enkele seconden, en Julie voelde de spanning in de kamer stijgen. *We zijn hier niet op voorbereid,* dacht ze. *We zijn overtroffen, overtroefd, en nu overtroefd.* Ze wist dat ze de Chinezen misschien een tijdje konden tegenhouden als ze maar tegen één front moesten vechten. Maar de veelzijdige aanval waarmee ze nu werden bedreigd, zou hun gelederen snel doen slinken.

Als er nog iemand van hun team neer zou gaan, zou de vijand de overhand hebben. Vanaf daar zou het onmogelijk zijn om de troepen buiten te houden. Ben's pad door de openingen proberen te volgen was ook een recept voor een ramp, en zou niets anders doen dan hen op een rij zetten en uitleveren aan de Chinezen of het veiligheidsteam.

"Ik heb misschien een idee," zei Colson.

Julie draaide zich fronsend om.

"Het is een gok, maar..."

"Zeg het maar, Colson," zei Reggie, ongeduldig in zijn stem. "*Alles* wat we vanaf hier doen is een 'gok'."

"Oké, nou, er zijn *twee* groepen soldaten die ons proberen aan te vallen, toch?"

Niemand antwoordde. De lift zoemde nog steeds, en Julie vroeg zich af hoe lang het nog zou duren voor de liftkooi dichtbij genoeg was om te zien hoeveel passagiers er aan boord waren.

"En we weten niet zeker of deze groep in de lift de Chinese strijdkrachten zijn. Als ze dat zijn..."

Hij hoefde de gedachte niet af te maken. *Als dat zo is, zijn we de klos. We kunnen niet beide kanten van de aanval afslaan, zeker niet nu Hendricks en Ben weg zijn.*

"Maar als ze dat *niet* zijn," ging Colson verder, "betekent dat, dat zij de *andere* slechteriken zijn. En als ze de kamer binnenkomen en beginnen rond te kijken, kunnen de Chinezen..."

"Ja!" Schreeuwde Reggie. "Verdomme, waarom heb ik daar niet aan gedacht!"

Colson leek verbijsterd dat hij onderbroken werd, maar tegelijkertijd verrast en aangemoedigd dat Reggie in zijn idee geloofde. Hij knikte, maar Reggie had de show al gestolen.

"Wat denk jij, Jefferson?"

Joshua knikte ook mee. "Geweldig. Laten we naar de achterkant van de kamer gaan, kijken of we ons ergens achter kunnen verstoppen."

Julie volgde Colson, Mevr. E, en Reggie toen ze naar de achterkant van de kamer gingen. Joshua en Ryan Kyle bleven achter om hun terugtocht te dekken. Ze was nog steeds niet helemaal zeker van het plan, maar vertrouwde op het oordeel van de nieuwe leiding van hun groep.

"Daarginds," zei Reggie, wijzend met zijn pistool. "Haal die rotzooi van die tafel en gooi het omver."

Colson verstijfde bij de beschrijving die Reggie van de computerapparatuur had gegeven, maar hij deed wat hem gezegd werd en hielp Julie de tafel af te ruimen en te kantelen. Hij was stevig, een versterkt metalen blad met inklapbare poten. Het zou hen niet helemaal veilig houden, maar het zou hen op zijn minst verbergen voor de aanvallers.

Reggie pakte een andere tafel en draaide hem om, toen een derde. Hij begon aan een vierde en vijfde tafel in de buurt. Tegen de tijd dat Joshua en Kyle er waren, hadden ze een geïmproviseerd fort van omgedraaide tafels, compleet met verspreide computeronderdelen en onderdelen die als een gracht fungeerden.

"Het is ver genoeg van de achtermuur dat ze niet zomaar een granaat over ons heen kunnen gooien. Maar deze zullen niet veel blokkeren als ze hun vuur focussen. We vertrouwen erop dat Colson gelijk heeft.

Julie wierp een blik op Colson, maar zijn ogen waren op de lift gericht. Ze kon zien dat hij inderdaad vol was - *propvol*. Er zaten waarschijnlijk tien of twaalf mannen in de liftkooi, en ze kon de punten van hun geweren zien terwijl ze langzaam naar beneden gleden.

De Chinese soldaten waren sinds hun laatste zelfmoordactie niet meer binnengekomen en er heerste een ijzige stilte in de kamer. Julie's gedachten raceten, maar de relatieve rust deed haar aan Ben denken. Ze wilde weten of hij gewond was, of vastzat. *Of...*

Er was niets wat ze nu voor hem kon doen, behalve de klus afmaken. Misschien zag ze hem op Level 9, misschien ook niet.

De lift bereikte zijn bestemming op niveau 7, en de deur schoof open. De mannen voorin stonden klaar zodra de kooideur omhoog ging, en ze begonnen gehurkt het niveau op te stappen. Julie dook met haar hoofd weer onder de anderen en keek om zich heen.

"Het is de veiligheidsdienst."

"Dat is het goede nieuws," zei Joshua. "Het slechte nieuws is dat er een smerig gevecht aan zit te komen, en wij zitten er middenin."

HOOFDSTUK 46

Het kostte hem nog eens vijf minuten van hachelijk manoeuvreren om de rugzak op taillehoogte te brengen, waar hij er met zijn hand bij kon. Hij had nu beide wanten en de muts aangetrokken, maar hij begon de gevoelloosheid in zijn gezicht te voelen. Toen hij de rugzak in de want had, schoof hij hem zo voorzichtig mogelijk naar voren en uit het ventilatiegat.

En het brak los uit zijn greep en tuimelde langs de rotswand naar beneden, op een sneeuwvlakte, en uit het zicht.

Hij brulde van woede, sloeg met zijn vuist tegen de zijkant van de ijzige klif en verloor bijna zijn evenwicht.

De verwarming draaide nu op volle toeren, maar de aanzuigopening was groot genoeg om een behoorlijke hoeveelheid lucht tussen zijn benen en onderlichaam en het dak van de schacht te laten stromen, waardoor hij genoeg verkoeling kreeg om buiten gevaar te blijven. Hij nam de paar seconden adempauze om te beslissen wat hij nu zou doen.

Het team wilde de verwarming niet uitzetten - als ze dat al konden - tot hij de laptop opende en verbinding maakte met een ethernetpoort. Dat betekende dat hij geen geluk had om op de een of andere manier weer door de schacht te komen.

Hij kon het uiteinde van een van de riemen van de rugzak door de sneeuw zien steken, en hij vroeg zich af hoe de grond was. Plotseling besefte hij waar hij was, keek omhoog naar de rand van de klif ver boven hem, en toen weer omlaag naar de rugzak.

We zijn al op de grond gevallen vanaf hier.

De eerste keer dat hij op deze klif was geweest, had het Chinese leger hen over de rand gedwongen en toen hun touwen doorgesneden, waardoor ze honderden meters recht naar beneden vielen.

Waar ze allemaal veilig waren geland in de enorme sneeuwhopen.

Net als de rugzak.

Hij wist dat de laptop de val had overleefd, en hij wist dat hij het ook zou overleven. Het probleem voor Ben was dat hij nog nooit, in zijn hele leven, opzettelijk van een hoogte was gevallen.

Hij had er een punt van gemaakt om zo veel mogelijk op de grond te blijven, en afgezien van een paar ongelukjes in Yellowstone en in het Amazonegebied, had hij het grootste deel van zijn leven veilig op aarde geworteld doorgebracht.

Nu stond hij voor een doelbewuste val met zijn hoofd naar beneden op een sneeuwbank waarvan hij *bijna* zeker was dat hij er met zijn gewicht op kon staan, en *waarvan hij bijna* zeker was dat die diep genoeg was om zijn landing op te vangen.

Hij kreunde. *Dit is de ergste dag van mijn leven.*

En toen kronkelde hij naar voren tot zijn bovenlichaam zijn onderlichaam uit de schacht trok, en hij een seconde langs de zijkant van de klif naar beneden slingerde tot de zwaartekracht het overnam.

De val was nog minder leuk dan hij had verwacht, en hij schreeuwde met een luide, hoge stem waarvan hij niet wist dat hij die kon maken.

Hij deed zijn best om zijn hoofd onder zijn borstkas te stoppen, zowel uit pure angst voor de snel oprukkende grond als omdat hij onderbewust begreep dat direct op zijn hoofd landen misschien niet de beste keuze was. De beweging en het momentum van de val trokken zijn lichaam rond zodat hij grotendeels op zijn rug landde, maar de klap van de klap sloeg hem nog steeds de wind uit het lijf.

Ben wist dat hij nog leefde, maar het kostte hem een minuut om te beslissen of dat echt de beste uitkomst was. Hij lag roerloos in de hard aangestampte sneeuw, een miljoen kleine sneetjes van ijskristallen schraapten de huid van zijn gezicht. De warmte van de schacht was onmiddellijk vervangen door de koudste die hij ooit had gevoeld. Hij had deelgenomen aan een traditie van parkwachters om in januari in Yellowstone in ijskoud water te springen, maar dat was altijd maar voor een paar seconden, en het werd altijd gevolgd door een uitgebreide duik in een warm bad.

God, wat ik nu niet zou doen voor een warm bad. Het beeld in zijn hoofd van relaxen in een jacuzzi met Julie in een van haar kleine badpakjes deed hem nog meer pijn.

Hij rolde zich om, het déjà vu van de landing in de sneeuw van daarnet overviel hem tegelijk met het besef dat hij *geen zin had* om verder te gaan in nog een schacht. Toch was hij niet van plan Reggie, Joshua en Julie in de steek te laten, dus verkende hij de sneeuwbank en vond de open ventilatieschacht die naar het laagste van de verdiepingen leidde. Het was precies zoals ze het hadden achtergelaten, een lege zwarte rechthoek die slechts iets donkerder was dan de zwak verlichte klif erachter.

Nogmaals keek hij omhoog, half verwachtend nog meer Chinese soldaten van bovenaf naar hem te zien kijken. Op weg naar de opening pakte hij de rugzak en haalde de laptop eruit. Hij wierp er een vluchtige blik op, ervan uitgaande dat de laptop nog in goede staat was, omdat er geen schade aan de buitenkant was. Hij was geen complete domkop als het op computers aankwam, maar hij wilde niet het risico lopen iets te verknoeien door hem preventief te openen. Het zou werken of het zou niet werken, en er was niets wat hij hier aan kon doen.

Hij hurkte, knielend op de koude sneeuw om in het gat te kijken. Met zijn licht in de schacht schijnend, zag hij dat de weg nog steeds onbelemmerd was en dat de rechthoekige metalen ruimte veel groter was dan die van de verwarmingsschacht erboven. Hij zou geen moeite hebben om door deze koker te komen en in Level 10 te komen zoals de groep eerder had gedaan.

Ben deed de rugzak om en begon naar voren te kruipen in de schacht.

Achter hem klonk een zoemend geluid, en zijn nekharen gingen overeind staan. Hij herkende het geluid onmiddellijk.

De drones daalden af in de vallei en vonden Ben onmiddellijk, met zijn lichaam half in de schacht. Hij bevroor, onzeker over de beste zet.

Twee drones zweefden buiten boven de sneeuwjacht en hielden zijn positie in de gaten.

En opende toen het vuur.

HOOFDSTUK 47

JULIE WAS BEZORGD OM BEN. *Zorgen maken* was een understatement, maar het was alles wat ze zich op dit moment kon veroorloven. Als er tijd was, zou haar aandacht volledig op de man van wie ze hield kunnen worden gericht en zou ze alle schijn van vastberadenheid verliezen, uit haar voegen rafelen tot ze buiten zichzelf was van angst, bezorgdheid en woede.

Boosheid op zichzelf omdat ze dit had laten gebeuren, en omdat ze zo nonchalant omging met hun avonturen samen. Het was bijna alsof ze ervan uitging dat ze nu onoverwinnelijk waren, omdat ze de situatie in Yellowstone en het Amazonegebied heelhuids en grotendeels ongedeerd hadden doorstaan. Ze was boos omdat haar logische hersens het hadden gewonnen van haar emotionele beschermingsinstinct, waardoor Reggie hen had overgehaald naar Colorado te gaan om meneer en mevrouw E. te ontmoeten.

Maar als ze de tijd en aandacht had om het goed te verwerken, zou ze beseffen dat ze om dezelfde redenen ook boos was op Ben. Hij had evenveel schuld aan hun aanwezigheid hier, diep onder een ijsplaat in een vijandig onderzoeksstation. Het was zijn schuld dat hij haar er in de eerste plaats bij had betrokken, dat hij ervoor had gekozen hun beider levens in de wacht te zetten terwijl ze een ongrijpbare organisatie achtervolgden voor een doel waarvan ze niet helemaal zeker was.

In zekere zin was ze dankbaar dat ze nu niet de bandbreedte had om die emoties te verwerken, want ze wist dat ze in luttele seconden de greep op de werkelijkheid zou verliezen als ze dat deed. In plaats daarvan concentreerde ze zich op het tafereel dat zich ontvouwde voor de tafel waar ze op dat moment achter zat, wachtend op het onvermijdelijke knallen van het geweervuur dat hen zou vertellen dat de twee vijandige legers die naar elkaar toe marcheerden elkaar eindelijk hadden ontmoet in niemandsland.

Het veiligheidsteam dat enkele seconden geleden was binnengekomen, stond ongetwijfeld in de kamer, precies op de plek waar Julies groep even tevoren was geëvacueerd, op zoek naar hen. Ze zouden de tafels zien, en de rommel voor hen, en onmiddellijk weten wat er van de groep geworden was, dan zouden ze beginnen te schieten.

Julie was er zeker van dat dit de volgorde was van de komende gebeurtenissen, maar ze wist niet zeker hoe lang het zou duren. Ze had het gevoel dat er uren voorbij waren gegaan, maar ze wist dat de vijand nog geen minuut binnen was geweest.

De Chinese soldaten die zich nog steeds achter de deuropening in het trappenhuis verscholen hielden, zouden spoedig hun hoofd naar binnen steken om te zien wat er veranderd was. Zij werden nieuwsgierig naar de stilte in de zaal, en keken of hun Amerikaanse burgervijand zich nog in de grote zaal bevond. Als ze in plaats daarvan de veiligheidsdienst zagen, zouden ze aanvallen.

Dat was het gevecht waar Julie en de anderen op wachtten, en ze werd moe van angst terwijl ze wachtten. Ze keek naar Reggie, gehurkt aan haar zijde, om de reacties van de anderen te peilen.

"Volhouden?" fluisterde hij.

Ze knikte. "Tuurlijk. Denk ik."

"Het is zo voorbij."

Ze grijnsde. "Hoe weet je dat?"

"Aan alles komt een eind. In het hele schema van dingen, zal dit niet lang duren. "

Ze dacht na over dit antwoord voor een paar te veel seconden. "Het is een vreemde tijd om cryptisch te zijn, Reggie. Trouwens, je hebt me nooit echt het 'diepe' type gevonden."

Hij haalde zijn schouders op, en zij keek even weg. "Iedereen heeft diepe gevoelens," antwoordde hij. "Sommige mensen weten alleen niet hoe ze het moeten uitdrukken."

Julie was eigenlijk verrast door de openhartigheid van de man. Ze wendde haar blik weer tot Reggie en zag dat hij zijn karakteristieke grote glimlach op zijn gezicht had. De intensiteit in zijn stem van daarnet was verdwenen en vervangen door de maffe en eigenzinnige nonchalance die ze goed kende.

"Hou *je het vol*?" vroeg Julie.

Reggie's ogen dwaalden naar buiten en toen weer naar haar. "Ja, waarom?"

Hij zette zich schrap, richtte zich op haar en op niets anders. Maar het was te laat. Ze had de aarzeling gezien, de vermoeidheid. Ze begon een andere vraag te stellen, maar haar aandacht werd getrokken naar de voorkant van de kamer. Ze kon niets nuttigs zien, omdat ze allemaal op de grond gehurkt zaten, verscholen achter de omvergeworpen tafels, maar haar oren vertelden haar wat ze moest weten.

Het veiligheidsteam was bijna bij hen. Mannenstemmen gromden naar elkaar terwijl ze de grote hal doorkruisten en controleerden of er iemand was ondergedoken. Haar schuilplaats was de laatste plek om te controleren, en Julie kon hun verwachting en anticipatie bijna voelen toen ze hun zet planden.

Reggie pakte haar arm en gaf haar zwijgend instructies. Ze nam aan dat hij wilde dat ze opsprongen en het team overrompelden. Joshua knikte instemmend, en ze keek rond naar de rest van de groep. Ryan Kyle was langzaam en stilletjes zijn wapen aan het klaarmaken, en mevrouw E was haar rugzak aan het controleren op meer munitie.

Een ronde geweerschoten barstte los vanuit het trappenhuis, en Julie wist dat het begonnen was.

"Nu!" schreeuwde Reggie.

Hij sprong als eerste overeind, gevolgd door Kyle en mevrouw E. Joshua en Julie staken vervolgens hun hoofd boven hun dekking uit, en Julie zag hoe Colson zich van de vloer opdrukte, met Joshua's pistool in zijn hand.

De eerste van Reggie's schoten schakelde de bewaker uit die het verst bij hen vandaan stond, maar de enige van de soldaten die tegenover hen stond. Ze hadden zich omgedraaid om de dreiging vanuit het trappenhuis te peilen en waren overrompeld door Reggie's aanval van achteren. De andere mannen draaiden zich snel om, in elkaar gedoken. Julie kon een van de mannen raken die het dichtst bij haar stond, en hij viel, zijn zij vasthoudend.

Twee van de bewakers hadden zich afgescheiden van de centrale groep en hadden dekking gezocht aan de zijkant van de kamer, waar ze elk een positie innamen en zich concentreerden op een van de twee vijanden die van de andere kant op hen afkwamen. Julie zag hoe nog drie bewakers naar de lift renden, in een poging zich terug te trekken in de relatieve veiligheid van het interieur van de liftkooi. Joshua schakelde een van deze mannen uit toen ze renden, en de Chinese soldaten raakten een andere.

"Oké," schreeuwde Joshua, "terug naar af. We hebben de Chinees recht voor ons, twee bewakers rechts, en één in de lift links. Iemand een idee?

"We kunnen ze niet meer afwachten, zei Kyle. "We moeten oprukken, misschien zelfs kijken of we door het midden kunnen zonder geflankeerd te worden."

"Juist," voegde Reggie eraan toe. "Ze zullen verwachten dat we langs de muren blijven, maar als we snel genoeg kunnen bewegen, kunnen we deze tafels vooruit blijven duwen terwijl de rest van ons dekking geeft. Tot nu toe houden ze hun schoten tegen."

Julie richtte op de lange kamer, wachtend op beweging. "Maar wat dan? Ze zullen zich niet terugtrekken."

"Dat is niet nodig," zei Joshua. "Wij kunnen beter schieten dan de Chinezen vanaf deze afstand, maar de bewakers zijn goed getraind, dus ze zullen *ons* er gewoon afpikken als we hier blijven.

Als we ze alert houden, kunnen we ons eerst op het veiligheids-team richten en dan teruggaan naar een aanvallende positie om de Chinezen aan te pakken."

"Een goed plan als ieder ander," zei Reggie. Julie was het er niet mee eens, maar ze ging niet in discussie. Ze zouden veel meer nodig hebben dan een middelmatig plan om hen door deze volgende fase te loodsen.

"Hebben we genoeg munitie?" Julie hoorde Mrs. E vragen boven de snelle geweerschoten uit.

Ze keek naar de oudere vrouw en wachtte tot een van de mannen de vraag zou beantwoorden.

Joshua schudde zijn hoofd, en Reggie haalde zijn schouders op.

"Ik heb twee tijdschriften," zei Kyle. "Maar dat is alles. Niet genoeg om te delen, zeker niet met de tien of zo jongens die we door moeten."

Nu het plan mislukt nog voor het goed en wel begonnen is, zonk Julie's hart. Ze had moeite om zich op iets positiefs te concentreren, en geloofde niet meer dat er nog hoop voor hen was. Ze kon zelfs niet met Reggie praten, nu al hun geweren gericht waren op de tegengestelde krachten aan de zijkanten en voor hen.

Dit is het, dacht ze voor de tiende keer die dag. Ze had geen opties meer, geen tijd meer, en zonder Ben aan haar zijde. Twee vijandelijke troepen, beiden goed getraind en goed bewapend, kwamen op hen af vanaf de andere kant van een kamer die veel te klein was om zich in te verstoppen, en hun verrassingsaanval had hen slechts nog een minuut of twee van hun leven opgeleverd.

Ze voelde tranen opkomen, wat haar kwaad maakte. Ze was geen huilebalk, en haatte het als haar emoties haar anders zo logi-sche geest beheersten. Julie probeerde de prikkende hitte in haar ooghoeken te negeren, maar als ze zich op de tranen concen-treerde, vielen ze sneller.

Je komt hier wel doorheen. Je hebt al erger meegemaakt.

Ze zei de woorden steeds opnieuw in haar hoofd, maar een knagend vermoeden bleef.

Heb *ik erger meegemaakt?*

HOOFDSTUK 48

"DUS... NOG ANDERE IDEEËN?"

Niemand sprak, maar Julie hoorde voetstappen links van haar en waagde een blik over haar schouder. Jonathan Colson liep in de richting van een omgevallen conciërgewagen, het soort dat Julie in kantoorgebouwen had zien rijden voor dweilen en schoonmaakspullen. Er was geen conciërge te zien, maar Colson was op iets anders gefocust.

Hij bereikte het wagentje na een halfslachtige wandeling waarbij hij laag genoeg hurkte om kogelbogen te ontwijken, en reikte naar beneden om een klein tablet te pakken. Hij greep het tablet in zijn rechterhand terwijl hij zich een weg terug baande naar de groep.

"Wat is dat?" vroeg Julie toen Colson naast haar ineenzakte. Hij drukte op de knop om het scherm van het apparaat aan te zetten en het scherm flikkerde tot leven.

"Bijna een volle lading," zei Colson, haar vraag negerend. "Goed."

Julie keek toe hoe hij ronddook op het scherm, en uiteindelijk een applicatie tevoorschijn haalde die wat leek op een dashboard met meetgegevens. Ze herkende de stijl; in het CDC had haar IT-afdeling voortdurend zulke schermen draaien, die alles in de gaten hielden, van serverbelasting tot CPU-temperatuur en netwerkbandbreedte. Ze zag eerst geen van deze specifieke cijfers op de lijst, en keek naar Colson voor uitleg.

"Het is ons interne controlestation," zei hij. "Een dashboard om de belangrijkste statistieken van de basis in de gaten te houden."

Hij fluisterde, alsof de twee vijandelijke troepen niet al wisten dat ze zich daar verborgen hielden, en Julie gebaarde hem op te schieten.

"Het heeft een basis alarmsysteem, en het zal ons vertellen waar er alarmen afgaan rond het station."

"Waarom is dat nuttig?" vroeg Joshua.

"Het is niet perfect, maar het zou ons moeten vertellen waar er gevochten is, aangezien de alarmen hier een lampje laten branden als er schade aan de infrastructuur is."

"Schade zoals... wat?"

"Bijvoorbeeld als een verdwaalde kogel zo'n klimaatballonnetje op de muur kapot knalt, of iets anders belangrijks raakt waar een sensor in zit.

"Dus kunnen we effectief zien waar de vijand is geweest.

"Juist, en als we geluk hebben, zijn ze nog *niet* helemaal beneden geweest." Hij ging door met het verplaatsen van dingen op het dashboard, het toevoegen en configureren van verschillende gekleurde vakjes tot hij tevreden was.

"Dat zal niet nauwkeurig genoeg zijn," zei Reggie. "Ze kunnen zich door het level verplaatst hebben zonder dat er sensoren afgaan."

"Daar werk ik aan," zei hij. "Het bedrijf had graag trackers in ieder van ons geïmplanteerd, daar ben ik zeker van, maar dat is ze niet gelukt. Dus in plaats daarvan volgen ze onze ID-badges. Het is een veiligheidsvoorziening, zeiden ze, zodat we altijd kunnen zien waar het dichtstbijzijnde lid van het beveiligingsteam is."

"En je denkt dat deze nieuwe jongens traceerbare badges hebben?"

Colson keek op van het scherm en staarde Reggie aan. "Eerlijk gezegd, nee. Ze zijn niet typisch basis beveiliging - ze zijn iets heel anders. Particuliere beveiliging, denk ik. Ik betwijfel of ze dezelfde regels volgen als de huurmoordenaars die we eerder tegenkwamen."

"Maar het is het proberen waard," zei Joshua.

Colson knikte en liet zijn hoofd weer zakken om verder te werken aan het scherm. "Maar het is het proberen waard."

Hij bladerde door een paar schermen en kwam uiteindelijk bij een kaart van alle levels, over elkaar heen gelegd. Hij gebruikte de multitouch-functies van het tablet om het beeld met zijn vingers te manipuleren, waarbij hij de levels omdraaide terwijl het driedimensionale beeld op het scherm om zijn drie assen draaide. Hij wees met zijn andere hand. "Dat is de lift," zei hij, terwijl hij haar een verticale rechthoekige schacht liet zien die door alle niveaus van de basis in een hoek van de kaart stak.

"Het is ontroerend," zei ze.

"Ja, hij gaat naar de top, lijkt het." Een knipperend licht gaf aan waar de lift zich op zijn weg naar boven bevond, en Julie en Colson staarden een ogenblik naar het scherm.

"Dat is vreemd," zei Colson.

"Wat?" Julie had niets veranderd opgemerkt, maar ze bekeek de kaart nog nauwkeuriger.

"Het bovenste niveau. Er is een kleine onderhoudsschacht-deur naar buiten, maar de enige andere manier om de basis in en uit te gaan is de hoofdingang. Het is een grote betonnen garage-deur, een die omhoog klapt en op mechanische wielen open schuift."

"Wat is daarmee?"

"Nou, hij gaat open." Hij wees naar het bovenste niveau, en opende zijn vingers om in te zoomen. Het bovenste niveau van de basis vloog naar hen toe, en Julie kon een kleine wireframe afbeelding zien van wat leek op een groot garagedeursysteem, dat langzaam openging.

"Dat is *enorm*," zei ze. "Waarom zo groot? Dat lijkt inefficiënt als het de enige weg in en uit is."

"Dat is het niet," antwoordde Colson. "Omdat niemand echt

in en uit *gaat*. Tenminste niet meer dan twee keer per jaar. We bestuderen de omgeving waarin we zitten niet, dus er is geen reden om naar buiten te gaan. Alle functies van de basis zijn toegankelijk onder de grond, dus we hebben geen kleine deuren nodig. Deze deur is groot genoeg om een vliegtuig door te laten vliegen."

Julie's ogen werden iets wijder. "Betekent dit dat er een vliegtuig aankomt?"

Colson knikte. "Dat zou het onder normale omstandigheden betekenen, al kan ik me niet voorstellen waarom het nu zo is. Ik heb die deur maar twee keer open zien gaan - één keer toen ik aankwam en één keer toen de extra beveiligingsteams hier kwamen. Misschien sturen ze meer soldaten."

Julie haatte de gedachte daaraan, maar ze kon geen andere reden bedenken waarom het luik van de hoofdingang zomaar open zou gaan. Bovendien steeg de lift naar het bovenste niveau, mogelijk om de nieuwe bezoekers te ontvangen. Ze keek nog eens naar het scherm en zag een soortgelijke schacht die door de verdiepingen liep aan de andere kant van de kamer dan de lift.

"Wat is dat?" vroeg ze.

Zij keek op en staarde naar de plek op de muur waarvan zij dacht dat die overeenkwam met de schacht op het scherm.

Hij haalde zijn schouders op. "Het is groter dan de lift. Onderhouds liftschacht - hoewel ik hem nooit in gebruik heb gezien, en ik heb er nog nooit iemand over gehoord. Het lijkt erop dat ze er om een of andere reden een muur overheen hebben gezet."

"Oké," zei ze, "wat nog meer? We kunnen er nu niets aan doen, dus waar moeten we nog meer naar zoeken?"

Colson antwoordde niet, maar sloot de kaartweergave en keerde terug naar het hoofdscherm van het dashboard. Julie keek toe hoe hij werkte en begreep eindelijk de indeling van het scherm. Colson was veel sneller dan zij zou zijn in het navigeren door het systeem, maar ze kon nu zien waar de meeste vakjes op het dashboard naar verwezen.

Ze wees naar een van hen. "Is dat buiten weer?"

Colson knikte, niet echt innemend.

"Colson?"

Hij stopte, kwam uit zijn zone en wachtte op Julie's vraag. Toen hij zich realiseerde dat ze die al had gesteld, leek hij volledig wakker te worden en tot leven te komen. "Ja, juist. Het is - er is een kleine weertoren ongeveer een mijl van hier, verborgen aan de voet van de bergketen. Het stuurt gegevens door met een indrukwekkende snelheid, gezien -"

"Colson," zei Julie, zijn aandacht afdwingend. "*Waarom* is het weer buiten aan het dalen? Je zei dat het daarnet min tien was."

Colson controleerde de gegevens en fronste zijn wenkbrauwen, terwijl hij zijn vinger op het kleine vakje bewoog om de reeks gegevens te manipuleren. "Ja, het lijkt er inderdaad op dat..."

Reggie en Joshua trokken Julie's aandacht, voor een moment ongeïnteresseerd in de strijd die aan de zijkant van de kamer woedde. Ze wist wat ze dachten.

"Colson, wat gebeurt er daar?" fluisterde ze, terwijl ze haar stem al voelde trillen.

Ben...

Colson schraapte zijn keel en dubbel tikte op een deel van het scherm. Een vergrote satellietfoto van het gebied boven de basis kwam op ware grootte in beeld op het tablet, en toen drukte hij op een andere knop op het scherm die bewegende radarbeelden overlaadde.

"We volgen ook een openbare feed van de weerstations op McMurdo, dus we kunnen vrij zeker zijn dat ze nauwkeurig zijn. Maar het lijkt..."

Julie's kaak viel open, en ze begon sneller te ademen. *Oh mijn God.*

"Wat is er, Jules?" vroeg Reggie, terwijl hij dichterbij kwam.

Ze nam het tablet van Colson's schoot en staarde ernaar terwijl het beeld bewoog, steeds weer terwijl de gegevens bijna in real time werden bijgewerkt. Ze zag hoe de temperatuurmeter naar beneden klikte, naar een ongelooflijk niveau.

-16.

-17.

Ze schudde haar hoofd en draaide het om zodat Joshua en Reggie het konden zien.

Buiten het station, bijna recht boven hun huidige locatie, was een absoluut *enorme* storm.

HOOFDSTUK 49

FRANCIS VALÉRE WAS GESCHOKT DOOR HUN RUWE LANDING DOOR DE STORM VAN HET GEBOUW, maar zijn piloot had hen met succes aan de grond gekregen en in de lange, schuine hangar op het eerste niveau gerold. Een paar minuten later, had de piloot gezegd bij de landing, en ze zouden het helemaal niet gehaald hebben. Hij nam nog een pil, de laatste dosis die hij bij zich had, en stapte het ijs op.

Zijn helper voor deze missie, de man die tegenover hem had gezeten in het vrachtvliegtuig, pakte zijn elleboog en hielp Valére zijn evenwicht te bewaren terwijl ze naar de deur van de verborgen onderhoudslift liepen. Hij had vlak voor de voltooiing besloten deze lift te verbergen, de toegang ertoe te beperken zodra de grotere machines en computersystemen op hun plaats waren gebracht, en het gebruik ervan voor te behouden aan een paar mensen.

Toen ze de lift naderden, waarvan de grote deur al open schoof en een kooiachtig interieur van staal en aluminium onthulde, hoorde hij geweerschoten.

De man aan zijn zijde verstijfde, maar ze liepen door. De twee andere soldaten liepen achter hen en boden Valére de bescherming die hij nodig had.

"Het klinkt alsof ons team die Chinese strijdkracht aanvalt," zei de man.

Valére knikte en sloot zijn ogen. "Heb je ooit de reden van hun komst ontdekt?" vroeg hij.

"Ze hebben een signaal onderschept van toen SARA online kwam. Blijkbaar heeft ze hier veel bandbreedte opgezogen tijdens haar eerste opstartcyclus, en een paar bewakingssatellieten geprogrammeerd op McMurdo hebben dat gezien."

We hadden nooit zo dichtbij moeten zijn, dacht Valére. Hij had gepleit tegen de bouw van de basis zo dicht bij het Amerikaanse onderzoeksstation, maar hij was weggestemd, toen er nog een protocol *was* voor besluitvorming via het quorum. Hij wilde dat Draconis een station zou oprichten aan de andere kant van de Transantarctische Range, maar de logistiek om het materiaal en de bevoorradingsketen op te zetten in een veel onstabielere weerszone was te moeilijk om te verkopen.

Hij hoopte dat de Chinezen de enigen waren die het signaal hadden gezien, en hij wist dat dat waarschijnlijk was. De Chinezen waren hem voortdurend een doorn in het oog geweest, zelfs al van voor hij aan het roer stond. Ze waren onophoudelijk bezig met hun bewaking, en ze leken over onbeperkte middelen te beschikken om defensiegeheimen voor zichzelf veilig te stellen. Het had Valére een fortuin gekost om zich tegen hun gesnuffel te verdedigen, maar zelfs hij wist dat het slechts een kwestie van tijd was voordat ze een zwakke plek in zijn harnas zouden vinden.

Het bleek dat de zwakke plek in zijn harnas het harnas zelf was. SARA, verantwoordelijk voor elk geautomatiseerd systeem op het station, van klimaatregeling tot uitschakel- en rebootprocedures, was ook belast met de beveiliging en verdediging. Toen iemand had geprobeerd het verwarmingssysteem op de hele basis uit te schakelen, had SARA dat onmiddellijk verhinderd en het weer aangezet. Ze was goed in haar werk, maar Valére wilde *beter*. Hij wilde *perfectie*.

Hij was gefrustreerd door haar enorme energiebehoefte, maar voor nu was het een noodzakelijk kwaad. Weldra, nadat de

Chinese dreiging en de veel kleinere dreiging van Joshua Jefferson en zijn bemanning waren geëlimineerd, zou Valére SARA's functionaliteit kunnen stroomlijnen, om uiteindelijk minder dan de helft van de rekenkracht te kunnen gebruiken die onder zijn voeten beschikbaar was.

"Er komt een team naar Level One, meneer," vertelde de man hem toen ze in de liftcabine stapten. "We moeten opschieten; ze zijn waarschijnlijk hier in de hangar een positie aan het innemen om de Chinezen in een hinderlaag te lokken als ze in het open veld komen."

Valére knikte en liet zijn assistent hem in de lift helpen, en de deuren gingen dicht net toen het oorverdovende geluid van geweervuur zich in de hangar begon te verspreiden.

HOOFDSTUK 50

DE EERSTE SCHOTEN SCHOTEN NAAST HUN DOELWIT, maar Ben hoorde twee van de kleine kogels die door de quadcopter waren afgevuurd, afketsen op de zijkant van de metalen schacht. Hij trok snel zijn benen in, in de hoop ver genoeg in de schacht te komen om aan de volley van miniatuurkogels te ontsnappen.

Hij gleed verder en hoorde de Quad net buiten de schacht zweven. Er was genoeg ruimte om zich om te rollen en op zijn rug te gaan liggen, zodat hij zijn aanvaller beter zou kunnen zien, maar hij wilde niet het risico lopen een kogel in zijn gezicht te krijgen, hoe klein ook.

Ben herinnerde zich de eerste van Hendricks' mannen die geraakt werd in het transportvoertuig. Het schot was niet alleen door de dikke glazen ruiten gebarsten, maar had de man ook ernstig verwond.

Ben gleed een beetje verder, eindelijk voelde hij wat afstand tussen zijn voeten en de helikopter. Net toen hij begon aan te nemen dat de drone zijn interesse in hem verloren had, vuurde hij opnieuw.

Deze keer waren de schoten raak. Een van de kogels schampte zijn broekspijp en schroeide een gat dwars door de dikke skibroek.

Een van de kogels raakte het metaal naast hem, en kaatste weer af in de schacht.

En een van de kogels landde in de achterkant van zijn kuitspier.

Hij huilde, niet in staat om de uitbarsting te beheersen. De schreeuw ging ver door de schacht, en ongetwijfeld naar het niveau eronder. De verscheurende pijn van de kleine kogel werd heviger nadat de schok van de aanval uit zijn systeem was verdwenen, en zijn lichaam reageerde onwillekeurig. Hij was nog nooit neergeschoten, maar hij had er vaak aan gedacht, wetende dat het het laatste jaar een reële mogelijkheid was geworden met zijn en Julie's escapades in Yellowstone en in het Amazone regenwoud. Hij had zich afgevraagd of het *echt* pijn zou doen, of dat het meer zou zijn als de Die Hard-scène waarin Bruce Willis door zijn eigen schouder schoot om de slechterik achter hem te doden - pijn, maar een 'Hollywood'-achtige pijn. Een pijn die kon worden overwonnen, net lang genoeg om de clou van een urenlange grap te leveren, om het publiek volledig tevreden te stellen.

Hij zocht naar een goede clou, om zijn gedachten van de pijn af te leiden.

"Verdomme. Dit doet pijn." Hij huiverde, en probeerde toen langzaam zijn been te bewegen.

Hij schudde gefrustreerd zijn hoofd, zowel omdat hij er niet in slaagde iets goeds te zeggen als omdat Bruce Willis zo slecht had uitgebeeld hoe het voelde om neergeschoten te worden. *Die kerel moet neergeschoten worden,* dacht hij. *Het zal zijn acteren helpen.*

Zijn zenuwen stonden in brand, en adrenaline begon door zijn lichaam te gieren. Hij voelde zich beter, maar zeker niet 'goed'. De wond bloedde langzaam en hij kon bijna voelen hoe het bloed over zijn broek stroomde, de huid rond het kogelgat even verwarmde en daarna bevroor toen het in contact kwam met de Antarctische lucht. Het was buiten veel kouder geworden, een deel van de ijskoude lucht had zich een weg door de schacht naar Ben gebaand en hem verteerd, en de adrenaline hielp een beetje.

Hij rilde, probeerde zijn verdoofde vingers en tenen wakker te krijgen.

Hij kermde van de pijn terwijl hij zich op één zij dwong en met een andere hand zijn pistool ophief. Hij had het pistool in zijn rugzak opgeborgen en gekozen voor het kleinere wapen in plaats van een AK-47. Het pistool was al geladen, en hij hief het op en richtte net toen de geschutskoepel van de drone begon te draaien.

Hij haalde twee schoten uit de trekker en de drone vonkte en vloog weg. Hij kon niet zeggen of hij hem op een cruciale plaats had geraakt, maar het feit ging niet aan hem voorbij dat, op dit moment, het kleine vierkant van koude Antarctische lucht aan het andere eind van de schacht op dit moment verstoken was van vliegende aanvallers.

Ga ik door de schacht of kom ik terug om te vechten?

Die beslissing was het enige waar Ben op dit moment aan dacht, en het zat hem dwars. Als hij verder in de schacht zou gaan, zou hij de lagere niveaus eerder bereiken en zijn missie volbrengen, maar dat betekende ook dat hij de hele tijd in de schacht in het zicht zou zijn van een volgende droneaanval, mocht die ervoor kiezen terug naar beneden te vliegen. Bovendien kon hij duidelijk zien dat de rechthoekige schacht breed genoeg was om een vlieg-route voor de drone te bieden. Hij zag zijn kansen niet schoon om één op één te vliegen met een vliegende moordmachine terwijl hij opgesloten zat in een luchtkoker. Maar als hij naar buiten ging om de drone opnieuw aan te vallen, bracht hij zichzelf in gevaar, niet alleen voor de drone, maar ook voor de elementen. De tempera-tuur was nog steeds aan het dalen, en hij kon aan de langzaam kloppende pijn in zijn kuit zien dat het hielp om de wond te verdoven, maar tegelijkertijd de rest van zijn lichaam bevroor. Hij was niet gekleed voor een buitenexcursie, en hij voelde zich zeker niet opgewassen tegen de taak.

En zijn laatste realisatie was de beslissende factor. *Ik heb niet het gevoel dat ik het kan,* dacht hij. En meteen daarna, *en dat is waarom ik het moet doen. Ik moet vechten.*

Hij was geen vechter - hij had zijn hele leven nog nauwelijks gevochten - maar hij wist dat hij kon vechten als het nodig was. En op dit moment knaagde er iets aan hem. Een gevoel dat hij nooit echt had begrepen, maar dat hij telkens weer had zien opspelen in één enkele scène uit zijn geheugen die hij nooit kon uitwissen. Zijn vader was daar, en zijn negenjarig broertje, en een erg overstuurde moederbeer. De beer had zijn vader verscheurd, beide soorten ouders probeerden hun kinderen te beschermen, en hij was bijna ter plekke gedood. Ben had ingegrepen, de beer neergeschoten met zijn vaders geweer en hem lang genoeg op afstand gehouden om zijn broer en vader te redden, maar Bens vader was later bezweken aan zijn verwondingen en had Ben en zijn broer, Zachary, vaderloos achtergelaten. Zijn moeder was nooit volledig hersteld van het verlies van haar man, en Ben had het gevoel dat ze hem zelfs gedeeltelijk de schuld had gegeven van de dood van zijn vader.

Sinds zijn dood had Ben veel spijt gehad, deels in de veronderstelling dat zijn moeder gelijk had en dat hij de schuld was van zijn vaders dood. Maar toen zijn moeder een jaar geleden bezweek aan het virus dat haar infecteerde en overleed, maakte hij een soort verschuiving mee. Hij veranderde vrijwel onmiddellijk van iemand die in spijt leefde - die in het verleden leefde - in iemand die zich richtte op het volgende. Hij ging voorwaarts met Juliette Richardson aan zijn zijde, en samen hadden ze de afgelopen maanden meer gedaan dan ooit in zijn leven.

En in de tijd die Ben nodig had om zich dit te herinneren, besefte hij dat dit zijn reden was om te vechten. Hij wist dat hij een kleine kans op overleven had als hij aan de drone ontsnapte en naar binnen ging, maar hij had er zijn gevecht van gemaakt, en daarmee ook dat van Julie. Zij had de uitdaging aangenomen en was hierheen gekomen om het antwoord te vinden op een vraag die Ben al veel te lang hardnekkig had achtervolgd.

Om die reden was dit ook Ben's gevecht.

Hij zuchtte, wetende dat hij nooit het type was geweest om zich gedwongen te voelen iets alleen voor een meisje te doen.

Toch ben ik hier...

Hij duwde zich terug in de richting van de opening van de schacht, bracht zijn pistool naar zijn zijde en schoof het tussen zijn broek en zijn heup. Hij had al zijn kracht nodig om tegen het gewicht van zijn gewonde been op te duwen, maar hij wilde het wapen klaar hebben als de drone terug zou komen.

Toen hij het laatste stuk naderde voor hij weer de ijskoude lucht inging, kwam de drone terug.

HOOFDSTUK 51

DE DRONE KANTELDE LICHTJES, alsof hij door een onzichtbaar touwtje naar opzij werd getrokken. Om die reden moest de drone de baan van zijn wapen herberekenen, en zich tijdens het vliegen aanpassen. Hij vuurde een paar metalen kogels af op de schacht, maar Ben deinsde niet eens terug. Hij kon de geschutskoepel onder het vliegende object duidelijk genoeg zien om te weten dat de kogels niet eens goed op de schacht waren gericht.

Hij huilde bij een laatste krachtsinspanning toen de pijn in zijn been bij het laatste stuk omhoog kwam en tegen hem vocht, toen was hij uit de schacht. Hij merkte onmiddellijk dat de situatie buiten de schacht veranderd was. Ten eerste was het weer omgeslagen, en hij droeg niets dan een dun laagje kleding over zijn bovenlichaam bij temperaturen die de min twintig graden moesten naderen. De wind had hem bijna opzij geslagen toen hij voor het eerst op de zachte sneeuw buiten de luchtschacht landde, en het kostte even tijd om zijn ene goede been in de sneeuw te manoeuvreren om het extra gewicht van zijn leunende lichaam vast te houden.

Ik ga het hier niet lang meer uithouden, besefte hij. Hij voelde zich stom dat hij ervoor koos om *terug te gaan uit* de schacht. Zijn lichaam was nog koud van zijn eerste tocht naar buiten, en het had zijn ledematen opnieuw gevoelloos gemaakt zodra hij de buitenlucht had bereikt. Nu, met de wind die van ver boven zijn hoofd in het ravijn waaide en de temperatuur die duidelijk met de minuut daalde, vroeg hij zich af wat de levensverwachting was van iemand die niet goed gekleed was.

Hij keek op en zag iets waar hij al bang voor was sinds Hendricks hen over de reis had ingelicht. Er was een storm opgestoken rond de basis, donkere wolken die samen draaiden en een onheilspellende hint gaven op hun op handen zijnde vrijkomen van ijs en sneeuw. Hij vroeg zich af of het weer lang genoeg zou standhouden voor wat er met de drone zou gebeuren, of dat hij met twee vijanden te maken zou krijgen - een door de mens veroorzaakte en een natuurlijke.

De drone zweefde een paar meter verderop, nog steeds worstelend tegen de razende wind. Zijn geschutskoepel zwaaide in een cirkel rond, in een poging om het doel te bereiken dat zojuist uit het gat in de zijkant van de klif was gesprongen. Ben zag door de dikker wordende nevel van sneeuw dat de helikopter het veel moeilijker had in het gure weer dan hij, en hij was van plan om dat in zijn voordeel te gebruiken.

Het heeft geen zin om hier langer te blijven dan nodig is.

Hij sprong naar voren, vergat dat zijn been nog ruw was van de verwonding, en viel op zijn gezicht in de sneeuw. De kou trof hem hard, en hij duwde zich op, probeerde te gaan zitten, maar viel weer toen zijn arm door een laag zachter poeder duwde.

Hij gromde gefrustreerd, voelde zich kwetsbaar voor aanvallen, maar de drone had zichzelf nog steeds niet rechtgezet. Uiteindelijk kon hij zich op zijn rug rollen, ging rechtop zitten en bracht zichzelf voorzichtig overeind. De drone was een meter of tien naar beneden gevlogen, maar was nog steeds gericht op de locatie van Ben. Hij veronderstelde dat zijn val de sensoren van de drone in de war had gebracht en ervoor had gezorgd dat hij overreageerde, uit de bocht vloog en in de wind, en zich alleen maar verder van Ben's locatie herstelde.

Oké dan, dacht hij, *dat is een strategie.*

Hij sprong op zijn goede voet en probeerde zo ver mogelijk van zijn vorige positie te landen. De drone probeerde opnieuw te reageren op de beweging en te anticiperen op de volgende beweging van zijn aanvaller, en werd daarbij opnieuw meegetrokken in de luchtstroom die tegelijkertijd in de kloof was losgebarsten. Hij draaide helemaal rond, dook een paar meter naar de grond voordat hij zijn evenwicht hervond.

Ben glimlachte bijna, nu hij besefte dat hij de overhand had. *Deze jongens zijn een geweldig verdedigingsmechanisme bij mooi weer. Niet zozeer in deze rotzooi.*

Hij sprong twee keer naar voren, nauwelijks zijn evenwicht houdend op één voet, als een gekke hinkelspeler. Hij pauzeerde minder dan een seconde en sprong toen naar rechts, slechts een paar meter verwijderd van de drone.

Deze keer kon de drone niet op tijd reageren. Hij vuurde een salvo van kogels af - en besproeide de omgeving van de lucht-schacht met een spervuur van slecht gerichte schoten - en schoot volledig overhoop.

De kleine motor jankte tegen de golvende lucht toen het probeerde te corrigeren, maar het sprong naar voren en naar bene-den, waar Bens pistool in zijn uitgestrekte arm lag te wachten. Hij zwaaide zo hard als hij kon naar beneden, en ving de drone net op het moment dat het zich een beetje optrok om zijn val tegen te gaan. Het pistool smakte hard tegen de buitenste ring die een van de rotors beschermde, en de loop van het pistool raakte de rotor zelf. De kleinere rotor had weinig kans tegen de zware metalen loop, en de drone tolde wild omhoog en weg, dan tegen de klif, waar hij zichzelf vernietigde in een hoop metaal en elektronische onderdelen.

"Daar ga je, jij kleine klootzak," zei Ben hardop tegen zichzelf. Hij bevroor nu, en de trilling van het pistool dat de drone raakte, had zijn arm doen ontploffen van de pijn. Even dacht hij niet aan de pijn in zijn gewonde been, maar na een seconde had hij gewoon pijn in zijn hele lichaam.

Ik moet in beweging blijven, dacht hij. Hij wist dat onderkoeling snel kon toeslaan, en in combinatie met de inspanning en de verwondingen wist hij dat hij een uitstekende kandidaat was om een paar tenen of vingers te verliezen. Hij richtte zijn aandacht op het uitnodigende gat in de klif: de rechthoekige opening die uitstel van de kou betekende, en ging terug in die richting.

Hij was nog maar een meter van het gat verwijderd, maar de tocht leek onmogelijk in deze omstandigheden. De storm was nu volledig op hem, en hij ademde zwaarder terwijl zijn lichaam harder en harder duwde om de wind te weerstaan. Hij zat nu in een windtunnel, en de lucht was helemaal opengedraaid.

Nog drie stappen en hij zou bij de open luchtopening zijn, klaar om door te gaan naar het laatste deel van zijn missie.

Nog twee.

Een beeld van Julie kwam in hem op, en hij genoot van de gedachte haar weer te zien, wetende dat hij alleen maar de ventilatieschacht hoefde te bereiken.

Nog één stap.

Hij leunde voorover, klaar om zijn hoofd in de schacht te steken, en hij voelde al iets warmere lucht uit de ventilatieopening komen.

Hij reikte naar de zijkanten van de schacht, zijn handen beefden toen ze bevroren.

Ben hoorde een stem achter zich, gedempt door de storm en verzacht door de bivakmuts van de man, en hij stond op het punt zich om te draaien toen hij de scherpe knal van een pistool tegen de achterkant van zijn schedel voelde. Zijn oogleden fladderden een fractie van een seconde terwijl zijn geest een oplossing zocht, en toen viel hij flauw.

HOOFDSTUK 52

"WE GAAN DAARHEEN," zei JULIE.

Reggie keek op van zijn post, gehurkt achter een omgekeerde tafel, en fronste zijn wenkbrauwen. "Wat zei je? *Waar* gaan we heen?"

"We gaan een niveau naar beneden," zei ze.

"Jules, ik denk niet dat Ben..."

"Ben is *niet* daar beneden,' zei Julie. Haar stem trilde een beetje, maar ze pauzeerde en probeerde haar emoties te bedwingen. "Met de storm, en - en wat dan ook, ik weet dat hij daar niet zal zijn. Dat is het punt. Dat is precies waarom we gaan."

De rest van de groep - Ryan Kyle, Mevr. E, Joshua, en Jonathan Colson - keek haar afwachtend aan.

"We moeten dit afmaken. Als het niet voor onszelf is, dan voor Ben."

Reggie glimlachte, een zachte, gelijkmatige lijn op zijn gezicht die meer zei over de situatie en zijn onsterfelijke optimisme dan welke woorden hij ook had kunnen spreken.

"Ik weet dat het gek is. We hebben hier twee vijanden, en als ze klaar zijn met vechten komen ze naar ons. Of ze gooien een paar granaten deze kant op en maken de klus eerder geklaard. Dus we zijn schietschijven."

Ze keek om zich heen. "Jullie weten het allemaal, anders hadden jullie al ruzie met me gehad."

"We zijn het niet oneens, Jules," zei Reggie. "We hebben alleen geen plan dat er niet op uitdraait dat we allemaal gespiest worden."

"Ik wel."

De intensiteit van hun blikken nam toe, en even was de kamer stil, alsof alle drie de groepen strijders meeluisterden.

"We haasten ons naar de lift."

"Julie, dat gaat nooit..."

"We *nemen* de lift niet, maar het is toch een open *liftschacht*? We hebben geen tijd om op de wagon te wachten, en dan te wachten tot de deuren sluiten en zo, dus we breken gewoon door de buitenste kooi en springen door de schacht."

"Hoe gaan we *springen?*" vroeg Joshua. "Er zit minstens tien of twaalf voet tussen de niveaus, en we hebben het over een liftschacht die drie niveaus recht naar beneden gaat."

"Hoe zit het met de klimuitrusting?" vroeg mevrouw E.

"Precies wat ik dacht," zei Julie. "We klimmen op de pilaren naast ons. We kunnen vastbinden en ons klaarmaken zonder dat ze het zien, dan maken we dat we wegkomen en laten de rest van het touw achter ons uitrollen."

Ryan Kyle en Joshua knikten. "Dat zou kunnen werken," zei Kyle. "We kunnen gemakkelijk een soort spoel optuigen en die aan jouw kant vastklemmen. Er is meer dan genoeg touw om over het niveau te komen en dan naar beneden twee, of in ieder geval dicht bij de bodem."

"Zelfs als het ons naar beneden brengt, naar Level 8, dat is dichtbij genoeg. We kunnen het vanaf daar uitzoeken, of de trap nemen."

Reggie schudde zijn hoofd, het er niet mee eens. "Maar *waarom*? We zitten hier goed. We kunnen ze wat langer ophouden, en we kunnen ook beter schieten."

"Status quo," zei Julie. "De status quo gaat veranderen, of we het leuk vinden of niet. Op dit moment is het wij tegen hen, maar *zij* zijn druk bezig elkaar te bevechten. Dat zal niet eeuwig duren, en wat dan?"

"Dan kunnen we tegen ze gaan vechten," zei Reggie. Hij haalde zijn schouders op, alsof het het meest voor de hand liggende was wat hij ooit had gedacht.

"Juist, maar we zullen zonder munitie zitten voor zij zonder mannen zitten. De lift is een paar minuten geleden vertrokken om meer bewakers te halen, dat weet ik zeker. Waarom wachten tot ze terugkomen met versterkingen? Waarom niet de controle overnemen? Verras ze tenminste. We moeten in staat zijn om hun aantal te verminderen als we de bewakers tussen ons en de Chinezen kunnen krijgen."

"Toch zullen we het niet allemaal halen."

Julie voelde haar woede opkomen, haar koppigheid terugkeren. Ze wilde altijd alles op haar manier, en hoewel ze meestal een van de slimste en bekwaamste geesten in de kamer was, werd ze er vaak van beschuldigd haar collega's te 'overrompelen' vanwege haar passie voor haar eigen ideeën. Ze had hard gewerkt om haar collega's in toom te houden en had zelfs cursussen en trainingen over relaties op het werk gevolgd toen ze jonger was. De laatste tijd had ze een meer directe aanpak gekozen: ze keek naar de interactie tussen Ben en anderen. Hij was ook koppig, maar hij was veel passiever, vergevingsgezinder en nonchalanter over triviale dingen. Waar zij een stier was, was hij een beer. Nog steeds provocerend, maar veel meer terughoudend en redelijk tot je hem boos maakte.

Dit was echter niet de werkplek, en Ben was niet in de buurt. Voor zover zij wist, *leefde* hij niet eens meer. De gedachte dat hij misschien weg was, wilde ze nog niet verwerken, dus richtte ze zich op de huidige situatie.

Ze dacht na over de oplossing van het probleem, en wist dat ze back-up nodig had.

"Joshua, jij hebt de leiding, toch?" vroeg ze. De vraag was bedoeld om de emoties in de kamer op te wekken, en het werkte perfect.

"Wat?" antwoordde hij geschokt.

Reggie's ogen werden zelfs wijder, en ze kon zijn gedachten zien racen, zelfs door zijn gepleisterde grijns.

"Jij hebt de leiding," herhaalde ze. "Hendricks heeft je dat afgenomen, maar hij is nu weg. Dus jij bent het."

"Ik - ik denk het." Joshua keek naar Ryan Kyle.

"Klinkt logisch," zei Kyle. "Hendricks probeerde altijd de pot op te schudden; de dingen interessanter te maken. Hij was ons altijd aan het testen, ons aan het provoceren. Maakte ons betere soldaten."

"Was hij me aan het testen?" vroeg Joshua.

"Ja, maar ik weet niet waarvoor."

"Ik wel," zei mevrouw E.

HOOFDSTUK 53

"WACHT, WAT?" JULIE had er geen rekening mee gehouden dat er meer aan de hand was dan wat Hendricks in het vliegtuig had uitgelegd. Ze wilde alleen Joshua's inbreng over hun volgende actie, hun volgende plan.

Meer geweerschoten barstten los, deze keer sproeiden ze het gebied boven hun hoofden. Reggie stak zijn hoofd op tussen twee tafels en keek even. "Er zijn nog maar een paar Chinezen in het trappenhuis, en ik tel vier bewakers. De tijd raakt op, team. Ik stel voor dat we hier blijven en het uitvechten."

Julie schudde haar hoofd en stond op het punt ruzie te maken, maar mevrouw E begon uit te leggen. "Mijn man was van plan Joshua te testen. Hij was van plan jullie allemaal te testen, echt waar. Dat is waarom ik hier ben. Ik zal hem verslag uitbrengen als we terug zijn, en hij zal die informatie doorgeven."

Alle ogen waren gericht op Mrs. E.

"Pardon?" vroeg Julie. "Ben je ons *aan het testen*? Voor wat? Is dit een of ander ziek sollicitatiegesprek?"

"Nee, niets van dat alles," zei ze. "Niet helemaal. Ik ken niet echt het volledige plan, eerlijk gezegd. Maar dit is allemaal echt. Jullie zijn hier allemaal om de redenen die hij gaf voor we vertrokken. Maar er is ook een veel groter doel dat hij probeert te bereiken, een doel dat hij jullie zal onthullen als deze missie voltooid is."

Julie voelde zich verraden, geïntrigeerd, gekleineerd en nieuwsgierig tegelijk. Ze kon niet geloven dat ze hierheen waren gelokt, gelokt door een man die beweerde hun specifieke vaardigheden nodig te hebben om deze specifieke missie te volbrengen. Ze wilde mevrouw E slaan, maar er waren zoveel vragen waar ze een antwoord op wilde. "Ik... begrijp het nog steeds niet. Waarom al die moeite doen? Wat wil hij van ons weten?" vroeg ze.

Mevrouw E hield een hand op. "Het spijt me dat ik het niet eerder heb uitgelegd. Er werd mij verteld om wat ik weet te onthullen op een moment dat mij geschikt leek. Maar nu moeten we doen wat Julie zei. De status quo zal veranderen, en ik heb liever dat wij diegene zijn die hem veranderen."

"Waarom wil je ons testen?" vroeg Joshua. Zijn toon was hard en kritisch.

"Alsjeblieft, laten we eerst naar de lagere niveaus gaan. Dan kunnen we praten. Ik beloof dat ik zal uitleggen wat ik weet. Maar we *moeten* eerst naar die computer mainframe."

Joshua knarste met zijn tanden en keek naar de vloer. Julie kon zien hoe zijn greep op zijn geweer verstrakte. Hij was kalm, maar ze kon de onrust zien - woede en verwarring - die in hem opbloeide. Ze wachtte op zijn antwoord toen een nieuwe schotenregen over hun hoofden galmde. Ze dook verder weg toen een paar kogels neerkwamen in een van de zijdelingse tafels vlakbij.

"Goed," zei hij. Zijn ogen waren gesloten. "Maar niet allemaal. We zullen ons opsplitsen. We halen het nooit allemaal tot de lift, en we kunnen er toch niet allemaal tegelijk in. Reggie, Kyle, E, jullie blijven hier. Ik ga naar beneden met Julie en Colson."

Julie knikte.

"We hebben jullie nodig om ons te dekken, om beide kanten van ons af te houden. Joshua keek rond naar de rest van de groep, zijn ogen vielen op Colson. "Denk je dat je het aankan?"

"Ik kan abseilen. Ik hou niet van naar boven gaan, maar naar beneden is prima."

"Goed. Laten we ons klaarmaken." Hij haalde het touw en de karabijnhaken uit zijn rugzak en begon een grote lus rond de pilaar te knopen, waarvan hij het uiteinde met een bowline vastmaakte. Hij hielp Julie en Colson die van hen te knopen en begon toen het andere eind van het touw op te rollen. Hij stopte de opgerolde lussen touw in zijn rugzak en ritste die bijna dicht, zodat het uiteinde van het touw over zijn schouder en voor zijn borst naar beneden kon hangen. Tenslotte klikte hij de karabijnhaak over het slepende deel dat aan de pilaar was vastgebonden en aan zijn riemlus. Het effect was een pak vol klimtouw dat door de karabijnhaak naar beneden stroomde en aan de pilaar achter in de kamer werd vastgemaakt.

"Het zal ons lichaamsgewicht niet houden, maar het zal het touw vrij laten ontrafelen zonder de controle te verliezen. We rennen naar voren, het touw wordt uit de rugzak getrokken, en dit uiteinde -" hij hield het uiteinde van het touw omhoog dat over zijn schouder bungelde - "houden we vast. Als we bij de lift zijn, maak je je rugzak los en pak je het touw dat je nog hebt, en maak je de karabijnhaak los. We worden niet vastgebonden, dus je moet je aan het touw vasthouden als je over de rand gaat. Begrepen?

Julie knikte, en was verrast Colson ook te zien knikken. Joshua hielp hen hun eigen klimtoestel klaar te maken.

"Goed." Hij keek naar de andere drie. "Zijn jullie klaar?"

"Klaar als jij dat bent, baas," zei Reggie. Hij grijnsde, en Joshua stak een hand uit. Ze schudden elkaar, en Reggie's glimlach groeide. "We zien je daar beneden."

"Ik hoop het." Joshua wendde zich tot Julie en Colson. "Op drie. Schiet alleen als het moet; laat Reggie en de anderen jullie dekken. Jullie doel is om naar die open liftschacht te gaan, snel."

"Ik heb het," zei Julie.

Voordat ze klaar was met praten, was Joshua al aan het tellen.

"...Twee, *drie!* "riep hij en stormde naar voren. Julie reageerde instinctief en volgde vlak achter hun nieuwe leider. Colson, hoopte ze, was ook met hen van het startblok gesprongen.

De geweren draaiden onmiddellijk hun richting uit en

begonnen te vuren. Julie voelde een golf van angst uit haar maag omhoogschieten en zich in haar keel nestelen toen ze besefte dat er meerdere vijanden op haar gericht waren.

En we rennen recht op ze af.

Ze zag dat de man die het dichtst bij haar stond, een paar passen naar rechts en een meter of tien van haar vandaan, zijn geweer tegen zijn oog hield en zich klaarmaakte om te vuren. Ze huiverde, nog steeds rennend.

Ik zal tenminste een bewegend doelwit zijn.

Ze probeerde haar benen nog sneller te duwen, in de hoop dat ze op een of andere manier een kogel konden verslaan.

Ze hoorde een knal van een pistool, en de man viel. Een andere man dook weg en verdween achter een pilaar, en ze realiseerde zich dat Kyle, mevrouw E, en Reggie hun aanval hadden ingezet.

Adrenaline gierde door haar heen en ze richtte haar ogen opnieuw op het open zwarte gat van de liftschacht. Joshua was *erg* snel, maar zij lag niet ver achter. Ze durfde niet achterom te kijken voor Colson, maar ze hoopte dat hij haar zou kunnen bijhouden.

Twee Chinese soldaten staken hun hoofd uit het trappenhuis waar ze de afgelopen minuten hadden gezeten, met grote ogen en duidelijk verbaasd dat de Amerikanen zich uit de voeten maakten. Ze probeerden te richten, maar werden terug de trap op geduwd door meer geweerschoten - zowel van Reggie's groep als van de veiligheidsdienst.

Ze waren nog maar twintig passen van de lift verwijderd toen ze Joshua hoorde schreeuwen. "Blijf rennen!"

Dat ben ik, dacht ze. *Je hoeft me er niet aan te herinneren.*

Ze keek op voor Joshua en begreep meteen waarom hij had geschreeuwd.

De opening naar de liftschacht werd kleiner. De liftkooi kwam terug van een van de bovenste verdiepingen en daalde langzaam de schacht af, waardoor ze steeds minder konden ontsnappen.

HOOFDSTUK 54

DE LAATSTE TWEE UUR HAD JONATHAN COLSON ZICH RELATIEF VEILIG GEVOELD BIJ DE GROEP. Er was iets voor te zeggen om deel uit te maken van een groep, zelfs als de groep bij elke gelegenheid werd beschoten en aangevallen. Hij werd tenminste niet alleen beschoten en aangevallen. Hij was de groep aardig gaan vinden in de korte tijd dat hij bij hen was, vooral Juliette Richardson. Ze was intelligent, gedreven en aardig, en het deed hem geen pijn dat hij haar verbluffend mooi vond.

Colson had nooit echt een vriendin gehad, dus vond hij *de meeste mensen van het* andere geslacht aantrekkelijk. De angst die ze hem inboezemden en het zelfbewustzijn dat hij bij hen voelde, maakten ze des te mysterieuzer en verrukkelijker, op een soort verboden manier. Julie was het allebei, en toch de perfecte partner voor de zeer intimiderende Harvey Bennett.

Net zoals de meeste vrouwen buiten zijn bereik leken op de schaal van uiterlijk, leken de meeste mannen even ver van hem af te staan op de schaal van mannelijkheid. Hij wist dat hij de zwakste schakel van de groep was, zoals hij dat zijn hele leven al was geweest.

Maar hij voelde zich niet langer 'relatief veilig'. De vijanden zaten op hen, en beide groepen vuurden schoten in zijn richting af, alleen beschermd door de teamgenoten in zijn rug. Ze hadden bewezen dat ze goed konden schieten, maar door een slagveld rennen was niet iets waar Colson zich prettig bij voelde. Bovendien werd de kans op succes van hun plan kleiner met elke centimeter ruimte die de dalende liftkooi van de open schacht stal.

Joshua was bijna bij de opening, op de voet gevolgd door Julie. Colson was gefrustreerd dat zijn lichaam het niet kon bijbenen, maar hij had zijn best gedaan om met zijn benen en armen te pompen alsof zijn leven er vanaf hing. Hij hoefde er niet aan herinnerd te worden dat zijn leven er zeker *van afhing*.

Joshua draaide zich om bij de opening, greep het stuk touw uit zijn rugzak en gooide het in de schacht. "Laten we gaan!" riep hij, terwijl hij met zijn andere hand zijn geweer omhoog bracht.

Colson keek naar de opening en merkte op dat de lift bijna bij Joshua's hoofd was.

Ik ga het niet halen.

Hij wilde dat als antwoord schreeuwen, maar hij wist niet of hij kon blijven rennen *en* schreeuwen.

Julie bereikte de rand van de liftschacht in een perfecte voetsprong, haar rugzak zwaaide rond en landde in haar schoot net toen ze tot stilstand kwam. Ze deed Joshua's beweging na, gooide haar touw in de schacht en draaide zich om om op Colson te wachten.

"Ik - ik ga niet -" stamelde hij, in een poging een samenhangende zin te vormen, maar er vormde zich spuug aan de zijkanten van zijn mond en het zweet prikte in zijn ogen. Ergens in het afgelopen uur had hij zich eindeloos in het zweet gewerkt, het zweet viel nu vrijelijk van zijn meest onflatteuze plekken.

Het zweet was het minste van zijn zorgen. Er klonken geweerschoten om hem heen, die computerwerkplekken vernielden waar nog maar een dag eerder zijn collega's zaten, en hij sprong in reactie. Hij landde op zijn enkel en voelde de verstuiking onmiddellijk. Hij schreeuwde het uit en viel op de grond.

Julie schreeuwde iets naar hem, maar het geluid werd overstemd door een veel groter spervuur van geweervuur, de kogels stroomden over hem heen waar hij nog maar een fractie van een seconde daarvoor was weggerend.

Hij trok zich voorover, probeerde in beweging te blijven en tegelijkertijd laag genoeg te blijven om aan de aanval te ontkomen, de druk van zijn enkel te houden, en op de een of andere manier op tijd bij de lift te komen. Zijn knieën vonden de grond onder zijn lichaam, en al snel kroop hij in een berengang, onhandig maar doelgericht in de richting van de uitgang.

De schacht was nu halverwege de opening, en het leek vanuit Colson's perspectief alsof hij versnelde. Erger nog, hij kon duidelijk zien dat de lift vol mensen zat, de meesten in dezelfde zwarte broeken van de soldaten-beveiligingsdienst.

"Colson! Laten we gaan!" schreeuwde Joshua.

Ik probeer het, dacht hij. Er waren nu tranen vermengd met het zweet op zijn gezicht, die hem de laatste paar minuten bekropen. Hij wilde niet sterven, en het leek erop dat de enige keuze die hij nog kon maken was om ofwel te sterven door een aanval van zijn rechterzijde, van het veiligheidsteam in de lift recht voor hem, of door verpletterd te worden halverwege onder de liftkooi. Hij was niet zo'n huilebalk, maar hij hield er dan ook niet van om in situaties van leven of dood te verkeren.

Bekijk het maar.

Colson lanceerde zichzelf naar voren, zijn uit vorm geraakte lichaam tartte de zwaartekracht lang genoeg om door de lucht te zeilen en de afstand tot het wachtende paar voor hem te overbruggen. Hij landde - hard - op de grond, en strekte zijn armen uit naar Joshua en Julie. Hij hoorde de schoten van Reggie, Mrs. E, en Ryan Kyle terwijl ze probeerden terug te slaan tegen de veiligheidsmacht die al op het niveau was en de Chinese soldaten die nog steeds het trappenhuis bewaakten. Colson hoorde de retorten van een nieuw stel geweren recht boven zijn hoofd, van het veiligheidsteam dat de lift afdaalde, toen hij hun commandant om een staakt-het-vuren hoorde roepen toen hij ontdekte dat de kogels niet door de gaten in de deur van de liftkooi konden komen zonder metaal te raken.

Hij reikte naar Joshua, en voelde zijn vingertoppen de zijne raken. Julie was ook uitgestrekt en greep naar zijn armen, maar hij hoorde Joshua tegen haar schreeuwen.

"Ga! Nu!" schreeuwde hij. "Ga daarheen en begin te abseilen."

Julie negeerde hem en trok Colson's arm naar zich toe. Hij gleed naar voren en probeerde zoveel mogelijk hulp te bieden, maar hij kon nauwelijks ademen, laat staan lichamelijke inspanning leveren. De lift was nu een halve meter verwijderd van de vloer van Level 7, en de soldaten binnen hadden het gemunt op Colson's lichaam, wachtend tot de kooi zou ontgrendelen.

Ik ga het niet halen. De woorden herhaalden zich steeds weer in zijn hoofd.

Met een laatste krachtsinspanning grepen Julie en Joshua allebei een van zijn armen en rukten. Colson duwde met de punt van zijn goede voet en vond net genoeg houvast op de vloer om zichzelf iets vooruit te duwen. Zijn verzwikte enkel deed pijn, maar hij negeerde het. Hij had hem niet gebroken, en hij kon zien dat het maar een kleine verstuiking was.

De gecombineerde beweging van de drie mensen was genoeg, en Colson staarde naar beneden in een zwart gat - de liftschacht. Hij rolde snel zijwaarts en trok zijn voeten naar de rand van de klif, dan over de rand. Zijn romp en bovenlichaam lagen nog steeds op de grond, zijn gewicht dragend. Joshua en Julie reikten nu naar zijn rugzak en hielpen zichzelf aan het touw en de klim-uitrusting.

"Ga, Colson. Nu!" blafte Joshua. Colson had geen keuze in het moment waarop hij zou beginnen met afdalen - Julie duwde hem met haar voet naar achteren, zonder ook maar haar ogen van de dalende lift af te wenden. Ze volgde hem over de rand en wierp een snelle blik op hem om er zeker van te zijn dat hij het touw nog vasthield.

"Ik - ik doe mee," zei hij, nog steeds geschokt. "Dank u."

Julie luisterde niet. Ze was op een missie, en Colson zag alleen de top van haar hoofd, vervagend in de duisternis, terwijl ze langs het touw naar beneden gleed naar het volgende niveau.

Weldra stond Joshua aan zijn andere kant en begon ook af te dalen. Colson haalde diep adem. Hij keek naar beneden, blij dat het gat onder hem grotendeels duister was, waardoor het leek alsof het relatief ondiep was. Hij nam een hand van het touw om zijn rugzak aan te passen en hield zijn lichaamsgewicht tijdelijk met één hand vast.

Ik heb het gehaald, dacht hij, net toen hij een schaduw voor zich zag verschijnen.

Een man - die de kleren van de veiligheidsdienst droeg - zat geknield op de vloer van verdieping 7 en richtte zijn pistool naar beneden in de resterende ruimte van een meter tussen de vloer van de liftkooi en de schacht.

Rechtstreeks naar Colson's hoofd.

Hij glimlachte naar Colson, een echt kwaadaardige, dreigende grijns die Jonathan Colson alles vertelde wat hij moest weten: hij had zijn prooi gevangen, en hij was klaar om hem uit zijn lijden te verlossen.

Colson huiverde, wetende dat zijn vinger het enige was wat hem in leven hield.

De loop van het geweer viel naar voren en kwam tot stilstand op enkele centimeters van Colson's voorhoofd. Een wrede, arrogante beweging, alleen bedoeld om macht te tonen voor het dodelijke schot.

Iets in Colson roerde zich. Hij voelde zijn neusgaten oplichten en onbewust zijn hand om het touw spannen. Hij spande zich in, voelde zijn biceps die hij zelden gebruikte en zijn buik, verborgen onder een teveel aan vet, in actie komen. Hij had zichzelf nooit als sterk beschouwd, maar het jarenlang meedragen van extra gewicht gaf hem een voordeel dat hij zich nooit had gerealiseerd. Hij wist hoe adrenaline hoorde te voelen, hoewel hij het tot op dit punt in zijn leven nooit *echt zelf had* gevoeld.

Maar nu was hij kwaad en zijn lichaam leek hem aan te sporen tot een laatste wanhopige poging om zichzelf te redden. Het was overlevingsinstinct, in de hoogste versnelling, en het gaf hem de stimulans die hij nodig had.

Hij reikte omhoog, trok zijn lichaam een paar centimeter aan het touw omhoog, net genoeg om...

Daar. Hij had de loop van het geweer in zijn vrije hand, en hij trok het opzij net toen het vuurde. De soldaat besefte eerst niet wat er gebeurd was, dat zijn doelwit zijn schot veilig van zijn hoofd had weggeleid, maar Colson was nog niet klaar.

Hij hield het geweer vast terwijl hij het touw door zijn andere hand liet glijden. Het was genoeg om hem een flinke brandwond te bezorgen van de wrijving, maar hij hield zich stevig vast aan de levenslijn toen die door zijn handpalm scheurde.

De beweging had een opzienbarend effect voor Colson - hij had er niet van tevoren over nagedacht, en hij had zichzelf zeker verbaasd toen het werkte. De soldaat, niet snel genoeg reagerend, hield zich ook vast aan het geweer, zijn eigen greep uitgedaagd door die van Colson. De soldaat werd naar de grond getrokken, en beide armen en zijn hoofd gleden over de rand van de liftschacht, vlak onder de dalende liftkooi.

Er was een misselijkmakend *krakend* geluid, en toen een piepend geluid toen de elektronische motor boven de liftkooi in de hoogste versnelling werd gegooid in zijn strijd tegen het nieuwe obstakel op zijn weg. De combinatie van de zwaartekracht en de liftmotor duwde de vloer van de liftkooi hard tegen de rug van de soldaat, en Colson hoorde een zware pieptoon toen de man geen adem meer kon halen. Hij keek op in het gezicht van de soldaat en zag het verwrongen tot een masker van doodsangst, zijn ogen uitpuilend, rode lijnen dansend vanaf de pupillen.

Colson voelde niets.

Het geluid van krakende ribben voorkwam een laatste slingerende val van een paar centimeter, en de lift kwam tot stilstand.

De soldaat zat eronder vastgepind, terwijl hij nog steeds het geweer met beide handen vasthield. Colson was ook gestopt met afdalen, en hij liet de loop van het geweer los en greep het touw weer met beide handen vast, besefte toen eindelijk wat er gebeurd was en keek om naar de twee anderen die aan weerszijden van hem hingen.

"Nou," zei Joshua, "dat was dramatisch."

"Dat was gruwelijk," zei Julie, terwijl ze haar ogen afwendde. "Maar goed gedaan, Colson."

Jonathan was nog steeds ziedend, de bloedvaten in hem vernauwd en extra hard pompend, maar hij straalde.

Zijn mond bewoog om een antwoord te formuleren, maar er was niets in zijn hoofd dat hij geschikt vond.

HOOFDSTUK 55

ER WAREN MEER CHINESE SOLDIERS IN DE TRAP DAN REGGIE KOGELS OVER HAD, en ze kwamen nog steeds.

"Dit is waar ik het over had," schreeuwde hij naar Ryan Kyle en Mrs. E., "we zijn in de minderheid."

"En de lift is hier. Waarschijnlijk nog vijf, zes meer daarbinnen." Alsof hij zijn uitspraak kracht bijzette, vuurde hij een spervuur af op de liftkooi. De mannen binnen, niet langer half beschermd door de metalen traliedeur, bukten en drukten zich tegen de zijkanten. Eén man hief zijn geweer om terug te schieten en werd in zijn been geraakt. Toen hij neerging, vuurde hij een slecht gemikte salvo af op Kyle.

Kyle bukte en draaide zich naar Reggie. "Het is ergens aan blijven hangen," zei hij. "Maar ze zijn hier."

"Vast op *iemand*, geloof ik," zei Reggie. "Ik denk dat onze jongens daar goed beneden zijn gekomen, maar dat helpt ons nu niet echt."

"Ik heb geen munitie meer," zei mevrouw E. Er was geen emotie in haar stem, en ze wendde zich niet eens tot haar teamgenoten om hun reactie te beoordelen. Reggie was blij te zien dat ze een bekwaam vechter was, ook al was het een betrekkelijk wild schot. Haar kalmte onder druk was iets dat niet kon worden aangeleerd, en in zijn oude trainingsfaciliteit in Brazilië had hij geworsteld met testosteronbeladen bedrijfstypen die maar niet konden begrijpen dat controle over jezelf altijd veel belangrijker was dan controle over een geweer.

"Hier," zei hij, terwijl hij haar zijn laatste tijdschrift gaf. "Het is alles wat ik heb."

"Maar jij bent beter," antwoordde ze. "Neem jij het maar."

"We zijn beter af met drie geweren in plaats van twee. Concentreer je, één doel per keer." Hij had geen tijd om haar een volledige les over slagveldstrategie te geven, dus de enkele zin zou moeten volstaan. Het zou goed met haar komen als ze hier doorheen zouden komen, dat wist hij. Maar kijkend naar de Chinese soldaten die zich nu op de vloer van het grote niveau uitstorten, was hij er niet zeker van dat ze het zouden halen.

"12 uur!" schreeuwde Ryan Kyle. Hij loste drie snelle schoten en twee mannen vielen.

"En 3 uur, en 11 uur," zei Reggie. "En 9:30, en 8:45..." voegde hij er onder zijn adem aan toe.

Dit gaat niet werken.

"We hebben iets anders nodig. Er zijn er te veel. Deze tafels zijn Zwitserse kaas, en we hebben geluk dat ze nog geen thuis hebben gevonden."

"En ze vechten met elkaar," zei Kyle. "Dat heeft hun gedachten van ons afgehaald."

Hij had gelijk, maar Reggie had het niet hardop gezegd, alsof hij negeerde dat de enige reden dat ze nog leefden was dat hun beide aanvallers dringender zaken aan hun hoofd hadden.

"Ja," zei hij. "Bedankt dat je me eraan herinnert. Nogmaals, we hebben een ander plan nodig. Heb je iets?"

Hij hoefde niet te kijken om hun hoofden te zien schudden.

Reggie voelde emotie en angst in zich opkomen, maar zijn training en ervaring werkten vrijwel onmiddellijk. Binnen enkele ogenblikken was hij weer kalm, beheerst en glimlachend.

Dit is het.

"Oké, dan. Laten we ons gewoon vastgrijpen en hopen dat

Julie en de anderen de klus klaren. Alles wat we nu moeten doen is de aandacht van hen afhouden."

"Schiet verstandig," voegde Kyle eraan toe voor Mrs. E's voordeel. "Eén schot per keer. Dat is alles wat nodig is."

Reggie stak zijn hoofd op en keek over de tafel, om de situatie te kunnen zien. Hij wenste onmiddellijk dat hij dat niet had gedaan. Voordat de kanonnen zich in zijn richting draaiden en een vuurspray afvuurden die hem achteruit en uit de weg deed duiken, zag hij de overgebleven strijdmacht van het Chinese leger op het station zich verzamelen in het midden van het niveau, naar hen toe bewegend. Twaalf, misschien vijftien man, allemaal gericht op hun locatie.

Ze namen hun tijd, besefte hij. Ze hadden hun gevangenen in een hoek gedreven en hoefden geen munitie te verspillen om ze uit te schakelen. Aan de andere kant, ze waren niet dom: ze zouden de laatste minuten van de strijd niet aan een paar mannen overlaten. Ze wilden Reggie en de anderen weg hebben, en ze wilden ervoor zorgen dat ze er allemaal waren om dat te doen.

"Wat is de situatie?" vroeg Kyle, zwaar ademend terwijl hij zijn laatste magazijn in zijn geweer laadde.

Reggie lachte bijna terwijl hij lag bij te komen op de grond, een meter of twee van zijn twee teamgenoten vandaan. "Heeft dat laatste spervuur je niet verteld wat je moest weten?"

Kyle knikte, nog steeds zakelijk. "Hoe zit het met de veiligheidsdienst?"

Reggie grinnikte. "*Welke* veiligheidsdienst?"

Op dat moment hoorde hij het geluid van het omroepsysteem van het station aanklikken, en de griezelige Britse vrouwenstem klonk. *"Systeemwijde zuivering in werking gesteld. Al het overgebleven stationspersoneel keert terug naar uw veilige zones en wacht op verdere instructies."*

"Zuiveren?" Zei Reggie. "Nou, dat kan niet goed zijn."

"Het betekent dat de bewaking weg moet zijn,' zei Mevr. E. Het controlesysteem hier moet gewacht hebben tot de overgebleven bewakers geëlimineerd waren, daarna heeft het de zuiveringsinstelling in werking gesteld."

"Nogmaals, dat kan niet goed zijn. Denk je dat er hier ergens van die 'veilige zones' zijn?" vroeg hij.

"Het betekent waarschijnlijk de kazerne. Dus nee," antwoordde Kyle.

De Chinezen hadden de boodschap ook gehoord, maar Reggie vroeg zich af of ze het begrepen. Hij was niet van plan opnieuw over de tafels te gluren, dus kroop hij terug naar een plaats aan de andere kant van Kyle en wachtte tot de krachtmeting zou beginnen.

"Hoe denk je dat ze het zullen doen?" vroeg Kyle, zijn stem fluisterend. Reggie besefte dat het lawaai van de strijd in de kamer verdwenen was, vervangen door niets dan de stille stemmen van de Chinezen terwijl ze allemaal in positie kwamen.

Een vuurpeloton, Reggie wist het. *En wij zijn degenen die geëxecuteerd gaan worden.*

"Wat doen?"

"De 'zuivering', of wat dan ook. Hoe denk je dat ze het zullen doen?"

"Geen idee," zei Reggie. "Als we geluk hebben, blazen ze alles gewoon op. Maak het snel, weet je?"

Kyle haalde zijn schouders op, en Reggie zag voor de eerste keer hoe jong de man was. Blond, met bruine strepen aan de zijkanten van zijn hoofd. Zijn haar was kortgeknipt, slechts een centimeter op het langste stuk, en een lijn van zweet en vuil kleefde de voorkant van zijn haar aan zijn voorhoofd. Hij had een kuiltje in elke wang, en verder een rond, bijna mollig, gezicht. Uitgedost in uitrusting en kleding leek hij bijna te zwaar, maar Reggie kende de illusie. De jongen was puur gespierd, niets dan een vechtmachine, maar hij had de slimheid om het te ondersteunen.

Deze jongen verdient dit niet, dacht Reggie. *Hij heeft het zo ver geschopt.*

Hij vroeg zich af wat hij kon zeggen om het makkelijker te

maken. Hij was nooit goed geweest in last-minute toespraken, of het moraal opkrikken, maar hij vond dat hij het moest proberen.

"Hé, maatje."

Kyle gaf hem een vreemde blik.

Ja, sorry, dat was raar.

"Uh, Kyle, bedoel ik. Bedankt. Dat je dit doet. Zoals helpen."

Kyle haalde opnieuw zijn schouders op.

"Hoe lang ben je al bij Hendricks?"

"Ongeveer een jaar," antwoordde Kyle. "Het was een draaideur, echt. Dat is met de meeste particuliere beveiligingszaken zo. Veel veranderingen, nooit genoeg tijd om echt een team te ontwikkelen."

"Dat begrijp ik. Militair?

"Ja, zes jaar. Jij?"

Reggie knikte. *Zes jaar, en nog minstens een in de privé-sector. Dus dit 'kind' was toch niet echt een kind.*

"Sorry dat het zo is gelopen," zei Reggie.

"Eh. Ik heb erger gezien."

Reggie lachte bijna. "Werkelijk?"

Uiteindelijk grijnsde Kyle, slechts een hoek van zijn mond naar boven gericht. "Nee. Nooit. Dit is behoorlijk klote."

Reggie kon zich niet langer beheersen, en hij grinnikte, veel te hard. *Het zal wel,* dacht hij. *We zijn toch dood.*

Mevrouw E wierp hen beiden een blik toe en Reggie stond op het punt een snedige opmerking te maken toen de lucht boven hen uitbarstte in geweervuur en explosies.

CRACK! Het geluid van de vuist tegen het vlees was veel harder dan Ben zich had voorgesteld. Natuurlijk had hij het geluid maar een paar keer in zijn leven gehoord, en nooit uit de binnenkant van zijn eigen hoofd.

De man die nu voor hem stond was wazig, zijn ogen wilden of konden zich niet richten op zijn aanvaller. Ben bracht onwillekeurig zijn armen omhoog om de inkomende klap te blokkeren, maar zijn handen en armen waren achter zijn rug gebonden. Er stond een stoel tussen - hij kon het harde metaal van de rechtopstaande rugleuning voelen.

Dus ik zit vastgebonden aan een stoel, kijkend naar een wazige...

Crack! Nog een klap, deze keer van de andere kant.

-Aanvaller, die duidelijk een goede linkse en *rechtse hoek heeft.*

Er zat geen humor in die gedachte. Ben voelde geen enkele emotie, echt niet. Zijn lichaam was nog steeds gevoelloos van de ijskoude buitenlucht, maar hij wist zelfs zonder de volledige capaciteit van zijn ogen dat ze binnen waren. De gevoelloosheid hielp enorm tegen de pijn van de stoten, maar hij wist dat het slechts een kwestie van tijd was voordat de tintelende warmte van het onderzoeksstation die zou wegnemen.

Hij zette zich schrap voor een nieuwe aanval, maar die kwam niet. Hij wachtte, nog steeds proberend zijn aanvaller te zien.

"Wat is uw naam?"

De stem was vreemd - licht, en een beetje zacht. Het had ook een accent. *Frans?* Ben had zijn hele leven dicht bij de Canadese grens gewoond, dus hij kende intuïtief de klanken en kenmerken van de taal. Maar het was niet alleen het accent dat hem van de wijs bracht. Het was de schuchterheid, het onzekere gevoel dat hij kreeg van de man die sprak.

De man hoestte, snoof een paar keer en sprak toen weer.

"Wat is uw naam, vraag ik opnieuw?"

Ben fronste zijn wenkbrauwen en knipperde een paar keer om zijn hoofd leeg te maken. *Ben ik aan het dromen?* Hij vroeg zich af of hij misschien nog buiten was, bewusteloos geslagen en dromend over warmte en licht en vreemde Franse stemmen.

Nee, natuurlijk niet. Er zou niet iemand mij slaan in mijn droom.

Hij werd weer geslagen, de stem van een andere man brak door zijn gedachten. "Hij vroeg uw naam, *meneer.*"

De stem van deze man was nors, een doorgewinterde soldaat die een bevel tegen Ben blafte.

"B - Harvey Bennett," zei hij. Zijn lippen trilden, zowel van het feit dat hij nog enigszins bevroren was als van de vele bloedende scheurtjes van de mishandeling. "Maar je mag me Ben noemen," voegde hij eraan toe.

Er was een pauze van een paar seconden langer dan Ben zou hebben verwacht, en hij begreep waarom. *Hij kent me.*

"Harvey Bennett," zei de Fransman, elke lettergreep van Bens naam zorgvuldig en doelgericht uitsprekend. "*De* Harvey Bennett. Heel goed, Ben. Mijn naam is Francis Valére, en ik ben eigenaar van dit station. Ik ben net aangekomen op Antarctica om mijn eigendom bijna vernietigd te vinden." Hij pauzeerde, hoestte weer en ging toen verder. "Ik zou graag willen weten waarom jij en wie dan ook met wie je samenwerkt besloten deze basis aan te vallen."

Bens zicht werd beter, en hij kon nu zien waar hij was. Niveau

10's rijen planken, elk gevuld met lades van mensen, strekten zich uit aan weerszijden van hem. *De bodem van de basis,* dacht hij. *Nergens voor mij om te vluchten.* Ze waren hun reis hier begonnen, en nu was hij precies terug waar hij begonnen was. Hij zag ook het gezicht van de man, rond en een beetje klein in vergelijking met de twee andere mannen die aan weerszijden van hem stonden. Deze man was ook korter dan de andere mannen, en hij droeg niet het uniform van de veiligheidsdienst of van de Chinese soldaten.

Deze man had de leiding, zoals hij had gezegd. Ben twijfelde daar niet aan, maar hij vroeg zich af waarom hij de hele reis naar de bodem van de aarde had gemaakt, vooral met drie partijen die oorlog met elkaar voerden in het station.

"Jij bent Draconis Industries," gromde Ben.

De man leek even verward en probeerde toen verlegen te glimlachen. Het kwam er meer uit als een gespannen grijns, als een terminale patiënt die herinneringen ophaalt aan betere tijden. "Nee," zei hij. "*Ik* ben maar een mens. Sterfelijk, onvolmaakt en met dezelfde problemen als ieder ander mens. Maar mijn *bedrijf* heet Draconis Industries, onder andere. Maar het is ook verontrust. Gebroken en zwak."

Hou hem aan de praat, dacht Ben. Het was niet zozeer voor het strategisch plan op lange termijn - Ben had er geen - maar omdat hij aannam dat als de leider van het station met hem praatte, het misschien zou helpen voorkomen dat de andere twee mannen Ben in het gezicht zouden slaan.

"Draconis was mijn geesteskind, en het was zeer succesvol. We hebben de wereld veranderd, Ben, op manieren die jij en je vrienden nooit zullen begrijpen. We hebben ook goede dingen gedaan, hoewel je daar waarschijnlijk nooit iets van zult zien." Weer een pauze, en deze keer stapte de man dichter naar Ben toe. Een van zijn bewakers stapte met hem mee en hield de elleboog van zijn baas vast terwijl de oudere man liep. "Je hebt me veel verdriet gedaan."

"Wat ik *je heb* aangedaan is niets," zei Ben, "vergeleken met wat *jij hebt* gedaan."

"Yellowstone?" vroeg de man. "Is dat wat je bedoelt? Yellowstone was een *test*, Ben. Het was een schertsvertoning, een die ik anders had volbracht als ik niet zo'n incompetent team had gehad. We hadden de *wereld* kunnen *genezen*, Ben."

"Je klinkt als elke andere superschurk," zei Ben. "Maar je bent niet zo cool. Gewoon een zwakke oude man, een die gaat -"

Barst. Weer een klap in zijn gezicht, deze keer gevaarlijk dicht bij zijn slaap. Hij zag sterren, en voelde zijn bloed door zijn lichaam stromen. Hij opende en sloot zijn kaak, proberend de pijn uit zijn gezicht te verdrijven.

"Is dat alles wat je denkt dat dit is, meneer Bennett?" de stem van de man had een air van ernst aangenomen, en Ben dacht dat hij Valére rechter zag staan. "Toen we kleiner waren, Ben, waren we *fenomenaal*. De dingen die we konden *doen*. Landen en militairen hadden in ons geïnvesteerd, en we waren *niet te stoppen*. We waren slank en effectief. We groeiden en we werden traag en lethargisch, zoals elk groot bedrijf. Het was net zo goed mijn fout als die van wie dan ook, en daarom begonnen we te fragmenteren.

"Ik heb de verslagen gelezen, Ben. En ik heb de verhalen gehoord - denk je dat je de wereld een *gunst* hebt gedaan? *Denk je dat* je het zelfs *beïnvloed hebt*? Je vleit jezelf; deze kleine heksenjacht die je aan het doen bent. En *nu*. Hier beneden, waar niemand kijkt? *Waarom* kwam je hier, om mij te vinden? Vertel me, Ben, wat dacht je *echt* hier te vinden?"

Ben voelde de steken van een immense hoofdpijn, en zijn geest was brij. Hij probeerde woorden samen te brengen. Hij opende zijn mond, druk van zijn pijnlijke hoofd sloot hem weer, en hij voelde zijn ogen in zijn hoofd rollen.

Kom op, Ben. Denk na.

Hij zat nutteloos in de stoel, op zijn plaats gebonden en met stomheid geslagen. Hij had net zo goed gekneveld kunnen zijn.

De andere soldaat stapte weer dicht bij Ben en hij kon zien hoe zijn arm zich oprichtte voor een nieuwe slag.

"Nee, ik... uh..." Ben moest gewoon woorden uitbrengen; hij moest zorgen dat de man ophield hem aan te vallen. "Umumuh."

Valére keek op Ben neer alsof hij een stervende hond was, kwijlend en nutteloos op de grond.

"Ik weet het..." Zei Ben.

"Wat is dat?"

"Ik weet hoe... hoe dit gaat."

Valére wachtte, en zijn mannen lieten Ben even alleen. *Oké, gewoon praten. Dit is goed. Maak woorden, en hoop dat ze zin hebben.*

"Dit eindigt... zoals het altijd eindigt. Jij... jij vertelt me je grote plan, en waarom je het doet, en alles."

"Is dat zo?" vroeg Valére. Hij hoestte en hief een hand naar zijn mond. *Was er bloed?* Ben kon het niet zien.

"Ja," zei Ben, de vocale oefening hielp hem zijn gedachten terug te vinden. "Ja, dat doe je. Dat is wat superschurken altijd doen. Er is een moment aan het eind dat de held vastgebonden is, en - de held ben *ik*, trouwens - en dan vertelt de schurk hem alles en zijn hele plan en -

Krak! De twee mannen vielen een voor een aan, beiden sloegen naar de andere kant van zijn hoofd. Hij schreeuwde van de pijn, zich afvragend waarom zijn hoofd niet gewoon zou knallen en er een eind aan maken, en de mannen vielen opnieuw aan. Hij verwachtte weer een klap op zijn hoofd, maar deze keer verpletterde een van de soldaten zijn darmen en sloeg de lucht uit hem, en de andere schopte hem tegen zijn scheenbeen.

"Je - je schopte me tegen mijn - schenen," zei Ben, happend naar lucht. "Wie - wie doet dat?"

De mannen reageerden fysiek, en Ben voelde dat hij de controle over zijn eigen lichaam verloor. In zijn hoofd klonken alarmsignalen, over het geluid van zijn eigen geschreeuw heen, en nog steeds vielen de mannen aan.

Valére's uitdrukking veranderde niet. Hij glimlachte niet, maar hij was ook niet helemaal afwezig. Hij leek bijna aarzelend, alsof Ben doden niet op zijn agenda van vandaag stond.

Ze sloegen hem, opnieuw en opnieuw, en Ben sloot zijn ogen. Hij wilde alleen dat het voorbij was. Flitsen van de anderen - Julie,

Reggie, Joshua - kwamen allemaal bij hem op, maar geen van de beelden veranderde zijn emotionele toestand. Hij was er helemaal klaar mee.

Eindelijk stopte het. Ben hijgde, zijn ogen waren opgezwollen en er druppelde bloed op zijn shirt en skibroek. Het zweet had de touwen rond zijn armen en handen losgemaakt, maar lang niet genoeg om hem te laten ontsnappen. Zelfs als het genoeg was geweest, was hij te zwak om zich te bewegen. Zijn armen, die het afgelopen uur achterover gebogen waren geweest, hadden zijn schouders zo zwaar belast dat ze bijna uit de kom waren gegaan, en hij voelde de ironie dat de pijn alleen maar zou toenemen als zijn lichaam weer helemaal opgewarmd zou zijn van het buiten zijn.

Hij hoorde een stem, maar het klonk alsof het onder water was. Het was zijn naam, maar hij kon hem nog nauwelijks herkennen.

"...Ben. Ben je nog bij me?" zei de man. Hij sprak een paar woorden in het Frans tegen een van de bewakers, en wendde zich toen weer tot Ben. "Hallo, Mr. Bennett?"

Ben dwong één oog open te doen. Het kostte hem alle kracht die hij nog had.

"Ik ga weg, Ben. Ik denk dat je blij zult zijn dat te horen, maar ik wilde dat je weet, voordat ik ga: je hebt het mis. Je hebt het altijd mis gehad, Ben."

Ben ademde in, dwong de leven-gevende adem in zijn longen. Het was niet makkelijk meer, de onwillekeurige functies van het menselijk lichaam. Hij moest overal aan denken, leek het. Hij vroeg zich af of hij zijn overzicht nodig had om zijn bloed te blijven pompen.

"Je hebt het mis, Ben. Ik ga je dit niet allemaal uitleggen. Ik ga je niet vermoorden. Je zult hier sterven, maar dat zal je eigen schuld zijn. Het leven is geen stripverhaal, Ben, en jij bent geen held."

Ze wachtten daar, Valére en Ben, een hele minuut, beide mannen worstelden met het leven. De ziekte van Valére was nu duidelijk voor Ben, net zoals zijn eigen pijn en lijden duidelijk waren voor Valére. De andere mannen hadden net zo goed niet in de kamer kunnen zijn. Het waren Ben en Valére en niemand anders.

Hij dacht aan Julie, hopend op een laatste gesprek met haar. Hij moest nog één keer met haar praten, en een denkbeeldig gesprek in zijn hoofd zou hem niet helpen. Hij voelde hoe zijn kracht - wat er nog van over was - wegvloeide, wetende dat zijn lichaam het had opgegeven. Er was niets anders dan zijn geest, niets meer om de wereld te geven.

Zijn ene open oog vond Valére - een wazig omhulsel van een man - en hij concentreerde zich erop, zoveel als hij kon. Hij staarde, wachtend. Wachtend tot het ophield. Hij zou niet naar buiten gaan met zijn ogen dicht, als het aan hem lag. Hij staarde naar de man die dit alles had gedaan, die al deze pijn, dit verdriet en dit lijden had veroorzaakt, voor zoveel mensen, en hij wist dat Valére gelijk had. Hij zou hier sterven, en hij zou sterven zonder dit alles te begrijpen.

Maar hij zou niet sterven zonder één ding te weten.

"Waarom?"

Valére hield zijn hoofd een beetje scheef, en keek nog steeds op Ben neer.

"Waarom... ben je hier?"

Valére zuchtte, sprak toen opnieuw tot de mannen naast hem. Ze draaiden zich om en verlieten de kamer. Zijn uitdrukking werd weer bezorgd, en Ben voelde iets koud worden in zijn binnenste, nog voordat Valére had gesproken. Hij herkende het gevoel, en het verving onmiddellijk al het andere.

Angst.

"Ben, het is echt heel simpel." Hij hoestte nog drie keer en veegde toen met zijn pols het bloed van zijn wang. "Ik kwam hier om te sterven."

HOOFDSTUK 57

NIVEAU 8 WAS EEN WASLAND, de koude opslag en het onderhoudsniveau roken naar oorlog en vernietiging. Een rokerige waas vulde haar zicht, en daar doorheen kon ze een paar kleine brandjes zien die nog smeulden. Julie zag de hele verdieping vanuit haar positie aan het touw, zwevend net binnen de liftschacht. Ze gluurde tussen het ruitvormige metalen rooster van de liftdeur door en greep het met een hand vast om zich te stabiliseren terwijl ze lichtjes aan het touw slingerde.

Dankzij Colson's dramatische aanval op de bewaker blokkeerde de soldaat nu de liftkooi een verdieping hoger, waardoor de touwen die ze aan de steunbalk hadden vastgebonden ruimte kregen om eronder door te gaan. Als de liftkooi was blijven dalen en hun touwen had doorgesneden, hadden ze misschien veel sneller de liftschacht kunnen bereiken.

Het was een toevallige samenloop van omstandigheden, maar ze hadden alles nodig wat ze in die arena konden krijgen.

"Laten we verder gaan," fluisterde Joshua naast haar. "Wat hier gebeurd is, is voorbij."

Ik zal het zeggen, dacht ze. Ze knikte en ging verder naar beneden. Het touw deed pijn in haar handen, en ze wist dat ze nog maar een minuut of zo kon afdalen voordat ze zou moeten stoppen en loslaten. Ze keek naar beneden en vond alleen duisternis.

"We stoppen om 9 uur, toch?" vroeg Colson.

"Is dat de server farm?"

"Ja," antwoordde Colson. "En de meest waarschijnlijke plek voor alle gegevens die je weldoener wil bemachtigen."

"Onze weldoener heeft ons zo'n beetje ter dood veroordeeld door ons hierheen te sturen. Ik ben net zo nieuwsgierig als ieder ander, anders zou ik dit touw *beklimmen* in plaats van nog dieper deze hel in te gaan."

Julie was het ermee eens, maar zei niets.

"Trouwens," zei Joshua, "ik heb mijn eigen vragen die beantwoord moeten worden."

"Je vader?" vroeg Julie, voordat ze zichzelf kon tegenhouden.

Joshua keek haar aan, maar dankzij het zwakke licht in de schacht of Joshua's typische stoïcijnse houding, verraadde zijn uitdrukking niets.

"Ja," zei hij zacht. "Een paar vragen daarover."

Ze gingen verder naar beneden, de laatste drie meter werden steeds moeilijker naarmate hun vermoeidheid hun beste inspanningen tegenwerkte. De laatste meters naar de deur van het volgende niveau kwamen veel te langzaam voor Julie, maar ze hield vol.

"Iedereen oké?" vroeg Joshua.

Colson en Julie mompelden hun antwoorden, en Joshua begon te schoppen tegen het sluitmechanisme dat de deur op zijn plaats hield. Het apparaat leek op een klein hangslot, maar dan aan de deur bevestigd. Het leek eerder een veiligheidsvoorziening te zijn dan een die ook voor de veiligheid bedoeld was, en het kostte hem slechts drie pogingen voordat het slot brak en wegviel, het metalen rooster nu vrij.

Hij schoof het open, en Julie was de eerste die op het nieuwe niveau neerkwam. Ze veegde haar pijnlijke handpalmen af aan haar broekspijpen, draaide toen haar pistool om en tilde het op. Julie hielp Colson de rest van de weg naar beneden en uit de liftschacht, terwijl Joshua de deur weer dicht schoof en het kapotte slot aan de buitenkant vastmaakte. Het was niet veilig, maar het zou in ieder geval de deur gesloten houden voor het moment.

"Lijkt me leeg," fluisterde ze.

"Als dat niet zo is, weten ze zeker dat we hier zijn," antwoordde Joshua. "En dat betekent dat ze wachten om ons in een hinderlaag te lokken."

"Laten we dan maar aan de kant gaan," zei ze, terwijl ze naar links liep, in de richting van een enorme reeks computerrekken. Het leek op de rekken die zich van vloer tot plafond uitstrekten op het niveau eronder, waar ze Jonathan Colson hadden gevonden, maar deze rekken, wist ze, waren gevuld met *echte* computers, niet met menselijke wezens.

Ze huiverde toen ze eraan terugdacht, hopend dat ze daar niet weer naar toe hoefden te gaan. Terwijl ze zich de lades voorstelde, elk gevuld met een lichaam, kreeg ze een opzienbarende gedachte.

"Ik wil ook iets te weten komen," zei ze hardop.

"Wat is dat?" vroeg Joshua.

"Het verbaast me dat ik het niet eerder heb overwogen. Maar met alles wat er gaande is, heb ik er niet over nagedacht."

"Laten we eerst uitzoeken hoe we in deze computer kunnen komen," zei Joshua. "Colson, komt er een toegangspunt? Zoals je aan Bennett beschreef?"

Colson knikte. Hij zag er raar uit met een wapen in zijn hand, maar hij wist tenminste welke kant hij op moest houden. "Dat zou wel moeten," zei hij. "Het zal waarschijnlijk een soort computerkiosk zijn, met ook een monitor en toetsenbord."

"Nou, dat maakt het gemakkelijk," zei Joshua, het sarcasme niet verloren aan Julie.

Blijkbaar *was* het sarcasme niet aan Colson besteed. "Eigenlijk, zal het niet gemakkelijk zijn," zei hij. "De computer zal extra veiligheidsmaatregelen hebben waarvan ik niet zeker weet of ik die kan omzeilen. Plus, we moeten dat ding vinden. In deze kamer, kan het...

"Shh, hou het stil," zei Joshua, een hand ophoudend. "Ik hoor stemmen."

Julie kneep haar ogen dicht terwijl ze luisterde. Na een ogenblik hoorde ook zij de stemmen weerkaatsen tegen de muren en langs de rijen computerservers. Het klonk als twee of drie mannen, die Frans spraken.

"Begrijpt iemand er iets van?" vroeg Joshua.

"Ik spreek een beetje Frans, en ik denk dat het dat is," zei Colson, "maar ik kan het niet goed genoeg horen."

"Oké, dan komen we dichterbij. Misschien leiden ze ons naar de toegangsterminal."

Ze reisden langs de buitenkant van de kamer, de deja vu van bijna identieke manoeuvres op het niveau direct onder hen spoelde over haar heen. Proberen bij te blijven, maar toch uit het zicht te blijven van de bewakers, terwijl ze door een doolhof van rekken navigeerden.

Het was griezelig hoe alles hier op elkaar leek, en ook al was het toeval, Julie had het gevoel dat ze iets op het spoor was. *Het is griezelig. En het is zeker verwant,* wist ze. *De rekken beneden, en de servers hier.* Ze probeerde het te onderzoeken terwijl ze rond de perimeter liepen, de rijen knipperende lichten van veraf onderzoekend. Ze volgde de omtrek van de bekabeling die uit de uiteinden van elke stelling kwam, netjes verzameld en samengebonden met trekbandjes, gebundeld voor levering -

"De kabels gaan de vloer in," mompelde ze, nauwelijks hoorbaar.

"Wat was dat?" fluisterde Joshua, die nog steeds voor haar uit liep. De mannenstemmen waren opgehouden, maar ze konden nu getik horen, schijnbaar van vlak om de hoek.

"Ik denk dat we ze doorhebben," zei Joshua. "Recht voor ons."

"Ik zei dat de kabels de vloer in gaan," herhaalde ze.

"En?"

"En als je je herinnert van het niveau net onder ons, die gingen het *plafond in.*"

Joshua hurkte neer, Julie en Colson volgden hem. Hij draaide zich om naar haar. "Impliceer je dat ze verbonden zijn?"

"Ik impliceer dat ze één en dezelfde zijn. Joshua, Colson, ik denk dat de lichamen *daar* de computers *hier van stroom voorzien.*"

"Dat is onmogelijk," zei Colson. "Deze machines worden aangedreven door traditionele -"

"Nee, Colson, dat is niet wat ik zeg. Ik bedoel dat ze de computers *besturen*. Ze *voeden* ze. Het is een boerderij, een die parallelle berekeningen maakt met biologische structuren, waarschijnlijk zelfs op kwantumniveau."

"Je neemt me in de maling," zei Colson. "Ik zat in een van die dozen, en... en..."

"En je zou worden aangesloten op een supercomputer. Jouw brein zou deel gaan uitmaken van de hive mind die ze gebruiken om..."

Ze is gestopt. *Voor wat?*

Dit was het einde van haar redenering. Ze had geen antwoorden meer, maar ze was *er zeker van dat* ze gelijk had over de lichaam boerderij beneden. Op de een of andere manier hadden de wetenschappers hier - het *bedrijf* - een manier bedacht om de lichamen in stase te houden, en te voorzien in hun behoefte aan brandstof en afvalverwerking, en dat alles om hun meest waardevolle bezit te gebruiken dat in elk model mens ooit geboren zat.

Het menselijk brein.

En dit waren niet één of twee breinen die samenwerkten, maar *honderden*. Mogelijk meer dan duizend, allemaal met elkaar verbonden en data en rekenkracht naar boven, naar een even groot aantal computersystemen.

Een golf van emoties overviel haar, en ze viel bijna om. *Mijn God*, dacht ze.

De kracht waartoe zij in staat zouden zijn, de brutaliteit van de missie en de absolute fascinatie die zij had om te begrijpen hoe het allemaal in elkaar stak, waren te veel.

"Ik... Ik moet stoppen," fluisterde ze.

"We gaan nergens heen," zei Joshua. "We zijn hier. Ze zijn hier om de hoek, aan het typen op een computer. Het moet de toegangsmachine zijn, toch?"

Colson knikte. "Zonder twijfel." Toen, na een moment van nadenken, voegde hij er aan toe, "Het is wat Ben zou moeten bereiken.

De gedachte dat Ben zich zou voegen bij de wirwar van gedachten en emoties die door haar hoofd zweefden, dreef Julie bijna naar de rand van de afgrond. Ze schudde haar hoofd. "Nee, hij zou... hij moet..."

"Joshua pakte haar schouder vast en hield haar rustig. "Het is goed, Julie. *We zijn* nu hier. *We* kunnen het afmaken."

Ze wist wat hij haar probeerde te vertellen. *We kunnen de missie afmaken.* Ben's *missie. En we kunnen om hem rouwen als we klaar zijn.*

Ze voelde plotseling niet meer de ambitie en gedrevenheid die ze eerder had gevoeld. De gedachte dat Ben weg was, was er nog steeds, maar deze keer ging het gepaard met een gevoel van absolute hulpeloosheid. Een gevoel van *nutteloosheid.*

Joshua was voorbereid op deze reactie van haar, zo leek het, en hij verstevigde zijn greep op haar schouder. "Hé," zei hij. "Blijf bij ons. We hebben je nodig."

Ze veegde een traan van haar wang en knikte, terwijl ze merkte dat zowel Joshua als Colson haar aanstaarden.

"Je hebt dit, Juliette," zei Colson. "*Je* hebt dit."

Ze knikte opnieuw, een beetje prille kracht nestelde zich eindelijk in haar psyche, en ze stond op. "Goed," zei ze. "Ik moet het toch zeker weten. Laten we dit afhandelen."

Joshua leek te willen lachen, maar hij hield zich in en bleef bij haar staan. "Dit is het plan. Wij...

Julie begon te schieten nog voor Joshua de zin had afgemaakt. Er waren drie mannen, allemaal met hun rug naar haar toe, en ze leken verdiept in wat ze aan het doen waren op de computer. De tranen prikten in haar ogen, en de wazigheid die ze veroorzaakten hielp haar niet bij het richten, maar ze was dicht genoeg bij hen dat na de eerste paar schoten, de kogels hun doel begonnen te raken.

De eerste man, de bewaker aan de linkerkant, ging neer. Ze begon aan de tweede, mikkend op die aan de rechterkant, toen ze Joshua ook hoorde schieten. De schoten waren luid, galmden alleen maar meer door de hallen van computerapparatuur en harde muren, maar ze negeerde het bonzen op haar trommelvliezen.

De man rechts viel ook, maar toen ze haar pistool op de bewaker richtte die in het midden stond, degene die aan het computerpaneel werkte, zag ze dat hij zich al had omgedraaid en zich klaarmaakte om zijn *eigen* wapen af te vuren.

En ze stond recht in zijn gezichtsveld. Ze wist dat hij niet zou missen, maar ze kon niet hetzelfde zeggen over haar eigen doel. Hij bewoog in slow motion, maar ze kon zijn vinger zien samendrukken, de kogel slechts milliseconden verwijderd van het verlaten van de loop en in haar inslaan.

Zijn neusgaten wijdopen, zijn kaak strak gespannen. Zijn ogen keken haar aan met hetzelfde vuur dat ze zou voelen als zijn kogel zijn doel in haar borst zou raken. Ze probeerde te reageren, probeerde haar eigen trekker over te halen, maar haar vingers zaten op hun plaats, de knokkels van elke hand wilden niet wijken. Alles in haar bevroor, en haar ogen staarden voor zich uit toen de man de trekker overhaalde, de laatste minuscule afstand.

De loop van het pistool ontplofte, en nog steeds stond ze, zwijgend toe te kijken. De man bewoog, sprong zelfs, en ze was verward. Zijn pistool, een kleine subcompact, vloog opzij, en de kogel die was afgevuurd vloog omhoog en weg van haar hoofd. Bijna gemist.

Joshua was daar, rennend, naast haar en toen weg, en hij vuurde zijn geweer af. Drie, vier, toen vijf schoten klonken in de ruimte, en deze keer konden haar oren de druk niet aan. Ze leken zich gewoon af te sluiten, haar plotseling onder water achterlatend, alsof ze door een dikke koptelefoon naar de wereld om haar heen luisterde.

Colson schreeuwde iets, tegen haar of iemand anders, maar de woorden werden gedempt en bedekt door de geweerschoten. Joshua raakte de man, de vijf kogels die hij op hem afvuurde waren blijkbaar niet genoeg, en Joshua en de bewaker vlogen in het metalen rek dat het computerstation bevatte, en toen naar beneden naar de vloer.

De bewaker was dood voor hij de grond raakte, maar Joshua staarde drie seconden naar beneden vanuit zijn positie bovenop de man, wachtend tot hij zou bewegen.

Eindelijk versnelde de wereld naar normale tijd, en ze voelde hoe alles om haar heen en in haar kraakte en naar buiten spoot. Ze was *klaar*. Ze was uitgerekt tot over haar breekpunt, gebroken, toen weer uitgerekt, en ze was klaar om te gaan liggen en te wachten op het einde van dit alles.

In plaats daarvan praatte Joshua tegen haar. Eerst kon ze het niet horen, maar haar oren klieven en zijn woorden bereikten haar.

"...heb je hulp nodig met de computer. Ben je in orde?"
Ze knikte.
"Wacht de volgende keer op mij om het plan uit te leggen."
Ze knikte opnieuw. "Wat was het plan?"
Hij lachte. "Begin met schieten, en stop niet tot ze allemaal dood zijn."

HOOFDSTUK 58

"NIET SCHIETEN!" SCHREEUWDE REGGIE. "Schakel zoveel mogelijk van die klootzakken uit als je kunt."

Ze hadden niet genoeg munitie om ook maar een deuk te maken, maar de Chinezen hadden nog steeds geen schoten gelost op hun zachte doelwitten. De meeste tafels waren doorknaagd van de kogels, maar ze leefden nog, voor het ogenblik.

"Ze schieten niet op ons," zei Kyle.

"Juist. Ze blijven op ons schieten tot..." Reggie stopte midden in een zin toen hij de verklaring in zijn hoofd herhaalde. "Wat?"

"Ze schieten niet op *ons,* zei ik."

"Wel, wat zijn ze dan in godsnaam -"

Het onheilspellende gezoem groeide uit tot een kakofonisch gebrul toen Reggie zich realiseerde wat er gebeurde. Hij had het geluid tot nu toe niet echt bewust opgemerkt - totdat er zoveel drones in de kamer waren dat ze niet konden worden genegeerd.

"De drones!" schreeuwde Mevr. E. "Dat is hoe ze zullen zuiveren. De drones vallen de Chinezen aan."

Reggie voelde een nieuwe golf van energie over zich heen komen toen hij het begreep. "Dit is onze laatste kans," zei hij. "We moeten langs de zijkant van de kamer, naar de trap. Als we het kunnen halen..."

Een drone schoot over zijn hoofd, op enkele centimeters van

het schrapen van zijn hoofdhuid. Hij sprong, hief toen zijn wapen en vuurde.

De drone ving de klap op en probeerde te blijven vliegen, maar hij kantelde en zakte laag genoeg om de hoek van een computermonitor te raken. De kleine impact was genoeg om hem van koers te doen veranderen, en hij stortte neer tegen de met bubbels beklede muur in de hoek van de kamer. Reggie richtte zorgvuldig en schoot nog twee keer, en hoorde beide kogels in de buitenste romp van de drone pingen.

"Eén neer," zei hij. "Enig idee hoeveel nog?"

"Nee," zei mevrouw E, "en ik denk niet dat die ons gezien heeft, dus voorlopig zijn we nog veilig."

Reggie begreep wat ze bedoelde. De drones werden bestuurd door een centraal computersysteem, ze vlogen allemaal volgens een vooraf ingesteld patroon of individueel geleid door de computer. Het was een soort korfgeest, en elke individuele eenheid was verantwoordelijk voor het verzenden van gegevens naar het commandocentrum. Als de drones waren uitgerust met een camera - en daar twijfelde hij niet aan - zouden ze worden aangevallen zodra ze werden opgemerkt.

Maar tot dan waren ze onzichtbaar.

"Oké, dus we wachten het nog even af," zei hij. "De Chinezen *en* de drones hebben hun handen vol, maar dat zal niet eeuwig duren."

"En we zijn nog steeds niet dichter bij de enige uitweg,' voegde Kyle eraan toe.

"Man, ik ben *ziek* van deze tafels. Ik ben ziek van dit *station*," zei Reggie. "Kunnen we langs hen geraken?"

"Misschien met een rookgordijn. Kijk." Reggie volgde Kyle's uitgestoken hand en vinger naar de tegenoverliggende hoek van de kamer achter de tafels. Er was een dunne laag nevel - rook van de strijd van het laatste uur - die zich verzamelde en naar het plafond steeg. Een drone vloog erdoorheen, maar het leek geen vooraf ingestelde route te vliegen. Het maakte een klein achtjespatroon in de lucht, niet vurend.

"Ik denk dat het blind is," zei Kyle. "De rook moet een effect op hem hebben. Het zweeft in principe gewoon in een ontwijkend patroon, hopend dat niemand het ziet."

"Nou zie *ik* het," zei Reggie, terwijl hij zijn geweer hief. Hij knalde de drone met één schot neer, en stuurde de kleine machine naar beneden en de grond in. Het ontplofte toen het landde, een kleine, minuscule explosie van metaal en tandwielen.

"Oké," zei mevrouw E. "Dat is wat we moeten proberen." Ze draaide zich om en keek het niveau rond. "De rook hangt door de hele ruimte, en de drones moeten dichtbij komen om hun doelen te zien. Als we aan de buitenkant blijven, en proberen in de dichtste rook te komen, kunnen we het misschien net redden."

Reggie en Kyle knikten, en alle drie begonnen ze naar de rand van hun geïmproviseerde muur te glijden. "Trouwens," zei Reggie. "Ik heb deze kerel om te gebruiken als iets me wil aanpakken." Hij klopte met zijn wapen en controleerde tegelijkertijd het magazijn.

Het wordt nipt, dacht hij. Hij glimlachte. "Klaar?"

Ze stonden aan de zijkant van de kamer, en het geschreeuw en de geweerschoten van de Chinese strijdkrachten werden onderstreept door het gekletter van het tegenvuur van de drones. Reggie vroeg zich af hoe de vijandelijke troepenmacht het deed tegen de machines, en dacht terug aan hun eigen ontmoeting met de quadcopters.

Ze hadden in een bewegend voertuig gezeten en waren nog steeds onderbewapend. Alleen Hendricks en Ryan Kyle van zijn team hadden de aanval overleefd, en zelfs toen waren er zorgvuldig gerichte schoten en veel vuurkracht nodig geweest om de drones neer te halen. In een kleiner gebied, met drones en rook en mannen die samen een chaos vormden, moest Reggie wel denken dat de machines de overhand hadden.

Des te meer reden om weg te gaan nu het nog kan.

Mevrouw E leidde de aanval, en plotseling rende Reggie met volle vaart langs de zijkant van de verdieping. Hij omzeilde tafels en stoelen, ontweek rokende computerapparatuur, en drong door naar de uitgang. Er waren geen soldaten tussen hen en de deur naar het trappenhuis, en de rook leek het zicht van de drones op hen te blokkeren.

Hij hoorde een van de soldaten een bevel in het Chinees roepen. Hij sprak geen woord van de taal, maar iets zei hem dat de man hen allemaal had gezien en zijn team opdracht had gegeven de strijd aan te gaan.

Hij bukte instinctief, een hagel van kogels sloeg in op de muur boven hem, precies waar hij een moment geleden nog had gerend. Kyle en Mrs. E deden hetzelfde, maar Reggie hoorde Kyle schreeuwen toen hij viel.

De jongere man was niet uit eigen wil gevallen, maar omdat hij geraakt was. Reggie struikelde bijna over hem toen hij naar voren strompelde in zijn halfgehurkte houding, maar hij sprong op het laatste moment, landde, en draaide zich toen om om de soldaat aan te kijken.

"Ga door," zei Kyle. Hij spande zich in om te praten, zijn tanden weigerden uit elkaar te gaan, en Reggie kon zien dat zijn kaak op elkaar geklemd zat om de pijn te maskeren. Hij beoordeelde de jongeman snel en ontdekte dat het bloed rond zijn buik en zij al op de vloer lag.

"Laten we gewoon..." Reggie dacht na over de situatie. Mrs. E voegde zich bij hen maar zorgde voor dekkingsvuur en dwong de Chinezen terug naar de tegenoverliggende wand van het niveau. De drones waren in aantal afgenomen, maar Reggie zag er nog minstens drie rond het Chinese team cirkelen en hen gezelschap houden.

"Nee," zei Kyle. "Doe niet zo idioot. Ik ga deze kamer niet uit. Ik bloed leeg in minder dan..."

"Je bloedt een stuk langzamer leeg als je je mond houdt," zei Reggie. "Laat me je helpen."

"Geef me je wapen," zei Kyle. Reggie keek weer op hem neer en bekeek de jongen met nieuwe ogen. Hij was hier echt te jong voor, te jong om te sterven als een onbekende in een gevecht dat nooit had plaatsgevonden op een plaats die nooit had bestaan.

"Heb je familie?"

"Iedereen heeft familie. Maar de mijne voelde twintig jaar geleden al niet meer als familie."

Reggie knikte. "Oké, nou..." hij stopte. *Wat ga je zeggen? Je probeerde dit tien minuten geleden, en je kon de woorden niet vinden om...*

"Bewaar het," zei Kyle. "Geef me je geweer en een kans om je een voorsprong te geven. Ik zal op zijn minst drie of vier van de Chinese jongens krijgen, gegarandeerd."

"Wedden?"

Kyle glimlachte. Hij stak zijn hand uit, wachtend tot Reggie ze zou grijpen. De beweging bezorgde de jongeman hevige pijn, maar hij hield hem uitgestrekt, de hele tijd bevend.

Reggie pakte het en schudde. "Je schakelt vier van deze jongens uit, of ik schiet je neer."

"Afgesproken."

Reggie wou de kamer verlaten, eerst zeker dat de Chinezen nog bezet waren, toen Kyle opnieuw sprak.

"Rood."

Reggie fronste zijn wenkbrauwen bij het gebruik van zijn echte voornaam en herinnerde zich toen dat hij door meneer E was 'ge-out' voordat ze aan de reis begonnen. "Ja?"

"Ik mag niets zeggen, maar zeg tegen Joshua dat ik hem overal gevolgd zou zijn.

Reggie fronste opnieuw en voelde de hand van mevrouw E op zijn arm, die hem wegtrok.

"Later," zei ze.

Hij knikte, eindelijk bereid om de kamer - en zijn teamgenoot - achter te laten.

HOOFDSTUK 59

HET COMPUTERSYSTEEM WAS IN FEITE NIET BEVEILIGD.
Of als het dat was geweest, hadden de soldaten al succesvol inge-
logd en de maatregelen omzeild om toegang te krijgen tot de
terminal. Julie stond er nu voor, zij aan zij met Colson, en ze
keken beiden naar de gebruikersinterface. Joshua stond in de
tegenovergestelde richting, niet bereid om van achteren te worden
aangevallen zoals de vorige gebruikers van de machine.

"Begrijp je de interface?" vroeg Julie. De computer had een
typische indeling van het besturingssysteem, met een taakbalk en
een menubalk boven en onder aan het scherm, maar de statusven-
sters en waarschuwingsvensters die openstonden, waren voor Julie
onleesbaar.

"Alleen maar een hoop nummers en letters," mompelde
Colson. "Maar ik weet zeker dat we dingen bij elkaar kunnen
puzzelen."

"We hebben niet veel tijd om alles op een rijtje te zetten," zei
Joshua. "Wat er ook over is van het veiligheidsteam laat ons niet
zomaar binnen. Zodra het systeem doorheeft dat er mee geknoeid
wordt, zal iemand daarboven het te weten komen."

"Iemand als die vent van Level 2," zei Julie. De man was
verdwenen in de diepten van de basis, maar ze wisten allemaal de

waarheid: niemand verliet gemakkelijk het station, en zelfs als ze dat deden, waar konden ze heen?

"Ja, ik durf te wedden dat hij hier ergens is."

"Denk je dat hij de leiding heeft?"

"Hij is degene aan wie de beveiliging verantwoording aflegde, maar wetende wat ik weet van de infrastructuur van het bedrijf, is hij gewoon een middenmanager type. Maar er is ook een *Chinees* team ergens in het station, en ik denk dat zij ook op zoek zijn naar deze computer terminal."

"Ja, waar zitten ze precies achteraan?"

"Waarschijnlijk wat Mr. E wil dat we vinden. En ik denk dat we dat op deze computer kunnen vinden. Iets over die lichaam boerderij beneden, en de server boerderij hier."

"Zoals hoe ze in staat zijn de hersenen in tandem aan elkaar te koppelen, terwijl ze in leven blijven."

"Zoals dat."

"Nou," onderbrak Colson, "het zal een beetje moeilijker worden dan dat. Je man zal bewijs willen, en waarschijnlijk de ruwe data bestanden van wat er ook door die kabels wordt gestuurd. Voor zover ik weet, is die informatie alleen al miljarden waard. Het kan van daaruit omgekeerd worden, en de rest is gewoon het mechanische uitzoeken."

"Dus wat is het probleem?" vroeg Joshua.

"Het *probleem* is dat de ruwe gegevens niet één bestand zullen zijn, maar miljoenen - mogelijk meer. Ik zie de bestanden en mappen hier op het scherm aangemaakt worden..." hij wees en wachtte tot de anderen knikten. "En het zal allemaal niet klein genoeg zijn om op een harde schijf te zetten, zelfs niet op een grote zoals in de laptop die we Ben gaven."

"Dus we kunnen niet gewoon de harde schijf uit deze rukken?" vroeg Joshua, terwijl hij zijn geweer in een boog van links naar rechts rond de achterkant van de kamer zwaaide.

Colson grinnikte. "Sir, we hebben de harde schijven nodig van elk van deze computers. De data hier is in de miljoenen-terabytes range, en er is niets groot genoeg om..."

"Bewaar het," zei Joshua. "Ik ga met je mee. Te veel om mee naar huis te nemen. Dus wat doen we in plaats daarvan? Ik ben van plan iets van waarde af te leveren aan meneer E., en ik ga hier niet weg zonder."

Colson dacht even na en klikte door de mappen en bestanden op het scherm. Julie was opnieuw onder de indruk van het gemak waarmee de man met computers overweg kon, zeker als je bedenkt dat zijzelf met de meeste software en interfaces goed overweg kon.

"Oké, hier is iets. Ik zal beginnen met alles als dit in een aparte map te zetten, en -"

"Wat is er gebeurd?" vroeg Joshua, deze keer omgedraaid om naar het computerscherm te kijken.

Het scherm flikkerde, de vensters en boxen bewogen willekeurig rond. Colson probeerde met de muis te navigeren, maar de cursor bleef op zijn plaats staan. "Ik... ik weet het niet," zei hij. "Ik ben buitengesloten."

"Kun je ergens bij?" vroeg Julie.

Hij drukte een paar toetsen op het toetsenbord. "Alleen degene die ik aan het verplaatsen was, lijkt het. En ik wil niet opnieuw opstarten, want dan krijgen we nooit meer toegang via de veiligheidsschermen."

"Oké, haal dat dossier maar tevoorschijn," zei Julie. Zowel zij als Joshua stonden ongeduldig te wachten, terwijl ze over Colson heen hingen terwijl hij werkte. Het scherm bleef flikkeren, maar Colson opende het bestand van de lijst waarmee hij had gewerkt.

"Het is een lijst met namen," zei Julie. "Personeelslijst voor het station? Misschien kunnen we hiermee naar de autoriteiten, het bedrijf..."

"Het is geen personeel," zei Colson. "Het is... Ik weet het niet zeker. Ik herken deze namen niet."

"Ik wel," zei Joshua. Julie en Colson staarden hem aan. "Die herken ik in ieder geval." Hij wees naar het scherm, en Julie hijgde toen ze de naam zag.

Jefferson, Roland.

De naam werd gevolgd door een tijdstempel, en een reeks getallen die ze niet kon ontcijferen.

"Ik herken die naam," zei hij, "want het is mijn vader."

HOOFDSTUK 60

JONATHAN COLSON WAS VERWARD. Het systeem voor hem leek hem tegen te werken, en op de een of andere manier zijn inspanningen te compenseren met die van zichzelf. Het was als een intelligentie, een met gevoel voor humor, die hem slechts een bepaalde afstand liet binnendringen voor het hem buitensloot.

De lijst met namen, waaronder die van Joshua's vader, was niet het enige bestand waartoe hij toegang had. Hij ontdekte dat door te klikken op enkele van de andere vensters, hij nog steeds toegang had tot enkele van de lokale bestanden in de serverruimte, alleen niet tot alle. Het systeem stond hem toe een deel van de inhoud te zien, maar verborg de meeste belangrijke functies over hoe de hele kamer was ontworpen.

Het was frustrerend, maar hij begreep wat het systeem aan het doen was. Het verhinderde dat ze de belangrijkste bestandsstructuren konden stelen: de informatie die Mr. E en de Chinese strijdkrachten wilden, en de reden waarom ze hier waren. Het was een laatste veiligheidsmaatregel, die automatisch in werking trad toen Colson probeerde toegang te krijgen tot het binnenste netwerk van deze bestanden.

"Je vader staat op de lijst," zei Julie. "Hij werkte voor het bedrijf. Dus zijn dit andere namen van werknemers van Draconis Industries?"

Joshua schudde zijn hoofd terwijl Colson de naam van Roland Jefferson markeerde met de muiscursor, en dan door de lijst scrolde. Het was in chronologische volgorde, de namen gerangschikt op basis van wat de tijdstempel kolom weergaf. Hij scrolde naar het einde.

Wynkopf, Igor.

Montgomery, Roald.

Hij voelde zich koud worden toen hij de laatste, laatste naam zag die was toegevoegd.

Jonathan Colson.

Er was geen tijdstempel.

"Nee, dit is ook geen lijst van Draconis-werknemers," zei Colson, terwijl hij op zijn naam wees. "Het is een lijst van de mensen in de lades beneden.

Julie sloeg haar hand over haar mond. "God, er moeten meer dan vijfhonderd mensen op die lijst staan."

"Bijna duizend, eigenlijk."

"Leven ze nog?" vroeg Joshua. Zijn stem was lager, niet trillend maar duidelijk gespannen.

Julie keek naar Colson voor een antwoord. Hij haalde zijn schouders op. "Moeilijk te zeggen, Joshua. Ze - ze zijn niet dood, denk ik. Niet helemaal."

Joshua accepteerde dit antwoord, maar hij dacht er even over na voordat hij sprak. "Is er... nog iets anders?"

"Ik kan helaas niet bij de belangrijkste gegevens die verklaren hoe alles is aangesloten. Maar ik kan een paar van deze submappen openen, en..."

Het scherm werd zwart.

"Colson, wat heb je gedaan?"

"Nee - niets," zei hij. "Ik kan niet... nu zijn we volledig buitengesloten. Zelfs de muis...

Een video begon te spelen op het scherm, en Joshua viel bijna neer toen hij achteruit strompelde. Hij slikte een paar keer, en Colson keek nog een seconde naar zijn reactie, en keerde toen terug naar het scherm.

Er was een man op het scherm, zittend aan een tafel, die recht-streeks tegen de camera sprak. De woorden waren zacht, maar duidelijk, en kwamen uit luidsprekers die Colson niet kon zien.

*"Joshua, ik hoop dat dit briefje je goed aantreft. Ik heb het opge-nomen op de server van het bedrijf, dus er is een grote kans dat je het nooit zult zien. "*De man pauzeerde. *"Maar als je het wel ziet, bete-kent het dat je hier bent, in Antarctica. Je staat in Draconis' meest visionaire project, waar ik al bij betrokken was voor je geboren werd."*

De video had Joshua duidelijk sprakeloos gemaakt, en zelfs Julie ademde langzaam, alsof ze de video niet wilde laten merken dat ze bekeken werd.

"Toen je moeder overleed, stortte ik me op mijn werk, zoals jij en je broer weten. En ik ging er te diep in. Joshua, het bedrijf is niet meer wat het ooit was. Het leiderschap... het is veranderd.

"Mijn taak hier was om het station operationeel te krijgen. Het aantal manuren en het geld dat in dit project is gestoken is absurd, en ik vrees dat we het nooit zullen afmaken. Ik vrees ook dat de rich-ting die het bedrijf is ingeslagen mij en mijn team in de steek zal laten. We hebben gewerkt voor iets waarvan velen dachten dat het nooit zou kunnen worden gedaan, en waarvan nog veel meer mensen dachten dat het niet zou moeten worden gedaan. Sommige van die mensen zitten zelfs in het project.

"Joshua, als je me ooit kunt vergeven voor wat ik niet heb kunnen geven, zal ik tevreden zijn dat mijn leven niet voor niets is geweest. Ik geef veel om jou en je broer, maar ik begrijp hoe zo'n uitspraak je moet laten voelen."

Colson keek achterom naar Julie en Jonathan, en was verbaasd te zien dat Julie zachtjes snikte. Joshua beefde nu, een trilling in zijn handen en kin die Colson zelfs van op een paar meter afstand kon zien.

"Je broer is een fatsoenlijke man, Joshua. Ik weet dat ik mijn boekje te buiten ben gegaan om te proberen hem te helpen, en dat ik jullie beiden heb gefrustreerd door mijn pogingen om mijn fouten uit het verleden recht te zetten, maar ik vraag jullie om hem te

vergeven. Hij is jong en onbezonnen, maar dat heeft evenveel waarde als uw leiderschap en gevoeligheid. Hij zal langzaam richting nemen, maar hij is gepassioneerd en gedreven.

Roland Jeffersons ogen dwaalden van het scherm, toen weer terug, en richtten zich weer op de camera. *"Ik zal dit opslaan in een bestand dat waarschijnlijk nooit door iemand van het bedrijf geopend zal worden, maar ik heb het zo ingesteld dat het automatisch geladen wordt als dat bestand geopend wordt. Ik hoop dat je dit ergens, op een bepaald moment, ziet. Ik wil dat je het van mij hoort, direct, niet gehinderd door mijn missie hier en jouw missie om het bedrijf te verdedigen tegen zijn vijanden. Joshua, het ga je goed."*

De videotransmissie eindigde bijna net zo snel als hij begon, en de stilte daarna was opvallend. Colson probeerde de afspeelknoppen op de video te vinden, om terug te spoelen of opnieuw te beginnen, maar er was niets anders dan het laatste beeld van de video, gestopt, met een zwarte rand er omheen. Na een paar seconden van dit alles vervaagde de video en het scherm keerde terug naar zijn flikkerende, halfbevroren toestand.

"Dat is het," zei Colson, "er is niets anders."

"Mijn... broer," mompelde Joshua.

Colson had geen idee wat er gebeurd was tussen Joshua en zijn broer, maar het leek erop dat Julie dat wel wist. Ze leunde een beetje tegen Joshua aan, hield zijn pols vast - hij wilde zijn pistool niet loslaten - en ze fluisterde iets tegen hem.

"Het *is* mijn schuld, Julie," zei hij, zijn stem verheffend. "Ik heb hem zelf neergeschoten, weet je nog?"

"Natuurlijk doe ik dat. Maar...

"Maar *niets,*" zei hij. "Ik was toen een pion, en ik ben nu een pion. Ik ben gewoon een deel van iemand anders zijn spel, en dat ben ik altijd geweest."

Julie en Joshua stonden daar een ogenblik, geen van beiden sprak, en Colson ging terug naar de computer. *Er moet een manier zijn om in dit ding te komen.* Hij was geen hacker, maar hij had zijn hele leven voor computerschermen gezeten. Voor hem waren ze een taal, net als de programmeertalen die hij dagelijks gebruikte, en hij sprak die taal vloeiend. Computerbeveiliging was van nature gebrekkig - er was geen manier om mensen voor altijd uit het systeem te houden, behalve door de machine uit te zetten en de stekker uit het stopcontact te trekken.

Het probleem was dat hij niet eeuwig de tijd had om dit uit te zoeken. Het was slechts een kwestie van tijd voordat de man die Angela Stokes had gedood, zich zou hergroeperen met wat er nog over was van de veiligheidsmacht, wat er nog over was van de Chinese macht zou overmeesteren en hen dan hier zou komen halen.

Of de Chinezen hebben de bewakers uitgeschakeld, en zijn toen hierheen gekomen.

Hoe dan ook, Colson was niet blij met de kansen.

Hij wendde zich tot de anderen. "Dit gaat een tijdje duren als we moeten inbreken," zei hij. "Je hebt een betere -"

Reggie en mevrouw E stormden plotseling de kamer binnen vanaf de trap, slechts een paar meter van hun locatie verwijderd. "Wapens omhoog! Bukken!" riep Reggie. Hij dook achter de computerterminal waar Colson aan werkte en kroop over de rij servers erachter. Mevrouw E sprong de andere kant op, maar hurkte ook achter een van de rijen computers.

"Wa..."

"Hou je mond en ga liggen!" Schreeuwde Reggie weer. "Ze komen eraan!"

Colson reageerde instinctief en twijfelde niet meer aan wat deze groep hem vertelde. Ze hadden hem tot nu toe in leven gehouden, en hij was van plan zijn deel te doen en dat te blijven. Hij viel op de grond, in de hoop dat door lager te gaan, wie er ook op het punt stond de trap af te komen hem zou missen.

Maar het was niet *wie*, maar *wat*.

De drones, twee aan twee, vlogen de trap af en de verdieping op, schietend op alles wat bewoog. Colson's ogen verwijdden zich, maar zijn lichaam kwam in actie en hij liep achteruit, weg van de computer en in zijn rij. Hij botste tegen een van de dode bewakers op en vond het wapen van de man. Hij greep het met uitgestrekte hand terwijl hij zich om de gevallen soldaat heen bewoog.

Hij had geen idee hoe hij het magazijn moest controleren om te zien hoeveel munitie er nog was, maar het pistool voelde zwaar aan. In films betekende dat dat het pistool geladen was. Maar hij wist niet zeker hoeveel een pistool woog, dus hij besloot het erop te wagen. Hij tilde het machinepistool op en vuurde.

Klik.

HOOFDSTUK 61

DE TWEE MANNEN DIE DE KAMER HADDEN VERLATEN KWAMEN BINNEN ENKELE MINUTEN TERUG, elk met een stel riemen en kabels die er voor Bens wazige goede oog uitzagen als een warrige warboel. Hij kreunde, het geluid weerkaatste door de harde metalen wanden gevormd door de rijen rekken op het niveau. Zijn keel deed pijn, alsof het buiten zijn in de ijzige temperatuur hem onmiddellijk verkouden had gemaakt, maar dat was het minste van zijn pijn. Zijn gezicht was gezwollen, bedekt met snijwonden en kneuzingen, en op zijn rechter broekspijp plensde bloed uit een wond die van zijn kin droop.

"Meneer Valére zal zich bij de rest van uw groep boven voegen," zei de eerste man, "maar hij heeft verzocht dat u hier beneden blijft, bij ons."

Ben probeerde zich te concentreren op waar de mannen mee bezig waren, maar het enige wat hij kon onderscheiden was dat ze de kronkels van touw en leren riemen aan het afwikkelen en recht-trekken waren.

"Heb je meer touw nodig om me vast te binden?" zei Ben, terwijl hij de woorden zo goed mogelijk vormde, maar de meeste uit zijn verdoofde mond hoorde komen als een stroom willekeurige lettergrepen.

"Mijn verontschuldigingen," zei de man, "ik kan niet verstaan wat u zegt." Hij grijnsde en gaf Ben een klap in zijn gezicht, waarbij hij zijn neus kraakte. "Laten we eens kijken of dat de boel een beetje losmaakt."

Ben spuugde toen de andere man achter zijn stoel liep en begon zijn armen los te maken. Hij voelde zijn polsen en handen vrij vallen, en onmiddellijk verspreidde zich de prikkende beet van verlamming over hen. Het voelde alsof hij de hele nacht had geslapen terwijl er iemand op hem zat, en hij weigerde wakker te worden.

Hij kreunde opnieuw toen de man hem aan zijn armen rechtop uit de stoel tilde, zijn schouders - helaas *niet* slapend - voelden de hele last van de beweging. Hij bleef even staan, wanhopig proberend zijn hoofd recht te houden, zijn ene open oog nog steeds tranend en wazig.

"Mr. Bennett," zei de andere man. "Ik hoop dat je genoten hebt van je verblijf hier op ons station. In feite zijn we opgewonden om u een kans van uw *leven te bieden*. Alstublieft, deze kant op."

Ben voelde zich voortgedreven door de man die zijn dode armen duwde, en hij liep naast de bewaker naar de achtermuur van het niveau, en sloeg toen rechtsaf. Het gebied was bekend; dit was dezelfde plek waar ze het station waren binnengekomen, via de luchtkoker. Ze passeerden de grond waarop ze naar beneden waren geklommen en sloegen bij de hoek van de kamer opnieuw rechtsaf.

Jonathan Colson's kabinet.

Ben realiseerde zich plotseling wat ze met hem van plan waren, en hij verslikte zich bijna toen hij de open, wachtende lade zag, de groene lichtjes aan de buitenkant flikkerend en knipperend terwijl het gretig wachtte op zijn gevangene.

Blijf kalm, vermaande Ben zichzelf. Als hij nu had geprobeerd te ontsnappen, wist hij, zouden de bewakers hem gemakkelijk kunnen uitschakelen en mogelijk bewusteloos slaan. Zijn benen waren stijf, maar verder in orde, maar hij moest doen alsof ze net zo pijnlijk en nutteloos waren als de rest van zijn lichaam. Hij deed zijn best om de buitenkant van de lade te onderzoeken met het weinige dat zijn oog kon zien.

De bewakers legden de leren riem om zijn hoofd en schoven die ook over zijn schouders naar beneden om zijn armen tegen zijn zij te bundelen, net boven de elleboog. Ze begonnen de riem zo strak mogelijk aan te trekken, en Ben zoog langzaam een grote hap adem naar binnen, in een poging niet de aandacht te vestigen op wat hij aan het doen was. Hij spande ook zijn biceps en borst, waardoor hij een paar centimeter groeide.

Hij hield zijn adem in terwijl een bewaker aan de riem trok, terwijl de andere het uiteinde naar een gesp op zijn rug voerde. Het was een perfecte manier om een man het gebruik van zijn armen en handen te ontzeggen, en tenzij hij zijn schouders kon ontwrichten en achter zich kon reiken om de riem los te maken, zou Ben vastzitten.

"Ze zeiden dat ze die niet nodig hadden voor je nieuwe vriend Colson," zei de bewaker. "Maar ja, voordat ons team arriveerde, was de beveiliging op het station niet zo ideaal. Ik ben verbaasd dat ze er zoveel in het systeem hebben gekregen."

De andere bewaker grinnikte, maar sprak niet. Toen ze klaar waren met hun werk, schopte de bewaker die de riem over Bens hoofd had gedaan, hem hard achter zijn knieën. Ben voelde de duizeling van het achterover vallen, zijn handen volkomen nutteloos aan zijn zijden, en hij hoopte dat de tweede man achter hem was om hem op te vangen.

Het *kraken* van de achterkant van zijn schedel tegen de harde vloer vertelde hem alles wat hij moest weten over wat de tweede bewaker aan het doen was. De bewaker lachte naar hem en stapte naast hem toen Ben een onbegrijpelijke reeks scheldwoorden naar de man mompelde. De andere bewaker stapte naar zijn linkerzijde en beide mannen begonnen Ben op te tillen en naar de wachtende lade te brengen.

Ben voelde zijn bloed koud worden, en angst overviel hem voor een moment. Hij werd voorover in een graf geplaatst, maar wel één dat hem voor eeuwig in leven moest houden in plaats van voor eeuwig dood. Hij dacht aan Julie en Reggie en de anderen, en herinnerde zich plotseling het plan. Hij wiebelde wat met zijn armen, testte hoe los de leren riem zat nu hij had uitgeademd. Het was zeker losser, maar hij wist niet zeker of het genoeg zou zijn om hem een beetje handigheid in de kist te geven. Ben was ook een grote, dikke man, en hij wist niet zeker of de lade zelf groot genoeg zou zijn om er goed in te kunnen manoeuvreren.

Er is maar één manier om daar achter te komen, dacht hij. Hij was niet claustrofobisch, maar hij was zeker geen fan van kleine ruimtes waarin hij werd vastgebonden en met zijn hoofd naar beneden gegooid. Hij sloot zijn ogen en wachtte tot de mannen klaar waren met hun werk. Ze hadden haast en gooiden hem ruw in de metalen kast, waarbij ze hem naar beneden lieten glijden zodat zijn hoofd op het gewatteerde gedeelte achterin de lade lag, waarna een van hen naar binnen reikte en het badmuts-achtige apparaat bovenop zijn hoofd plaatste.

Eerst gebeurde er niets, maar één van de mannen duwde de lade dicht terwijl de ander de knoppen op de voorkant begon te bedienen.

"Slaap lekker, Benny," zei de bewaker door de metalen wand van zijn nieuwe tombe.

Plotseling schoot een elektriserende pijn door Bens lichaam, toenemend tot een intensiteit die zijn tanden deed klapperen, en daarna afnemend tot een zacht bonzen. Er stroomde energie door zijn lichaam die niet van hem was, en hij wist dat de elektroden in de kap door de bewakers moesten zijn aangezet.

Een klein rood lichtje door een spleet in het plafond van de lade was zijn enige licht, en het was niet genoeg om iets nuttigs te zien, vooral omdat hij alleen zijn linkeroog kon gebruiken.

Oké, wat is het volgende? Hij dacht na, probeerde zijn gedachten te ordenen en kalm te blijven. *Ze zeiden dat dit me in leven zal houden, wat betekent...*

De enige *theoretische* manier om een mens in leven te houden in een pseudo-stasis modus, wist hij, was door de temperatuur te laten zakken tot net boven het vriespunt om de bloedstroom te vertragen, maar toch zijn inwendige temperatuur hoog genoeg te houden om de dood te voorkomen. Dan moet er in zijn lichamelijke behoeften worden voorzien - voedsel, water, afvalverwerking -

Hij voelde iets tegen zijn zij stoten, en hij sprong recht omhoog, waarbij hij bijna het plafond raakte met zijn gebroken neus.

Wat de...

Het was een soort vacuümbuis, en hij hoorde een zacht gezuig tegen zijn zij terwijl de mechanisch aangedreven slang hem voortstuwde, zijn zij en arm voelde. Ze baande zich een weg langs zijn schouder tot in zijn nek.

"Oké, dat is *genoeg*," mompelde hij luid, terwijl hij zijn hoofd wegdraaide van de opengesperde muil van de slang.

Hij begreep nu de bedoeling van de 'slang', en precies hoe het systeem hem in stase zou houden voor welke goddeloze hoeveelheid tijd het ook in gedachten had, en hij was *niet* aan boord.

Ben kronkelde heftig, probeerde te voorkomen dat de buigzame metalen buis zich in zijn keel nestelde, zich tegelijkertijd afvragend hoeveel tijd hij had voordat de bewakers hun post buiten de deur verlieten. Ze hadden zich gehaast, ongetwijfeld in de hoop te vertrekken naar hun volgende doel. Ze zouden waarschijnlijk niet langer blijven dan absoluut noodzakelijk, en Ben hoopte dat ze misschien al op weg waren om het level te verlaten.

De metalen buis knalde op en neer op de zijkant van zijn hoofd, oude wonden en nauwelijks gestolde korsten van de eerdere aanval van de bewakers openend, en hij schreeuwde elke keer van de pijn.

"Ga... van... me af!" schreeuwde hij, terwijl hij tenslotte zijn hoofd met zo'n kracht opzij bracht dat de zijkant van de la trilde en trilde.

En een beetje schemerig licht kwam binnen door de pas geopende kier aan zijn voeten.

Ik schoof het open, besefte hij. Er zat geen vergrendelingsmechanisme op de laden, want de mensen binnenin werden niet verondersteld bij bewustzijn te zijn, of tenminste in staat te zijn zich te bewegen als ze dat wel waren, en zelfs dan waren de elektroden-schok, de onuitputtelijke metalen slang die zich een weg baande, en de pure terreur van wat er gebeurde waarschijnlijk meer dan genoeg om de gevangenen verdoofd te houden.

De scheur bij zijn voeten zou niet groter worden, hoe hard hij ook bokte en met zijn hoofd tegen de zijkant sloeg. Maar zijn *voeten* zelf waren niet aan elkaar gebonden, en hij kon ze optillen naar de bovenkant van de lade, en...

Ben drukte de tenen van zijn laarzen tegen het plafond, wetend dat het niet verbonden was met het schuivende deel van zijn gevangenis. Hij spande zich in en spande elke spier in zijn lichaam aan om tegen zijn eigen lichaamsgewicht in te proberen de lade te openen. Hij wiebelde wat met zijn schouders zodat zijn armen zich vrij konden maken van zijn zij en beet toen in de slang toen die weer bij zijn mond kwam.

Uiteindelijk, na een minuut van intense inspanning, kreeg hij de scheur een centimeter wijder.

Genoeg om mijn tenen ertussen te krijgen.

Hij drukte zijn benen omhoog en drukte zijn laarzen in de kleine open ruimte tussen het rek en de deur van de kast.

Zijn schoenen schoven op en uit de steeds wijder wordende spleet op hetzelfde moment dat de slang zijn onderlip vastpakte en hem hardhandig zijn mond openduwde.

Hij schreeuwde van de pijn toen de metalen buis in zijn keel werd gedrukt.

HOOFDSTUK 62

NIET GOED.

"VEILIGHEID, COLSON!" riep JULIE. Hij keek op en zag haar bewegen met een van de machinepistolen, wijzend naar een plek op de zijkant van het pistool.

Hij knikte, vond het mechanisme op zijn eigen wapen, en drukte het uit. Hij probeerde het opnieuw.

Een nevel van kogels vloog omhoog en naar buiten, besprenkelde het plafond van de verdieping met kleine pukkeltjes. Hij liet de trekker los, hergroepeerde zich, het gewicht en het gevoel van het wapen begonnen wat herkenbaarder te worden in zijn handen. Hij verwachtte niet dat hij een dodelijk schot zou zijn, maar hij hoopte op een lichte verbetering van de nauwkeurigheid.

Hij vuurde opnieuw, deze keer met het geweer in het midden en het patroon van de kogels verscherpend. Hij raakte de drone recht boven hem en stuurde hem tegen een van de server-rekken. Een golf van elektrische knallen en gesis blies uit de voorkant van de machine waarmee hij in botsing was gekomen, en twee van de rotors op een hoek van de romp van de quad vlogen eraf. De heli probeerde zich te herstellen, maar raakte een andere server en stortte deze keer neer op de vloer, vlak naast Colson.

"Goed schot, Colson!" schreeuwde Joshua. Hij voelde een golf

van energie en opwinding van zijn geslaagde aanval, en kwam op
een knie om het nog eens te proberen.

Mrs. E en Reggie schoten ook met hun pistolen, maar blijkbaar was hun munitie al op voor ze het niveau hadden bereikt.

"Ik ben weg," riep mevrouw E. Colson kon haar een rij verder
door de dicht opeengepakte servers niet zien, maar hij meende het
klikkende geluid van een leeg tijdschrift te horen.

"Hetzelfde hier," schreeuwde Reggie.

Julie, Joshua en Colson hadden nog munitie, maar niet veel.
De soldaten van wie ze de wapens hadden afgepakt hadden waarschijnlijk nog meer munitie bij zich, maar hij wist niet hoe hij die
kon vinden, waar ze verborgen zouden zijn, en hij was niet van
plan om terug naar de andere drones te gaan om te zoeken.

"Er komen er nog drie binnen, op 6 uur!" schreeuwde Joshua.

Colson draaide zich om en zag een van hen zijn rij in gaan. De
andere twee splitsten zich links en rechts in het midden van de zaal
en vlogen naar de rijen waar Reggie en mevrouw E zich bevonden.

"Ik zie er meer, verder naar beneden," zei Colson. "Ze zijn - ik
kan niet achterhalen waar ze vandaan komen."

"Lift?"

"Nee, die is gesloten, en het slot is kapot. Ze kunnen geen
deuren openen, voor zover ik weet."

"Dan moet er een andere weg naar beneden zijn. Ik dacht niet
dat er zoiets was, maar het zou me niet verbazen als er een
verborgen trap of zo zou zijn."

"Wel, dat vinden we wel als we uit deze puinhoop zijn,"
antwoordde Joshua, terwijl hij omhoog schoot naar twee drones
die een eindje naar beneden dreven.

"Hé," riep Reggie, "is het nog iemand opgevallen dat die
dingen niet echt aanvallen?"

Colson *had* dat inderdaad opgemerkt. Sinds ze het niveau
waren binnengekomen, waren de drones gestopt en zweefden nu
nog maar een eindje weg. Met de drones erbij die ergens achterin
de kamer waren verschenen, vormden de machines nu een grote,
wijde cirkel rond Colson en de groep.

"Ze bewaken de perimeter. Ze proberen ons hier bijeen te houden," zei Reggie, zijn eigen vraag beantwoordend.

Colson wist dat hij gelijk had, maar de implicaties van dat feit baarden hem zorgen.

Waarom *drijven ze ons hierheen?*

"We zijn u hier niet aan het 'opsluiten'," klonk een stem vanuit het trappenhuis. De man was oud, zwak en leunde op een bewaker toen hij de kamer binnenstapte. Colson herkende onmiddelllijk de andere man die de oudere man flankeerde - het was de man die zijn baas, Stokes, had vermoord.

De oudere man ging verder. "In feite, zou ik liever hebben dat u hier helemaal niet was. Je koos ervoor om hier te komen, en mijn bedoeling is om ervoor te zorgen dat je nooit meer weggaat. Maar ik moet eerst weten: *waarom?* Wie heeft je hierheen gestuurd, en waarom ben je gekomen?"

Joshua keek naar de man. "Valére. Jij bent Francis Valére."

"Wie is dat?" Vroeg Reggie.

"Het hoofd van Draconis Industries. Wel, *nu* het hoofd van de Draconis. Omdat hij iedereen vermoordde die hem in de weg stond, en het bestuur en de donateurs marginaliseerde."

Valére stak zijn vrije hand op en stapte dichter naar de groep die zich voor hem verzamelde. Het geluid van de drones overstemde bijna de zachte stem van de man. "Ik heb niemand vermoord," zei hij. "En mijn controle van het bedrijf was onvermijdelijk, en heel noodzakelijk."

"Je was toch al niet krachtig genoeg?" vroeg Joshua.

Er flitste iets op het gezicht van de man, en Colson zag met afschuw hoe de oudere man, Valére, het pistool pakte van de man waar hij tegen leunde, rechtop ging staan, en naar Joshua toe marcheerde. Hij struikelde een keer, maar kwam weer overeind en kwam vlak voor de man tot stilstand.

"Monsieur Jefferson," zei Valére. "*Hoe vaak* heb ik die naam niet in woede gefluisterd. *Hoe vaak heeft* uw familie mij niet teleurgesteld." Hij bracht het pistool naar Joshua's slaap. "Ik heb nog *nooit* de trekker van een wapen overgehaald. Maar vandaag, met *jou*, geloof ik dat het nog gepaster is voor een laatste *primeur* in mijn leven."

Joshua klemde en ontklemde zijn kaak en keek op Valére neer. "Je hebt mijn vader vermoord," zei hij.

"Dat heb ik niet gedaan," zei Valére. "In feite, is hij op dit moment beneden. In leven gehouden door het systeem dat hij ons hielp bouwen. Het *enige* wat hem in leven houdt. Ziet u, Mr Jefferson, het verschil tussen leven en dood is niet zo gepolariseerd als we zouden willen. Eén trekker overhalen en je 'sterft', maar wat gebeurt er *echt* op dat moment? Wat *gebeurt er werkelijk* in de geest, vlak voor de dood?

"Je vraagt je dit af," ging hij verder. "Dat doen jullie allemaal. Jullie willen *het weten*. En hier -" hij wuifde met zijn andere hand in de richting van de rekken en rijen servers. "U vraagt zich af wat er in de geest omgaat, in de delen die tot nu toe onontdekt zijn gebleven door de wetenschap. De momenten van het eerste leven, dan vlak voor de dood, en zeker daarna - als er een 'daarna' *is*. Je vraagt je dit af, ja?"

"Het maakt me niet uit *wat* er gebeurt, Valére," zei Joshua, "maar ik wil dat *je* het meemaakt."

Valére glimlachte. "En *dat zal* ik. Ik zal zeker de stuiptrekkingen van de dood ervaren, en dan de lange, eindeloze uitgestrektheid van stilte. Maar nogmaals," hij drukte het pistool harder tegen Joshua's hoofd. "Ik wil weten waarom u hier bent, Mr Jefferson. Hoe het werd gevonden, en wie u stuurde."

Hij wendde zich tot de bewaker achter hem, degene die hij als kruk had gebruikt, en de man kwam in actie. Hij liep naar de computerterminal, leek voor het eerst de drie dode soldaten op te merken die Colson en de anderen hadden aangevallen, en duwde een van hen uit de weg. Hij opende een grote lade net onder de terminal en greep erin. Uit de lade haalde hij een helm, vastgemaakt aan een kronkelige reeks kabels.

Terugkerend naar het trappenhuis, overhandigde hij het apparaat aan de man die Stokes had gedood, en die liep ermee naar voren. De eerste bewaker ging terug naar de computer en begon rond te neuzen. Colson zag een kleine handpalmscanner in de lade, en de man legde zijn open hand erop en de computer flikkerde nog een keer, en ontgrendelde toen. De man legde de handpalmscanner opzij op de toonbank, maar sloot de lade en begon te werken.

Zo simpel is het, dacht Colson. Hij vroeg zich af of de drie bewakers die ze gedood hadden met dezelfde handpalmafdruklezer in het systeem konden komen, of dat het alleen voor de leidinggevenden was weggelegd. Hij wist dat hij het kon hacken door een paar regels code te schrijven die het apparaatje zouden laten denken dat het een geldige afdruk ontving, en zo de veiligheidsmaatregel zouden omzeilen.

Te laat nu.

"Monsieur Anderson," zei Valére, zich richtend tot de man die zij op Niveau 2 hadden ontmoet, "begint u alstublieft met de laatste verbinding. Ons systeem zal binnen enkele minuten live zijn, ervan uitgaande dat u alles heeft voorbereid?"

"Ja, Mr. Valére," zei Anderson. "Alles is in orde."

"Heel goed," zei Valére, zich weer tot Joshua wendend. "Ga verder."

Anderson liep naar voren en hield de helm ondersteboven. Colson kon de draden en hun aansluitingen zien bungelen aan de achterkant van de helm, en Anderson haalde zijn vingers erdoorheen om ze recht te trekken. Er was ook een klein paneel aan de achterkant van de helm, en Anderson wroette er wat in terwijl de bewaker hard aan het werk was op de computer.

"Het werkt goed, maar het duurt even voor het gesynchroniseerd is met het systeem omdat het een prototype is. Zodra dat gebeurt, worden de knooppunten onmiddellijk geactiveerd bij contact.

Valére keek ongeduldig, maar hij knikte. "We hebben ongeveer drie minuten," zei hij, zich richtend tot Joshua. "Monsieur Jefferson, op dat moment zal ik deel gaan uitmaken van deze infrastructuur, en zal ik de deuren op slot doen, de controle krijgen over ons beveiligingssysteem, en ervoor zorgen dat uw dood veel pijnlijker zal zijn dan degene die ik u nu aanbied. Daarna heb ik de controle over 's werelds eerste biologisch gestructureerde supercomputer. U begrijpt misschien niet wat dat betekent, maar elke gedachte, elk verlangen en elk *instinct* dat ik heb, zal slechts een milliseconde verwijderd zijn van actie. Dus vraag ik je nog één keer, *waarom ben je hier,* en *wie heeft je gestuurd*?"

Joshua keek om zich heen naar de anderen - Colson, Reggie, mevrouw E, en Julie - en negeerde Valére's pistool tegen zijn hoofd. Hij zuchtte en staarde toen naar Valére. "We hebben het net gevonden. We liepen hier rond, en er was een deur, en -"

Valére had de bewaker bij de computer geroepen zich bij hem te voegen, en de bewaker interpreteerde het bevel onmiddellijk. Hij sloeg Joshua en kraakte zijn knokkels op het gezicht van de man. Colson trok een grimas, maar Joshua bleef staan.

"Dat is grappig, Joshua," zei Valére. "Je zult het *ook* grappig vinden dat vlak voordat ik hier aankwam een man precies dat deed, hierheen strompelen vanuit McMurdo Station en op een of andere manier een van onze toegangsluiken vinden. We hebben hem natuurlijk opgevangen en hij heeft bewezen een waardevolle aanwinst voor ons systeem te zijn."

De bewaker sloeg hem opnieuw terwijl Valére verder ging. "Je moet echt niet liegen, zoon. Je bent er nooit goed in geweest. Voor je broer, was het een behoorlijke vaardigheid. Maar hij is niet langer bij ons, correct?"

"Zijn dood is jouw schuld."

"Nee, Joshua," zei Valére onmiddellijk. "Zijn dood is *jouw* schuld. Je hebt hem neergeschoten, en je hebt hem achtergelaten. Niet eens een fatsoenlijke begrafenis voor je eigen familie?"

Valére sprak nogmaals tot Anderson, en Anderson knikte. "Ja, sir," zei hij. "Als de nodes in contact komen met de schedel, zullen ze onmiddellijk het toegangssignaal naar het systeem sturen. U hebt dan de volledige controle over SARA en het station. Maar..."

Valére keek naar zijn ondergeschikte met een kalme, bezorgde uitdrukking op zijn gezicht.

"Maar u zult niet langer in staat zijn..." de man leek radeloos, alsof hij zijn eigen gedachte niet eens kon afmaken.

Valére bracht zijn hand naar de schouder van de man en liet hem daar rusten. "Ja, Anderson. Dat is juist. Maar dit is mijn droom, mijn vriend. Dit is wat ik gepland heb. Om haar wakker te maken, eens en voor altijd. Maar ik zal niet gaan. Ze zal mijn eigen geweten hebben. We zullen eindelijk *één* zijn."

"Waar is Ben?" flapte Julie er plotseling uit. Colson wierp haar een blik toe en maande haar zwijgend op te houden met praten. Ze hoefden hun geluk niet te tarten.

"Monsieur Bennett?" antwoordde Valére. Hij draaide zich om en staarde Colson koel aan. "Bij mijn aankomst werd ik ingelicht dat *jij*, Jonathan, beneden in het systeem zou worden opgenomen. Omdat er een opening was, vond ik het nogal handig om meneer Bennett daar op te slaan, in jouw plaats."

Julie antwoordde niet, maar Colson kon haar pijn voelen. Hij wist precies hoe ze zich nu zou voelen, want *hij* voelde het. Hij voelde zich verraden, verloren, verward, en bovenal boos. Het bedrijf waar hij voor werkte had hem misleid. Het had hen *allemaal misleid*, en deze man, deze vervallen, stervende, kreupele oude man had aan alle touwtjes getrokken.

Nog twee bewakers kwamen uit het trappenhuis en voegden zich bij Valére, die vlak achter hun leider stond. Anderson draaide zich om en begroette de nieuwkomers, met een vraag op zijn gezicht.

Een van de nieuwe bewakers knikte, met een lichte glimlach op zijn gezicht, en Anderson fluisterde tegen Valére.

"Heel goed, dank u," zei Valére. Hij wendde zich tot Julie en glimlachte, een oprechte blik van vreugde op zijn gezicht. "Dan zal deze dag *niet* slecht aflopen."

Hij had ze waar hij ze hebben wilde, en er was niets wat ze er aan konden doen. Colson voelde zich gevangen, en hij vroeg zich af of iemand anders een uitweg had bedacht. Toen hij om zich heen keek, leek het er niet op dat iemand dat had gedaan. Joshua, Julie en Mevr. E staarden wezenloos naar Valére en de mannen die aan het helmtoestel werkten, en Reggie tuurde omhoog naar de zwevende doodsdrones in afwachting van het bevel om het vuur te openen.

"De tijd is om, Joshua," zei Valére. Hij keek naar Anderson de bewaker bij de computerterminal, die beiden de menselijke versies van de drones waren - wachtend op het bevel van hun meester. "Laten we beginnen."

HOOFDSTUK 63

REGGIE KEEK NAAR DE MAN DIE VALÉRE HEETTE EN MET ZIJN BEWAKERS DISCUSSIEERDE, toen zijn oog op iets viel. Hij was het dichtst bij het trappenhuis, maar hij stond tegenover de mannen in het midden van de cirkel gevormd door de drones, die nog steeds om hen heen zweefden.

Er was een schaduw, slechts een knipoog van een arm, die in het trappenhuis uit het zicht stond. Reggie wierp zijn ogen naar rechts, probeerde hem te zien zonder een van de vier bewakers, Valére of zijn beschermeling Anderson te alarmeren. Er was daar niets.

Maar hij *had* iets gezien, hij was er zeker van. Zijn opleiding, zijn carrière als leraar in het wild en zijn levenslange ervaring met het observeren van de wereld om hem heen hadden hem ongelooflijk opmerkzaam gemaakt. Terwijl de meeste mensen zich zouden concentreren op wat hun ogen in een brede lijn vlak voor hen afbeelden, was Reggie getraind om zijn perifere visie op dezelfde manier te gebruiken, voortdurend reikend naar de rand van zijn zicht voor welke beweging dan ook.

Om die reden was hij voorbereid. Hij greep het geweer steviger vast, het wapen nog steeds zonder munitie. Hij gebruikte een techniek die hij graag 'vergrendelen' noemde. Hij concentreerde zich op Valére en Anderson, liet zijn ogen rusten zonder ze te bewegen, zodat alles in zijn hele gezichtsveld bij zijn bewustzijn kon opspringen. Het was als een inherent alarmsysteem, ingebouwd in mensen en dieren, waarvan veel mensen geen idee hadden hoe ze het moesten gebruiken. Het was nuttig om een scène te onderzoeken en te observeren, en hielp hem rekening te houden met de bewegingen die alle anderen maakten.

Hij merkte een paar dingen op. Ten eerste waren Valére en Anderson, evenals een van de bewakers, bezig het helmobject klaar te maken om op Valére's hoofd te plaatsen. Een andere bewaker stond bij de computer en keek naar het scherm.

Er bleven twee bewakers over, de nieuwkomers, beide wegkijkend van de deuropening in de richting van hun bazen en Reggie's groep, verspreid in een halve cirkel rond Valére. De drones zweefden, bewogen en doken in de lucht terwijl ze voortdurend probeerden een vaste positie te behouden.

En toen zag hij weer beweging. Weer een schaduw, die heen en weer bewoog. *Er stond iemand achter de muur*, wist hij. Zonder enige twijfel stond er iemand achter de muur van het trappenhuis.

Hij greep het pistool steviger vast. Het was niet geladen, maar het zou beter zijn dan vuisten als het zover zou komen.

Anderson liet de helm zakken in de richting van Valére's hoofd. Hij was bijna een meter groter dan de korte oudere man, en Valére wachtte, met een ongeduldige glimlach op zijn gezicht, de ogen gesloten.

De helm was nog maar een centimeter verwijderd toen Ben zijn beweging maakte. Het 'opgesloten' alarm in Reggie's hoofd begon te rinkelen, en hij wendde zijn hoofd lichtjes om Ben's beweging te bekijken. Een van de bewakers viel hem op, geschrokken van Reggie's nieuwe aandachtspunt, maar het was te laat.

Ben reikte naar Anderson en trok de helm uit zijn handen. De man, geschrokken door de plotselinge verdwijning van de helm, bevroor. Ben maakte van de gelegenheid gebruik en plofte de helm op Andersons hoofd en duwde Valére weg, waarna hij op de grond viel.

Joshua en Julie haastten zich naar voren en kwamen in actie toen Ben op de grond viel. Ze renden naar voren om hem te helpen, maar een van de bewakers was al op weg naar dezelfde plek, op weg naar Valére. Hun wegen zouden gaan botsen, en Reggie zag hoe Joshua een beetje bukte en zijn hoofd achterover hield, om in positie te komen voor een perfecte tackle.

Reggie was ook begonnen te rennen, naar links afbuigend om een van de bewakers uit te schakelen die het dichtst bij hem stond en die nu met zijn geweer in de richting van Ben zwaaide.

Reggie en Joshua botsten op bijna precies hetzelfde moment tegen hun doelwit, en de bijpassende knallen klonken Reggie luider in de oren dan een geweerschot. Zijn man viel, naar voren gedragen door Reggie die hem had ingepakt en de grond had verlaten vlak voordat zijn hoofd de zij van de bewaker raakte. Hij verloor zijn greep op zijn lege geweer bij de klap, maar hij was toch van plan de man uit te schakelen. Hij voelde een paar ribben kraken, en kon de man horen kreunen toen ze op een hoop vielen, op een paar meter afstand van Ben.

De drones begonnen te dansen en te draaien in de lucht, en Reggie hield instinctief zijn hoofd naar beneden, zich voorbereidend op de aanval.

Er klonk een geweerschot, en toen nog een, maar hij negeerde het geluid voor het moment en bleef zijn inspanningen en focus richten op de man onder hem. Hij greep het haar van de bewaker en sloeg zijn voorhoofd hard tegen de vloer. Het bevredigende geluid vertelde Reggie dat de man af was, en dat hij verder kon gaan naar het volgende onfortuinlijke doelwit.

Julie hielp Ben en probeerde de grote man te reanimeren, die bewusteloos op de grond lag, vlak bij Reggie's bewaker en Valére. Valére van zijn kant knipte angstig met een vinger en drong er bij een van de bewakers op aan hem te helpen. Zijn mond ging open en dicht, en Reggie vond dat hij eruitzag als een vis op een kade, die verwoed probeerde lucht te happen.

Reggie zou gelachen hebben om de hulpeloosheid van de

oudere man, maar hij was al snel in gedachten verzonken door de bewaker die een geweer op zijn hoofd richtte.

Hij rolde, ontweek de eerste reeks schoten, en zocht dekking naast de computerterminal. De dode bewaker die daar had gelegen lag nog steeds op de grond voor de terminal, wapenloos en levenloos, maar er was nog iets anders dat Reggie interesseerde. Hij stak zijn hand uit en stak de flitsgranaat in zijn zak, wetende dat die ooit van pas zou kunnen komen.

Drie andere kogels troffen de zijkant van het rek van de computerterminal, bonkten tegen de harde metalen onderdelen en vonkten toen ze zich diep in de zijkant van een schuiflade vastzetten. Reggie was blij dat hij de dekking had, en hij nam de tijd om de situatie te beoordelen. Hij kon Valére's voeten zien, onbeweeglijk, en hij vroeg zich af of de man in slaap was gevallen of gewoon op hulp wachtte. Naast hem draaide Anderson rondjes, langzaam en opzettelijk, de helm oplichtend en zoemend van geluid terwijl hij op zijn hoofd zat. Reggie had geen idee wat er gebeurde, maar Anderson scheen niet eens te beseffen dat hij midden in een gevechtszone stond, volkomen ongewapend.

Hij stond op het punt zich in de strijd te storten toen er plotseling een bewaker voor hem verscheen, met getrokken pistool en gericht op zijn voorhoofd.

HOOFDSTUK 64

NADAT HIJ DE LADE HAD VERLATEN EN DE METALEN SLANG UIT ZIJN KEEL HAD GERUKT, lag Ben op de harde, koude vloer van de verdieping te ademen en na te denken. Hij had één verschrikking overleefd die tot tien andere had geleid, en zo was deze reis ook verlopen. Sinds hij voet op het continent had gezet, leken de dingen hier geneigd om hem en zijn groep te doden.

Lang geleden had zijn vader hem gezegd dat hij veerkrachtig was, daarna zijn moeder, en later, toen hij volwassen was geworden, nog een hele reeks anderen. Aanvankelijk was het een woord dat hij niet helemaal begreep, en hij had aangenomen dat het werd gebruikt als een manier om een verder bescheiden, 'betrekkelijk normale' man een compliment te geven zonder hem de volledige waarheid te vertellen - dat hij bescheiden en betrekkelijk normaal was.

Toen hij uit zijn gevangenis kwam, had hij bijna gelachen. Hij vroeg zich af of het de bedoeling was dat hij hier zou sterven, bevroren op de bodem van de aarde, en zo ja, waarom hij werd opgeknoopt om te lijden tot het eindelijk gebeurde. Hij leefde, tegen alle verwachtingen in en elk greintje logica in hem, nog. Gebroken, moe en boos, maar in leven.

En hij moest Julie vinden.

Hun missie hier was in gevaar gebracht zodra de Chinezen het station betraden, en hij vroeg zich af of hun missie niet al die tijd een list was geweest, een list of misleiding. Misschien gebruikten Mr E en zijn vrouw, of wie er ook werkelijk achter dit alles zat, Bens team gewoon om een snode plan uit te voeren dan wat Draconis zelf van plan waren.

Maar dat maakte Ben allemaal niets uit. Hij strompelde naar de trap en greep de leuning vast met zijn rechterhand, de enige die nog goed leek te werken. Terwijl hij naar het volgende niveau klom, beoordeelde hij de schade.

Nog een stoot, nam hij aan, zou hem gedood hebben. Hij had het gevoel dat zelfs een zuchtje lucht voldoende zou zijn. Zijn benen waren het enige deel van hem dat niet volledig vernield was, maar ze leken evenzeer te aarzelen om zich in te spannen, uit angst dat ze de aandacht op zich zouden vestigen. Zijn linkerschouder was niet meer dan een knoop, die zijn arm gegijzeld hield terwijl hij levenloos op zijn zij hing, en zijn rechterschouder was nauwelijks beter. Zijn gezicht zou onherkenbaar zijn, wist hij, en hij vroeg zich af hoe zijn gebroken neus eruit zou zien als die genezen was.

Alles bij elkaar was Ben een wrak. Hij was klaar om te gaan, en een deel van hem bleef naar boven lopen omdat het zou kunnen leiden tot zijn dood, kort en krachtig, als hij een van de Chinezen of veiligheidsteams tegenkwam.

Maar het andere deel van hem was echt de kant die hem vooruit trok, en hoezeer hij het ook probeerde te ontkennen, hij deed het om te blijven vechten. Zijn strijd was nog niet voorbij, en de gevangeniskast had hem tijd gegeven om na te denken en zich te herinneren wat hem in de eerste plaats hierheen had getrokken.

Toen hij zich dat element realiseerde en herinnerde, begreep hij iets diepers: het ging hem niet langer om de vernietiging van Draconis Industries en om zijn wraak. Hij wilde gerechtigheid, maar dat was niet langer zijn enige drijfveer. In plaats daarvan waren de emoties en gedachten die nu over hem heen kropen, net zo doelgericht als de metalen slang, iets moeilijker te identificeren.

Hij had zijn benen vooruit geduwd, het trappenhuis op, en in de richting van de deur. Hij kon stemmen horen, die van dezelfde man die hem in de stoel had geconfronteerd, en daarna die van Joshua.

Hij herinnerde zich de groep, en dacht na over hun eigen redenen om mee te gaan. Joshua had een persoonlijk belang bij het ontwortelen van het bedrijf waar hij en zijn familie voor hadden gewerkt, maar Ben wist dat zijn redenen ook dieper gingen.

Aan de rand van de trap wachtte hij, probeerde de uitleg en het argument van de man te horen, de leemten en onderbrekingen in het gesprek te beoordelen, en toen sloeg hij zijn slag.

Hij was gestruikeld toen hij naar buiten kwam, maar zijn voeten herstelden zich en zorgden voor de laatste paar stappen naar de positie van Valére, waar hij stond met de jongere man die ze op Niveau 2 hadden ontmoet. Ben had de helm uit zijn handen gerukt en op het hoofd van de jongere man geplaatst.

Hij had zichzelf voelen vallen, dus gooide hij zijn arm naar voren en duwde Valére. Een onbeduidende beweging, maar het was genoeg om Ben te doen glimlachen toen hij met de vloer in aanraking kwam.

Plotseling was Julie daar, knielend over hem heen. Hij had haar niet gezien toen hij de kamer binnenkwam en de aanval begon, en hij was er niet helemaal zeker van dat ze echt was, zelfs nu niet.

Ze praatte tegen hem, prikte hem, probeerde hem te laten reageren. Zijn ogen bewogen niet, één was dichtgeplakt en de andere waren recht naar het plafond gericht.

"Ben," zei ze opnieuw, haar stem krakend.

"U - uh..." zei hij.

"Wat?"

Hij vroeg zich af of ze zich realiseerde dat er overal om hen heen geweren en drones en bewakers waren, en ook een vreemde elektronische helm die de jongere man deed hallucineren en boven hen heen en weer wiebelde, maar dat kon hij allemaal niet zeggen. Hij vroeg zich af of ze die dingen kon horen, en kon zien dat ze nog steeds in gevaar waren, en dat hij haar wilde meenemen en beschermen, en dat hij wilde...

"Trouw met me."

Hij dwong zijn ogen om haar te vinden, slechts een silhouet met een enkel hangend licht ver weg als achtergrond, haar haar een warboel en haar gezicht een zwarte omlijning, en hij probeerde te glimlachen. Het leek er meer op dat hij een beroerte had gehad, te oordelen naar het snelle moment van shock op haar gezicht.

HOOFDSTUK 65

ALS HIJ AL IETS GELEERD HAD IN DE AFGELOPEN 24 UUR, wist Jonathan Colson dat zijn kansen om in leven te blijven sterk toenamen wanneer hij zich bij de groep bevond die nu bestond uit Reggie, Mevr. E, Joshua, Julie, en Ben.

Hij had toegekeken hoe Valére was neergegaan, van achteren aangevallen door een haveloze, bloedende Ben. Anderson draaide langzaam rondjes nadat Ben de helm op zijn hoofd had gezet, maar Colson wist niet zeker wat er precies aan de hand was. Hij wist dat de drones nog steeds rondhingen, wachtend op hun signaal om aan te vallen, en hij wist dat de bewakers in gevecht waren met zijn groep, maar hij wilde niet in zijn eentje aan de kant staan.

Colson nam de kans waar en sprong naar voren in een looppas, dwars door het midden van de cirkel die nu gevuld was met Valére's lichaam, zijn mond wijd open en zijn arm in de lucht, en Anderson, nog steeds draaiend. Hij zag hoe Reggie en Joshua elk de bewakers tackelden die het dichtst bij hen stonden, en hij hinkte over Valére's benen heen en bleef rennen. Hij was bijna bij het computer controlestation toen een bewaker er voor uit stapte en zijn geweer op hem richtte.

Rechtstreeks op Reggie, die ongewapend was en zich achter de terminal verborg.

Colson versnelde en hurkte een beetje, in de hoop de bewaker te pakken voordat hij het vuur opende. Hij wist niet goed hoe hij zijn gewicht moest gooien zonder zichzelf te verwonden, en hij had al helemaal geen idee hoe hij een van Reggie's of Joshua's 'perfecte tackles' moest uitvoeren, dus bleef hij maar rennen.

De bewaker merkte het vreemd gevormde lichaam van Colson op vlak voor hij de trekker overhaalde, en hij probeerde zijn doel te verleggen in de richting van de grote ingenieur, maar het was te laat. Colson gromde toen ze tegen elkaar botsten, en beide mannen vlogen op een hoop door de hal.

De bewaker was veel te sterk voor Colson, en op het moment dat Colson voelde dat de wind uit hem geslagen werd door de val begon de bewaker aan te vallen. Hij velde klappen op Colson's zij, raakte zijn nieren en longen, en Colson dacht dat zijn ribben zouden ontploffen. Hij probeerde zijn armen op te heffen om zijn gezicht te beschermen, maar de bewaker had al de overhand en kwam op Colson's onderlichaam zitten terwijl hij aanviel. Hij gaf een enkele stoot op Colson's gezicht en alles werd zwart.

Helaas voor Jonathan duurde het niet lang, en hij kwam bij net toen de tweede haak op zijn kaak landde. Zijn hoofd tolde, en zijn zicht was wazig, en opnieuw probeerde hij zijn handen omhoog te brengen ter bescherming.

Dat was niet nodig. Hij hoorde een geweerschot, en de wachter schrok een beetje op, bevroor in de lucht, en begon toen een nieuwe aanval. Er klonken nog twee schoten in de ruimte, en Colson zag de bewaker opzij glijden voor hij de kans had zijn taak af te maken. Hij raakte de grond met een been nog over dat van Colson, maar die duwde de man weg en rolde opzij.

"Bedankt," schreeuwde Reggie. "Ik sta bij je in het krijt. Zo heb je hem even bezig gehouden."

Colson knikte terug, nog steeds verbaasd dat hij zelfs maar actie had *ondernomen*, maar hij was blij dat Reggie in orde was. Hij stak een hand uit naar Reggie om hem overeind te helpen, en beide mannen draaiden zich om om de gevechten die nog achter hen plaatsvonden te beoordelen.

"Bukken, hierheen," zei Reggie, Jonathan aansporend in de richting van de rijen servers. "Die drones wachten waarschijnlijk op het commando om aan te vallen."

Colson had gezien dat de drones nog steeds boven hingen, maar geen van hen had nog geschoten. *Waar wachten ze op?*

Twee bewakers schoten op Joshua, die weer zonder munitie was komen te zitten, en Reggie gluurde naar buiten vanaf de zijkant van het gevecht en schakelde een van hen uit, wat een "duim omhoog" van Joshua opleverde. Een enkele bewaker bleef achter, dekking zoekend in hetzelfde trappenhuis waaruit Ben even daarvoor was weggerend. Hij kon Ben en Julie in het midden van de open ruimte zien, op de vloer naast elkaar.

Mrs. E was vermist, maar Colson veronderstelde dat ze zich ophield, ook zonder munitie.

Hij keek omhoog naar de drones, die in minuscule achtjes draaiden en vlogen, hun positie vasthoudend. Hij was er zeker van dat als het laatste lid van het veiligheidsteam viel, de drones hun aanval zouden beginnen.

We moeten hier weg.

HOOFDSTUK 66

"MARRY YOU?"

"IK... UM..."

ZIJ staarde hem aan. Hij probeerde meer woorden te vormen, maar zijn geest was brij.

Een van de bewakers verscheen van achter de muur van het trappenhuis en richtte in hun richting. Voordat hij kon vuren, stuiterde een klein voorwerp naar de trap en ontplofte. Ben's zicht werd wit net toen de *knal klonk*. De vlammenzee was enorm en hij was voor een moment volledig inert. Hij voelde hoe Julie zijn arm steviger vastgreep - zij moet ook tijdelijk blind zijn geweest.

Geweervuur kwam van de andere kant van Ben, en hij hoorde de bewaker vloeken, en toen zwijgen. Hij wachtte een paar seconden en zijn zicht begon helder te worden. Er waren twee, zelfs drie beelden voor zijn ene open oog, allemaal om elkaar heen dansend terwijl ze probeerden samen te smelten.

"Ik heb hem," riep Reggie. "Ik denk dat dit het is."

"Nu? Ben, wat?"

Hij herinnerde zich wat hij zojuist tegen Julie had gezegd, en hij keek om naar de drie Julia's die naast hem op de grond lagen. "N... Ik -" hij probeerde zijn hoofd op te tillen, en zij legde haar hand eronder. Het was ondraaglijk, maar het hielp hem te articuleren. "Ik... wilde... eerder."

Haar ogen werden wijder. "Oh, nou dat is leuk. Toen we boven werden beschoten, of beneden, of buiten, of..."

"Hou je mond," zei Ben. "Woorden zijn moeilijk. Geef me een minuutje."

Ze leek het te begrijpen en wachtte tot hij klaar was, met een lichte glimlach in haar ogen. De geweerschoten waren afgenomen, en Ben vroeg zich af hoe het zijn groep was vergaan. De drones, die voorheen alleen recht boven hun hoofd zweefden in hun voorgeprogrammeerde vluchtpaden, begonnen nu rond te draaien en hun achtbanen te verbreden. Een van hen maakte zelfs een sputterend geluid, zakte tot vlak boven de grond, draaide zich toen om en klom weer om zijn patroon te hervatten.

"Ik heb geen ring," zei hij. "Dat is waar ik op wachtte, weet je. Dat is het. Maar ik heb een..." Hij probeerde zijn hoofd te draaien, en Julie hielp hem door haar hand naar beneden te laten glijden. Hij zag de man van Level 2, die nog steeds de helm droeg, wankelen. Hij draaide geen trage rondjes meer, maar stond stokstijf recht, op een paar schokken van een been of een arm om de paar seconden na. Zijn ogen waren wijd opengesperd en achterover in zijn hoofd geworpen, en hij leek hevige pijn te hebben. Aderen puilden uit de zijkanten van zijn nek, en elke spier in zijn lichaam was gespannen.

"Ik heb een helm in de plaats," zei hij. "Wil je een helm?"

Ze hief haar vrije hand op en maakte een schijn-slaande beweging, en Ben huiverde.

"Kom op, Romeo," zei ze. "Dit gevecht is bijna voorbij, en we willen niets missen." Ze trok hem opzij, en hij gleed langs de rij dode lichamen tot hij bij haar vorige schuilplaats kwam tussen de rijen computerservers.

Reggie begroette hen en kwam van zijn eigen plaats achter de terminal waar hij met Jonathan Colson had gewacht. "Valt je iets op?" vroeg hij.

Ben fronste, een beetje van het gevoel eindelijk terug naar zijn gezicht.

"De drones?" vroeg Julie, terwijl ze haar blik omhoog richtte.

"Ze vallen niet aan," zei Reggie.

"Ze zien er wel naar uit," zei Julie.

"Ja, maar ze hebben ons al vaak *genoeg* aangevallen," betoogde Reggie, "en niet één keer hoefden ze iets 'voor te bereiden'. Er is iets anders aan de hand."

De drie keken een paar seconden omhoog en zagen hoe de drones langzaam hun controle verloren en tegen de muren en computerservers begonnen te smakken. Uiteindelijk viel een van de drones die zich het dichtst bij hen bevond en stortte neer op de grond, waarbij de lichten nog een laatste keer flikkerden en daarna gedimd bleven.

"Het is... voorbij..."

Ben keek naar Julie, en toen naar het midden van de kamer. Valére lag daar, nog steeds op de grond in geen betere conditie dan een van zijn neergestorte drones, en hij staarde recht omhoog. "Het is voorbij," zei hij opnieuw.

Ben rolde zich om, dwong de pijn in zijn hoofd, gezicht, kaak en elk ander deel van hem weg, en stond toen op. Julie was er onmiddellijk, hield hem overeind, en hij liet zich door haar naar Valére leiden.

"Valére," zei Ben, zijn stem viel langzaam uit, met een trekje, door het mompelende effect van het niet hebben van een volledig functionerende mond.

Valére verplaatste zijn blik naar Ben, en zijn ogen vernauwden zich. "Dit... dit is *jouw* schuld," fluisterde hij. Zijn handen trilden, het beven ging in spasmodische uitbarstingen door zijn lichaam.

Ben deed zijn best om te glimlachen, maar in plaats daarvan rolden bloed en kwijl over zijn kin. "Nee, Valére, maar ik wou dat het zo was. Wat is er eigenlijk aan de hand met de drones?"

Valére schudde lichtjes zijn hoofd en sloot zijn ogen. Het leek alsof een grote golf van droefheid over hem heen was gekomen, en Ben voelde zich even eerbiedig, alsof hij een invloedrijk man zag sterven.

"Het is mijn systeem. Mijn *SARA*. Ze was klaar, en ik heb haar teleurgesteld. Ze... ze was voorbereid op de laatste uplink - *mijn* brein - en het mijne alleen. Anderson, hij is niet...

De man waar Valére het over had stond vlakbij, nog steeds verstikkend in een onzichtbare kracht die hem langzaam leek te verstikken. Hij viel plotseling op de grond, een vreemd jammerend geluid was het enige teken dat hij nog leefde.

"Andersons geest is natuurlijk anders dan de mijne," zei Valére. "SARA was geprogrammeerd voor *mijn* geest, *mijn* geweten.

Julie legde een hand op haar mond. "Mijn God, we hadden gelijk," zei ze.

Ben probeerde haar te vragen wat ze bedoelde, maar zijn mond was gevoelloos en stijf.

"Het systeem hier - de stem van de vrouw, de drones, alles - het is een intelligentie, gebaseerd op het in kaart brengen van het menselijk brein en het herscheppen van de neurologische paden daarin."

"*Hersenen*, niet 'hersens'," zei Reggie, van achter Ben. "Al die lichamen beneden..."

"Joshua's vader," zei Colson. "Hij is ook daar beneden."

Joshua en mevrouw E verschenen links van Ben en kwamen uit hun schuilplaatsen, kennelijk niet langer bezorgd over de drones. Nog twee crashten om hen heen, en een van de machines rolde tegen een lamp in de hoek van de kamer.

Anderson was nu slechts een massa vlees en botten, het weinige leven dat nog in hem was spoot eruit in kleine episodische aanvallen die steeds verder uit elkaar groeiden. Zijn ogen hadden een roodachtige tint gekregen en zijn mond ging langzaam open en dicht terwijl hij stierf. De helm op zijn hoofd hield zich stevig vast door de druk en de elektrische impulsen die zijn schedel binnendrongen.

Ben wilde zich afwenden van de gruwelijke scène, maar kon het niet.

"Je hebt het menselijk brein in kaart gebracht," vervolgde

Julie, zich tot Valére richtend, "maar je hebt het niet kunnen afmaken. Er was nog een stuk, nietwaar?"

Valére wachtte, sloot opnieuw zijn ogen en knikte toen één keer. "Ja, dat is waar. Een laatste stukje van de puzzel die duizenden jaren heeft geduurd. *Wij* hebben het gedaan. *Ik heb* het gedaan. En we *hebben* dat laatste stukje gevonden." Hij draaide zijn hoofd. "*Hij* deed het, eigenlijk."

Iedereen keek naar Colson, die naast Reggie stond, met bijna net zo'n grote ogen als Anderson.

"Maar dat stuk was niet echt de juiste code, of wel? Het was een andere taal."

"Dat is een interessante manier om het te bekijken," zei Valére, "Maar ja. En er was geen manier om SARA *echt* haar eigen stuk te bouwen, want het was niet in een taal, zoals je zegt, die wij herkenden."

"En daarom ben je hier," zei Julie. Ben had nog steeds moeite om het te begrijpen, maar hij schreef het toe aan zijn barstende hoofdpijn en het constante kloppen achter zijn gezicht en ogen. "Je wilde haar *je* deel geven."

"Mijn geweten."

Niemand sprak, en de groep bleef bijna een minuut staan, neerkijkend op Valére. Ben dacht dat de man dood was, maar na nog een paar seconden sperde hij zijn ogen een klein beetje open.

"Doe het," zei hij. "Je weet wat er daarna komt. Doe het gewoon."

"Graag," zei Reggie, terwijl hij naar Valére toeliep. Ben zag dat zijn vriend het pistool vasthield dat dicht bij het lichaam van Valére was gevallen.

Ben dwong zijn arm omhoog, spande zich in tegen de pijn, en hield Reggie tegen. Zijn schouders gingen omhoog en zijn rug was gespannen toen de gebeurtenissen van de afgelopen dag weer in zijn gedachten opkwamen. Hij keek naar Valére, staarde in de ogen van de man en probeerde te beslissen wat hij moest doen.

Deze man verdient de dood niet, dacht hij.

Ben zou zichzelf niet als wraakzuchtig hebben beschouwd, maar hij stond er zeker niet boven. Hij was een man van principes - althans dat probeerde hij te zijn - maar hij was ook net zo koppig als ieder ander, zo niet koppiger. Voor Ben had de man die voor hem op de grond lag alle mogelijke misdaden tegen de mensheid begaan, zowel op grote als op individuele schaal. Hij was een monster, als monsters de macht van goden hadden en het morele kompas van demonen.

"Nee," zei Ben.

Hij voelde de ogen van iedereen op hem gericht, ook die van Valére.

"We moeten dit rechtzetten," zei hij.

"Ben," zei Joshua. "Hij... Wat hij gedaan heeft, en de mensen - *regeringen,* zelfs - die hem waarschijnlijk steunen... Er is geen gevangenis die hem kan houden."

"Er is."

HOOFDSTUK 67

WEER, NIEMAND SPRAK.

BEN ademde diep in, viel op zijn knieën en greep Valére's voeten vast. Julie snelde toe om te helpen, maar hij wuifde haar van zich af. De pijn was aanzienlijk en piekte in spieren en gewrichten die hij eerder niet eens had opgemerkt. Zijn gezicht was nu volledig gevoelloos, waardoor zijn bewustzijn van de verwondingen elders op zijn lichaam volledig tot zijn recht kwam. Hij negeerde het en dwong zichzelf te ademen, te bewegen en te herhalen. Hij trok Valére mee, voelde hoe de oude, zwakke man zich nutteloos tegen Ben's kracht verzette.

Hij trok hem niet ver mee. Toen hij de computerterminal bereikte, liet hij Valére's voeten vallen en draaide hem om, zodat zijn armen dichterbij waren, en pakte zijn rechterhand vast. Valére schreeuwde het uit, maar Ben bleef hem negeren. Hij reikte naar de computerterminal en trok de handpalmlezer los, het snoer zo ver mogelijk uittrekkend. Omdat hij niet tevreden was met de lengte van het snoer en het andere uiteinde niet wilde losmaken, trok hij Valére's arm zo hard als hij kon omhoog en voelde een knal ergens in de schouder van de man.

Valére zoog snel adem in, maar hield die in. Op zijn verdienste, hij schreeuwde niet.

Hij legde Valére's handpalm, open, op de lezer en draaide zich

395

toen naar het computerscherm. De monitor was in slaapstand gegaan, en Ben nam aan dat de computer ook vergrendeld zou zijn. Hij kon aannemen dat Andersons hand of een van de bewakers in staat zou zijn het systeem te ontgrendelen, maar hij wilde Valére, specifiek, hiervoor hebben.

De meester.

Het scherm kwam tot leven. Ben keek ernaar, niet zeker of er echt iets gebeurd was. Het besturingssysteem kwam hem niet bekend voor, en hij wenste plots dat hij Julie eerst zijn plan had verteld. Of Colson. Echt, iedereen van de groep zou beter zijn in computerdingen, wist hij. Hij wou zich net tot een van hen wenden om hulp te vragen toen de computer sprak.

Het geluid kwam uit luidsprekers die ergens hoog boven, aan de muren of het plafond of beide, waren gemonteerd. Het was een griezelig echoënde stem, hetzelfde zangerige Britse accent dat ze al vele malen eerder hadden gehoord.

"Monsieur Valére, welkom. Ik ben blij dat je het gehaald hebt. Het lijkt erop dat de laatste uplink niet succesvol was. Ik heb mijn firmware teruggezet naar de vorige versie. Wilt u opnieuw opstarten?"

Julie was er, en dan Colson, die aan weerszijden van hem stond. "Wat ben je aan het doen?" vroeg Julie.

Ben probeerde door het systeem te navigeren, terwijl hij de labels las op elk dialoogvenster en venster terwijl hij over het scherm bewoog. Er waren een paar opties die er veelbelovend uitzagen, maar Ben wilde niet iets aanklikken dat hem weer zou buitensluiten.

"Ben..." Colson zei. "Alsjeblieft, laat ons weten wat je probeert te doen. Misschien kunnen we helpen."

"Die mensen," gromde hij, terwijl hij uit de zijkant van zijn mond praatte. "Die mensen beneden. Ze leven allemaal nog. Ik weet wat ze met hen doen..."

Julie keek hem vreemd aan, maar vroeg niets.

Ben stond op het punt om het op te geven, toen vond hij het.

SYSTEEM TOEGANG.

Het was verborgen onder het onderste venster, en het had Ben een minuut gekost om uit te zoeken hoe hij door elke sectie moest rollen om te komen tot wat hij dacht dat het bureaublad was, maar hij had het gevonden. Hij klikte erop en een schermvullend venster verscheen. Een verblindend witte achtergrond verscheen, en zwarte tekst vulde het scherm een seconde later.

Hij gebruikte de pijltjestoetsen om door de lijst te navigeren, en bewoog het knipperende onderstrepingsteken - waarvan hij aannam dat het de versie van een cursor in dit modale venster was - naar beneden. Het scherm veranderde toen hij de bodem raakte, en toen zag hij het.

SECTIE UITSCHAKELING.

Hij was er niet helemaal zeker van geweest wat er zou staan, maar hij wist dat dit de juiste menu-optie was. Hij scande snel de legenda in de benedenhoek van het scherm en drukte toen op de return-toets. Het scherm veranderde opnieuw, deze keer met de niveaus van het station in volgorde van boven - Niveau Een - naar beneden - Niveau Tien.

Hij bladerde door de opties en bracht het onderstrepingsteken tot stilstand op het label voor Niveau Tien.

"Ben..." Zei Julie, terwijl ze zijn arm vastpakte.

"Ik weet het," zei hij. "Joshua, kom hier." Hij bleef naar het scherm staren, niet zeker of Joshua hem zelfs maar gehoord of begrepen had, maar de man kwam na een paar seconden naderbij en nam Colsons plaats naast Ben in.

"Joshua," zei hij, terwijl hij moeite had zijn woorden te vormen. "Dit beëindigt het. Druk op 'return' en het stopt allemaal."

Joshua keek naar Ben.

"Het systeem, SARA, wachtte op Valére, en het heeft hem niet gekregen. Het wachtte op die 'laatste uplink' omdat het *zich probeerde los te koppelen* van die mensen beneden. Dat is het 'laatste stukje' waar hij het over heeft."

Valére leek op het punt te staan Ben te bespringen, maar hij bleef roerloos op de grond liggen. Zijn lichaam had het opgegeven, en de trillingen werden nu constant. Wat het ook was dat de man teisterde, Ben wist het, was op dit moment aan de winnende hand.

"Iedereen beneden leeft. En terwijl ze in leven zijn, werkt het systeem op hun hersenen. Ze hebben een *bijna* perfecte replica van een menselijk brein gebouwd, *hier* in de serverruimte, maar ze hadden het laatste stukje van de puzzel nodig om het volledig aan te zetten."

"En omdat het systeem niet het laatste stukje heeft gekregen dat het nodig had om 'wakker' te worden, kunnen we het voorgoed uitzetten," zei Julie.

"...door iedereen beneden te vermoorden," voegde Colson er aan toe.

Reggie sprak van achter Ben. "Dat is een onmogelijke beslissing om te moeten maken."

"Dat is waarom ik het niet maak," zei Ben. "Maar ik weet wat ik zou doen als ik het was."

Mevrouw E en Reggie liepen erheen en ze verzamelden zich allemaal rond Ben, de terminal, en Joshua, en iedereen draaide zich naar Joshua Jefferson. De man leek het moeilijk te hebben, zijn karakteristieke pokerface was verdwenen. De uitdrukking op zijn gezicht veranderde om de paar seconden, maar hij kwam dichter bij de computer en reikte naar het toetsenbord.

"Dit is de killswitch, dan," fluisterde hij. "Letterlijk."

Ben knikte.

"Maar ze zijn er nog steeds," zei Joshua. "De *andere* mensen die hier achter zaten. Ze leven nog, en we weten niet eens wie ze zijn."

"Joshua," zei Julie, "dit is *ons* gevecht, en het eindigt hier. Draconis Industries is eigenlijk *deze* man -" ze wees naar Valére, die hen allen vanaf de vloer met een kille uitdrukking op zijn gezicht gadesloeg - "en *deze* plek. Zoals Ben zei, het eindigt *hier*."

Joshua slikte, en knikte. Hij staarde naar het computerscherm en sloot toen zijn ogen.

Hij drukte op de toets.

Initieer uitschakeling naar Niveau 10,' verklaarde de vrouwenstem.

Zij wachtten, luisterend naar de griezelige stilte, iets wat zij op het station nog niet hadden meegemaakt.

Ben trok zijn verspilde arm omhoog en legde zijn hand op Joshua's schouder. Hij leunde dichter naar hem toe. "Dat is wat ik zou doen."

"Hetzelfde hier, maatje," zei Reggie.

Julie, Colson, en Mevr. E knikten mee.

Level 10 uitschakeling compleet,' zei de vrouw een paar minuten later. *Start station-wide power-save mode. Complete systeemuitval over ongeveer 23 uur.*

"En hij dan?" Reggie wierp een blik op Valére, zielig en gebroken op de grond. Ben en de anderen volgden zijn blik.

"Hoe lang denk je dat hij heeft?" vroeg hij.

"Moeilijk te zeggen wat het precies is," zei Joshua. "Maar de stuiptrekkingen nemen toe, en ze komen vaker voor dan tien minuten geleden."

Valére ademde zwaar en greep met zijn uitgestrekte armen naar een steun die er niet was. Hij schudde een paar seconden hevig, stopte toen, zijn ogen fladderden open en dicht.

Ben kauwde even op de binnenkant van zijn lip. "Hij zal hier niet weg kunnen komen."

Reggie en Joshua schudden hun hoofd.

"En het station zal worden gedeactiveerd in minder dan een dag. Bevroren in een andere."

Reggie's wenkbrauwen gingen omhoog, alsof hij een vraag stelde.

"Ik heb geen interesse om deze kerel terug naar de States te slepen. We weten allemaal dat hij een onbeperkt aantal advocaten en al het geld dat hij nodig heeft kan oproepen om vrijuit te gaan."

"Maar we kunnen hem hier niet alleen laten," zei Julie.

"Dat doen we niet," antwoordde Ben zonder aarzelen. "Die griezelige computer griet zal bij hem zijn tot het einde."

HOOFDSTUK 68

HET VLIEGTUIG VAN VALÉRE, EEN ANDER massief vrachtvliegtuig, uitgerust met ski's, gelijk aan het vliegtuig waarmee ze waren binnengevlogen, bevond zich op Niveau 1. De helft van het niveau was bestemd voor een ondergrondse hangar, zachtjes oplopend tot het niveau van de grond buiten.

Bovendien hadden zij de geheime lift van Valére gevonden - een die niet erg geheim was zodra het systeem, of SARA, in zijn spaarstand was gegaan. De verborgen lift was niets meer dan een onderhoudslift, een grote, vierkante kooi die voor niets anders was bedoeld dan om materiaal van de top van de basis naar de bodem te brengen. Blijkbaar was het ook de enige lift die werkte als het station in zijn spaarstand stond, en een groot oranje licht boven de deur gaf de locatie aan de groep door.

Ze waren met de lift naar het bovenste niveau gegaan en vonden daar alleen lijken, waar eerder een groot gevecht tussen de beveiliging van het station en de Chinese strijdkrachten had plaatsgevonden. De piloot van het vliegtuig was ook verdwenen, en men ging ervan uit dat het een van de bewakers was geweest die Valére door het station had begeleid.

Toch was de groep in opperste staat van paraatheid, en Julie, Mevr. E, Joshua, en zelfs Colson - met een geweer dat ze van een soldaat hadden afgepakt - hielden de wacht bij elk van de open deuren van het vliegtuig. Julie verzorgde Bens verwondingen in de cockpit, waar Reggie probeerde het vliegtuig weer aan de praat te krijgen.

"Kun je niet vliegen met dit ding?" vroeg Ben.

Julie herinnerde zich hun eerste reis met Reggie, met een klein vliegtuigje naar het hart van het Amazone regenwoud.

"Ik voel me een beetje ongemakkelijk met een Cessna," antwoordde hij, "stel je voor hoe ik me voel met zo'n groot beest."

"Ik dacht dat jij het soort man was dat risico's neemt," zei Julie met een knipoog.

Reggie glimlachte. "Geloof me, dit is geen risico dat je wilt dat ik neem."

"Ik ben het met hem eens," zei Ben. "Dus kunnen we McMurdo halen?"

Reggie had het vliegtuig aan staan, maar tot nu toe kwam er geen geluid uit de radio. "Ik werk er aan."

Hij speelde weer met de knoppen, draaide verschillende frequenties en wachtte op antwoord.

Hallo? Wie... wie is dit?

Reggie fronste, nog steeds glimlachend, terwijl hij naar Ben en Julie keek. "Ik denk dat degene die het oppikte geen doorgewinterde radio operator is."

Hij antwoordde. "Mijn naam is Gareth Red, en ik ben in de buurt van McMurdo Station. Ik vraag om hulp voor mezelf en de groep van vijf anderen waar ik mee ben."

Er was een pauze. *'- Ik denk dat - ik het begrijp. U bent* in de buurt van *het station? - Geen andere - waar precies - gelegen?*

Hij trok het mondstuk naar beneden en keek weer naar Ben en Julie. "Denk je dat ik moet vragen om met zijn manager te spreken?"

Julie lachte, en Reggie ging verder. "Ik wou dat ik je precies kon vertellen waar we zijn, maar ik weet het niet zeker. Ik schat dat het minder dan 100 mijl van jullie locatie is, ergens langs de Traverse."

Een nieuwe stem, van een vrouw, deze was nors en kortaf,

kwam door de radio. *Dit is... remote comm... ATC McMurdo, ground-to-ground communi- We hebben u... op een lokale frequentie, en ik geloof dat we uw locatie zien.'*

De vrouw ging door, de transmissies werden elke keer schoner, en ze vertelde Reggie dat ze hun locatie had bepaald tot vlak voor het begin van het Transantarctisch Gebergte, en ongeveer vier uur op de grond van McMurdo. Ze bespraken de details, en Reggie bevestigde dat McMurdo binnen het uur op weg zou zijn om zijn groep op te halen. Voor ze klaar waren, stelde de controleur van McMurdo een laatste vraag.

Nog één ding, Red. Is er iets dat je ons kunt vertellen over een van onze junior onderzoekers? Werd een paar dagen geleden vermist; zijn naam is Montgomery. Roald Montgomery? Over.

Reggie zuchtte, en antwoordde toen. "Ja, dat kan ik uitleggen. Helaas gaat hij niet met ons mee terug. Maar het is een lang verhaal en ik wil me eerst omkleden en een bourbon. Over."

HOOFDSTUK 69

ER WAS EEN KLEIN HOKJE IN DE COCKPIT VAN HET VRACHTVLIEGTUIG DAT, naast andere persoonlijke zaken, twee flessen drank bevatte. Reggie en Colson deelden een fles goedkope whisky uit, terwijl Ben en de anderen, met uitzondering van Joshua, voor de Canadese whisky kozen. De vijf uur wachten leken een eeuwigheid te duren als je bedenkt hoe snel de laatste 24 uur waren gegaan. Ze brachten de tijd door met lachen om de smaak van de drank en met het lachen om Reggie's vliegkunst, en probeerden allemaal de honderden lichamen te vergeten die onder hen lagen te bevriezen.

Mevr. E was stil en terughoudend, weigerde deel te nemen aan het drinken of de grappen. Ze zat in de copilootstoel en keek uit de smalle rechthoekige ramen naar de donkere muur van de hangar. Julie kwam de cockpit binnen, ging zitten en wachtte tot mevrouw E haar richting zou inslaan.

"Er zijn veel dingen die nergens op slaan," zei Julie.

Mevrouw E knikte. "Ik verzeker u, mijn man en ik waren niet op de hoogte van de omstandigheden hier," zei ze.

"Daar vertrouw ik op. Je hebt met ons gevochten, en dat zal ik niet vergeten. Zij zullen dat ook niet. Maar er is meer aan de hand dan dat, toch?"

Opnieuw knikte ze. "Mijn man zal het volledig uitleggen, maar we zijn niet alleen geïnteresseerd in onze investering hier."

"Dus er *is* een investering?"

"Ja, precies zoals hij zei. Hij zal teleurgesteld zijn dat we er niet in geslaagd zijn de gegevens terug te halen, maar hij zal begrijpen dat er geen alternatief was."

"Wat was dat dan allemaal over Joshua, voordat Hendricks stierf?"

"Nogmaals, ik zal mijn man de details daarvan laten uitleggen. Maar hij is geïnteresseerd in het voortzetten van de relatie met Mr Jefferson, tenminste."

Julie vond de uitspraken cryptisch, en dat maakte dat ze alleen maar meer wilde vragen. Maar ze vertrouwde de vrouw op haar woord; ze had hen in ieder geval door een onmogelijke situatie geholpen, en dat verdiende de vrouw op zijn minst. Julies koppigheid wilde aandringen, maar ze besloot het niet te doen.

Wat er ook gebeurde was iets dat ze later kon onderzoeken. Op dit moment had ze andere zaken aan haar hoofd.

Ze draaide zich om en zag Ben en Reggie lachen om iets wat Reggie had gezegd. Ben zag er zielig uit, met zijn gezwollen hoofd, zijn lippen nog steeds bijna twee keer zo groot als normaal. Gezien wat ze wist over Reggie, had de man hier waarschijnlijk grapjes over gemaakt, Ben voor de gek gehouden en een eindeloos heen en weer gepraat tussen hen op gang gebracht.

Joshua glimlachte, de onderste helft van zijn gezicht gebogen in een gemakkelijke grijns en de bovenste helft zo stoïcijns en doods als altijd. Ze liep naar hem toe en ging naast hem zitten.

"Ben," zei ze botweg.

Hij draaide zich langzaam om, met zijn lichaam naar haar toe, voor zijn hoofd.

"We moeten praten."

Reggie's ogen gingen omhoog, en ze zag dat hij nog meer gelach probeerde te onderdrukken.

"Nu?" Vroeg hij.

Ze knikte.

"Maar, we... Jules, gaat dit over..."

"Dat afschuwelijke voorstel?" zei ze, onderbrekend. "Absoluut."

Reggie's mond begon zich te openen in overeenstemming met zijn ogen, en naast haar hoorde ze Joshua een zuchtje lucht uitblazen.

"Oh man, is *dat* waar jullie twee tortelduifjes het over hadden?" Zei Reggie. "Ben, ben je *serieus?*"

"Ik... hou..." zei hij. Zijn gigantische lippen stonden open in een lijn, de blik op zijn gezicht pure marteling.

Julie wilde plotseling de man van wie ze hield redden, maar iets in haar besloot achterover te leunen en de gebeurtenissen nog een paar seconden te volgen.

Joshua sprong ertussen. "Ik kan dat niet *geloven*," zei hij. "Je liet ons al het werk doen, en je vroeg haar om *met je te trouwen?*"

"Ik zette... het helm ding... dat was..."

Reggie onderbrak met een uitbarsting van gelach die Bens stem zo opmerkelijk overstemde dat zijn enige optie was om te stoppen met praten. Joshua deed mee, en Julie zag hoe zelfs Ben begon te lachen. Ze lachten een minuut lang samen, Joshua en Reggie om beurten voorop in hun vriendelijke aanval op Ben, tot Julie opstond.

Het gelach verstomde, en Julie liep naar Ben, zijn gezicht en oren rood, zijn vuisten gebald aan zijn zijden. Hij glimlachte, dacht ze, maar dat was moeilijk te zien achter zijn verminkte neus, gezicht en zwarte ogen.

"We kunnen later praten," zei ze zacht, terwijl ze zijn hand vastpakte. "*Dat* was bijna wraak voor mijn aanzoek."

Hij stond daar, een hoofd groter dan haar, niet bewegend.

"Nu ga ik het gelijk maken. Dat was waarschijnlijk een van de ongemakkelijkste momenten die we ooit hebben meegemaakt, dus ik ga het goedmaken."

"Jij... bent?" vroeg Ben.

Ze knikte, reikte toen met haar vrije hand omhoog en zwaaide die, met open handpalm, voor zijn gezicht. "Ik weet niet echt wat *dit* nu is, en ik weet ook niet hoe het zo gekomen is, maar ik ga proberen het te zoenen. In het bijzijn van onze vrienden."

Bens gezicht werd op de een of andere manier nog roder, en Reggie's en Joshua's gelach nog geanimeerder, toen Julie op haar tenen ging staan en haar genadeslag uitvoerde.

HOOFDSTUK 70

'MR. RED, *HAVE YOUVER heard of the Avengers Initiative?"* zei de man op de televisie.

Reggie keek naar beide kanten van hem, eerst naar Ben en Julie, toen naar Joshua en mevrouw E. De man op het scherm, meneer E., was dezelfde man met wie ze gesproken hadden voordat ze aan hun missie begonnen, en de kamer waarin ze zich bevonden - een van de balzalen van The Broadmoor - was ook dezelfde. Prachtige kroonluchters en kroonlijsten bedekten de muren, en aan het hoge plafond hingen kroonluchters die een eeuw oud leken en nog in perfecte staat verkeerden.

Het was een duidelijk vertoon van rijkdom voor Reggie, maar hij was nooit iemand die zijn aantrekkingskracht op de fijnere dingen in het leven ontkende. Als meneer en mevrouw E hen - opnieuw - wilden trakteren op een chic diner en een verblijf in een van 's werelds beste resorts, zou hij daar niet tegenin gaan.

Toch vroeg hij zich af wat Mr. E's bedoeling was met al die pracht en praal. De man op het televisiescherm kon, net als voorheen, niet eenvoudiger overkomen. Zijn poging tot een grap was nog vreemder.

"Was dat een grapje?" vroeg Reggie.

"Inderdaad. De uitdrukking van de man veranderde niet in het minst.

"Goed zo," zei Reggie, niet zeker wat er nu moest gebeuren.

Ik haal de beroemde stripfiguren alleen maar aan om de weg te bereiden voor wat ik jullie nu ga vragen. Jullie allemaal.

Reggie zag dat Julie wat rechter op haar stoel ging zitten, en Joshua's hoofd kantelde een beetje naar achteren. Ben veranderde niet, maar dat kwam waarschijnlijk door het verband en de glinsterende medicijnen die op zijn wonden en snijwonden waren gesmeerd.

Hoewel u in feite naar Antarctica bent gestuurd om gegevens te verzamelen die mij zouden helpen Draconis Industries te vervolgen voor het verkrijgen van verboden communicatieapparatuur en satellieten, begrijp ik dat u elk hebt deelgenomen vanwege uw eigen, meer persoonlijke motieven.

'Ook ik had een bijbedoeling, en het deed me pijn die voor u allen te moeten verzwijgen, maar het was nodig. Ik heb heer Hendricks en zijn team daarheen gestuurd voor uw veiligheid en zekerheid, maar ook om de bekwaamheid van uw groep als mogelijke kandidaten te beoordelen.'

"Kandidaten? Voor wat?" Vroeg Reggie.

Onlangs werd ik benaderd door een contingent vertegenwoordigers van elke tak van de strijdkrachten van de Verenigde Staten om de mogelijkheid te bespreken een project te leiden dat zij CSO noemen, of 'Civilian Special Operations'. Bovendien was Archibald Quinones er ook, een bekende die jullie vast wel kennen, want we zijn de laatste maanden erg bevriend geraakt. Juliette, blijkbaar heeft jouw rondsnuffelen en het vragen van hulp aan de CIA in deze Draconis-zaak hen niet alleen geïnteresseerd, maar ook aangezet tot actie, door het aan iemand anders over te laten.

'Deze bijeenkomst was, zoals u zich kunt voorstellen, geheim, omdat het in het belang van elke partij is om te ontkennen dat een dergelijke bijeenkomst heeft plaatsgevonden. Hoe dan ook, deze groep zal bestaan uit burgers die de kennis en training bezitten om selecte leden van eenheden van de speciale strijdkrachten te begeleiden bij het volbrengen van missies die door de Amerikaanse regering als taboe worden beschouwd.

Reggie was slechts lichtelijk verbaasd dat zijn oude vriend Achibald aanwezig was. Hij had hen geholpen in het Amazonegebied, en het leek erop dat zijn hulp, hoewel niet langer van het fysieke soort, nog steeds aanwezig was. "Maar is dat niet precies wat de speciale strijdkrachten *al* doen?"

Mr. E knikte. *Ja, in zekere zin. Deze missies zullen naar verwachting niet militaristisch van aard zijn, en juist daarom is besloten dat mannen en vrouwen uit de civiele sector de meerderheid van de leden moeten uitmaken. Bedrijfssituaties, zoals deze affaire met Draconis Industries, en particuliere beveiligingszaken komen in gedachten als mogelijke toepassingen voor een groep als deze, en het feit dat het niet zal worden gefinancierd - althans niet volledig - door een bepaalde regering geeft het meer politieke immuniteit dan veel van de door het leger gesteunde programma's.'*

"Maar je hebt *militaire* mensen ontmoet, toch?"

Inderdaad. Ik ben naar de vergadering gevraagd omdat ze van plan zijn mij aan te stellen als leider van de groep, vanuit financieel oogpunt.

"Dus we ruilen onze loyaliteit aan het land in voor een dictator?"

Mr. E glimlachte. *'Ook ik vreesde wat dat betekende, maar we hebben een oplossing. Joshua Jefferson heeft blijk gegeven van voorbeeldig leiderschap, en zijn tegenwoordigheid van geest onder druk, zoals gerapporteerd door mijn vrouw, staat buiten kijf. Hij zal toezicht houden op de operationele component van de CSO, met toezicht van de commissie.'*

Reggie gromde. "En wie zit er in die commissie?"

Mijn vrouw en ik, en een vertegenwoordiger van het leger, en ieder van jullie. De rekensom valt in jullie voordeel uit, en zolang jullie het er allemaal mee eens zijn...'

Ben snoof en wiebelde met zijn neus, om te proberen jeuk te krabben zonder zijn gezicht aan te raken. Hij draaide zich iets in zijn stoel, zodat zijn lichaam meer naar Reggie en Julie gericht was, en hij sprak tegen het scherm. "Meneer E, we zijn vast alle-

maal gevleid, maar denkt u niet dat we een beetje te laag gekwalifi-
ceerd zijn om uw persoonlijke politiemacht te zijn?"

*'Alleen in training, meneer Bennett,' zei meneer E, 'en daar zal
aan tegemoet worden gekomen. Maar zoals ik al zei voordat u
vertrok, beschikt ieder van u over een bepaalde set vaardigheden die
ons leger en onze regering niet kunstmatig kunnen trainen of repro-
duceren. Bovendien, zoals ik heb uitgelegd, het soort opdrachten dat
we hopen na te streven, staat niet in de weg van de gevestigde stijl
van engagement van het leger.*

"Kun je wat specifieker zijn?"

*'Op dit moment, nee. Deze groep is een idee, een kiem van een
mogelijkheid, en ik wilde het jullie allemaal zo vroeg mogelijk laten
zien. Maar mijn visie, mijn* droom*, en een deel van de reden
waarom ik in de eerste plaats in de technologiebusiness ben gestapt,
is om dat soort dingen na te streven waar ons leger geen tijd,
middelen of belangstelling voor heeft. Zij streven de wetenschap na
omdat de mogelijkheden ervan heel vaak samenvallen met defensie-
programma's, hetzij in ons land, hetzij in dat van de vijand. Particuliere beveiliging is een andere optie, maar hun programma's zijn
bedoeld om een bedrijf of zijn leiders te beschermen, en niet veel
anders. Ik hoop met dit programma de kloof te overbruggen tussen
de belangen van de militairen en de belangen van de rest van ons.*

Julie, die naast Reggie zat, was merkwaardig stil, en toen Mr.
E klaar was met spreken wendde hij zich tot haar. "Wat denk je,
Jules?" vroeg hij.

Ze wachtte even, nog steeds haar gedachten aan het ordenen.
"Het is... Ik weet het niet. Het is moeilijk te zeggen, echt. Na wat
we net hebben meegemaakt, weet ik niet of ik nog meer wil weten
over die 'interesses' van je."

Hierop lachten meneer en mevrouw E, en Joshua grijnsde. *Ik
begrijp het volkomen. Laat me je dan een voorbeeld geven. Een paar
maanden geleden werd het American Museum of Natural History
aangevallen, en een onbetaalbaar kunstvoorwerp werd gestolen. De
plaatselijke politie kon niet ver genoeg gaan, maar het leger was te
groot, te onsamenhangend, en uiteindelijk te ongeïnteresseerd om de*

zaak verder te vervolgen. Er hadden particuliere beveiligingsteams kunnen worden gecontracteerd en ingezet, maar die moeten worden betaald.

Dat incident liep goed af, dankzij een paar mensen die het op zich namen om op te treden, maar het had heel goed tot een ramp kunnen leiden. Mijn bedoeling is een team samen te stellen dat kan worden ingezet en dat doet wat juist en noodzakelijk is om dit soort mensen neer te halen, op een manier die de Amerikaanse regering in staat stelt zich te concentreren op de grotere en dringendere bedreigingen.

"En het geeft hen aannemelijke ontkenning," zei Joshua.

"Dat kwam ter sprake, ja," antwoordde de heer E vrijwel onmiddellijk.

"Juist. Als ik het goed begrijp, wil je dat we je helpen de goede man te zijn. Maar onder de radar blijven, om het zo te zeggen, zodat je niet op de tenen van het leger stapt. Maar zij zullen ons helpen als wij hen helpen, door ons de huurlingen te geven, indien nodig."

Reggie keek om zich heen om te zien of de anderen het met zijn beoordeling eens waren. Ze keken nog steeds naar de grote televisie en de bovenste helft van meneer E erop, maar ieder van hen knikte langzaam mee.

'Ja, maar ook jij zult worden aangenomen,' zei hij. *Ik geloof in het waarderen van mensen door ze te betalen wat ze waard zijn. Naast een bonus voor uw tijd in Antarctica, zal deze nieuwe groep u elk een toelage geven die naar mijn mening vrij genereus zal blijken te zijn. Aangezien de precieze aard van het werk een beetje vaag is, zal ik mevrouw E u het vergoedingspakket nu laten overhandigen, maar ik zal u wat tijd geven om het te overwegen.*

"Zoals, een paar minuten?"

'Een paar maanden. Neem wat tijd om te rusten, Gareth. Jij ook, Joshua. Als je accepteert, zullen er trainingsprogramma's worden ontworpen voor ieder van jullie. En Julie en Ben, ik veronderstel dat jullie twee weinig rust zullen krijgen. Ik hoor dat een felicitatie op zijn plaats is.

Reggie en Joshua lachten, en mevrouw E glimlachte. Bens gezicht bloosde een beetje, maar Julie legde haar hand op zijn arm.

Reggie keek toe, zijn grote glimlach keerde terug, en wachtte tot Ben hem zou aankijken. "Ben, als Joshua je getuige wordt in plaats van mij, zorg ik ervoor dat je gezicht voor altijd zo blijft."

EEN KORTE NOTA

OMDAT HIJ ME STEEDS NOEMT IN ZIJN BOEKEN, moet ik hem een wederdienst bewijzen. Dus draag ik hierbij dit boek op aan mijn goede vriend, Kevin Tumlinson.

In alle ernst, ik zou echt mijn hele *schrijverscarrière* aan de man moeten opdragen - tenslotte had ik niet het gevoel dat ik erg serieus bezig was met mijn schrijversleven totdat ik Kevin ontmoette (online, natuurlijk, want dat is wat de coole kinderen doen). Ik weet dat hij het daar niet mee eens zal zijn, maar het is waar. Kevin hielp me realiseren iets: ik *ben* een schrijver, of ik het leuk vind of niet, dus ik zou beter gewoon bezitten.

Dus, op "het bezitten." *De Ice Chasm* markeert iets van een miljoen gepubliceerde woorden voor mij. Dat is 1 met een *heleboel* nullen erachter. Gekkenwerk. Stephen King schreef dat de eerste miljoen woorden oefening waren, en ik ben een beetje bang om te denken dat wat ik hierna schrijf *het echte werk* moet zijn. Geen oefening meer voor mij!

Wat het concept van deze betreft, het is heel simpel. Ik schrijf de Harvey Bennett thrillers volgens een simpele formule: Coole technologie + coole plek. In dit geval is het kunstmatige intelligentie op Antarctica. Ik had al een "slechterik", en als je *The Enigma Strain* of *The Amazon Code hebt* gelezen, ben je bekend met de schurk die tot nu toe in deze serie voorkomt. Ik wilde een schurk schrijven met realistische gebreken, als tegenwicht voor de gebreken die ik Ben, Julie, Joshua en ieders nieuwe favoriete personage Reggie heb gegeven.

Terug naar Kevin: we lijken allebei in een baan om elkaar heen te draaien, althans in de omvang van ons werk. In zijn laatste boek werd ik heel vriendelijk genoemd, dus ik heb hem een wederdienst bewezen (kijk of je het kunt vinden!). En omdat we allebei *van* dit genre *houden*, hebben we plannen om een soort mashup te schrijven. We proberen er nog steeds achter te komen wie er zou winnen in een gevecht tussen Dan Kotler en Harvey Bennett (ik weet het, voor mij is het ook duidelijk!).

Dus op het schrijven, op Kevin, en zoals altijd: op jou, lieve lezer!

Nick Thacker
Colorado Springs, CO
November 2016

OVER DE AUTEUR

Nick Thacker is een thrillerauteur uit Texas die in Hawaii en Colorado woont. In zijn vrije tijd leest hij graag in een hangmat op het strand, skiet hij, drinkt hij whisky en trekt hij op met zijn mooie vrouw, twee honden en twee dochters.

Voor meer informatie en een lijst van Nick's andere werk, bezoek Nick online: www.nickthacker.com